荆楚新闻与传播研究丛书

流变与创新

中国新闻奖通讯作品叙事研究

NARRATIVE TRADITION AND INNOVATION

Narrative Research of
the "China News Prize" Feature Story

张 萱 著

社会科学文献出版社
SOCIAL SCIENCES ACADEMIC PRESS (CHINA)

新闻叙事的本质在于"将事实转变为吸引人的故事"

序 一

　　接到张萱副教授的邀约，嘱我为她的新著《流变与创新：中国新闻奖通讯作品叙事研究》作序，既感欣喜又有些惶恐。欣喜的是，这名曾跟我合作从事博士后研究的青年才俊发展稳健，已然在新闻叙事学领域开辟出一片颇具特色的学术天地，殊为难得；惶恐的是，面对这部跨学科的前沿性研究成果，我能否准确把握其精神和价值，感到心中无底。但念及曾经合作之谊，盛情难却，遂勉力为之，且借此作为跨学科学习的好机会。

　　我与张萱学术结缘，始于15年前的珞珈山下。犹记当年这名湖北大学新闻系（当时该校新闻系归属文学院）的青年教师，带着对叙事研究的执着叩响我办公室的门扉，所示的博士论文《当代中国时政期刊话语研究》和博士后研究计划，尤其是她将语言学等多学科理论与新闻叙事实践相结合的研究取向，令我眼前一亮。因为，正如美国学者埃莉诺·奥克斯（Elinor Ochs）所说："如果要寻找一些使人类与众不同的事物，叙事的使用对于解读人类的存在无疑具有举足轻重的意义。我们甚至可以说，人类天生具有叙事的本能，这种本能促使一系列叙事类型盛行于每个社区……想象一下，如果这个世界没有叙事……是如此不可想象。"而叙事的最重要工具是什么？说是语言，应该不会有什么异议。可见，"人—语言—叙事"是多么密不可分！由此则可以理解，作为人类一分子、作为语言学者的我，对跨学科的叙事研究表现出浓厚的兴趣，也就不足为奇了。在武汉大学博士后流动站期间，张萱聚焦中国新闻奖获奖通讯作品，系统研究了改革开放以来中国新闻通讯话语的变迁脉络和基本状况，展现出跨学科研究的学术追求和扎实的学术功力，取得了可喜的成果。而今这部在博士后出站报告基础上修订而成的 30 万字新著，后出转精，无论是在站位的高度、视野的广度，还是在认识的深度等方面，都有很大的提升。深感其学术理念与时俱进，理论素养和学术功力显著精进，更窥见一名青年学者从新闻传播学到语言学、从语言学到新闻传播学的学科跨越和学术飞跃，由衷为她感到高兴。

我首先想要表达的是，作为中国新闻界的最高奖项，中国新闻奖获奖作品具有代表性和典范性，堪称记录时代风云的一个"国家叙事样本库"。对其开展深入研究，具有普遍意义和重要价值。尤其是在当今世界风云变幻，为了应对纷繁复杂的国际变局和建设人类命运共同体，我国把"加快构建中国话语和中国叙事体系，全面提升国际传播效能"作为一项国家战略的背景下，张萱的这个研究课题，及时呼应国家需求，更具有战略意义和特殊价值，体现了年轻学者的责任意识和使命担当。客观地说，其研究成果不仅在理论上有助于促进中国新闻叙事学的丰富和发展，而且在相关实践上，可从一个方面为构建中国特色话语和中国叙事体系、提高我国叙事能力、增强国际传播效能，提供有价值的启示及参考。

这部国内首部系统研究中国新闻奖获奖通讯作品的学术专著，突破了传统新闻传播学研究的某些局限，勇于尝试新的研究范式。它以改革开放以来的获奖作品为样本，运用跨学科理念和方法，构建了"历史语境—叙事策略—话语创新"三维分析框架，将从语言学发展起来的话语分析理论与方法、经典叙事学理论与方法、美学思想等有机融入新闻传播学的学术框架，从新的视角和高度系统探究了改革开放以来新闻通讯叙事的变迁脉络和演进规律，在学术理念、学科视野、研究内容和研究范式等方面都有所创获，令人耳目一新。

根据笔者粗略阅读的初步认识，觉得这部著作最富新意和特色的地方主要有如下四点。

其一，勇于拓展新闻叙事学研究视域和对象。在新闻叙事学既有研究偏重于个案和局部问题研究的基础上，积极开拓新的着力点，将中国新闻奖 40 多年获奖通讯作品纳入研究范围，进行全面而系统的分阶段分析和类别化研究；同时，突破了传统新闻叙事研究只关注文字符号的局限，积极跟进科技创新给媒介形态带来的新发展，将文字、图片、音频、视频等视为不同符号系统，统而观之，探究其"互文性"及"意义增殖"机制，洋溢着浓郁的新时代气息。总的来看，作者力图通过对研究视域和对象的开拓，在新的高度和更广阔的视域下，全面审视新闻叙事学的发展。这既体现了历史的纵深度，也展示了覆盖面的宽广度，以及对时代发展的敏锐度。这有助于对中国新闻叙事模式及话语的历时演变和发展现状有更全面的了解和更深刻的认识。

其二，敏锐把握时代脉动及变迁，有机贯通历史逻辑和时代背景，深入揭示中国新闻通讯叙事的历史演进和时代特征。改革开放40多年来，社会发展和科技创新日新月异，中国新闻事业和新闻学术也飞跃发展。随之，中国新闻通讯叙事从理念到内容和形式也都发生了巨大的变化。因此，联系广阔的时代背景来研究中国新闻通讯叙事的发展演进，不仅有助于深化对通讯叙事发展规律的认识，而且能够洞察时代的变迁。作者为此着力不少，紧密联系中国社会转型、技术变革和新闻业迭代的大背景，从更广阔的视野和多维度上研究中国新闻通讯叙事的阶段性特点和历史嬗变，体现出鲜明的时代性。具体来说，作者将新闻通讯40多年历程划分为五个时期，其分期既遵循新闻传播史的内在逻辑，又暗合改革开放以来中国社会变迁的深层脉络，同时，敏锐捕捉技术革命带来的叙事革新，并与互联网发展进程相观照，揭示40多年来中国新闻通讯叙事历史逻辑和时代特征交融的叙事主题和叙事模式的时代性演化。这种将历史演进与时代脉动贯通考察的做法，体现了学术研究"要见树木更要见森林"的学术理念和历时与共时有机结合的研究方法，具有方法论的意义和价值。

其三，重视作品的"结构化"分析和理论的"在地化"转化。作者善于把文本细读与理论分析和理论提炼相结合，将个案解剖与整体把握相结合，从扎实分析文本入手，对40多年中国新闻通讯叙事发展进行结构化梳理和理论阐发，提出了获奖通讯叙事视角的"四种类型与特征"以及叙事结构的"三种模式"，极富创见，且有利于受众深入把握。叙事理论总体上源自西方，但本书作者对其运用，并非搬来生吞活剥，而是特别注重结合中国的实际进行"在地化"转化，甚至重构，理论阐释特别强调"中国文化的底色"，重视对中国特色社会主义新闻理论建构的追求。这也是难能可贵的，对青年学者而言，殊为难得。这表明作者具有先进的学术理念和远大的学术理想。

其四，注重新闻叙事的功能发掘与开拓。基于对 40 多年中国新闻奖获奖通讯作品的深入考察，揭示新闻通讯叙事功能的多样化发展，即从以事实传递为追求，重视新闻叙事的客观性与真实性，拓展到也追求叙事的情感共鸣和价值传递及效果。把"讲故事"的要求提升为"讲好故事"的追求，即把故事讲鲜活、讲动情、讲入心，努力让受众有心灵的触动和审美的体验。由此，作者大胆提出新闻叙事美学的复兴，致力于重构新闻叙事美学内涵，以凸显叙事美学在新闻叙事理论体系和社会应用中的地位和作用。对此，作者在本课题的研究中也进行了尝试。例如，在涉及"国家重大主题的叙事策略"的章节中，以香港回归、脱贫攻坚等重大事件报道为案例，揭示出主流媒体通过微观叙事承载宏观话语、以情感叙事强化价值认同的方式，展现出作者的创新精神。

以上四个方面，都是令人印象深刻，而且非常值得称赞的。

当然，任何开拓性的研究都会有一个不断完善的过程，起步之初，难免会有某些欠深入、不完善之处。但瑕不掩瑜，期待张萱在这块园地继续深耕，我深信，定会有更为丰硕的成果。

当今，正值媒体深度融合东风劲吹，新闻传播事业又迈入一个挑战与机遇并存的新时代，理论创新和实践变革势在必行。张萱的《流变与创新：中国新闻奖通讯作品叙事研究》的出版恰逢其时。我相信，也期待，它作为新时代大潮中的一朵浪花，一定会绽放出它的精彩。

赵世举

武汉大学教授、武汉大学人文社会科学研究院驻院研究员

国家语委咨询委员

2025 年孟春于珞珈山麓东湖之滨

序　二

　　春节前夕，湖北大学新闻学院院长聂远征和新闻系主任张萱两位教授来访，一番寒暄后，他们报告了湖北大学近年来学科建设的重大进展。我知道 2024 年是湖北大学新闻学院的大年，该院堪称国内新闻传播教育界学科建设方面的大赢家。在 2024 年，他们不仅成功获得了一级学科博士学位授予权，而且在国家社会科学基金项目申报、成果出版、课程建设、师资队伍建设方面成就斐然，对此我表达了由衷的赞赏。宾主尽欢之际，张萱副教授顺便邀请我为她的新著《流变与创新：中国新闻奖通讯作品叙事研究》（下文简称《流变与创新》）作序，虽然我有些惶恐，但是恭敬不如从命，最终还是应下了这一邀约。

　　新闻作品是时代的记录，也是我们深入地认识历史、解读时代密码的钥匙。新闻作品直接关系到历史的呈现，关系到读者或受众关于当代历史的建构。言而无文行之不远，新闻工作者在传媒业界安身立命，主要的依赖就是他的新闻作品。一篇好的作品在传播过程中不仅会产生强大的传播力、引导力，而且还会有深远的影响力、公信力。因此无论中外，新闻工作者都在恪守真实性原则的基础上致力于追求新闻报道内容与形式的创新，以提高新闻报道的针对性和实效性。我们现在生活在一个伟大的变革时代，"伟大的时代呼唤伟大的精神，崇高的事业需要榜样引领"。而优秀的新闻作品，正是这一历史使命的载体。习近平总书记于 2016 年 11 月 30 日在中国文联十大、中国作协九大开幕式上的讲话中指出："伟大的作品一定是对个体、民族、国家命运最深刻把握的作品……我们有责任写出中华民族新史诗。史诗是人民创造的，不论多么宏大的创作，多么高的立意追求，都必须从最真实的生活出发，从平凡中发现伟大，从质朴中发现崇高，从而深刻提炼生活、生动表达生活、全景展现生活。"① 这段话虽然是对文艺工作者说的，但对新闻工作者而言同样具有指导意义。

在 2016 年记者节前夕，习近平总书记在会见中国记协第九届理事会全体代表和中国新闻奖、长江韬奋奖获奖者时强调："坚持正确新闻志向，提高业务水平，勇于改进创新，不断自我提高、自我完善，做业务精湛的新闻工作者。"② 2018 年 9 月 26 日，习近平在致中央电视台建台暨新中国电视事业诞生 60 周年的贺信中又勉励新闻工作者"着力打造精品力作，创新对外宣传，为人民提供丰富的精神食粮，向世界展现了真实、立体、全面的中国"。③ 新闻传播无论是对外还是对内，影响最终效果的虽然有多重因素，但是决定因素还是新闻作品本身。中国新闻奖作为我国新闻传播领域最高级别的奖项，有"时代的风向标"之称。经过 40 多年的评选实践，中国新闻奖已经形成了一套与定位相一致、政治导向与业务导向相统一、比较系统完善的评价体系。可以这样说，理解了中国新闻奖，就在一定程度上读懂了当代中国。

可惜的是，对中国新闻奖获奖作品这样一个如此重要的研究对象，对这种具有深厚历史文化内涵的纪实文本，学界关注并不多。在我的印象中，除了一些作品集、解析选本与评选报告之外，唯一一部研究型专著是由高晓虹教授撰写的《视角与手法：中国新闻奖国际新闻优秀作品解析》，该书于 2019 年由中国传媒大学出版社出版。除此之外，鲜见关于对该奖获奖作品的系统、深入研究，这不能不说是一件憾事。

张萱副教授的书稿《流变与创新》的公开出版，令我深感欣慰。该书试图打破学科界限，以新闻叙事学为主体，广泛借鉴叙事学、语言学、美学、戏剧学中的相关理论、观点和方法，多视角探讨获奖通讯作品呈现的

———————————

① 《习近平：在中国文联十大、中国作协九大开幕式上的讲话》，新华网，http://www.xinhuanet.com//politics/2016-11/30/c_1120025319_2.htm，最后访问日期：2025 年 3 月 12 日。

② 《习近平对新闻记者提出 4 点希望 做党和人民信赖的新闻工作者》，新华网，http://www.xinhuanet.com/zgjx/2016-11/07/c_135811858.htm，最后访问日期：2025 年 3 月 12 日。

③ 《习近平致信祝贺中央电视台建台暨新中国电视事业诞生 60 周年》，新华网，http://www.xinhuanet.com/politics/leaders/2018-09/26/c_1123485137.htm，最后访问日期：2025 年 3 月 12 日。

诸多问题。该作者还尝试以哲学方法为基础，综合运用归纳与演绎、分析与综合、历史与逻辑相统一的方法，着力建构一个具体的、有针对性的新闻通讯作品叙事研究的分析框架。从整体来看，这部专著思路清晰、逻辑严密、行文流畅，提出了不少独创的学术见解，在某种程度上，填补了新闻学术研究的空白。读罢此书，掩卷之余，有如下两点感受。

一是中国新闻奖获奖作品研究确实是一个学术富矿。众所周知，中国新闻奖获奖新闻作品体裁多样、内涵丰富，仅研究通讯作品的叙事，就可以完成《流变与创新》这样一部 30 多万字的书稿。书中对于不同年代获奖作品的叙事风格的分析，细致又全面，完整梳理了 20 世纪 70 年代末至今 40 多年通讯作品文风的变迁，就此而言，事关中国新闻奖的研究，未来显然应当予以足够重视。

新闻作品的文本是时代的历史物证，它见证了特定时代人们表达、阐释的方式，王国维讲"一朝有一朝之文学"，新闻作品亦然。改革开放 40 多年在中国历史的长河当中，不过是白驹过隙般的一瞬，但之于在这个时代中生活过的人而言，却是一个漫长的历史过程。我是 1984 年从武汉大学历史系毕业的，那时的文化产品相对贫瘠，不要说互联网，连电视机都少见，所以看报纸是很重要的一项课余文化活动。书中所提到的穆青、冯健、周原在 1990 年采写的《人民呼唤焦裕禄》这篇新闻稿，我印象很深刻，当时读起来觉得非常震撼。但今天重读这篇新闻稿，却发现其行文叙事已经有很强的"历史感"了，这充分说明了新闻作品的文风是带有鲜明时代印记的，值得后世研究。

二是新闻理论研究与新闻史、新闻实务研究的互动、交融正在增强。近年来，受到一些先进技术对新闻采写编的影响，新闻理论研究掀起了一股关注前沿技术的热潮。特别是基于大模型的生成式人工智能，如 ChatG-PT、DeepSeek、豆包等，在一定程度上改变了新闻生产流程、重塑了新闻生态，这对于当下的新闻教育具有重要的影响。另外，新闻理论研究还可以朝着新闻史研究转向。《流变与创新》就呈现了青年一代研究者的努力，作者选取了 1979 年至 2023 年的时间跨度，既是基于对一系列历史新闻文本的分析，也应当被视作对改革开放以来中国新闻史当中一个特定范畴的历史回溯。在中国当代史研究在史学界渐成热潮的当下，中国新闻史研究领域的当代史、新闻实务研究也应当被提上日程，并从相关实践经验中升华出具有中国气派与时代风格的理论话语，这也是我所期待的。

《流变与创新》一书给我带来了惊喜，特别是对新闻实务历史的当代审视，对于建构具有中国特色的新闻传播学自主知识体系的现实价值，值得我们关注。当然，作为一名青年学者，在跨学科、跨界别的融合研究中，其大胆探索的创新精神、独到的见解固然应该得到推崇，但是这项研究及其成果存在的一些不足也应该引起我们的注意，譬如新闻作品文本的代表性、具体方法的适切性等，还有进一步斟酌、完善的空间。当然，作为一部专著，应该突出的更多是作者自己的立场和一家之言。在社会科学领域，很难找到统一的准则、绝对的真理，见仁见智是普遍的现象，只要言之成理、持之有据，就应该给予充分的尊重和鼓励。

张萱副教授请我为《流变与创新》一书撰序，我就谈谈如上几点感想。在这里，我还真诚地希望更多的学者来关注中国新闻奖及当代新闻传播实务的研究，在把论文写在祖国大地上的同时，做大时代的关注者，这也是一名新闻教育者、研究者对后来者的期盼。

张　昆

中国新闻传播教育年鉴编委会主任

中央民族大学新闻与传播学院特聘院长

华中科技大学新闻与传播学院首席教授

2025 年 2 月 8 日于北京

目 录

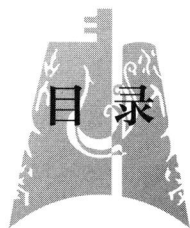

前　言

　　本专著旨在以历届中国新闻奖通讯类获奖作品为研究对象，以新闻叙事学为理论基础，结合新闻学、叙事学、语言学和美学等相关理论，着力探究代表中国主流文化与主流价值观的获奖通讯在 40 多年时间里叙事话语演变的特征、动因及存在的问题等，从而对从纸媒向数智化媒介转型发展的中国新闻媒体的通讯体裁的流变特征进行阐释。本专著将在理论上丰富国内新闻传播研究与应用语言学研究的学术性探索，推进当前我国构建新型主流媒体目标的实现。本专著分为六个部分。

　　绪论部分将从研究综述、研究内容与意义、相关理论与研究方法三个方面进行综述，试图打破学科界限，以新闻叙事学为主体，广泛借鉴叙事学、语言学、美学、戏剧学中的相关理论和方法，多视角探讨中国新闻奖获奖通讯叙事现象与研究框架。第一章以中国新闻叙事理论的"西学东渐"为视角，旨在探讨我国获奖通讯新闻叙事话语在理论与实践上的突破与构建。第二章对中国新闻奖通讯的叙事视角与结构逻辑嬗变进行分析，旨在发掘叙事结构在传统模式基础上创新的规律。第三章探讨获奖通讯叙事时间与通讯其他要素之间的关系。第四章以获奖通讯叙事美学的经典范式与创新为研究中心，立足中国情境，对获奖通讯在中华优秀传统文化内涵呈现、对重大选题中个体视角的美学表达等方面进行叙事美学的发掘。

　　结语部分将研究发现提炼为两点。一是从历史视角，提出我国通讯"叙事"的中国文化"底色"意义，既具有以"史"为渊源的中国叙事风格，也隐藏着中国文化传统的新闻叙事特征。二是从发展视角，提出我国获奖通讯的立身之本是在"流动"中寻找交集。

绪 论

一 相关研究综述

"这是一种未能最终定型的样本。……这是一种充满生存张力的价值文本,它产生于以我们环境的特定性质和局限来衡量我们自己的特定性质和局限的时刻。"[1] 这是伊塔洛·卡尔维诺(Italo Calvino)关于经典文学作品的阐释。如果将其用于阐释新闻写作,那么就存在这样一种新闻体裁,它以时代精神为背景,基于国家与社会发展的主旋律,以发掘典型为特征,是新闻界服务大局、引导舆论成效的充分反映,也是新闻界转变作风、融合发展实践成果的集中体现。于是,它成为新闻实践场在每一个历史阶段中最具纪实价值的"经典文学",它就是通讯,是本研究的主要对象。

笔者通过在各类知识资源总库,包括 CNKI、读秀、台湾华艺、AHCI、SSCI、施普林格等 10 余种海内外学术数据库中键入"新闻/叙事"(Journalism/Narrative),共计搜索到学术论文 15439 篇;键入"通讯/叙事"(Report/Narrative),共计搜索到学术论文 504 篇;键入"通讯/语言"(Report/Language),共计搜索到学术论文 1180 篇;键入"通讯/结构"(Report/Structure),共计搜索到学术论文 13766 篇;键入"通讯/美学"(Report/Aesthetic),共计搜索到学术论文 1709 篇。

---

[1] 〔意〕伊塔洛·卡尔维诺:《为什么读经典》,黄灿然、李桂蜜译,译林出版社,2006,第 152 页。

笔者通过对 3 万多篇学术论文的梳理分析发现，将叙事学与新闻学进行关联研究的成果较多，且随着时代变化，研究主题表现出从纸媒转向了电视媒体，以及网络媒体的演变趋势。一方面，媒介形态的进化是我国新闻叙事学研究的重要特征；另一方面，在以媒介形态为载体的新闻叙事学研究中，技术演进推动了叙事创新，与此同时，改革开放以来中国社会高速发展，成为中国新闻叙事学持续创新的环境驱动力。由此形成了我国新闻叙事的两个关键词，即流变与创新。通讯体裁作为新闻叙事学研究的分支，在研究程度上相对有限，仅有 504 篇学术论文与之直接相关。综上，本研究围绕通讯的新闻叙事学研究成果进行系统化梳理，归纳出以下三点特征。

（一）新闻叙事学研究对象的变迁：基于媒介技术的内容研究

随着社会发展过程中不同媒体类型影响力的变化，新闻叙事学研究对象出现了媒介技术导向的演化。20 世纪 80 年代以报纸新闻的叙事研究为主，20 世纪 90 年代以电视新闻的叙事研究为主，21 世纪后网络化与媒介融合步伐加速，网络新闻叙事研究成为大势，由此数据新闻、交互式新闻、可视化新闻等叙事学研究此起彼伏。在以媒介技术为线索的研究过程中，从单线性的比较研究向多维度的跨界研究，是新闻叙事研究演变的重要特征。如张亚敏指出"电视新闻专题片是一般的消息与电视纪录片的结合和衍生，故其兼具两者的特性，它在珍视新闻时效的同时，又在不懈而谨慎地向电视纪录片挑战，尽可能多地借鉴和利用一些艺术手法，来丰富和强化自身的表达"[1]。此后，大量针对电视新闻叙事的研究成果相继出现，特别是研究生毕业论文数量呈井喷趋势，如《报纸新闻叙事研究》[2]《传媒生态视阈下的电视新闻叙事研究》[3]《电视新闻叙事的多样化与兼容性》[4]《论电视新闻的叙事困境》[5]《论网络新闻叙事主体的特征》[6]《新媒

---

[1] 张亚敏：《电视新闻专题片的艺术化表现》，《中国广播电视学刊》1993 年第 2 期。
[2] 张涛：《报纸新闻叙事研究》，硕士学位论文，湖南大学，2006，第 3 页。
[3] 蔡海龙：《传媒生态视阈下的电视新闻叙事研究》，博士学位论文，中国传媒大学，2008。
[4] 王屹：《电视新闻叙事的多样化与兼容性》，《记者摇篮》2008 年第 6 期。
[5] 欧阳照：《论电视新闻的叙事困境》，《重庆大学学报》（社会科学版）2010 年第 5 期。
[6] 夏德勇、夏妙琼：《论网络新闻叙事主体的特征》，《新闻界》2011 年第 7 期。

体语境下我国电视新闻的叙事转向》①。在 300 多篇相关主题论文中，研究对象的媒介形态特征显著，最初聚焦纸媒文字稿件的新闻叙事研究，很快就被 20 世纪 90 年代崛起的电视新闻叙事研究取代，2010 年以后的网络新闻叙事研究成为研究新热点。目前，全媒体、融媒体已成为我国新闻实践的基本生态环境，融合新闻、数据新闻等叙事研究成为当前主要议题。在研究方法上，比较研究、互动研究以及跨界交叉学科的参与，极大丰富了我国新闻叙事学研究的视角。正如，媒介形态的研究促进了内容研究的发展，大众文化与流行文化持续泛化，娱乐性新闻、交互式新闻、可视化新闻日益普及，新闻叙事学研究的文本对象也因此转向。在从 20 世纪 90 年代末兴起的民生新闻叙事研究，到 21 世纪崛起的数据新闻与可视化叙事研究等中，各种类型的新闻文本成为不同阶段新闻叙事学研究的重点对象。基于媒介属性的内容分化，主要表现为两个向度。

一个向度是，20 世纪 90 年代民生新闻崛起，"故事化写作""新新闻写作"等倾向于"好读""好看"写作范式，关于"大众文化与民生叙事"的研究逐渐成熟。新闻叙事学研究最初的议题，集中在新闻与文学的关系讨论中。这一议题的学术论文在体量和程度上都是显著的，包括《让故事更精彩——谈电视新闻叙事方式的变革》②《报纸民生新闻叙事特点及发展趋势研究》③《民生新闻的叙事观念》④《电视民生新闻的叙事策略》⑤《浅谈民生新闻的叙事特征》⑥《故事化新闻的叙事策略与技巧研究》⑦《大众文化下的电视新闻叙事》⑧《从央视"走基层"系列报道看电视新闻叙事的故事性》⑨ 等。

①　董军：《新媒体语境下我国电视新闻的叙事转向》，《电视研究》2012 年第 6 期。

②　张军：《让故事更精彩——谈电视新闻叙事方式的变革》，《艺术广角》2005 年第 4 期。

③　牟晓伟：《报纸民生新闻叙事特点及发展趋势研究》，硕士学位论文，暨南大学，2006，第 23 页。

④　薛国林、牟晓伟：《民生新闻的叙事观念》，《新闻与写作》2006 年第 1 期。

⑤　唐曙光：《电视民生新闻的叙事策略》，《青年记者》2007 年第 20 期。

⑥　李侠、李刚：《浅谈民生新闻的叙事特征》，《新闻传播》2007 年第 3 期。

⑦　屈济荣：《故事化新闻的叙事策略与技巧研究》，硕士学位论文，四川大学，2007，第 13 页。

⑧　张成：《大众文化下的电视新闻叙事》，《记者摇篮》2008 年第 12 期。

⑨　鹿文钊：《从央视"走基层"系列报道看电视新闻叙事的故事性》，《中国传媒科技》2012 年第 16 期。

新闻与文学关系的研究旨在理清新闻与文学的异同、真实与艺术表达之间的差异。改革开放以来，关于这个问题的争鸣和论证一直存在，虽然研究普遍对新闻叙事学具有打通新闻与文学的"桥梁"作用表示肯定，但强调新闻叙事应该建立在新闻客观真实的基础上一直是重点。如赵超构较早发表的《新闻写作中的"情"、"理"、"事"、"态"》① 为起点，《新闻叙事论纲》②《关于新闻叙事学研究的构想》③《从文学叙事到新闻叙事》④《新闻叙事情景与真实性建构》⑤《新闻叙事：客观真实性与主观倾向性间的博弈》⑥《新闻叙事与文学叙事的三大界限》⑦ 等相继出现。从这一研究的发展历程来看，在早期研究搭建起了"新闻与叙事关系"这一话题格局之后，学界对"新闻与叙事具有融合关系"的认识逐渐明朗，研究重心落到"如何在新闻叙事中坚持新闻的本质"这个问题上。

另一个向度是，21 世纪元宇宙、人工智能、大数据等技术性词语成为新闻叙事学研究的新标志，短视频、数据新闻等基于网络平台形成的新闻产品也成为研究者热衷的对象。最早的数据新闻叙事研究源自 20 世纪 90 年代初，中央媒体如《光明日报》《经济日报》等开始使用含有经济数据的图表报道新闻。1999 年，新华社图表编辑室建立并开始批量生产新闻图表，把数据应用于财经类图表、科技类图表成为新闻生产的常态，这种"数据+图形"的呈现方式得到了新闻行业的认同和青睐。在这一阶段，"传统新闻叙事向数据新闻叙事的转向"成为新闻叙事研究的焦点，从不同角度进行的研究快速使数据新闻叙事研究在观点上变得成熟。从叙述者角度进行的研究颠覆了传统叙事，如"叙述者"部分物化为"数据"，"专业叙述者"出现"非职业化"。新闻叙述人的身份如何界定？谁是叙述

---

① 赵超构：《新闻写作中的"情"、"理"、"事"、"态"》，《新闻记者》1983 年第 3 期。
② 陈晓明：《新闻叙事论纲》，《武汉金专学报》1996 年第 3 期。
③ 何纯：《关于新闻叙事学研究的构想》，《湘潭大学社会科学学报》2003 年第 4 期。
④ 杨芳芳：《从文学叙事到新闻叙事》，《江西社会科学》2006 年第 8 期。
⑤ 黄晓军、强月新：《新闻叙事情景与真实性建构》，《三峡大学学报》（人文社会科学版）2008 年第 5 期。
⑥ 李凌燕：《新闻叙事：客观真实性与主观倾向性间的博弈》，《东华大学学报》（社会科学版）2009 年第 3 期。
⑦ 方毅华：《新闻叙事与文学叙事的三大界限》，《新闻与写作》2010 年第 5 期。

人？① 传统新闻生产中，新闻叙述人由事件的讲述者和文本的写作者组成。大数据作为一种信息资源，因其自身蕴含着大量新闻线索、报道选题、各类数据库、数据集作为无声的语言而取代了讲述者。从新闻形态角度进行研究的学者认为，"数据新闻产品的形态中，可视化呈现是不可或缺的组成部分，数据新闻叙事的共同点都强调图像元素和可视化过程"。"赫尔塔·赫佐格（Hertha Herzog）提出通过图像来强调内容和帮助叙事。"② "可视化的最终目的是争取比文字更好的叙事效果。数据就是叙事语言，可视化就是将数据以更清晰的逻辑和更好的阅读体验呈现给用户。可视化叙事，易于删繁就简，突出主题。"③ "随着融合新闻理念与技术的进步，可视化以及突破了'可视'，延展到了可听、'可感'，不过数据新闻叙事核心依然是事实。可视化作为数据新闻研究的重要内容，其意义在于最大化地还原了事实，丰富了受众的阅读体验。在叙事学理论视域下被细化为三种研究方向，一是将数据信息的量与关系转变为直观的图形；二是看图说话，将文字信息转变为形象符号；三是以图整合，在图表中集成多元信息。"④

　　另外，随着 21 世纪数字时代全面到来，单一介质的媒介形态逐渐转向多元介质形态，我国新闻叙事学研究也逐渐从以媒介介质为表征，发展为以"去介质"的叙事本身为中心的新趋势。周志强在《元宇宙、叙事革命与"某物"的创生》⑤ 一文中，从宏观层面提出元宇宙叙事"倒写"了人类与故事的关系，"它把人的整个身体都作为'感觉节点'来使用，通过'视、听、触、识'的闭合方式，创生幻觉性的沉浸意识和交互体感，最终形成崭新的故事情境"。由此确定了媒介向身体转向的叙事研究方向。胡泳在《元宇宙社会：话语之外的内在潜能与变革影响》⑥ 中针对"元宇宙作为一个依然携带有硅谷话语的乌托邦式的社会构想和社会实践"，提

①　何纯：《新闻叙事学》，岳麓书社，2006，第 22 页。
②　Herzog, H., "Motivational Research in Marketing," *McGraw-Hill* (1958): 1.
③　许向东：《转向、解构与重构：数据新闻可视化叙事研究》，《国际新闻界》2019 年第 11 期。
④　彭兰：《信息图表应用的三大方向》，《中国记者》2013 年第 7 期。
⑤　周志强：《元宇宙、叙事革命与"某物"的创生》，《探索与争鸣》2021 年第 12 期。
⑥　胡泳：《元宇宙社会：话语之外的内在潜能与变革影响》，《南京社会科学》2022 年第 1 期。

出"在生产与创造、认知与经验、社群与身份三个方面都呈现有待激发的潜能和变革性影响"。常江等的《数字新闻叙事的革新：视觉化、游戏化、剧场化》①、高红波等的《短视频新闻叙事三种模式探析》② 等都提出"交互式叙事已成为新闻叙事学研究的新议题"，探究交互式叙事的内在逻辑可基于三点："其一，交互性叙事是一种相关性的叙事逻辑。其二，对比性的叙事逻辑。条柱图、饼状图等都是汇集多维时空的信息图，通过分析对比各个维度的数据，挖掘出数据之间的关系，解释深层原因。其三，以可视化方式呈现。"在交互式叙事研究的热潮中，新闻叙事研究的转向，既包括对象的转向，也包括功能转向。如任嘉南的《从"澎湃新闻"看网络媒体的新闻叙事》③ 中，以经典叙事学研究理论中的叙事主体、叙事视角、叙事结构三个方面分析了以澎湃新闻为新媒体代表的当前时政报道的优势与弊端。文中提出，叙述者使用第一人称叙事，意味着记者在新闻中担任见证者、思考观察者与亲历者。使用第三人称叙事，使得报道的故事化倾向明显，特别是消息来源的人称滥用是网络时代新闻叙事的通病。王强的《当代新闻叙事的"受众转向"及其"诗学功能"的生成》④ 关注的是"受众叙述"带来的新闻叙事"全文本"。新媒体环境下普通受众参与的互动叙述从不同角度延伸新闻故事的情节线，使之成为一个开放性文本。受众叙述所具备的动态生成的特征，导致文本边界趋于消解，由此建构了新闻叙事的"全文本"。

（二）叙事学理论的中国化演进："西学东渐"的两个维度

作为我国新闻理论"舶来品"的叙事学，在西方话语体系中拥有一套成熟的理论体系，我国叙事学在理论建构与发展过程中，"西学东渐"是主要特征。"西学"旨在引入西方叙事学的理论成果，通过译介等方式构建起对应的中文概念；"东渐"则是以本土为研究对象，是构建中国叙事

---

① 常江、朱思垒：《数字新闻叙事的革新：视觉化、游戏化、剧场化》，《西北师大学报》（社会科学版）2023 年第 1 期。

② 高红波、刘传熙：《短视频新闻叙事三种模式探析》，《中国出版》2022 年第 16 期。

③ 任嘉南：《从"澎湃新闻"看网络媒体的新闻叙事》，网易新闻，https://www.163.com/news/article/C5TNUH0500014Q4P.html，最后访问日期：2024 年 9 月 30 日。

④ 王强：《当代新闻叙事的"受众转向"及其"诗学功能"的生成》，《重庆邮电大学学报》（社会科学版）2022 年第 1 期。

学理论的必然选择。叙事学理论的中国化就是在这两个维度的交织与互动中逐渐发展进化。这两个维度虽以"西学"为起点，但并非以绝对的先后顺序、泾渭分明的分界呈现，而是在动态发展中交融。

回溯叙事学理论的西方话语体系可以发现，在该理论体系的建立过程中，符号学、语言学、文学构成了其理论的学科基础，并发展出了诸多理论分支和核心概念，形成了西方经典叙事学研究的聚焦，即"故事"和"话语"两个研究方向。叙事学理论的提出可以追溯至亚里士多德（Aristotle）的《诗学》，但"叙事学"这个术语则出现在1969年，法国批评家兹维坦·托多罗夫（Tzvetan Todorov）在著作《文学的语法》中对《十日谈》进行了详细的语法分析，他通过结构主义的方法研究了博卡乔的《十日谈》中的叙事模式，并进一步发展了对叙事学的理解。文中第一次使用了"叙事学"（narratologie）这个术语。① 叙事学思想和理论起源于20世纪20年代。俄国形式主义家弗拉基米尔·普罗普（Vladimir Propp）的《故事形态学》② 被认为是叙事学的发轫之作。普罗普打破了传统按照人物和主题精细分类的方法，认为故事中的基本单位不是人物，而是人物在里面的功能，由此，俄国民间故事中分析出31个功能。随后，普罗普的观点被克洛德·列维-斯特劳斯（Claude Lévi-Strauss）接受并传到法国，普罗普的观点不同于传统的对作品内容和社会意义重视的叙事学理论，而是立足于现代语言学结构主义文化理论，注重作品的结构分析，发现作品的共性，主要研究作者与叙述人、叙述人与作品中人物、作者与读者的相关关系，以及叙事话语、叙述动作等，而不是具体的艺术成就。克洛德·列维-斯特劳斯研究神话中不变的因素结构形式，并用语言学模式发现人类思维的基本结构，这进一步丰富了早期叙事学的理论构成③。

20世纪初，俄国形式主义者维克托·鲍里索维奇·什克洛夫斯基（Viktor Shklovsky）、鲍里斯·米哈依洛维奇·艾亨鲍姆（Boris Mikhailovich Eikhenbaum）等人发现了"故事"与"情节"之间的差异。"故事"是作

---

① 申丹：《叙述学与小说文体学研究》，北京大学出版社，2019，第1页。
② 〔俄〕弗拉基米尔·雅可夫列维奇·普罗普：《故事形态学》，贾放译，广东人民出版社，2006，第1页。
③ Lévi-Strauss, C., *Mythologiques* (Vol. 1-4) (New York: Harper & Row, 1969-1981).

品叙述的按照实际时间排序的所有事件，"情节"侧重事件在作品中出现的实际情况。这些直接影响了叙事学对叙事作品结构层次的划分，大致勾勒出西方经典叙事学研究聚焦的"故事"和"话语"两个层面。

20世纪60年代，格雷马斯（Algirdas Julien Greimas）与茨维坦·托多罗夫（Tzvetan Todorov）开始译介俄国形式主义的论述。1966年，《交流》杂志第8期以《符号学研究——叙事作品结构分析》为标题发表的专号宣告了叙事学的正式诞生①。同年，格雷马斯的《结构语义学》问世，它编制出符号学方阵作为意义的基本形成模式，深入探究了叙述结构和话语结构②。与此同时，罗兰·巴特（Roland Barthes）在这一专号上发表了著名的《叙事作品结构分析导论》，这篇论文阐发了新的观点，即将叙事作品分为三个描写层次——功能层、行为层、叙述层，任何语言单位可能结合到各个层次之中产生意义③。

新闻叙事学理论"西学东渐"的第一个维度"西学"，便在此基础上形成，它以西方叙事理论为起点，由国内语言学、符号学以及英美文学、翻译学等领域的学者着手搭建的本土化理论框架逐渐形成。学者张开焱在《照着说 接着说 对着说 说自己的——中国叙事学的创新发展路径浅谈》④中用了一个形象的比喻"照着说"生动描画出中国学者致力于对西方叙事学成果进行介绍、转述和将其运用于具体文学现象的情况。张开焱认为"照着说"大体可归纳为三种形式。一是介绍性著述。除了翻译西方叙事学原著之外，国内学者自己撰写介绍西方叙事学的著作，如傅修延的《讲故事的奥秘：文学叙述论》⑤《文本学：文本主义文论系统研究》⑥，以及赵毅衡的《苦恼的叙述者》⑦重点讨论了中国古代小说叙事问题。赵毅

---

① 韩蕾：《话语符号学视角下的〈叙事作品结构分析导论〉》，《中国文学研究》2017年第1期。
② 〔法〕A. J. 格雷马斯：《结构语义学》，蒋梓骅译，百花文艺出版社，2001，第1页。
③ Barthes, R., "Introduction to the Structural Analysis of Narratives," in Barthes, R., *Image-Music-Text* (New York, Hill and Wang, 1977), pp. 79–124.
④ 张开焱：《照着说 接着说 对着说 说自己的——中国叙事学的创新发展路径浅谈》，《甘肃社会科学》2023年第1期。
⑤ 傅修延：《讲故事的奥秘：文学叙述论》，百花洲文艺出版社，1993。
⑥ 傅修延：《文本学：文本主义文论系统研究》，北京大学出版社，2004。
⑦ 赵毅衡：《苦恼的叙述者》，四川文艺出版社，2013。

衡在《当说者被说的时候：比较叙述学导论》① 中引入了比较研究视野，总体框架保留了西方叙事学的核心概念和命题，但具体研究对象则为中国叙事现象和特征。胡亚敏的《叙事学》② 在介绍西方叙事学主要理论成果的前提下，引入了接受理论，对叙述接受中的系列问题进行了讨论，直接表达了突破经典叙事学的理论指向。二是关键词和命题研究。围绕西方叙事学中的某些重要概念、命题、观点、方法进行研究的目的是准确理解。西方叙事学中许多重要概念、命题等都在中国学术界被讨论甚至争论过。如罗钢的《叙事学导论》③、张开焱的《神话叙事学》④、祖国颂的《叙事的诗学》⑤、申丹等的《西方叙事学：经典与后经典》⑥ 等，在使用西方叙事学核心概念或主要流派理论的前提下，国内学者做了许多创新性拓展。谭君强的《叙事学导论：从经典叙事学到后经典叙事学》⑦ 大量加入中国、印度等国家的古代叙事理论和经验研究。上述著作对中国学者了解西方叙事学具有重要意义。三是理论运用于个案的研究。这一研究的基本路径是将西方叙事学中已有理论和方法运用到对具体叙事现象的研究中，这方面成果数量丰富、影响力大。

"西学东渐"中的第二个维度"东渐"，是随着"西学"译介成果不断累积，中国本土研究渐成规模而形成的一种国内学者自发的、主动的中国叙事学话语范式的构建。一部分中国学者采取"接着说"的方式，按照顺向性延伸的路径，从西方叙事学结束的地方拓展研究或对已有西方叙事学成果进行深化、发展、反省、审视性研究。20 世纪 80 年代，部分学者就立足于中国新闻作品的叙事改革，对西方理论进行了反思。如祁敬国就以"荣获 1984 年全国好新闻二等奖的《女排奏捷，场面感人》（原载于《羊城晚报》，1984 年 8 月 8 日）的消息"为例，他指出该新闻："采用了叙事体导语是对多年来，人们一直称道'倒金字塔'新闻写作手法的实践

① 赵毅衡：《当说者被说的时候：比较叙述学导论》，四川文艺出版社，1998。
② 胡亚敏：《叙事学》，华中师范大学出版社，2004。
③ 罗钢：《叙事学导论》，云南人民出版社，1994。
④ 张开焱：《神话叙事学》，中国三峡出版社。1994。
⑤ 祖国颂：《叙事的诗学》，安徽大学出版社，2003。
⑥ 申丹、王丽亚编著《西方叙事学：经典与后经典》，北京大学出版社，2010。
⑦ 谭君强：《叙事学导论：从经典叙事学到后经典叙事学》，高等教育出版社，2008。

创新。"①

叙事学在西方的发展史证明了构建理论体系的重要性，20 世纪 90 年代，中国叙事学界延续和发展西方叙事学的意识日趋强烈。其中，申丹教授就此发表了一系列文章，如《20 世纪 90 年代以来叙事理论的新发展》②《叙事学研究在中国与西方》③，她在《叙述学与小说文体学研究》④ 中提出的关于隐性叙事进程问题的研究成果最为突出，获得了国际叙事学界的肯定。同时，有一部分中国学者采取"对着说"的方式，采用逆向性思维，对与西方叙事学已有成果相异或相反的角度展开研究，如赵毅衡教授的《"叙事"还是"叙述"？——一个不能再"权宜"下去的术语混乱》⑤等。与此同时，新闻学研究者曾庆香等将新媒体语境下的新闻叙事模式归纳为 3 种类型：蜂巢型、菱形、钻石型。"蜂巢型模式是指，报道在形式和内容上都是对事件信息进行一点点的更新，如，马航事件等。菱形模式是指媒体对新闻事件进行追踪报道时，其报道的先后顺序和重点在速度和深度两条轴线上呈现菱形的形状。钻石型模式是指媒体采纳各种媒体元素对事件进行完整、多维的报道。"⑥ 从而开启了我国新闻叙事学立足中国的理论新阶段。

（三）中国新闻叙事理论研究格局：从移植理论到构建体系

新闻叙事理论从诞生到发展，一直是在叙事学框架内进行"移植"，即参照叙事学研究的要素和范畴，去发现新闻叙事的本质、形式、功能。

一方面，以中国叙事学理论为纲的新闻叙事学研究，就诞生在叙事学理论"西学东渐"过程中，叙事话语、叙事时间、叙事视角、叙事速度、叙事美学等叙事学的基本要素，成为新闻叙事学理论与实践结合的起点，由此展开了大量以新闻作品为研究对象、以叙事理论要素为工具的多元探

① 祁敬国：《谈谈叙事体导语》，《新闻爱好者》1988 年第 2 期。
② 申丹：《20 世纪 90 年代以来叙事理论的新发展》，《当代外国文学》2005 年第 1 期。
③ 申丹：《叙事学研究在中国与西方》，《外国文学研究》2005 年第 4 期。
④ 申丹：《叙述学与小说文体学研究》，北京大学出版社，2019，第 111 页。
⑤ 赵毅衡：《"叙事"还是"叙述"？——一个不能再"权宜"下去的术语混乱》，《外国文学评论》2009 年第 2 期。
⑥ 曾庆香、常媛媛、吴晓虹：《叙事·新闻叙事·新闻类型——兼谈所有新闻都是叙事吗？》，《新闻记者》2019 年第 12 期。

索，如以叙事话语为理论要素的新闻学研究，包括《新闻叙事中"着"、"了"、"过"的使用情况——兼谈新闻话语的主观性》①《试析民生新闻的叙事修辞》②《新闻叙事语法论》③ 等文章。该范畴的研究包括关注语言的结构系统，如语音、语汇、语法等在新闻话语中的表现；关注语言的修辞系统，如"如何选取、安排恰当的语言材料，运用必要的表达手段对话语文字的一切可能性进行利用"④。因此，针对"最基本的语言单位句子"⑤，通过对文本中新颖的、特别的词语、句子和修辞的举例分析，论证新闻中作为"语言单位"话语的某些特征。再如，以叙事时间为理论要素的研究包括《新闻的叙事时间形态及其特征探析》⑥《新闻的叙事时序和叙事时距分析》⑦《新闻叙事的时间畸变》⑧ 等。再如，以叙事视角为理论要素的研究有《新闻叙事的视角与聚焦分析》⑨《新闻的叙事视角与聚焦》⑩《报纸新闻叙事中的有限人物视角分析》⑪ 等。此外，还有部分以叙事速度、叙事美学为理论要素的研究，如《从叙述速度看新闻叙事与文学叙事的差异》⑫《电视新闻叙事的审美艺术》⑬ 等。如陈伟军在《张驰有度：新闻叙事节奏的动感表达》⑭ 一文中提出，概述是快节奏的时间压缩，是一种快节奏的新闻叙事手法，它通常以直接引语为形态。快节奏叙事通常适用于介绍背景、转换叙事焦点、推动故事进程、交代时间结局等。在新闻作品中，新闻的叙事时间不能像现实时间一样匀速单向流动，记者要在有限的

---

① 李凌燕：《新闻叙事中"着"、"了"、"过"的使用情况——兼谈新闻话语的主观性》，《修辞学习》2009 年第 5 期。
② 杨旦修：《试析民生新闻的叙事修辞》，《现代视听》2008 年第 5 期。
③ 华进：《新闻叙事语法论》，硕士学位论文，湘潭大学，2007，第 11 页。
④ 陈望道：《修辞学发凡》，复旦大学出版社，2008，第 11 页。
⑤ 〔苏联〕斯米尔尼茨基：《语言存在的客观性》，胡明扬译，载中国科学院语言研究所主编《语言学论文选译》第五辑，中华书局，1958，第 126 页。
⑥ 郭赫男：《新闻的叙事时间形态及其特征探析》，《求索》2010 年第 7 期。
⑦ 刘莹：《新闻的叙事时序和叙事时距分析》，硕士学位论文，苏州大学，2006，第 111 页。
⑧ 黄昌林：《新闻叙事的时间畸变》，《新闻界》2006 年第 2 期。
⑨ 何纯：《新闻叙事的视角与聚焦分析》，《求索》2006 年第 2 期。
⑩ 孙涛：《新闻的叙事视角与聚焦》，《黑龙江科技信息》2009 年第 36 期。
⑪ 聂志腾：《报纸新闻叙事中的有限人物视角分析》，《新闻窗》2009 年第 1 期。
⑫ 米学军：《从叙述速度看新闻叙事与文学叙事的差异》，《新闻爱好者》2006 年第 1 期。
⑬ 蒋琳：《电视新闻叙事的审美艺术》，《现代视听》2008 年第 8 期。
⑭ 陈伟军：《张驰有度：新闻叙事节奏的动感表达》，《新闻与写作》2020 年第 5 期。

篇幅内将新闻要素和故事情节叙述完整。总的来看，这些研究对新闻叙事理论和新闻实践起到了深化和推广作用，极大地促进了新闻叙事学理论的发展和新闻写作手法多元化的实践。

另一方面，新闻叙事学在"移植"理论的过程中，通过转义概念构成了"西学东渐"的中间环节，为构建体系铺就了一条动态发展的道路，特别是在中国叙事学本土化理论构建的背景下，新闻叙事学的理论"再造"成为丰富叙事学理论的一个重要分支。这方面研究从聚焦厘清和梳理概念从而建立专属的定义，逐渐发展为丰富新闻叙事学理论的内涵与外延。其中，申丹以《"隐性进程"与双重叙事动力》① 极大地推动了叙事学概念中国化的进度，构成了中国自主的叙事学样本。申丹认为，叙事学在 20 世纪 80 年代的全球发展和"叙事动力"研究出现，是因为以往的研究过于静态，经典叙事学的情节分析模式极度静态，促使研究者们越来越关注叙事动力。其他学者也陆续探讨了叙事进程、时间性与叙事顺序。在中国融入世界叙事学研究的新阶段中，"隐性进程"与双重叙事动力的观点是中国在叙事学概念创新中的贡献。20 世纪 90 年代开始，关于建立和明确"新闻叙事学"定义在国内开始了更多探索，其中以曾庆香、齐爱军等学者关于新闻叙事学的定义最突出。齐爱军认为，"有学者将新闻叙事学概括为运用话语分析的研究方法，对新闻的叙事行为和叙事策略进行科学的研究"②。虽然最早包含了"新闻叙事学"这一概念的专著可追溯至 1970年欧阳照撰写的《电视新闻的叙事学研究》③，但侧重构建理论框架的新闻叙事学专著多以 2005 年曾庆香《新闻叙事学》④ 的出版为标志。曾庆香认为，新闻叙事的本质在于"将事实转变为吸引人的故事"，新闻叙事首次产生了规范的定义，即为了向大众客观陈述事实或完整再现事件过程、表达记者的判断，用适当的语言对客观事实的细节所做的准确叙述。叙述是产生话语的行为或过程中隐藏在话语中的独特叙述者、叙述角度、叙述方

① 申丹：《"隐性进程"与双重叙事动力》，《外国文学》2022 年第 1 期。
② 齐爱军：《关于新闻叙事学理论框架的思考》，《现代传播（中国传媒大学学报）》2006年第 4 期。
③ 欧阳照：《电视新闻的叙事学研究》，重庆大学出版社，2010。
④ 曾庆香：《新闻叙事学》，中国广播电视出版社，2005，第 1 版。

式等创造性动作。故事、话语、叙述三个层次共同构成了新闻叙事的框架。新闻叙事的特征表现为两点，即新闻性、叙事性。新闻性，包括具体性、真实性、新鲜性、重要性、传播性以及5W要素的特点。叙事性，包括连贯性、合理性、逻辑性、准确性。新闻叙事就是由这两个属性构成的。

21世纪后，童兵等学者在讨论核心概念和定义的基础上，进一步聚焦新闻叙事学的核心问题。"新闻叙事学，主要研究新闻是如何通过叙述方式来表现新闻本质的，新闻的本质决定着新闻叙事的基本原理，其核心是客观真实与目的性的高度统一。"[1] 随着新闻叙事学在定义和概念方面的研究不断深化和丰富，新闻体裁在技术赋能下呈现更多的交叉与跨界，通讯作为传统新闻体裁中最具文学性的一种类型，其文本也处于变动、边界拓展的状态，由此诞生的"非虚构写作""特稿""数据新闻"等与通讯体裁不断交融，以通讯为对象的新闻叙事学研究在进入21世纪后呈现复杂、多元的媒介景观。黄典林对"非虚构写作"的叙事学研究，提出了当代非虚构写作的逻辑是文学与新闻实践互动，这是对传统通讯体裁在新时期发展形态的延伸，他在《话语范式转型：非虚构新闻叙事兴起的中国语境》[2]一文中提出一个问题，即"非虚构写作是基于何种话语谱系和社会语境进入了新闻生产领域？"从而探讨了非虚构写作与新时期传播生态的技术、政治和商业逻辑的匹配是激发其话语范式转型的背景动因。

许向东在《转向、解构与重构：数据新闻可视化叙事研究》[3]一文中提出，大数据技术应用于新闻叙事引发了叙事主体和叙事形式的变化，并对叙事者、叙事结构、叙事话语、叙事接受等产生了影响。探索数据新闻可视化叙事有助于丰富新闻叙事学研究，并掌握新时期新闻的生产规律。随着通讯体裁的发展，其文本形态日渐丰富，包括文字、图像、短视频等多种叙事方式也成为研究中的新热点与讨论焦点。然而，"故事化"的叙事特征作为通讯叙事研究的内容之一，在学界逐渐达成共识。

进入21世纪第二个十年，随着新闻叙事学相关概念的不断拓展和深

① 童兵、陈绚：《新闻传播学大辞典》，中国大百科全书出版社，2014。
② 黄典林：《话语范式转型：非虚构新闻叙事兴起的中国语境》，《新闻记者》2018年第5期。
③ 许向东：《转向、解构与重构：数据新闻可视化叙事研究》，《国际新闻界》2019年第11期。

化，新闻叙事体系的研究逐渐成形。如欧阳明、陈琛的《简析我国新闻叙事研究的发生、特点及成因》① 与欧阳明、向小薇的《新闻报道叙事语义要素及其结构系统》② 两篇论文通过梳理以往的理论和概念研究，试图以体系化的视角构建新闻叙事学理论。研究中发现，新闻报道主体对新闻现实的反映与表现，核心在语义。因此，可从语言的符号意义与所指的关系入手构建中国新闻叙事体系。

习近平总书记在主持中共中央政治局第三十次集体学习时发表重要讲话强调："要加快构建中国话语和中国叙事体系，用中国理论阐释中国实践，用中国实践升华中国理论，打造融通中外的新概念、新范畴、新表述。"③ 这为新闻叙事学研究构建具有中国特色的新闻叙事理论提供了方向。刘涛、刘倩欣在《新文本新语言新生态"讲好中国故事"的数字叙事体系构建》④ 中提出，中国叙事体系构建包含三个内在统一的切入维度。一是形态层，文体意义上的叙事形式。二是语义层，语言意义上的叙事语法。三是传播层，体系意义上的叙事实践。形式逻辑是基于文体的新文本问题，包括故事出场的文体，视觉转向维度的符号呈现策略和情感转向的语义修辞策略及游戏转向的情景创设策略等。语法逻辑是基于语义的新语言问题，包括语法逻辑上回应故事表征的结构问题，图像叙事、情感叙事、互动叙事三种叙事策略。实践逻辑是基于传播的新生态问题，包括实践逻辑回应故事之间的互文问题，嵌套、转换、协同三种跨媒介叙事策略。

综上，我国新闻叙事学的理论与实践研究，始终伴随新技术与新闻实践的不断碰撞，在智能化与人性化、导向性与故事性、互动与互构中进步，新闻叙事理论中国化，更是新时期我国新闻叙事学的重心与方向。

---

① 欧阳明、陈琛：《简析我国新闻叙事研究的发生、特点及成因》，《中外文化与文论》2015 年第 3 期。

② 欧阳明、向小薇：《新闻报道叙事语义要素及其结构系统》，《湖北大学学报》（哲学社会科学版）2019 年第 2 期。

③ 习近平：《习近平谈治国理政》（第四卷），外文出版社，2022。

④ 刘涛、刘倩欣：《新文本新语言新生态"讲好中国故事"的数字叙事体系构建》，《新闻与写作》2022 年第 10 期。

二　研究内容与意义

本专著以中国新闻奖获奖通讯作品为研究对象，围绕三个问题阐释本研究的内容、意义和创新点。

一是通讯文本的研究价值。目前，新闻叙事学关注的是新闻的一般规律，已有研究聚焦通讯体裁的不多。"通讯"这一新闻体裁不仅指向研究的主要对象，还意味着通讯体裁与叙事学理论之间的特殊关系，这决定了用新闻叙事学研究通讯作品的意义。虽然"叙事学"一词常被用在虚构文本的研究上，但这并不代表非虚构文本在叙事学研究领域之外，新闻作为非虚构文本的一种类型，包含了叙事的文学性成分。新闻的本质是真实的再现，这种"再现"是主观世界对客观世界的一种能动的反映，是尽可能靠近"原型"和贴近真实的再现。① 这决定了新闻必然要在寻求"再现"真实的基础上，积极采用不同的叙事方式，以增加新闻的可读性和吸引力。

美术史研究者巫鸿在研究中国古代墓室物件的发掘功能与美术史之间的关系时，做过如下尝试。在马王堆一号墓发掘报告中，椁室北端的头箱共出土了68件器物，按照质料分为漆器、竹器、木陶纺织品等，当这些物件在发掘报告中按照质料被分门别类之后，它们之间的原始共存关系就消失了。然而按照物件的分布图还原物件在头箱中的原始位置，复原了一个封闭空间里的舞台般的场景："箱内四壁张挂着丝帷，地上铺着竹席，左端立着一面彩画屏风，屏风前面是一个后倚绣枕、旁扶漆几的舒适座位。……栩栩如生的舞蹈俑和奏乐俑表现出正在进行的一个歌舞演出。"② 发掘报告无疑是对墓室的物品进行了一种"转译"，廓清了物件的基本情况，巫鸿提出的这种复原尝试，就是一种"转译"，它将物件和物件的时空位置进行了"还原"，使得物件之间的关系被真实地再现了。事实上，新闻报道就是对已经消逝的事实"墓室"进行挖掘和还原。相对于消息这种新闻体裁对事实的"还原"来说，通讯无疑是试图还原一个富有生气、鲜活、有气息、有触感的"原境"，它不仅重视还原事实的基本情况，而且重视事

---

① 袁晖、李熙宗主编《汉语语体概论》，商务印书馆，2005，第247页。
② 巫鸿：《美术史十议》，生活·读书·新知三联书店，2008，第36页。

实之间的关系，力图呈现一个有时空感的舞台般的新闻现场"实景"。并且，通讯是所有新闻体裁中与文学关系最密切的一种，正是因为两者之间有这样的内在关联性，通讯的叙事学研究就更具有贴合性和重要性。

从叙事学的发源来看，叙事学是一种对以神话、民间故事、小说为主的书面叙事材料的研究，并以此为参照研究其他叙事领域。作为一门学科，叙事学是 20 世纪 60 年代在结构主义大背景下，受俄国形式主义影响才正式确立的，但事实上，叙事学在 20 世纪 60 年代被正式作为一门学科提出之前，它的发展就已经蔚为壮观，由对神话和民间故事等初级叙事形态的研究走向了对现代文学叙事形态的研究，以及由对"故事"深层结构的探索逐渐发展为对"话语"层叙事结构的分析。由此可见，叙事学中天然地就包含了文学叙事的属性。正如"文学性本身并不是文学，它包含有文学的许多本质因素，如叙述、场景、结构、细节描写、修辞、风格等，这些范畴在历代文学实践中积累了大量经验，这些经验一旦运用于以事实为表现对象的新闻写作中，就成为新闻文学性的应用范畴"。① 新闻通讯在叙事上对文学体裁的借鉴绝对不是泛泛而谈的"文学借鉴"，过去我们始终没有将通讯和一般新闻体裁区分开来进行个体化的研究，新闻叙事学中的"新闻"与"文学"关系的模糊性，既是目前新闻叙事研究中重要弊病的源头，也影响了通讯叙事学研究的发展。那么，新闻中更具文学性的通讯体裁对真实再现的方式是怎样的？通讯的定义对此做出了清楚表述，通讯是运用叙述、描写、抒情、议论等多种手法，具体、生动、形象地反映新闻事件或典型人物的一种新闻报道形式。这些手法的综合运用是区别通讯与其他新闻体裁的重要标志，作为记叙文的一种类型，通讯对事实的"再现"，则更倾向生动化的、具象化的再现，它以"文学性"方式"再现"新闻内容的程度更为明显。因此，通讯作为本研究核心研究对象的意义就在于，在新闻对文学叙事手法的借鉴中，通讯恰是在这种冲突与融合中最具独立性的一种新闻样式，它具有相当的典型性和特殊性。

二是中国新闻之于研究的背景意义。"中国"二字意味着本项研究具有民族性和国家性的基本特征，处于全球化、现代化转型期的当代中国，

---

① 白雪：《文学性——新闻审美价值的追求》，《新闻传播》1994 年第 4 期。

因具备特殊的研究价值而受到国际学界的瞩目。一方面，中国的文化源远流长，自古以来，中国文学的叙事一直存在于文化叙事中，但因为西方叙事学对新闻传播先入为主的影响，带来了新闻叙事研究中中国文化根源被弱化与忽视，这就直接造成了中国新闻叙事学主要依靠西方叙事学的本土化移植。中国新闻作品中蕴含的东方文明往往被忽视，在对中国新闻作品中出现的某些现象进行学理性分析的过程中，从根源上，我们就失去了文化的解释力。通过梳理叙事学"东渐"的过程可知，20 世纪 80 年代中期，叙事学理论开始被介绍到中国，特别是弗雷德里克·杰姆逊（Fredric Jameson）在北大的演讲①，在一定程度上促进了中国叙事学的繁荣。1986—1992 年是对叙事学译介最活跃的阶段，西方最有代表性的叙事理论作品基本上都是这期间翻译过来的。中国本土化的叙事研究也有了显著成果，其中代表性的有陈平原的《中国小说叙事模式的转变》②、罗钢的《叙事学导论》③、杨义的《中国叙事学》④ 等。以上作家在借鉴西方叙事理论的同时，以中国所特有的文学资源和话语形式展开了对《诗经》以来的包括《山海经》、话本小说、《红楼梦》等古典文学以及现当代小说的叙事研究，丰富了叙事学理论，为西方叙事学理论的中国化做出了努力。例如，杨义的《中国叙事时间的还原研究》⑤ 等既建立起了中国叙事学的理论框架，也特别强调了中国文化对作为"舶来品"的叙事学具有反作用力，形成了具有中国特色的叙事学。中国新闻叙事学的发展在很长一段时间里，依赖对西方叙事学理论的照搬和"对号入座"，中国新闻叙事学研究明显表现出西化特征。因此，以中国文化为背景，充分考虑中国文化因素对中国通讯作品写作惯习的影响和民族历史文化对通讯叙事写作的影响，是本研究的初衷。从中国的文化心理、中国文化思想的传统与现代、中国社会转型中的技术更迭、多元文化交叉、国人文化心理因素等来观照中国新闻奖通讯发展历程中某些变化特征，从而在两者之间寻找文化意义上的关联性，

---

① 《著名学者弗雷德里克·杰姆逊教授在北大发表演讲》，北京大学新闻网，https://news. pku.edu.cn/xwzh/129-260633.htm，最后访问日期：2024 年 9 月 30 日。
② 陈平原：《中国小说叙事模式的转变》，北京大学出版社，2010。
③ 罗钢：《叙事学导论》，云南人民出版社，1994。
④ 杨义：《中国叙事学》，中国社会科学出版社，2006。
⑤ 杨义：《中国叙事时间的还原研究》，《河北师院学报》（社会科学版）1996 年第 3 期。

真正对中国现象进行中国视野的解答，而非简单套用西方叙事学理论，这是本研究立意所在。另一方面，"中国"也意味着本项研究的国家立场。新闻的国家立场直接表现为国家意识形态，我国新闻通讯与西方通讯最明显的区别就在于意识形态差异。美国宾州州立大学教授刘康在《关于全球化与中国当代文化思潮的答问》中提出：从当代文化和意识形态的角度，中国当代话语可以被划分为三个层次，即官方话语、知识分子精英话语、民间话语。这三者中，知识分子精英话语是在一个相对独立的社会空间里展开的，它与官方话语和民间话语之间保持着一定的距离。官方话语往往以话语的霸权性、意识形态性为表征。民间话语较多体现在流行性节目类型中，以话语的大众消费性为表征。[1] 可见，"话语"包含的并不只是语义学意义上所指的含义，还包含着它在社会、历史实践中的各种关系。[2] 正是因为如此，研究通讯的叙事话语就离不开对话语背后国家意识的重视。如同"将所要讨论的对象放置在一个广大的脉络中来谈"。[3] 任何一个文学样本都有它所隶属的时代特征和文本属性；同样，任何一种新闻文本形态，也都应该放置在其所属国家的时代语言环境下加以分析。这正是本研究目的，即以新闻叙事学为纲，通过对中国通讯文本中的话语特征、结构形态、时间特征、美学呈现等研究，揭示通讯这种特殊新闻话语类型深层次的意识形态特征与其变化动因之间的关系。

三是中国新闻奖之于研究的内涵意义。中国新闻奖是经中宣部批准常设的全国优秀新闻作品最高奖，由中华全国新闻工作者协会主办，每年评选一次。该奖项自1991年开始评选，每年评选一次，旨在检阅我国新闻工作年度业绩，展示我国战线成果，发挥优秀新闻作品的示范作用，推动新闻媒体坚持马克思主义新闻观，积极宣传党的主张，深入反映群众呼声，传播正能量。历届获得中国新闻奖的通讯作品整体上可以作为一个缩影反映出中国社会主流价值观和主流文化的变化，以及它们在通讯写作中是如何被呈现的。一方面，世上所有事物都具有两面性，对同一事物作出不同的价值判断完全正常，但社会大众对同一类事物的不同价值判断有倾向性

① 刘康：《文化·传媒·全球化》，南京大学出版社，2006，第87页。
② 陈晓明：《解构的踪迹：历史、话语与主体》，中国社会科学出版社，1994，第64页。
③ 〔意〕伊洛塔·卡尔维诺：《新千年文学备忘录》，黄灿然译，译林出版社，2009，第1页。

取舍，即会赞成一种、反对另一种。当一种价值判断成为多数人的看法时，便形成了社会的主流价值观。从主流价值观的形成过程来看，它事实上是社会大众观念意见的"集合体"，它源自社会大多数人的共同判断，新闻这种产品的生产对象就是社会大众，依据新闻传播的循环模式，由社会大众所形成的主流价值观对新闻产品的生产具有决定性的反作用力，成为新闻生产者所倡导文化价值观的重要组成。

中国新闻奖作为一种主流价值观的标准，通过40多年的评选实践，已形成一套与定位相一致、政治导向与业务导向相统一、比较系统完整的评选标准体系。中国记协原党组副书记高善罡对此有深入研究："这些获奖作品是2010年中国新闻工作者践行马克思主义新闻观，深入贯彻落实科学发展观，高举旗帜、围绕大局、服务人民、改革创新生动实践的集中展示，充分体现了围绕中心、服务大局、主题宣传的最新成果；充分体现了社会主义核心价值体系典型宣传成果；充分体现了加强和改进突发事件报道的成果；充分体现了加强社会热点问题引导成果；充分体现了提高国际传播能力取得的成果；充分体现了新闻理论研究最新成果。"①

在《中国新闻奖评选办法》中，有关"评选标准"内容涉及文字、广电、网络和综合4大类29个评选项目。归纳起来，反映中国新闻奖的精神。第一，必须坚持新闻作品的正确舆论导向。2012年，在参评中国新闻奖新闻名专栏的1件广播专栏作品中，特邀评论员在评论卫生部有关政策时，把讲人情、托关系、买号儿等现象概括为"狗仗权势"，并武断提出医院"不可能"迅速辨别危重病人等。节目主持人对这样明显过激的语言没有及时引导和评判，造成节目导向明显失当，损害了新闻作品应有的客观公正。经全体评委讨论表决，该作品失去了新闻名专栏的候选资格。反观《八卦话题"打败"抗日老兵》的"获奖评析"中提及其"社会效果"就有这样的一段评语：市委宣传部新闻阅评组（2010年第9期）表扬《八卦话题"打败"抗日老兵》一文体现了日报编辑记者高度的社会责任感和职业道德。对于文化报道中的低俗问题，还有赖于文化报道的编辑记者真

---

① 《第21届中国新闻奖优秀新闻工作者颁奖报告会综述》，中国政府网，https://www.gov.cn/jrzg/2011-11/06/content_1986775.htm，最后访问日期：2024年9月30日。

正从弘扬社会主义核心价值观的高度，正视新闻工作者的社会责任。① 在反"三俗"的时代语境下，通讯报道文化价值观导向的正确则有助于作品被社会肯定。第二，必须坚持新闻的真实性。中国新闻奖不仅要求新闻作品中所涉及的具体数据、事实表述等真实准确，而且要求参评作品申报的社会效果等经得起反复推敲，不能存在失实、夸大、造假等情况。2007年至今，在被撤销获奖资格的14件拟授奖作品和2件已获奖作品中，有的存在事实性错误，有的为参评而重新制作，有的在申报材料中夸大传播效果等，均被取消了拟授奖和获奖资格。第三，必须坚持新闻采编业务的高标准。获奖作品体现了中国新闻奖评判优秀新闻作品的业务标准。一是题材重大，主题鲜明，新闻性、思想性强，能够反映时代精神、引领社会舆论。如《稳定压倒一切》《选择，凝聚在信仰的旗帜下》等《人民日报》社论，思想深刻、导向正确，在关键时刻有力发挥了团结稳定、鼓劲的舆论引导作用。二是坚持"短、实、新"的要求。评选办法根据不同体裁，对获奖作品字数（时长）提出了明确的要求。三是鼓励创新。新华社的《"三西"扶贫记》、中央电视台的《代表民心的四次掌声》、《河南日报》的"龙·舟"特刊版面等很多获奖作品，都是从内容到形式体现时代性、富于创造性的精品佳作。第四，坚持获奖作品必须按照国家标准使用语言文字。近年来，为确保中国新闻奖获奖作品能够真正经得起社会和时间的检验、经得起"放大镜"审视，中国记协将语言文字差错的情况列为参评作品能否获奖的重要评判依据。

另外，主流文化是指一个社会、一个时代受到倡导具有主要影响的文化。与主流价值观相同的是，主流文化的形成与大众的文化感受力分不开，每个时期都有当时社会中为大多数人所认同的主流文化，而且，这种主流文化的形成往往与科学技术水平有着一定的关系。例如，在以报纸为主导的时代下，新闻传播的媒介渠道有限，主流文化受新闻传播者的影响比较大，然而，在以网络为主导的时代，双向互动的传播模式导致了主流文化的反作用更为明显，由于内容上"新闻娱乐化"程度的提高、日常生

---

① 《第二十一届中国新闻奖获奖作品目录（二等奖）》，中国记协网，http://www.xinhuanet.com/zgjx/2011-10/20/c_131202587.htm，最后访问日期：2024年4月30日。

活审美化的泛滥，新闻在议程设置角色中的内容和形态都更多地受制于大众文化观念。从这个意义上来看，主流文化便随着时代进步、科技发展从过去的传播者主导发展为现在的大众主导。

当然，无论是主流文化还是主流价值观，它们都是一种阶段性的社会反映，都会悄然存在于时代的文化产品、文化现象和人们的心理接受层面。作为人类精神产品的新闻通讯，它的传播就受制于两个要素，一个是传者，另一个是受者。传者的意识形态和新闻价值观在新闻生产上发挥主导作用，受者对新闻产品的接受心理则主要取决于主流文化和主流价值观。受者是否乐意阅读获得中国新闻奖的通讯作品，是否愿意接受作品中的价值观？获奖作品在读者中的影响力有多大，能否广为流行甚至流传？这都与主流文化和主流价值观的影响关系密切，因此，对获得中国新闻奖的通讯的新闻叙事进行研究，既可以帮助我们了解社会发展各个时期中国社会主流文化的作用力，也可以揭示中国获奖通讯的实际影响力，从而帮助我们认识它们如何影响大众、大众又如何反作用于新闻生产者调整通讯的叙事取向。

三　相关理论与研究方法

本研究试图打破学科界限，以新闻叙事学为主体，广泛借鉴叙事学、语言学、美学、戏剧学中的相关理论、观点和方法，多视角探讨中国新闻奖获奖通讯写作中的诸多现象与问题。注重以哲学方法为基础，综合运用归纳与演绎法、分析与综合法、历史与逻辑法，着力建构一个具体的、有针对性的中国新闻奖获奖通讯叙事研究的框架。

其一，以新闻叙事学为基础的多学科理论结合。新闻叙事学是新闻学和叙事学紧密结合的边缘性学科，它是研究新闻叙事的本质、属性、功能和形式的学科，它的研究对象包括一切新闻叙事作品和新闻叙事行为，特别是承载一定信息的符号更好地表现传者的认知态度、意图等的方式。新闻叙事理论框架的建立参考了新闻学和叙事学理论，但毕竟两者存在明显的学科建制差异，本研究立足新闻学基础，明确新闻叙事学的研究对象为新闻文本，将新闻报道作为一个动态的包含意识形态的传播过程，其理论框架包括四个部分：新闻叙述人、新闻叙述事实、新闻叙述话语、新闻叙述接受。四个部分是一个完整的有机体，共同促进了通讯叙事文本的形成。在本研究中，笔者对这四个部分进行了整合，将其融入叙事学的几个要素进行分析和论证。诞生于 20 世纪的叙事学，是研究叙述作品的科学，今天我们讨论的一些叙事学基本范畴，如叙述视点、声音、距离等都与小说有着密切关联。那么，由于作为记叙文形态之一的新闻通讯相对于其他新闻体裁具有与文学作品最为接近的叙事方式，以小说叙事为特征的叙事学中的重要概念将作为本研究的主要叙述对象和框架基础。

在此基础上，以人类语言为研究对象的语言学（linguistics）也是本研究涉及的学科之一。语言学探索范围包括语言的结构、语言的运用、语言的社会功能和历史发展以及其他与语言有关的问题。结构主义学派的奠基人、瑞士语言学家费尔狄南·德·索绪尔（Ferdinand de Saussure）在提出区分语言和言语之后，又系统地提出了划分语言共时性和历时性的原则。在他的解释中，"共时和历时是有独立性的又是互相依赖的。这好比把树干加以横切和纵切后所看到的情景一样，它们是一个依赖于另一个的。纵的切口表明植物构成的纤维本身，而横的切口是纤维组织的个别的平面"。[①] 本研究将综合共时语言学和历时语言学理论方法，把对包含词语、语法在内的语言本体要素的研究与对语言在不同时期所呈现的变化研究结合起来，尤其注重将通讯中同类主题的新闻报道，或同一话题的新闻报道在不同时期中所使用的某些固定词句的特点与变化以纵向和横向两个维度综合起来分析。

新闻传播的流动性和循环性特性，以及新闻通讯与文学艺术之间的亲近关系，决定了仅从文本和字面上来解读，只能回答通讯叙事写作特征和发展特征的部分问题，而通讯叙事中存在的某些现象仍旧无法得到解释，这就需要借助于其他学科，比如美学，这一人类"对感官的感受"科学中寻找答案。"美学"一词，来源于希腊语 aesthesis，德国哲学家鲍姆加登（Alexander Gottlie Baumgarten）第一次赋予"审美"这一概念以范畴的地位，他的《美学》（*Aesthetic*）一书的出版标志着美学作为一门独立学科的

---

① 〔瑞士〕费尔狄南·德·索绪尔：《普通语言学教程》，外语教学与研究出版社，2001，第 99 页。

产生，他认为"美学即研究感觉与情感规律的学科"①。作为人类精神产品之一的新闻通讯中自然包含某种思想和情感，而这个层面的内容恰是决定获得中国新闻奖通讯写作流行性与流传性的重要内涵。因此，从审美角度来分析这些获奖作品，是本研究的另一个创新点。

其二，以哲学方法为基础的多种研究方法运用。哲学方法对其他研究方法具有指导作用，从这个意义上说，哲学方法又是其他研究方法的方法。人类认识的发展历史表明，马克思主义唯物辩证法具有科学性和普适性，该方法的作用在于它揭示了认识的最普遍规律，使研究者立足于客观现实，在选择和解释事实时，坚持唯物主义观点，坚持一分为二，即全面看问题，避免主观臆断和片面性，遵循客观规律从事科学研究工作。因此，本研究将以马克思主义的辩证唯物主义和历史唯物主义作为根本的方法论，运用马克思主义的观点、立场和方法对待研究中的各种关系问题，包括媒介与社会、新闻通讯话语与意识形态、通讯叙事与社会主流文化等力求得出正确的、符合客观规律的研究成果。在此基础上，采用归纳与演绎法进行样本梳理与观点提炼。归纳是从个别事实中概括出一般性的结论原理；演绎则是从一般性原理、概念引出个别结论；归纳是从个别到一般的方法；演绎是从一般到个别的方法。进行演绎推理的前提必须真实，演绎过程必须遵守严格的逻辑规则。因此，对中国新闻奖获奖通讯的话语分析，必须建立在对大量历届获奖作品进行文本分析的基础之上。本研究严格依据归纳与演绎法的要求。所收集的资料对每一届获奖通讯均有覆盖，且在主题的异质性、获奖等级的差异性上都有体现。因此，本研究具备使用归纳与演绎法的条件。分析法与综合法是辩证统一的关系，它们既相互对立又相互统一，只有把两者结合在一起才能成为一个完整的、科学的逻辑方法。它们同归纳和演绎是密切相关的，归纳是演绎的出发点，但要为演绎提供可靠的前提，还必须运用分析的方法。在归纳推理中要能揭示事物的本质，就必须借助分析的方法，分析可以弥补归纳的不足，然而，单靠分析还不能为演绎提供确实可靠的前提，只有借助综合的方法，把各方面的本质联系起来，才能比较全面地把握个别和特殊的具体真实的联系。

---

① 　A. G. Baumgarten, *Aesthetic*（Berlin：Goitret Press, 1956），p. 74.

因此，在分析与综合中，离不开归纳与演绎。在本研究中，要科学、正确地分析中国新闻奖获奖通讯的传统、流变与创新，就必须对通讯文本做全面的分析，且对通讯文本做历史分析。考察一种新闻报道的形态，应该分析它的过去、现在和将来的状态，从这种新闻体裁话语特性的发生、发展、消失的整个过程中，揭示话语背后的文化本质，并预见未来的发展。另外，对通讯体裁范畴下的问题作具体分析。本研究的问题包含了中国新闻奖获奖通讯的叙事话语特征、话语演变特征、结构图示特征、叙事时间和视角特征，以及文化审美特质这几个方面，因此，本研究针对不同的研究对象采取了不同的分析方法，以实现具体问题具体分析。为了更准确、更深刻地在思维中把握事物的本质，不仅要考察事物的现状，还要考察事物发展的历史，而要揭示其发展规律，就不能离开逻辑分析，这就是历史与逻辑法。逻辑分析必须以历史发展为基础，历史的描述必须以逻辑为依据，建立本研究中中国新闻奖获奖通讯话语发展的理论体系，既能反映研究对象的历史过程，又符合人们逻辑思维的规律，只有遵循历史的线索，才能建立具有内在联系而不是主观结构的逻辑系统；只有严密的逻辑结构才能抓住历史的根本和产生令人信服的论证力量。

第一章 获奖通讯叙事话语概述

新闻叙事学是在真实性基础上对叙事方式的探索。

叙事学在全球范围内持续发展，我国在借鉴和引入西方叙事学的过程中，立足国情和本土现实，在动态性发展中构建着中国新闻叙事学的理论体系。从初期对西方理论和框架的整体移植，到深耕中国新闻叙事理论，是在一代代多学科学者的跨界中，在新闻行业翻天覆地的变化中，特别是在互联网等数字化技术的赋能中走过的。以中国最高新闻奖项——中国新闻奖为标准，针对获奖通讯类体裁的完整且动态的分析，既揭开了我国新闻叙事学理论发展形成的冰山一角，也勾勒出中国新闻叙事学理论创新的一种新视角。本章将以此为目标，首先以中国新闻奖通讯作品叙事话语的影响因素为起点，探究围绕获奖通讯的研究是如何推动新闻叙事理论发展的。其次，以中国媒介社会40多年的转型为依据，通过梳理获奖通讯的新闻叙事特征，将获奖通讯叙事话语划分为五个时期。最后，基于通讯叙事特征演化的过程和规律，概述我国获奖通讯新闻叙事话语在理论与实践上的突破与构建。

第一节 获奖通讯叙事话语的影响因素

一 "作者不死"：获奖新闻叙事文本的开放性

几乎所有的新闻叙事文本，在互联网时代到来之前，都存在一个时间节点，即作品一旦传播便标志着作者不再对文本具有阐释的可能，这在叙事学中被形象地称为"作者已死"。然而，中国新闻奖通过对作品的遴选、评价、宣传等一系列评奖机制赋予了获奖新闻作品多次"表达"的机会，这可被视为中国新闻奖获奖作品所具备的重要特征，即"作者不死"。

"作者已死"的思想发展是建立在读者中心论的认识上，它受到法国哲学家雅克·德里达（Jacques Derrida）的解构主义影响，法国思想家罗兰·巴特（Roland Barthes）在 1968 年发表的《作者的死亡》演讲中向文学界提出"作者已死"的著名论断。1969 年，米歇尔·福柯（Michel Foucault）发表《什么是作者》的演讲之后，汉斯－格奥尔格·伽达默尔（Hans-Georg Gadamer）、雅克·拉康（Jacques Lacan）等人从不同角度将作者的话语权消解，"作者已死"，自此成为西方读者中心论的基本议题。从历史发展的脉络来看，19 世纪中叶至 20 世纪 60 年代，西方文论经历了作家中心、文本中心、读者中心三个阶段，随着作者地位的下降，读者地位持续提升。1960 年以后，符号学、接受美学、解构主义进一步巩固了读者对于文本的阐释地位，"作者已死"的叙事学观点成为共识。

中国新闻奖自 20 世纪 70 年代末设立以来，以评奖体系为机制，赋予了获奖新闻作品的评价者、写作者再度阐释文本的权利，"作者不死"的叙事驱动力使得获奖新闻作品具有了同时期独一无二的叙事开放性。在梳理首届中国新闻奖评语时可以发现，"本届新闻奖的一大特点是参评的消息少、通讯多且篇幅长。各地向中国新闻奖评选办公室选送的消息只有 84 篇，而选送的通讯有 133 篇"①。通讯在首届中国新闻奖获奖作品中的占比也相对较高，除了《人民呼唤焦裕禄》获荣誉奖，还分别评出了一、二、三等奖 2 件、12 件、20 件。"在参评选送的 133 篇通讯中，超过 3000 字的有 20 篇，其中超过 5000 字的有 11 篇，最长的一篇达 25000 字。"② 因此，首届中国新闻奖复评委员在阅评了全部参评稿件以后，向各新闻单位的总编辑、台长并同行们发出呼吁：多发短消息、少发长通讯。呼吁书指出，

---

① 叶祖兴：《下大力气抓好"本报消息"——从首届"中国新闻奖"评选想到的》，《新闻与写作》1992 年第 1 期。

② 叶祖兴：《下大力气抓好"本报消息"——从首届"中国新闻奖"评选想到的》，《新闻与写作》1992 年第 1 期。

消息较少、质量较差，通讯偏多、长风甚烈，这种状况发展下去，势必影响宣传效果，不可能造就好的新闻队伍，也难以完成我们在社会主义现代化建设事业中所应承担的任务。[①] 从委员会的评价内容来看，其明显的导向性直指通讯体裁的改革标准，这一点必然直接影响到当时新闻工作者们对通讯写作的自我审查，通讯叙事写作范式的后续发展也证明了"长通讯"的没落。而且，中国新闻奖评奖标准中高度强调了"新闻的社会影响力、社会责任的承担和传播，以宣传效果和社会影响力为导向的优秀新闻作品"[②]，这些针对通讯文本的二次阐释，使文本"复活"，从而对工作者的实践进行了调整和纠正。以中国新闻奖首创至今的纵向时间为尺度，中国新闻奖在坚持强调新闻舆论宣传和社会影响力的基本前提下，其评奖标准经历过几次调整，每一次调整都是对我国新闻记者采写范式的方向性指导。因此，这一特有的反馈机制让获奖的作为叙事文本的通讯作品成为记者们重点参考与自我改良的标准，直接作用于新闻实践。如中国记协原党组副书记高善罡对奖项发展史有明确的概述，他指出，"中国新闻奖设立20多年来，不断根据新闻事业发展实际和新闻界意见建议，调整、丰富和改进评选项目，以首届设立的 3 个类别 13 个评选项目为基础，按照媒体类别和作品形态分 4 大类 29 个项目，基本覆盖了主流媒体的主要新闻作品形态"[③]。1991 年，中国新闻奖增设新闻漫画类别，这是中国新闻奖增设的第一个评选项目；1997 年，为鼓励和推动新闻学术研究，首次将新闻理论研究成果纳入中国新闻奖评选范围；2005 年，中国新闻名专栏奖纳入中国新闻奖评选；2006 年，网络新闻作品纳入中国新闻奖评选范围。从这些评奖类型的调整动作可见，中国新闻奖不断丰富纳入其中的新闻文体类型，文体的多样性由此带来了叙事的差异性。

　　2010 年，作为中国新闻风向标的中国新闻奖增设了国际传播奖，并首先在 6 大主流中央媒体试点。试水成功的国际传播奖在 2011 年正式设立。

---

① 《首届"中国新闻奖"复评委员发出呼吁多发短消息 减少长通讯》，《新闻通讯》1991 年第 59 期。

② 李亚军、弥建立：《媒体融合时代电视新闻评价标准的进路与方向——兼论中国新闻奖电视新闻评奖改革》，《编辑之友》2017 年第 3 期。

③ 高方：《中国年度新闻最高奖的完善与创新——专访中华全国新闻工作者协会党组副书记高善罡》，《传媒》2015 年第 24 期。

国际传播奖评选要求是"对外报道，并且有效影响了国际舆论。评选办法规定国际传播奖设 40 个奖，不分媒体和体裁"。① 2014 年开始，中国新闻奖增设新媒体奖项，并就改进创新中国新闻奖评选工作开展调研，努力使中国新闻奖的评选更科学、更规范。2010 年以后，两次评奖方式的调整是建立在媒体融合趋势持续深化基础上的，通过评奖规则的变化，新闻文体之间的差异性在评奖标准中有所弱化，这必然引发了通讯叙事的改革，强调叙事体验的差异性必然成为这一时期通讯记者在采写时需要考虑的叙事方式。

中国新闻奖评价体系的调整不仅反映在文体和类型上，作品的推荐方式和渠道多样化也在不断提高文本的开放性。2014 年修订的《中国新闻奖评选办法》旨在将评选工作变得更趋完善，其中的创新改革主要体现为三点。一是扩大自荐与他荐的范围。自 2014 年以来，为了拓宽报送渠道、避免好作品错失参评机会，中国记协全面放开自荐参评。把原来将自荐参评的作品交由相关报送单位审核后占用名额推荐，改为由评奖办公室直接受理。此外，新增 11 家新闻教学研究机构作为参评作品的报送单位，并探索社会单位和个人推荐作品的办法。二是设立审核委员会。这是中国记协贯彻落实党的十八届三中全会《中共中央关于全面深化改革若干重大问题的决定》中关于"健全文化产品评价体系，改革评奖制度，推出更多文化精品"② 的要求，是对"两奖"评选制度进行改革的一项重大举措。其目的在于确保"两奖"评选工作的权威性和公平公正性，评选出真正代表全国新闻界最高水平的优秀新闻作品和优秀新闻工作者。三是将媒体融合纳入评选标准。哪些作品可以纳入新媒体报道作品、按照什么形态来区分新媒体报道作品是亟须研究和解决的问题。比如评委组在浙江调研时发现，某种新媒体产品的形态是游戏，通过流量导入与新闻产生置换，新闻与新媒体产生关系，这样特殊形态的产生如何界定？新媒体从策划、制作到推广，其呈现方式很多都是靠技术实现的，这与以往的评奖标准不同。

---

① 牛文：《我国广播电视媒体如何创新国际传播——以中央广播电视总台重大报道的对外传播为例》，《新闻爱好者》2022 年第 12 期。

② 中共中央党史和文献研究室编《十八大以来重要文献选编》（上），中央文献出版社，2014，第 534 页。

这三点改革分别对应着渠道、主体与媒介融合的挑战，其改革重心是传统新闻体裁的表述内涵和外延都在发生变化。通讯作为经典的传统新闻体裁，在这场改革浪潮中如何传承其叙事话语优势，并顺应新的媒介生态。对中国新闻叙事话语的动态探索势在必行。"作者不死"的评奖式叙事话语在中国新闻奖中的价值是特有的，更是统摄整个中国新闻实践与理论全局的。这套评价体系中包含的影响因素，除了"评奖办法"之外，"推荐表格""评奖标准""获奖理由""记者手记"，以及获奖记者撰写的业务论文、接受的采访以及新媒体时代下网民留言和互动等，构成了影响中国新闻通讯叙事意义阐释的多元主体。

二　"功能多价"：获奖通讯阐释主体的多元化

获奖通讯在中国新闻奖体系中的叙事实践发展，很大程度上受到多元阐释主体的影响。主体的多元化必然带来文本的多义性，这也是"新叙事学"对"功能多价"的阐释。20 世纪 90 年代，卢波米尔·道勒齐尔（Lubomir Doležel）和爱玛·卡法勒诺斯（Kafalenos）发展了叙事学，提出"新叙事学"以探讨"功能等同"与"功能多价"[1]。这两者指的是事件与功能之间可能存在的多重关系，而非单一的对应关系，一个事件既可能有单一的意义指向，即"功能等同"，也可以有多重意义指向，即"功能多价"。卡法勒诺斯在研究中进一步强调了"功能多价"的内在不稳定性，把阐释行为意义的工作交给感知者。如果阐释意义的主体不是唯一，那么发生功能多价的可能性就很大。[2] 并且，每一个阐释主体与其他主体之间、与被阐释对象之间也并非单线对应关系，而是更接近网络状的关系结构。"功能多价"由此丰富了叙事学理论，包括概念、范畴和实践的运用。

聚焦中国新闻奖，其意义阐释主体多元性尤其表现在推荐表的内容设置与记者手记两个部分。

其一，以中国新闻奖的推荐表的设置为文本对象，表格中的必填项目

---

① 邱宗珍、傅修延：《叙事学是一门有趣的学问——傅修延教授访谈录》，《广东外语外贸大学学报》2022 年第 33 卷第 2 期。

② 高方：《中国年度新闻最高奖的完善与创新——专访中华全国新闻工作者协会党组副书记高善罡》，《传媒》2015 年第 24 期。

包括作品标题、参评项目、体裁、语种、作者、编辑、刊播单位、首发日期、刊播版面、作品字数、采编过程、社会效果、推荐评语。最后三项内容尤为偏向阐释者的主观性。通过统计历届获奖通讯的推荐表，并对这三者进行内容分析后可归纳出三点特征。一是采编过程的叙事意指，要重视记者到现场采访的新闻报道，特别是深入调研、独家发现、主题提炼。二是社会效果的叙事意指，强调覆盖面的广泛性和影响力的最大化。新闻作品要表现出鲜明的赞成或反对、歌颂或抨击、褒扬或揭露的新闻立场和价值观。三是推荐评语的叙事意指，强调作品的选材精当、主题深刻、立意高远等以及角度新颖、脉络清晰、手法巧妙、语言流畅等。一旦作品获奖并公开传播，这三点特征便开始发挥其功能多价的作用。推荐评语作为阐释意义的多元主体之一，它将作品的采编视为一个整体，除了肯定通讯作品的内容，也从整体叙事层面阐释了作品功能的另一重价值，这重价值在很大程度上作为中国通讯实践的整体叙事导向，影响了后续通讯叙述者的采写思路和新闻观。实际上，功能多价作为叙事理论的一个视角，通过将参与、接触、传播某一新闻作品的行为者主观感受和心理意义阐释借助"功能"做出反馈，更直观地指导文本阐释者对叙事本质进行解读。

其二，记者手记是获奖作品的记者对采编过程更为完整的二次传播。以两篇获奖通讯为例，结合"记者手记"与"推荐评语"的内容分析，我们可以看出叙事话语的重心与变化就隐藏在这些文本之中，我国新闻通讯叙事的发展和转型也间接地受到这些因素的影响。如何百林是一位驻站8年4次获中国新闻奖的记者，他在记者手记中写道：

在采写《全球最大小商品城何以三十年兴盛不衰》一文期间，尽管文章中只需要写三五名市场经营户诚信经营的故事，但我当面深入采访的经营户达10多人。其中一名义乌市场经营户与一名外国客商多年来保持稳定贸易往来但两人从未谋面甚至那名外国客商从未到过义乌的故事，就是我在深入义乌市场完成既定采访任务后，与义乌市场相关人员交流时意外得知的新线索。本来，我已按照之前的计划，顺利完成了对前几名市场经营户的采访，采访内容也很深入，故事和细节都很不错。但是，得知这名市场经营户与未曾谋面外商贸易往来多年的新闻线索后，我还是果断决定放弃原有的采访内容，重新补充采访，最终挖掘出这个更具感染力的鲜活故事。

对照同一张表格中的推荐评语，可见：

> 细节决定成败。对于一部电影来说，最能打动观众的可能不是完整的故事情节，而是某一个或几个印象深刻的细节。对于一篇新闻作品来说，最能打动读者的可能不是面面俱到的叙述，而是文中经过记者深入群众、深入一线用心挖掘出的几个鲜活生动的故事与细节。

结合以上两个部分的内容可见，通讯文本的叙述者与评价者，代表了多元主体中的两类，两者在时间上的前后补充、在内容上的彼此呼应，超越了意义阐释的单线关系，形成了以文本为中心的关系网络。这篇获奖通讯在叙事上产生的效果为"采写合一的一线实践，以及反映在作品中的细节叙事手法"这一意义以"功能多价"得到了多重强调。再如，何百林另一篇获奖通讯《"我在中国社区矫正的日子"——三名境外社区服刑人员在义务接受社区矫正的故事》，除了记者手记与获奖评语表现出的功能多价之外，研究者的论文更加丰富了多元主体的阐释维度。一方面，何百林在记者手记中写道：

> 在义乌驻站期间，我始终坚持深入基层一线，注重调查研究，不仅跑遍义乌所有乡镇（街道）和主要村（居），还将新闻线索收集的触角延伸至义乌的社区、市场、乡村，并结识了一批来自各行各业的朋友。
>
> 其中，义乌市外来农民工法律援助工作站负责人陶旭明是我多年的朋友。他是一名公益律师，多年来坚持为困难外来农民工提供公益援助。
>
> 2017年4月的一天，在参与陶旭明承接的一项活动时，我无意中得知义乌有一个外国人社区矫正群体，由此开始了一段漫长的志愿服务和"曲线采访"。蹲点一线，调查采访，经过坚持不懈的争取和努

力，最终采写了《"我在中国社区矫正的日子"——三名境外社区服刑人员在义乌接受社区矫正的故事》一稿。

另外，在《新闻与写作》学术期刊中，学者陈安庆发表的一篇论文《获奖作品写作方法点评（之九）〈金华日报〉获二十八届中国新闻奖一等奖文字通讯：〈我在中国社区矫正的日子〉》以学术视角丰富了多元主体的阐释空间。

> 这篇文字通讯是国内第一篇将新闻视角对准境外社区服刑人员这一特殊群体，客观、公正、深入报道境外社区服刑人员在中国接受社区矫正的新闻作品。作品"用真实的小故事讲述中国司法公正大主题"，在写作形式上也别出心裁地使用电视解说"话外音"的方式，刊发后产生了广泛的社会影响。不少在义乌的外商纷纷转发该作品，并对中国的司法公正给予高度评价，产生了良好的国际传播效果。

记者手记与学术论文在内容上共同强调了一个核心意义，即该通讯的新闻视角，新鲜且正能量。寻找最新鲜的新闻线索、发掘具有正能量的主题便是成功的关键。该论文对作品原文进行了叙事分析，更细致地提供了新鲜且正能量的新闻视角与写作协调统一的具体方法。

新闻原文：

> 最近两个月，记者与公益律师、社工一起，多次对义乌的境外社区服刑人员进行走访，听他们讲述自己在中国接受社区矫正的经历和感悟。严肃、公正，又不乏人性化关怀，是他们对中国司法的一致评价。

论文原文：

> 严肃、公正，又不乏人性化关怀，三个词语简洁明了，借他人评价之口，表明报道立场，矫正与拯救、改造、救赎，符合主流舆论导向和评审要求。

可见，多元主体与功能多价之间密切的网状关系，对新闻文本的意义阐释具有强调的基本功能，更重要的是多元主体对文本意义阐释的影响意味着元文本的阐释壁垒被瓦解，它用实践丰富了新闻叙事理论的内涵，文本意义既受到社会层面的解读、检验、偏好等人为因素影响，也必然因为技术和媒介进步的影响而产生更多阐释的可能。

综上，中国获奖通讯叙事话语的影响因素，不仅提升了文本的开放性，而且明显为同时期以及之后的通讯叙事提供了整体性的新闻叙事思想。

第二节　获奖通讯叙事话语发展的五个时期

作为中国新闻奖（除特殊说明，"全国好新闻奖""第一届现场短新闻奖""中国新闻奖"在本研究中合称为"中国新闻奖"）前身的全国好新闻奖设立于1979年，由北京新闻学会、《新闻战线》编辑部发起，活动目的是推动新闻改革、提倡多写又短又好的新闻。1989年，全国好新闻奖停止举办，由中华全国新闻工作者协会举办过的第一届现场短新闻奖在评选三届以后，并入中国新闻奖。[①] 因此，中国新闻奖伴随新时期中国新闻发展至今，成为新时期中国新闻的重要景象。本研究认为，中国新闻通讯的实践在过去40多年的发展过程中，是中国社会快速发展和进步的产物，尤其受到新闻生产与传播技术的影响，因此，历届中国新闻奖获奖通讯叙事话语的演化与发展，是文体自身与传播环境融合、博弈的产物。本研究以获奖通讯叙事话语的演变特征为依据，通过对其进行逐一分析，勾勒出1979年以来中国主流通讯写作的宏观图景并划分为五个时期。从不同时期的写作特征看，依次分别为：前互联网时期（20世纪80年代）、互联网初期（20世纪90年代）、媒体融合时期（21世纪第一个十年）、数字化时期（21世纪第二个十年）、数智化时期（21世纪20年代至今）。每个时期的叙事演变都是媒介生态发展情境中的产物，表现出获奖通讯突出的叙事

---

① 阮观荣：《新闻奖的前奏曲：现场短新闻奖——创建中国新闻奖系列史料之一》，《青年记者》2008年第7期。

特征。

一　前互联网时期（20世纪80年代）：新闻向文学的借鉴

"文化大革命"结束后，拨乱反正，百废待兴。本书所言"前互联网时期"与思想解放的"八十年代"存在共生性。这一时期"全国好新闻奖"为"中国新闻奖"的前身，获奖通讯特别是人物通讯的最大特征是文学描写手法被直接运用于通讯写作。如1986年获得全国好新闻奖特等奖的通讯《今日"两地书"》（原载于《人民日报》1986年11月5日）所反映主题的独特视角及写作语言是其获奖的主要原因。当时针对对越自卫反击战的前线战士，以报道弘扬坚守阵地、不怕牺牲的精神为主，而这篇通讯则写出"战士们不仅能打仗，而且能思谋国家大事"的特殊一面。但怎样才能把这样一个严肃且政治性较强的主题写得生动些，使人读来不觉沉闷？采写记者马文科就是以大量生动的描写、朴实的语言来表现该文主题内涵的。

作品开头有这样一段场面描写：

> 老山。一场战斗刚刚结束，硝烟弥漫的战场上一片宁静，阴暗潮湿的猫耳洞里，浑身泥土、满脸烟尘的战士们，有的擦拭武器，有的喝水嚼饼干，也有人把话题转到战斗前的趣谈上来……

记者看似只对这个场面做了如实的描述，但已为后文前线战士关心国家大事及内心淳朴的核心主题做好了写作铺垫。第二段开头，一句细腻的描写立刻展现了一个生动的场面：

> 我们面前，摆着一张用"糖水橘子"罐头商标纸写成的信。

对一张特殊信纸的细致描绘有助于激起读者的阅读兴趣，接下来，在描述战士张立接到战友韩群飞来信后的态度和行动时，又是一段极写实的描写：

　　一天傍晚去公共厕所，他发现尿池里有张碎报纸，上面有段正需要的资料，便赶紧把那片报纸捞起来仔细阅读。……一天他去机场接人，走一路想一路，到达目的地后，他竟问司机李满意："我们到这来干啥了。"

　　通过上述描写，前方将士的典型形象便有了血肉，他们关心国家大事这一抽象的政治主题更显直观。有学者曾如是评价这篇通讯，该通讯的作者犹如导游，把采访到的东西栩栩如生地"摆"在读者面前，让读者自己去欣赏、去评价。①

　　描写便是"摆"的写作手法，这在文学创作技法中亦可找到明确的根源。如何通过描写来体现"典型化"？茅盾等说过："人物的性格必须通过行动来表现。"② 事实上，通讯中对典型人物性格的叙述总难以回避记者的主观态度，而对人物行动的描写则能够较好地解决这个问题，提供可触、可感的真实印象。

　　茅盾等对此还有进一步的看法，"既然人物的行动是表现人物性格的主要手段，那么，人物性格是不是典型的，也就要取决于这些行动有没有典型性。作者支使人物行动的时候，就要尽量剔除那些虽然生动，有趣，但并不能表现典型性格的情节"③。综观前互联网时期的获奖通讯，"细节优先，减少叙述"的写作观念已经蔚然成风，尤其在对典型材料的取舍上，大部分获得中国新闻奖的作品都是优秀代表。

　　但不容忽视的是，该时期所流行的描写手法多是"诗意的转化"，即在借鉴文学技法的同时，文学的虚构性意蕴不知不觉地进入新闻写作。众所周知，意在树立典范、引导舆论的通讯类作品，以报道典型事件、典型人物为主。所谓"典型"则与"塑造"一词密不可分，但"塑造"并不等于"捏造"，记者有选择地报道人物、让每个人物都在塑造典型的过程中发挥作用，这是新闻写作对文学创作手法的借鉴。学界一般认为，通讯是一种建立在叙述的基础上，灵活采用描写、抒情、议论等写作手法，并

---

①　罗同松、马文科：《〈今日"两地书"〉报道回顾》，《新闻实践》1987年第4期。
②　茅盾、老舍：《关于艺术的技巧》，中国青年出版社，1950，第28页。
③　茅盾、老舍：《关于艺术的技巧》，中国青年出版社，1950，第29页。

在渲染气氛、刻画细节的过程中进行增强报道的新闻样式。"通讯，是新闻性内容与散文化笔调的结合体。"① 正是因为通讯写作与文学创作之间存在密切关系，使研究者若意图探索通讯写作的规律，则无法僭越文学理论的范畴。

就通讯而言，它对文学描写手法借鉴的理解还颇为笼统，若对描写手法不加遴选地运用，难免会模糊新闻与文学之间的界限。这当然与当时不少新闻记者由报告文学作家转行、缺乏新闻专业训练有关。譬如，在《今日"两地书"》作者马文科的履历中可见，他出版过散文集《战地生活》《春回天地一寸心》、诗集《猛士执戈奉玉帛》和报告文学集《和平之子》，具有这样深厚文学功底的写作者投入新闻通讯的写作，这种知识结构背景既是优势，也难免有所倾向。再如，哲学专业出身、获得过全国好新闻奖和中国新闻奖的记者樊云芳在1986年以后才开始转变写作风格，即开始将新闻事件广度、深度的挖掘以及全息摄影式的立体报道放到了新闻实践的第一位。这里，我们可以比较樊云芳的两篇获奖通讯，一篇是《"飞天"凌空——跳水姑娘吕伟夺魁记》（原载于《光明日报》1982年11月25日），另一篇是《一个工程师出走的反思》（原载于《光明日报》1986年6月17日）。

在《"飞天"凌空——跳水姑娘吕伟夺魁记》一文的开头，是一幅画面感极强的场景描写，如：

> 她站在十米高台的前沿，沉静自若，风度优雅，白云似在她的头顶飘浮，飞鸟掠过她的身旁。
>
> 这是达卡多拉游泳场的八千名观众一齐翘首而望，屏声敛息的一刹那。
>
> 轻舒双臂，向上举起，只见吕伟轻轻一蹬，就向空中飞去。有一瞬间，她那修长美妙的身体犹如被空气托住了，衬着蓝天白云，酷似敦煌壁画中凌空翔舞的"飞天"。

---

① 强月新、魏莱：《描述形象化 叙述情感化 分析理性化——2007年度湖北新闻奖获奖通讯简析》，《新闻前哨》2008年第5期。

用散文的笔法写新闻，文笔优美流畅是这篇通讯的典型特色，读者阅读这篇通讯，仿佛是阅读一篇纪实性散文，在一系列对人物动作的描写中，读者可以获得情景交融的文字体验。比较而言，《一个工程师出走的反思》中的开头部分是这样的：

> 中国的一道封闭得最严密的闸门——人才单位所有制——在 1984 年得以启动了。
> 平静的水面开始流动，掀起波涛，形成旋涡，互相撞击与摩擦。
> 就在这错综复杂的大背景面前，推出了我们将要向读者介绍的这个曲折而发人深省的事件。

从叙事话语上来看，第一篇通讯的文学色彩非常浓厚，第二篇的话语表述相对中性，虽然不乏情景交融的叙事风格，但是具有客观性的表述成分有所增加。正如在《一个工程师出走的反思》报道之后，樊云芳谈及采写体会时说过："对一个记者来说，什么是他追求的最高目标？报道的社会效益！""从我来说，当时正为自己的报道陷入困境而苦恼。为什么文字技巧有所长进，而报道的社会反响却总是达不到预期效果呢？是'江郎才尽'了？还是什么地方出了毛病？我读《傅雷家书》，看到傅雷告诫儿子：不要过分追求技巧，过分追求技巧只能成为工匠而不能成为艺术家。"[①] 可见，新闻向文学的借鉴作为前互联网时期的新闻通讯写作主流，实践性强，叙事手法多样，通讯写作者的经历和生活体验是影响其把握文学性叙事而非文学炫技的重要因素。

二 互联网初期（20 世纪 90 年代）：两种叙事思潮的博弈

20 世纪 90 年代，中国新闻界对于新闻写作已然逐渐探索出了专业领域的经验与路径，同时，互联网的发展进入商用阶段，网络萌芽的初期，互联网虽与通讯写作并未直接产生关联，但由此产生的数字媒介与传统媒介之间的"首次对话"，以冲击酝酿出了叙事思潮的博弈。这一时期的中

---

① 樊云芳：《最忆那十年，我记者生涯的黄金岁月》，《中国记者》2019 年第 11 期。

国新闻奖获奖通讯在继续重视文学性叙事，如描写、白描等手法的基础上，出现了看似矛盾却又共生的两种写作思潮：一是延续上一阶段的文风，更重视写作语言的隐蔽性表达；二是反对过于软化的"伪新闻"写作，要求必须采用以客观、公正为基础的新闻写作原则，提倡新闻专业主义。前者可简称为"重语言"，后者简而言之就是"重事实"。

其一，凸显"事件关键词"的"重语言"写作。在1991年6月全国好新闻奖更名为中国新闻奖后，评奖标准相对稳定，在坚持反映时代特征、报道重大主题这一评奖的基本前提下，获奖通讯作品也呈现自身的发展特性和嬗变轨迹。"据统计，在第一至十八届中国新闻奖通讯作品中，仅报道经济建设、典型人物、时事政治等重大题材的获奖作品，就占获奖总数的84.4%。"[1] 综观整个90年代，获奖通讯更侧重以具体事件来反映重大主题。"小切口、大主题"是这时期主题呈现方式的重要特征。在针对领导、干部等特殊人物的报道中，这种变化尤为明显，反映在作品的语言表达上，则在呈现重大主题时，新闻写作的落脚点发生转移，即从凸显"主题关键词"嬗变为凸显"事件关键词"。所谓"主题关键词"是一种对作品主题最直接的词语反映，这类词语概括性强、高度抽象、内涵丰富；而"事件关键词"指的是能够反映重大主题的更为具体、形象化的重要词语。就通讯写作而言，两者的共同点在于都以直接的形式反复出现于作品中，以此来强化作品的主题。例如，首届"中国新闻奖"一等奖短篇通讯《不私亲属的铁木尔主席》（原载于《人民日报》1990年1月6日）通过描写领导人物来弘扬党的优良传统这一重大主题。尽管在写作语言上，这篇通讯延续了之前的风格，但通讯中针对典型人物进行细致描写，如"三个弟弟""一个妹妹""小妹""表姐"都属于典型的"事件关键词"。相比上一时期同类主题作品，如获奖通讯《吴青和她的选民》（原载于《中国妇女报》1988年4月28日）中高度重复的关键词是"人大代表""她的选民"等，这一时期的获奖通讯的表现在写作语言上的"小焦点"特征，其实是当时新闻视角转变在语言上的反映。通讯稿中不再重复标题中的"主题关键词"，而是采取细节性的表述，但其传播效果事半功倍。

---

[1] 李新文：《中国新闻奖通讯作品研究》，硕士学位论文，广西师范大学，2007，第11页。

其二，强调客观再现的"重事实"写作。与此同时，另一部分获奖通讯作品亦值得关注。它们不但"重语言"，更显示出了"重事实"的新闻特性，即语言表达上的客观与公允，即便使用描写手法也是有所节制的。如获得第二届中国新闻奖二等奖的作品《红场易旗纪实》（原载于《人民日报》1991 年 12 月 21 日）的特色就在于客观再现了"苏联解体"时中国新闻界的态度和立场，而这恰恰是通过一系列有选择的场面描写来实现的。如文中有这样一段客观记录不同人物态度的直接描写：

> 这时，人群中开始争论起来。他们的观点各异，有的甚至截然对立，对戈尔巴乔夫和叶利钦的评价也不尽一致。

文章结尾的一段场景描写非常典型：

> 莫斯科的夜空开始飘起雪花，气温明显下降。

这句话，虽然仅是对夜晚下雪的平常描写，在这里却意味深长，文中夜空飘落的雪花、下降的气温，会令读者感到一阵凉意。可见，这类通讯的作者对语言技巧持谨慎的态度，担心语言描写会干扰到新闻客观性。因此，他们往往更注重的是事实的平衡，正如这篇通讯的最后一句话这样写道：

> 但仍有不少人陆续来到红场。人们还在红旗落地的地方发表自己的看法，还在那里争论……

在他们看来，注重事实是通讯写作的根基，无限度、无选择的使用描写会颠覆新闻的真实。甚至有记者特意撰文批评那些描写无度的倾向，"一种虚夸浮躁的文风悄悄进入了我们的一些新闻作品。生动、丰富而准确的新闻事实，变得无足轻重，甚至可有可无，或者干脆可以为着'思想的需要'而虚构一番。于是一些新闻作品在某种意义上变成了记者的感觉、感受之类的文字，而且被冠以'软化'、'新闻改革'等等美好的称谓"。①

总体来看，20世纪90年代，"重语言"和"重事实"两种写作思潮虽然在技法上难分伯仲，一直以各自的形态存在于获奖通讯的作品中，但客观上形成了彼此之间的一种博弈，使得双方都必须不断自我反思与完善，因此，两者各自的优势和弊端也在实践检验中日渐明晰。"重语言"的思想在一定意义上弱化了新闻的真实性、客观性；"重事实"虽坚守新闻客观公正，但由于过于强调形式上的客观而呈现极端化的倾向，即对事实的简单罗列，这显然会忽视新闻写作的基本美学。因此，在这样两种写作思潮的博弈下，新闻写作界提出了"不要罗列事实，要真实再现生活"的叙事新主张。

三 媒体融合时期（21世纪第一个十年）：以"白描"的"故事化"为主潮

进入21世纪的第一个十年，调查性新闻写作、记者参与式报道等全新的新闻形式出现在通讯写作中，并且为通讯的叙事语言注入了新特征、新风格。在媒介进入融合发展的转型节点上，业界和学界都在思考同一个问题，即"呈现事实"有何新的方式。

如何把握事实，是新闻写作界始终不变的核心话题。经历了先前对新闻写作的实践探索，作为一种重要描写手法的"白描"脱颖而出，"白描"配合大量的直接引语，成为这一时期通讯写作中主流的方式。"所谓白描，本就是不用比喻，极少修饰，只用简练的笔墨，抓住事物的主要特征进行描写的写作手法。"② 鲁迅在《作文秘诀》中对其亦有精妙的定义："有真意，去粉饰，少做作，勿卖弄。"③ 这恰符合新闻唯事实、不炒作的本质。由此可见，"白描"作为新闻写作的一种技法，在该阶段受到重视的原因主要有两点：其一，白描是诸多描写手法中相对最适用于新闻写作的手法，其对象包含了一切客观存在事物，它在对这些事物的细致"再现"

---

① 吴明：《事实，永远的生命——评〈金牌不是名牌〉》，《中国记者》1991年第10期。

② 刘保全：《生动展现一幕"荒诞剧"的好通讯——评一篇第十四届中国新闻奖二等奖作品》，《新闻战线》2009年第4期。

③ 鲁迅：《南腔北调集》，人民文学出版社，2000，第99页。

中，可以用尽量简洁的文字刻画其风貌；其二，白描对于新闻人物的精神和心理呈现有着很好的衬托作用。有学者对第十四届（2003年）中国新闻奖通讯类二等奖的作品《这是在宣扬一种什么文化？》（原载于《科技日报》2003年8月9日）有过如是评述："这是一篇运用白描手法撰写的通讯，为运用白描手法写新闻提供了范例。"① 正如这篇通讯开头写道：

> 24位"举人""进士"骑着高头大马，6位"状元"压着四抬花轿次第而来。随后被请上主席台。

短短两句白描，人物行动、场景环境和现场一派热闹的气氛即刻被勾勒了出来。接着，又继续描述：

> 在台上，被介绍为"上海状元"的尹国炯……，他右手拿着主持人刚刚发给的大碗自然下垂，左手别在裤兜里，站在其他五位"状元"中间，目光游离不定。

这段对人物动作、神情和空间位置的白描，以四个动宾短语勾勒出了一个真实生动的人物形象，也巧妙地传递出了人物内心的状态——"不自在"。

事实上，白描手法的崛起是新兴新闻题材与写作技法相互选择的结果。在这一时期，问题通讯、调查性通讯文体涌现，白描手法的特征是准确、客观，同时配合与之具有相同属性的直接引语。

有学者认为，新闻通讯要适当地用白描的手法勾画人物面貌、推进故事进程，否则笔墨就会显得琐碎、拖沓，篇幅也会随之加长，失去作品应有的感染力。② 在这一阶段的通讯，特别是问题通讯的写作中，白描手法与直接引语的交替使用以绝对优势取代了传统新闻写作中的转述手法，受到了记者、读者们的喜爱。

在"白描"为通讯叙事铺开了一条超越媒介形态、追求生动叙事道路

---

① 刘保全：《生动展现一幕"荒诞剧"的好通讯——评一篇第十四届中国新闻奖二等奖作品》，《新闻战线》2009年第4期。
② 张耀辉：《实用写作》，北京大学出版社，2004，第331页。

的基础上，基于"白描"形成的"故事化"手法必然成为主潮。2005年，第十六届中国新闻奖首次将网络新闻纳入评奖范围，新媒体写作带来的挑战、传统媒体之间的竞争，使得以文字为主体的传统纸媒腹背受敌。对文学手法的借鉴实践已相对成熟的通讯写作在这样的媒介环境中，呈现了顺应时代的新特征，即以"故事化手法"为主导。获得过普利策新闻奖的美国记者富兰克林（Jon Franklin）说过："用故事化手法写新闻，就是采用对话、描写、场景设置等，细致入微地展现事件中的情节和细节，凸显事件中隐含的能够让人产生兴奋感，富有戏剧性的故事。"① 故事化的新闻手法，在通讯写作中主要就是通过两种写作技巧来实现：一是增加细节描写，以简略的笔触刻画现场或人物；二是用一条线串起几个情节，使之形成完整的故事。

如果说，20世纪通讯叙事特征是在借鉴、探索与博弈中所形成的，那么，在21世纪第一个十年中，基于"白描"的"故事化手法"在本质上是文体自身标准的形成，或者说是"故事化白描"写作已逐渐内化成通讯的叙事惯习。在此基础上，通讯的叙事开始更关心如何组织语言，如何围绕一定的主题将新闻事件中能够吸引人的细节按照情节的方式以白描的语言精心组织起来。这种"细节推动情节"的小说写作法则，成了此时愈发流行的通讯叙事技法。譬如，在通讯作品《一纸"托孤协议"诠释执法新境界——记执法为民的武汉民警刘继平》（原载于《长江日报》2006年12月7日）中，主体部分使用了三个直接引语的小标题作为情节线索，串起了整个故事。

第一个情节是故事起因，民警刘继平在完成抓捕30多岁吸毒女龚文君的任务之后，他的视线突然被牵住：

　　一片狼藉的房屋一角，一个十三四岁的女孩蜷缩一团，面前摆放着书本。

---

① Jon Franklin, *Writing for story: Craft secrets of dramatic nonfiction by a two-time Pulitzer Prize winner* (New York: Penguin Press, 1994), p. 77.

这段白描牵住了刘继平的视线，也抓住了读者的目光。对于一名参警17 年、嫉恶如仇早已练就了一副"铁石心肠"的警察来说，这一刻，刘继平真正感受到了：

　　破了一个案子，抓住一个嫌犯，却让一个品学兼优的孩子半途而废，甚至流落街头，那不是我们执法的宗旨。（整句话为第一个小标题）

第二个情节是故事的发展，刘继平与龚文君约定负责抚养露露，不过：

　　抚养不只是管吃管穿，而是要让她成为一个身心健康、有责任感、有爱心的人，我才算尽到了职责。（整句话为第二个小标题）

这句话是这段情节的灵魂，那么，如何诠释这个主题？文中出现了一个又一个更加细腻的情节描写，如：

　　一年后，进入青春期的露露有了早恋苗头，学习注意力不集中，成绩下降。刘继平就翻书、上网查资料，进家长培训学校取经，四处求索教育孩子的门道。
　　一个冬天的晚上，老师打电话反映露露"又不在状态"。正在打吊针的刘继平，喊护士拔掉针头，冒着大雪，赶去找露露谈心。
　　刘继平带露露到武汉大学、华中科技大学感受学习氛围，给她讲古今中外人士逆境中成才的故事，为她买回《简爱》《青少年养成 60个好习惯》等书籍励志……

文章最后，以一种前后呼应的结尾方式进入第三个情节，当露露考上了北京的大学，龚文君的一封来信让刘继平感受到多年来她内心的转变：

　　正是有了像刘所长这样的警察，这个世界才变得美丽，人民也会在一种宁静与祥和的环境下生活……（整句话为第三个小标题）

文中三个小标题对应的情节相对独立，都可以独立成篇，同时具有内在逻辑的关联性，从整体上避免了全篇结构间的相互脱节。通过对这篇通讯作品的分析，我们不难看出，故事化手法产生的原因与"和谐社会""以人为本"的时代主旋律有密切关联，在以人为本的时代主题下，提倡"三贴近"的新闻观强调言之有物，即抽象空洞的大话、套话与缺乏新意的总结、程序等均被舍弃，毕竟只有具备可读性的内容才有传播的价值。如在《一纸"托孤协议"诠释执法新境界——记执法为民的武汉民警刘继平》（原载于《长江日报》2006年12月7日）这篇通讯中，从当事人露露被民警刘继平带回家亲自照顾抚养开始，文中对她内心世界与性格转变的描写，就是通过一幕幕作者精心选择的"生活事件"来实现的。

"托孤协议"签订当晚，刘继平带露露"回家"。一路上，他无论聊什么话题，露露一脸漠然。

随后几天，露露仍无动于衷。刘继平心里清楚，自己一下子抓了她6个亲人，一个十几岁的孩子如何能够体谅他的良苦用心。

第7天傍晚，刘继平像往常一样到公交车站接露露。学校下午6时放学，刘继平一直等到8时多，原来是临时加了课。下车看到刘继平的身影，露露眼里有了感动。

当年7月，为了让露露有一个稳定的环境，刘继平将露露送到一个爱心家庭抚养，可不到两个月，因爱心家庭的主妇工作调动，露露再次被送回刘继平身边，情绪有些低落。

看着伢被"送来送去"，刘继平莫名难受。打那以后，他为露露租了一处房子，接来露露的外婆帮忙照顾她的生活。

从"托孤协议"的签订开始，刘继平面对的就是一个不普通的小女孩，露露面对刘继平的心态也充满了复杂矛盾性，该通讯要想对人物心理转变提供有说服力的证明，就需要真实可信的事件。文中通过简洁的话语勾勒了一个个生活事件，真实再现了露露在成长阶段的心态是如何变化的。事实上，如何通过新闻语言来反映人物性格和心理，是通讯写作中一直存在的难题，在这一阶段中，这一难题得到了一定程度的解答。

四　数字化时期（21 世纪第二个十年）：倚重观点的平衡叙事

进入 21 世纪的第二个十年，数字媒体对传统媒体的影响已经从最初的时效性、互动性等，进一步扩大为全面数字化传播的变革。历史上尚未有一个时期如数字化时代一般，社会声音极为多元、信息传播渠道更加便捷、时效性已经成为常态。可以说，主流媒体新闻，尤其是通讯这种文字体量较大的新闻文体面临前所未有的挑战。通讯在数字传播环境中为争夺受众注意力，不得不在新闻叙事层面接受新挑战，即"自媒体"占据了传播先机与海量信息，读者在各种感官刺激更强的新闻大潮中，真与伪、优与劣都被掩盖，令大众困惑的新闻乱象层出不穷，"审丑文化""虚无文化"等消极的流行文化俨然成为新媒体时代下新闻写作的"新"美学标准，其"美"只强调第一眼效应的感官刺激，只要能吸引读者眼球，新闻的写作便可不辨美丑，甚至以丑为美。大众若长期浸染于这样的媒介环境下，任何感官也终将疲惫。这一时期的主流媒体和中国新闻奖作为"社会良心"的公器，通过获奖作品再次回答了"读者真正需要的是什么新闻"。

在大众对主流媒体持怀疑态度、对新媒体追捧有加的情况下，如何使人们重获对主流媒体的信任？关键不在于媒介形态，而在于媒介所传递的新闻内容。哪一种信息是符合社会进步方向、符合社会发展的规律、符合人性的本质、有利于人类进步的，社会大众最终就会倾向哪一种。作为传递社会主流文化和价值观的通讯写作重在回答两个关键问题：第一，如何吸引受众的注意，吸引读者阅读；第二，如何引导受众认同主流价值观和思想文化。要解答这两个问题，这一时期的通讯也开辟了新的话语取向。所谓"引导"，就意味着首先要"吸引"，其次才谈得上"引导"。通讯话语特征表现为：在形式上，积极吸收借鉴新媒体的语言文字表达，使读者产生新闻话语上的熟悉感和亲切感；在内涵上侧重于观点明确的情感写作，即"倚重观点的平衡叙事"。如随着艺术品市场的升温，电视鉴宝节目层出不穷，而为了在诸多类似节目中获得观众青睐，《天下收藏》这档节目就选择了一种激烈和极端的方式，由名人主持以砸瓷为噱头博取收视率。当一件件"假文物"在观众眼前被一棒子砸得粉碎，这种让人心跳的刺激"游戏"也让这档节目成了同类节目中"首屈一指"的栏目。然而，紫金锤到底是"护宝锤"还是"砸宝锤"？如今的民间收藏，究竟是赝品横行还是恰恰相反——无数珍宝因得不到认真对待而落得粉身碎骨的下场？抛开被毁艺术品的真假不说，这种一锤下去置之于死地的做法是否合适？在这样一片质疑声中，《被砸瓷器当中有珍贵文物？》（原载于《广州日报》2012 年 8 月 19 日）这篇获奖通讯就以"碎身赝品"中是否有真古董为聚焦点展开，文章在吸引读者阅读、为读者解疑释惑、引导正确的文化观念等方面表现突出。

> 雷从云痛惜地说，他在很多的鉴定场合，见过太多的民间藏品，都是以这种极不负责任的方式被"毙掉的"。

这段话使用了大众非常熟悉的一个词语"毙掉"，读者在阅读这篇通讯的时候不会产生一种报道高高在上、措辞文绉绉的距离感，因此，读者阅读的心理障碍就被消除了。接下来，文章围绕这一问题，提供了各方的声音，如藏品拥有者的声音：

> 吕献珍告诉记者，那件元青花当年是他花 58 万元收的。
>
> "那个品种在目前的考古中是比较少的了，而且是个完整器。几百年的文物，老祖宗留下来的，一锤子给砸了，谁不心疼啊？！如果它还在，现在至少价值上千万。"

同时，提供了栏目鉴定专家的声音：

> 仿品本身有低仿、中仿、高仿之分，我们这次选出来进行展览的几十件东西，90%以上都是高仿，而且是近十年八年仿的，品质非常高，一般观众或是藏家隔着玻璃看，会觉得很像真的。毕竟瓷器这个东西，很多是要上手了才能感觉到。
>
> 翟健民对观众为什么会认为他们把真品当赝品给砸掉了表示理解，他也十分相信自己的眼力，"我 1973 年入行，平均每天看二十件东西，砸错的可能性连 0.1 的几率都没有"。

这两方声音代表的是两种不同立场，这种平衡报道的处理方式对于如今习惯了信息多元的读者来说显然是不够的，究竟《天下收藏》的这种做法是否合理？接下来，在这篇通讯中，写作者提出了观点：

> 在雷从云看来，不给民间收藏的瓷器正名，不仅极大伤害了民间藏家的感情，还造成了瓷器的大量外流。
>
> 这些年，我在新加坡、马来西亚，还有中国的香港、台湾等地区，见到许多这样流出去的瓷器，都非常的（得）好。而且，他们收的价钱还很低，人家跟我说："这些都是你们不要的。"我也只能自我安慰："无论这些宝贝放在法国、美国，还是英国，反正创造它的都是我们中国人，这件东西总归是我们的。"
>
> "对这些民间收藏最大的抢救和保护，就是对它们认可，先别忙着否定、忙着砸掉它们，安下心来好好研究，必要的时候引入科学鉴定。"中国社会科学院考古研究所李健民研究员给出了这样的建议。

在结尾的这段文字中，作者观点跃然纸上，表达了对《天下收藏》仅仅为了获得眼球效应和感官刺激砸"赝品"极端行为的否定。稿件见报后，即刻引起了强烈的社会反响，成为当时关注度最高的新闻之一。全国各地的报刊、网络、电台、电视台等媒体也纷纷转载并置于头条位置，新浪微博"热门话题"上的网友点评、转发的次数分别近千万。《广州日报》编辑部也不断接到全国各地读者的电话，反映这篇报道不仅保护了国家的文物和精美的工艺品，而且不畏强权，敢于为社会伸张正义，彰显了大报风范。

这一时期，许多获奖通讯在叙事话语上有了网感，突出表现就是叙述语言的移植，那些来自网络中的新话语，如新词、新的表述方式等成为有效处理主流观点与大众兴趣之间平衡的语言"工具"。"语言移植"既是一种直接的复制，更是一种最新、最快、最热的新闻敏感体现。以2019年获奖通讯的标题为例，通过梳理后可以发现，通讯标题中以双引号引用当年热词占比超过1/3。如《"秦岭小慢车"书香伴成长——宝鸡至广元6063

次列车随行侧记》（原载于《陕西日报》2018 年 5 月 28 日）、《"时光切片"见证一个家庭 40 年巨变》（原载于《定西日报》2018 年 12 月 30 日）、《基础口译"抢跑"年龄越来越小，二年级考出证书已不稀罕，专家呼吁对考证年龄设限 8 岁孩子死记硬背考"基口"，合适吗?》（原载于《解放日报》2018 年 12 月 24 日）、《田里多了"棚二代" 乡村振兴有力量》（原载于《大众日报》2018 年 2 月 19 日）、《一件"精准扶贫"大实事——江苏八部门在全国率先出台政策救助"事实孤儿"追踪》（原载于《江苏法制日报》2018 年 12 月 4 日）等。这些被人们熟悉且简洁流行的词语组合，以"网感"叙事有效增强了通讯的传统色彩。特别是在相对严肃的硬新闻中，这些用词显著降低了主体的抽象性和"观点"的晦涩感。如在国家重点工作和新闻宣传主旋律议题上，以下几篇获奖通讯都采用了这种方法。如《金银花"为媒"，九间棚精神"远嫁"》（原载于《大众日报》2017 年 10 月 13 日）、《一根糯玉米演绎的"供给侧改革"》（原载于《安徽日报》2017 年 8 月 15 日）、《基层党组织的"主心骨" 群众脱贫致富的"领头雁"》（原载于《拉萨晚报》2017 年 3 月 21 日）、《田里多了"棚二代" 乡村振兴有力量》（原载于《大众日报》2018 年 2 月 19 日）、《"咱家的麦子能做面包了!"》（原载于《河南日报》2018 年 6 月 6 日）等通讯标题中可见，生动有趣的词语以双引号形式被凸显和强调，在数字化传播的语境中，这具有很强的叙事适应性。它们以平衡的方式传播重要的议题，在坚持新闻通讯以客观公正和理性观点引导社会舆论的过程中，探索出了该文体的叙述之道。

五 数智化时期（21 世纪 20 年代至今）：形塑交互性叙事体系

21 世纪以社会的数字化为典型特征，经过十年进入高度智能化的数智化时期。在大数据技术支持下的数字传播进入渠道细分、精准分发、受众细分的智慧化数字传播新阶段。2018 年，中国新闻奖增设了媒体融合奖项，融合成为这个时代新闻叙事主旋律，且深刻地渗透在所有新闻叙事中。交互性叙事成为呼应媒介融合的叙事表达，并广泛出现在这一时期获奖通讯的叙事特征中，具体表现在选题、渠道、文本三个方面，形塑了我国新闻交互性叙事的体系。

其一，选题偏重影响力，提供交互性叙事的基础，正能量重大社会议题为主流选题。影响力就是交互的前提。如在 2022 年第三十二届中国新闻奖获奖通讯中，75% 以上的新闻标题直接聚焦社会主流议题。具体包括国家建设发展的主旋律，如《英雄屹立喀喇昆仑——走近新时代卫国戍边的英雄官兵》（原载于《解放军报》2021 年 2 月 19 日）、《"世纪工程"背后的牵挂》（原载于《西藏日报》2021 年 12 月 15 日）、《"祝融"轧下中国印——全方位图文解读中国首辆火星车》（原载于《中国航天报》2021 年 5 月 26 日）、《12 本护照上的"20 年"》（原载于《湖北日报》2021 年 12 月 13 日）、《603 枚红手印——全国脱贫攻坚先进个人李洪文和叶家坡村的故事》（原载于《济南日报》2021 年 12 月 26 日）。现实社会中的重点问题，如《把卡住脖子的手指一根根掰开——圣农集团攻克白羽肉鸡种源核心技术的故事》（原载于《福建日报》2021 年 12 月 4 日）、《万里桥西一草堂，百花潭水即沧浪 这是成都久负盛名的公园之一，游客们却对它的现状感到担忧 百花潭公园里，为何餐馆林立？》（原载于《四川日报》2021 年 3 月 31 日）、《青钢钢渣厂 4 年前从主城区搬离，近日有市民反映其原址恢复了往昔的加工景象，露天作业且没有防尘设施——钢渣厂原址"沉渣又泛起"》（原载于《青岛日报》2021 年 1 月 8 日）等。这些选题本身直接关系着国家的重点发展方向、百姓关心的社会问题和难题。因此，选题以社会性广度和深度获得了交互性叙事的前提条件，在以海量新闻和智能推荐为优势特征的传播技术赋能中，获奖通讯从选题源头就将话题置于百姓主动关心的议题上。

其二，渠道偏重全面布局，保障交互性叙事的及时高效。在媒介融合的环境中，2022 年，中国新闻奖评奖规则进一步调整，不再以媒体形态分类，而是媒体的原创作品可以参评所有类别，这意味着网络媒体、新媒体上的通讯也有了参评资格。媒介渠道的全面融合也意味着，一篇通讯的多渠道分发成为常态，新闻策划环节与新闻发生时间的间隔越发短暂，几乎以时空重叠的效率对传播渠道进行布局。如《四名领诵员是如何被选上的？看看他们都是谁？》（原载于北京日报客户端 2021 年 7 月 1 日）这篇获奖通讯，体现出《北京日报》记者在大会举办当天凌晨，在现场蹲点数小时拿到 4 名领诵员的名单，克服了通讯不畅的困难，将名单第一时间交给后方编辑，在新媒体编辑的配合下，及时通过多平台、多渠道发稿，烘托了大会热烈的氛围，回应了社会关切。北京日报客户端及时回应了公众对当时重大新闻事件的关注，通过报道新闻背后的故事，将通讯文本的互动性叙事不断提高，既成为当时独家报道 4 名领诵员背后故事的媒体，该报道也以其影响力获得了当年中国新闻奖。可见，周密的多渠道布局优化精准分发，从而确保新闻与读者的交互程度和适配度更高成为这一时期的特征。

其三，文本偏重情感共鸣，深挖交互性叙事的本质。2023 年，华龙网的纯文字通讯《从"第一"到"第一" 7 本火车驾驶证见证"中国速度"》首次获奖，再次证明了媒体深度融合回归内容，它以有思想的优质内容为本质核心价值。该通讯是在成渝铁路开通 70 周年之际推出的，成渝铁路是新中国成立后第一条自主建设的铁路，在它开通 70 周年时，"蜀道难，难于上青天"的重庆三峡库区开通了时速 350 公里的高铁。这是我国交通史上的巨大变迁，更是一个时代的跨越。该通讯诞生于编辑和记者对重大新闻事件的敏感，提前几个月准备，找到了小切口，即重庆一家三代火车司机"7 本驾驶证"的平常故事，以小切口、大情怀为叙事范式，深度挖掘了交互性叙事的本质——情感共鸣，在讲述新时代铁路事业突飞猛进的发展、见证中国速度的叙述中，唤起读者的情感认同，从而获得我国自立自强、创新发展的国家认同。该通讯交互性叙事的本质是通过故事和情节提升叙事的情感体验。如通讯开篇导语写道：

> 70 年前的今天，在李国方的记忆里是模糊的，但在中国铁路史上，却无比清晰。

这段叙述虽简短，但跨度和层次很大，从个体到国家，从 70 年前的今天到 70 年后的今天，从模糊到清晰，故事感跃然纸上。经典叙事学研究的核心为"故事"和"话语"，20 世纪的苏联形式主义者什克洛夫斯基（Viktor Shklovsky）、鲍·艾亨鲍姆（Boris Mikhailovich Eikhenbaum）等人就明确指出了"故事"与"情节"之于叙述的价值，并强调"故事"是作品叙述按照实际时间排序的所有事件，"情节"侧重事件在作品中出现的实际情况。

2020 年至 2024 年的 4 年时间里，中国新闻奖获奖通讯一直处于高度社交性传播的媒介环境中。情感新闻、可视化新闻、新闻游戏化这三种新闻叙事的转向，在很大程度上基于社交媒体传播底层逻辑的适应性发展。中国新闻奖获奖作品是新闻数字化发展中的产物，并且以重大主题、渠道布局、文本的情感共鸣三点成体系形塑了交互性叙事的体系，成为我国新闻实践中最强有力的声调。

第三节　获奖通讯叙事话语的突破与构建

一　对西方叙事理论和实践的突破

（一）理论突破

西方叙事学的思想渊源和理论，起源于 20 世纪 20 年代俄国形式主义家弗拉基米尔·普罗普开创的结构主义叙事先河。关于叙事理论的讨论，最初是苏联形式主义者鲍·艾亨鲍姆等人发现的"故事"与"情节"之间的差异。之后，普罗普的《故事形态学》直接影响了叙事学，该书被认为是叙事学的发轫之作。它打破了传统按照人物和主题精细分类的方法，认为故事中的基本单位不是人物，而是人物在里面的功能，由此，俄罗斯民间故事中分析出人物的 31 个功能。他的观点被列维-斯特劳斯接受并传到法国，这个观点不同于传统的叙事理论对作品内容和社会意义的重视，而是立足于现代语言学结构主义文化理论，注重作品的结构分析。主要研究作者与叙述人、叙述人与作品中人物、作者与读者的相关关系，以及叙述话语、叙述动作等。这便奠定了西方叙事学的理论框架，即叙事理性。之后，罗兰·巴特提出的叙事结构分析理论开创了法国结构主义叙事理论先河，也是对叙事理性的进一步理论阐释。罗兰·巴特认为，除了文学之外，绘画、电影、连环画、社会杂文等都适宜叙事。他将早期叙事学主要关注的文字符号，诸如神话、民间故事、小说的"故事研究"，发展为之后的"叙事话语"理论构建。法国叙事学家热拉尔·热奈特（Gérard Genette）在此基础上，侧重英美传统小说理论并获得重大突破。

在西方叙事学理论基础上发展出来的新闻叙事学理论，延续了结构范式的叙事理性。中国新闻叙事理论随着借鉴、移植西方新闻叙事理论的体系、概念而发展，同时隐藏着理论危机。我国叙事学在吸收、借鉴西方叙事理论时，所遭遇的"叙事危机"，除了内容选择上的事实偏差问题，还包括信息表征上更为隐蔽的语言修辞问题。实际上这是在叙事本身的语义结构中被悄无声息地生产出来的，因此，中国面对的"叙事危机"需要从叙事理论的根基——叙事语言维度进行突破。叙事语言是指导特定媒介形式进行叙事表达的编码系统，包括宏观层面的叙事结构布局、叙事表达的风格；微观层面的叙事元素构思和设计、叙事视角的选择、转换。

以《北京周报》2021年第24期获奖英文报道"The people who build Xinjiang"（《致敬默默无闻的新疆建设者》）为例，该新闻采用第一人称讲述新疆故事，对外传播取得实效。美国前白宫记者邓瑞克受邀在新闻课程上向各国嘉宾分享真实的新疆故事时表示，他"开始重新审视西方报道中的新闻伦理问题"。美国退休警官杰瑞·格雷说，"请让这种信息被美国主流看到……，这才是新疆的真相，而不是西方媒体报道的那样"。中国新闻奖作为中国新闻叙事理论对西方理论突破的重点场域，相关研究也推动了中国新闻叙事理论的革新和突破。自学者曾庆香于2005年出版我国第一本《新闻叙事学》专著从话语角度研究新闻叙事以来，2006年，何纯的《新闻叙事学》扩展了新闻叙事学的学科领域，尝试从新闻叙事声音、新闻叙事语法、新闻叙事话语、新闻叙事接受等多方面探求新闻叙事的规律、原理和方法。方毅华的《新闻叙事导论》借鉴西方叙事理论，立足中国实践，从叙事视角、叙事时间、叙事声音、叙事结构等方面解析新闻作品的叙事规律与特征。华进的《网络新闻叙事学》专著将新闻叙事学研究向互联网领域拓展。在这些理论专著和研究中，虽中国获奖新闻作品的理论剖析大量借鉴西方理论的概念和方法，但其研究发现指向了叙事本质的差异。如中国新闻作品叙事语言具有情理融合的特征，不同于西方叙事语言的结构理性特征。在中国特色新闻学理论基础上逐渐发展和探索出中国式现代化的新闻叙事理论，即中国特色的马克思主义新闻叙事学体系。

21世纪以来，中国特色新闻学成为我国11个"对哲学社会科学具有支撑作用的学科"之一。柳斌杰在《构建中国特色新闻学的几个问题》一文中认为，"构建中国特色新闻学是时代赋予的光荣使命，条件已经成熟，在严肃的学术创造中应坚持真理性、科学性、实践性、国际性和时代性"。① 胡钰等撰文《中国特色新闻学话语体系论纲：概念、范畴、表述》认为，"中国特色新闻学是基于中国新闻实践形成的理论认识，实践是第一性的，理论是基于实践的规律性总结和学理性提炼"。② 胡正荣提出，"加快构建中国特色新闻学学科体系、学术体系、话语体系，根本原则是基础性、前沿性和开放性，加强马克思主义新闻观研究、新时代中国特色新闻传播实践研究等，创造融通中外的学科新概念、新范畴、新表述，努力为构建人类命运共同体贡献新闻传播学学科力量"。③

（二）实践突破

在探索突破西方价值观的新闻叙事理论过程中，中国特色的马克思主义新闻叙事学体系也来自以中国新闻奖为方向标的新闻实践，重点表现在新闻叙事主题与叙事语言两个方面。一方面，在叙事主题的选择方面，中国新闻奖以"记录中国"为主的主题叙事，突破了西方叙事的底层价值观。中国新闻奖获奖作品是中国特色新闻叙事研究具有重要意义和价值的文本，在新闻叙事理论框架中，学者们通过历时性与共时性研究，已经描摹出马克思主义中国化的社会叙事图景，并以此检验马克思主义新闻观中国化在新闻实践成果上的叙事意义指向性和契合度。特别是在叙事模式的微观层面，从叙事话语、叙事角度、叙事结构等多方面探析了中国特色新闻叙事新模式。"记录中国"作为中国新闻奖的叙事功能之一，在主题选择上实践了一条不同于西方新闻价值观的主题叙事。如"一带一路""高铁建设""抗灾报道"等重大主题，"人工智能""建党百年""气候变化""金融动力与经济复苏""城市复兴"等发展性议题。反映在获奖通讯的作品上，如第三十届获奖通讯《人间正道是沧桑——献给中华人民共和国70

---

① 柳斌杰：《构建中国特色新闻学的几个问题》，《全球传媒学刊》2017 年第 4 期。
② 胡钰、虞鑫：《中国特色新闻学话语体系论纲：概念、范畴、表述》，《全球传媒学刊》2018 年第 5 期。
③ 刘笑盈：《新闻传播专业"十四五"规划教材：中外新闻传播史》（第 4 版），中国传媒大学出版社，2022，第 263 页。

周年华诞》（原载于新华社 2019 年 9 月 29 日）深刻阐释了"中国共产党为什么能？马克思主义为什么行？中国特色社会主义为什么好？"再如，重大典型宣传报道《英雄无言——95 岁老党员张富清的本色人生》（原载于新华社 2019 年 4 月 8 日）、脱贫攻坚报道《二百八十一个签名挽留第一书记》（原载于《陕西日报》2019 年 6 月 3 日）等。

另一方面，在中国通讯主题叙事多为正面报道的基调上，我国新闻叙事理论突破也体现在语言上。获奖通讯叙事语言以情理融合为特征，突破了西方叙事语言的结构理性的标准。综观中国新闻奖获奖通讯中的从正面展开的工作经验性报道，叙述者既站在全局高处，又抵达经济深处回答实际工作中的热点和难点问题，开阔视野、启发思路，对受众做经济决策产生影响。因此，中国新闻奖是以新闻传播的社会效应来衡量通讯作品的优秀程度。优秀的新闻通讯必须以满足受众需求为宗旨，把有用性与受众相关联作为报道的出发点和落脚点。如在《"小田变大田"引出"农田四变"》（原载于《农民日报》2022 年 9 月 13 日）的获奖评价中写道：

> 记者从开展"小田变大田"这项改革的地区中，选取安徽省马鞍山市作报道对象。这既是为了小切口"解剖麻雀"，实现大历史、大主题的贴近式生动化表达，也因为马鞍山的经验更有普适性，诚如记者在文中所说：马鞍山的地形条件比不上东北平原，财政支持力度与江浙沪比也并不拔尖，看似是个并不典型的改革故事。但正因"非典型"，这场改革走过的路、闯过的关、解过的题，对于其他地区也更具借鉴意义。

马克思说过："理论在一个国家的实现程度，决定于理论满足这个国家的需要的程度。"① 经验性调查报道能否成功，取决于它在实际工作中能够发挥多大影响，取决于经验满足社会和受众需要的程度。西方叙事语言强调的故事与情节关系，在我国叙事语言的实践中既有发展也有突破，特

---

① 《马克思恩格斯全集》（第一卷），人民出版社，1956，第 462 页。

别是在正面报道中，故事与情节的冲突性并非以纯粹的结构来展现戏剧性，而是在正面报道的框架内突出问题的尖锐、复杂。正如《"小田变大田"引出"农田四变"》这篇报道从马鞍山"小田变大田"的探索实践入笔，再推进到"农田四变"——小田变大田、闲田变忙田、差田变良田、蟹田变稻田的系统创新，用一系列极具矛盾冲突的故事，还原了"四变"改革中的冲突和曲折、困难和前行。其中，在写阻力最大的"蟹田变稻田"时，记者不讳其难，反而先将势造足。

因为通常来说，养蟹的收益在每年每亩 3000 元至 8000 元之间，最高可达 1 万元，远高于种稻收益。

问题越尖锐，解题的过程也就越吸引人。接下来，记者从由一片蟹塘复垦的稻田，引出马鞍山在推进"蟹田变稻田"过程中探索出的一种方式——"算准成本收益账，有序推动低效养殖退出"。说得正精彩，话头一转，又道出蟹田之变中第二种更受欢迎的方式："改稻虾连作、稻鱼共生。"

这篇通讯一波三折，故事线、人物线、改革线并行，纷而不乱，环环相扣。故事紧扣矛盾冲突，迎着问题写，展现问题的复杂性，写透改革怎样影响农业生产经营形态和由此带来的农民思想观念之变，以及如何通过算好耕地账和农民的收益账，让农民、村集体、新型农业经营主体在共享共赢中完成"田"的"四变"，既见理，又见情。

二　"时空中国"的主旋律叙事构建

在中国新闻奖的延绵历程中，主旋律叙事是其整体特征。在此基础上，一方面，以时间脉络为经，将新时代中国特色社会主义文化传承在通讯选题中，另一方面，以空间结构为纬，突出现代中国区域发展在通讯作品中的特色。经纬交织构建出了一种"时空中国"的主旋律新闻叙事体系，成为连贯历史与当下、城市与乡村、传承与特色、经济发展与文化创新统一协调的优秀通讯叙事的范本。本研究通过梳理这一"时空中国"叙事体系，发现以中国特色社会主义文化为基本框架，构建主旋律的通讯叙事通过实践与空间的交织表现在如下两个方面。

（一）时间中国：新时代中国特色社会主义文化传承与发扬的主旋律通讯叙事

"新时代中国特色社会主义文化"① 是习近平总书记于 2023 年 6 月 2 日在文化传承发展座谈会上的重要讲话中提出来的。这一概念的提出，在新时代为我国文化建设的顺利开展提供了新的认知视角和理论遵循。切实推动新时代中国特色社会主义文化建设必须重视以下四个重要问题，即马克思主义的理论指导、中华优秀传统文化的根基根脉、中西文化的交流互鉴、中华民族的伟大复兴。

马克思主义的理论指导，是中国特色社会主义文化在我国新闻实践中的基本前提，中国新闻奖对此的传承与发扬具体反映为以下三点。

其一，马克思主义具有的科学性、革命性、人民性、发展性以及鲜明的实践性使其展现了突出的理论优越性，这些特征在中国主旋律新闻叙事作品中得到了充分的体现。从第一届中国新闻奖至今，获奖通讯主题的科学性、革命性、人民性、发展性通过新闻实践得到充分体现，马克思主义作为中国特色社会主义文化的前提是我国获奖通讯叙事的思想内核。如《近九成科学仪器依赖进口，"国货"如何突围》（原载于《科技日报》2021 年 7 月 6 日）获第三十二届中国新闻奖通讯二等奖。当年，习近平总书记提出："要从国家急迫需要和长远需求出发，在石油天然气、基础原材料、高端芯片、工业软件、农作物种子、科学试验用仪器设备、化学制剂等方面关键核心技术上全力攻坚，加快突破一批药品、医疗器械、医用设备、疫苗等领域关键核心技术。"② 在国家科技发展背景下，该通讯通过叙述重点、叙事方式和叙事内容，综合体现出了马克思主义理论的特征。

> 科学仪器的研发是一场马拉松。那些历史悠久的国际公司，都是专业选手，而且已经上路。有人形容，国产仪器公司，还正在活动筋骨，想要在短期内实现追赶，挑战巨大。

---

① 《培育和创造新时代中国特色社会主义文化——各地各有关部门深入贯彻落实文化传承发展座谈会精神》，《人民日报》2023 年 7 月 29 日，第 4 版。
② 陈芳等：《"国家科技创新力的根本源泉在于人"——习近平关心科技工作者的故事》，《人民日报》2022 年 5 月 31 日，第 1 版。

但情况正在改变。

"国产仪器的发展迎来了新春天和大风口。"中国仪器仪表学会分析仪器分会秘书长吴爱华判断，"再给国产仪器多点陪伴和时间，问题会一点点解决的。"

一点点打破市场垄断。

其二，马克思主义与中华优秀传统文化虽不同源，但在精神理念上存在高度的契合性。中华优秀传统文化"天下为公、讲信修睦的社会追求与共产主义、社会主义的理想信念相通，民为邦本、为政以德的治理思想与人民至上的政治观念相融，革故鼎新、自强不息的担当与共产党人的革命精神相合"在多数通讯作品中都得到体现。如《中国，我怎能不爱你——华中科大思政课〈深度中国〉走红引出的话题》（原载于《湖北日报》2018年4月15日）这篇获奖通讯，就是对马克思主义中国化继承、发扬与融合发展的新成果。该通讯以大思政课为报道切口，生动阐释了马克思主义中国化的新成就。

抢不到座位，就坐上窗台；窗台被占满了，站上几个小时也要听完！一个多月以来，华中科技大学思想政治公共选修课《深度中国》走红校园成"爆款"。

4月11日晚6时30分，华中科大西十二教学楼N101教室早已挤得满满当当，没有一个空座。

来自华中科大马克思主义学院的闫帅、邹旭怡、刘兴花三位授课教师走上讲台，宣布开讲《深度中国》第五讲《乡关何处——"农民工"究竟该留城还是返乡》。

这一课由教师闫帅主持，刘兴花和邹旭怡两位老师对辩。教室顿时安静下来，同学们齐刷刷抬头，听得聚精会神。

该通讯不仅站位高，更重要的是将马克思主义中国化的时代性、发展性通过具体的叙述语言拉近了与年轻读者的距离。

这是一个手机可随时转移注意力的时代。"如果以到课率和抬头率来论，《深度中国》课程的效果已经惊人。"武汉大学马克思主义学院教师陈训成慕名观摩，在微信公众号上写下《"深度中国"，热在华科》。这是一门公共选修课，学生不满意，可以"用脚投票"，随时离开，大不了重新选一门。湖北日报全媒记者跟踪该课堂一个多月以来，200人的教室，场场爆满。

其三，马克思主义进入中国既引发了中华文明的深刻变革，也经历了逐步的中国化过程，它在与中华文明结合过程中彼此成就、互相诠释。中华优秀传统文化充实了马克思主义的文化生命，推动了马克思主义不断实现中国化时代化的新飞跃，显示日益鲜明的中国风格与中国气派，使中国化时代化的马克思主义成为中华文化和中国精神的时代精华。如2023年第三十三届中国新闻奖获奖通讯《孤勇者》（原载于《中国青年报》2022年5月27日）深入刻画国家级实验室科研人员的群像，将艰涩难懂的学术化为深入浅出的大众话题，提炼出以精卫填海精神走上珠峰之巅的主题，既是对中华优秀传统文化的继承，更是一种与国家发展的同频共振。在不同的历史时期，以中华优秀传统文化核心本质切中时代新的问题。再如，在新华社获奖通讯《真理的力量》（原载于新华社2018年5月7日）中，"真理"二字的含义对国人来说并不陌生，通讯借鉴了在《共产党宣言》译本首次诞生时陈望道说出的那句经典："这是真理的味道！"

人们以这种方式歌颂铭记马克思。今年是马克思诞辰200周年，也是《共产党宣言》发表170周年。因经济富裕被称作"山东第一镇"的大王镇，更因保存有《共产党宣言》中文首译本、建立了山东最早的农村党支部而闻名。从较早传播红色火种到率先建成富裕乡村，大王镇在革命、建设、改革过程中始终走在当地前列，成为马克思主义真理力量最生动的实践样本。

中国新闻奖获奖通讯作品，在过去40多年的发展中，不断完善中国特色社会主义文化的核心内涵，通过关注时代主题、聚焦社会问题，以主旋律叙事方式传承并发扬了以马克思主义理论为指导、扎根中华优秀传统文化的新闻报道。

（二）空间中国：三大区域发展进程中以"记录中国"为主旋律的通讯叙事

第一，沿海经济带发展以"突破"为中心的通讯叙事。沿海经济带自1978年以来，逐渐发展成我国"两横三纵"城镇化格局中的"一纵"，范围包括位于沿海交通主干线的52个地级市。由北至南串联辽中南地区、京津冀地区、山东半岛地区、长三角地区、海峡西岸地区、珠三角地区等，总面积约为44万平方公里，占全国国土面积的4.4%。关注并推动沿海经济带的发展，是党中央基于我国现阶段的发展实际和中国经济发展的主要矛盾，对区域经济发展作出的重要战略部署，也是我国深化改革开放、提升全球竞争力的重要举措。自改革开放以来，在我国推动沿海北部、东部和南部地区海洋经济协调发展的过程中，新闻报道以宣传国家政策、聚焦现实问题为重点。

涉及这类主题的中国新闻奖获奖通讯的叙事特征，表现为及时反映国家政策、积极关注区域重点成果、以"突破"为叙事重点的特征。2018年，获奖通讯《大桥飞跨 中国飞越——写在港珠澳大桥通车之际》（原载于《南方日报》2018年10月24日）中的叙事话语，体现了这种以突破发展为中心、逐渐表现大国自信的新闻叙事风貌。

这是一座圆梦桥、同心桥、自信桥、复兴桥……改革开放40年的跋涉与奋斗，新时代粤港澳的融合与共荣，中华民族伟大复兴的梦想与期盼，都在这座世界最长跨海大桥上留下了印记。

这是一项国家工程、一件国之重器，穿越空间和时间；这是一条世界级湾区通道，连接粤港澳通向未来；这是一次飞越（跃），见证沧海变桑田，见证中国梦。

再如，第三十届中国新闻奖获奖通讯《奋进大湾区 乘风破浪时》（原载于《南方日报》2019年7月5日）是对最新工程的及时报道。

炎炎夏日，广州市南沙区龙穴岛上，深中通道沉管隧道首个管节钢壳顺利出运，意味着粤港澳大湾区的又一个"超级工程"取得突破性进展。狮子洋入海口，南沙大桥一桥飞架，车辆往来穿梭。作为《粤港澳大湾区发展规划纲要》（以下简称《规划纲要》）发布后首个投用的重点工程、民生工程，南沙大桥打通了大湾区互联互通的新动脉。

随着不同时期沿海经济带发展工作重点的变化，获奖通讯的主题报道紧随其步伐。2010~2020 年，沿海经济带城市规模不断扩大，超大城市数量由 3 个增至 4 个，包括天津、上海、广州、深圳。其中，天津由特大城市变为超大城市。同年，获奖通讯《"夜经济"点燃中国发展新引擎　群众有期待 企业有动力 政府有作为》（原载于新华社 2019 年 7 月 23 日）及时跟进了这一时代主旋律。并且，其新闻叙事的方式并未停留在政策宣传的叙述层面，而是以"夜经济"为切口，巧妙地聚焦百姓生活。

近代史上的五大道位于英租界内，曾是中国城市夜间照明最完善的街区之一。100 多年后的今天，作为天津市级夜间经济示范街区，五大道夜市开街 2 个月来，客流量超 90 万人次，总收入同比增长 40%以上。光与影的变幻中，原本平淡的气氛一扫而空，城市夜景变得曼妙多姿，令人沉醉其间。

"夜经济"是当前中国的一大热词。去年年底以来，天津、上海、北京等大城市相继出台举措，专门支持夜间经济发展。夜间经济正在成为提升城市活力、拉动中国发展的一个新引擎。

国家统计局 15 日公布的数据显示，今年上半年中国 GDP 增长 6.3%，其中消费的贡献率超过 60%，继续成为拉动经济增长的第一动力。这其中，夜间消费的重要性和巨大潜力，越来越引起地方政府的重视。

沿海经济带发展以"突破"为中心的通讯叙事积极回应了国家对经济高速发展下环境问题的呼吁。沿海经济带中大型城市规模的扩大意味着人口规模的增加、环境资源的紧张。如 2012 年《林子大了 鸟儿多了 身心畅了》（原载于《解放日报》2012 年 5 月 2 日）这篇通讯就是以环境保护的新突破为中心，以城市生态与百姓生活的和谐关系为角度，跳出了单纯经济大发展的报道模式。

> 几天前，崇明东滩大道边的绿树碧草间，山雀、翠鸟鸣叫，八哥偶尔聒噪，白鹭不时流连，树影斑驳下，有人抬着头，驻足倾听，面露微笑，他就是复旦大学教授王祥荣——这些常驻的鸟儿们，正用歌声告知，他参与研究完成的这片城郊森林示范带真正"活了"，这怎不令他欣喜。干了半辈子的城市生态研究，这座城市中"绿"的变迁，在这位学者心头点滴留痕。

沿海经济带在 40 多年的发展中，逐渐形成了一张密织的空间网络，形成了以超（特）大城市为中心的都市圈、城市群等空间形态，包括天津都市圈、上海都市圈、杭州都市圈、长三角城市群、粤港澳大湾区等，依托重要的交通、能源等基础设施，串联沿线城市进一步聚集产业和人口。同时期的中国新闻奖获奖通讯对此予以选题关注，立足大发展、聚焦小问题，通过对"突破"这一主旋律的叙事创新推动了国家对区域经济突破性发展的宣传。

第二，西部大开发以"标志"为中心的新闻叙事。西部大开发是党中央在世纪之交作出的宏伟决策，是我国现代化建设的重要内容。西部大开发战略实施初期取得了巨大成就，青藏铁路、西气东输、西电东输等标志性工程建成，基础设施建设取得新突破。中国新闻奖获奖通讯中涉及相关主题的较多，以标志性工程、项目、生态成效等为对象的选题体量较大，表现出了典型的以"标志"为中心的新闻叙事构建，如《青海新能源有"锂"走遍天下》（原载于《青海日报》2015 年 6 月 15 日）、《"世纪工程"背后的牵挂》（原载于《西藏日报》2021 年 12 月 15 日）等，每年中国新闻奖获奖作品中都有这类"标志"性的主题报道。

21 世纪以来，尤其是党中央对新时代推进西部大开发形成新格局作出部署后，西部大开发取得了显著成就，西部地区生态环境保护修复取得重大成效，高质量发展能力明显提升，开放型经济格局加快构建，基础设施条件大为改观，人民生活水平稳步提高。聚焦西部大开发的通讯叙事，探索出了以"标志"为中心的叙事内容，即站位于区域、东西平衡、辐射国际的标志性叙事体系。如在《青海新能源有"锂"走遍天下》（原载于《青海日报》2015年6月15日）中，报道对象为新能源"锂"，该报道在立足西部资源开发的同时，与生态保护、国际合作进行关联。

> 这是世界最高海拔的电动汽车挑战赛，这也是中国新能源力量的直击；这是全国最大规模的锂产业链展示，这也是青海加快与世界对接、拓展国际合作的平台，更是青海向世界传达和谐美丽、传播绿色环保的大窗口。

这篇通讯紧扣新时代已有"地区竞争+政策倾斜"区域发展模式的背景，同时，针对西部大开发战略继续推进所面临的"经济放缓+空间集聚"困难进行明确回应，如：

> 很多人都在问，青海为什么要举办电动汽车挑战赛？
>
> 答案其实很简单：就是因为"锂"，为了"锂"。
>
> 作为一个资源型省份，青海拥有全国三分之二的锂资源储量，居全国首位，资源优势无须赘言。
>
> 但资源优势并不等于发展优势，要以"锂"走遍天下，青海尚需要把锂储量优势转化为锂产业乃至新能源产业发展的优势，并以此带动推进全省产业结构转型提质。
>
> 可喜的是，通过电动汽车挑战赛这个窗口，我们看到了一条清晰的锂电池全产业链正在青海逐步形成。

2020年5月，中共中央、国务院印发的《关于新时代推进西部大开发形成新格局的指导意见》强调："新时代要加快形成西部大开发新格局，必须立足新发展阶段，贯彻新发展理念，推动高质量发展，形成大保护、大开放、高质量发展的新格局；明确提出西部大开发2035年的目标，即西部地区基本实现社会主义现代化，基本公共服务、基础设施通达程度、人民生活水平与东部地区大体相当，努力实现不同类型地区互补发展、东西双向开放协同并进、民族边疆地区繁荣安全稳固、人与自然和谐共生。"①因此，在获奖通讯中，以"标志"为中心的西部大开发新闻叙事探索出了一个融合多个标志性目标的主体报道范式。如在《西海固：蓄足动能再出发》（原载于《光明日报》2021年10月21日）这篇通讯中，西部大开发、乡村振兴、跨区域合作、文化治理等多个社会议题，被集中于西海固这一主题中，形成了该通讯显著的以"标志"性主题报道构建主旋律叙事的范式。文中对多个议题通过串联方式展开叙事。

> 很难想象，这里就是曾经"苦瘠甲天下"的西海固。在中国共产党的领导下，通过国家各项政策扶持，通过数百万干群倾力奉献，通过闽宁对口扶贫协作……西海固，已然甩掉了贫困的帽子！
>
> 这一彪炳千古的奇迹，令世界惊叹！脱贫摘帽，是与旧时代的告别，也是新征程的开始！在乡村振兴的新时期，一系列深层次问题亟待破题：
>
> 如何从脱贫走向固富？如何从帮扶走向互利？如何从产业走向兴业？如何从迁入走向融入？如何从物质富裕走向精神富有？
>
> 基础设施提升——强化"干工程"，疏通"毛细血管"，筑牢乡村振兴的物质基础。
>
> 闽宁协作提升——从单向援助到双向互动，从政府主导到市场发力，催化乡村振兴的"乘法效应"。
>
> 乡风文明提升——从"送文化"到"种文化"，从"富口袋"到"富脑袋"，凝聚乡村振兴的精神力量。

文字通过几个小标题直指"标志"性对象，中国新闻奖通讯作品成为新闻媒体在主旋律新闻叙事体系中积极探索新闻叙事范式的重要体裁。

---

① 《中共中央 国务院关于新时代推进西部大开发形成新格局的指导意见》，中国政府网，https://www.gov.cn/gongbao/content/2020/content_5515272.htm，最后访问日期：2024年10月7日。

第三，长江流域经济带以"融通"为中心的新闻叙事。推动长江经济带发展是党中央作出的重大决策，是关系国家发展全局的重大战略。20 世纪 90 年代以来，长江流域经济带发展政策的重点是坚持生态优先、绿色发展理念，历届中国新闻奖通讯作品在这个议题上尤为直观和全面，调查性监督与正面宣传报道紧密结合，体现出以"融通"问题的完整性、动态性为中心的新闻叙事方式。如《人民日报》于 2020 年 6 月 29 日刊登的通讯《长江禁渔，为何还有禁而不止的现象》直指现象痛点。

> 去年初，农业农村部、财政部、人力资源和社会保障部联合印发了《长江流域重点水域禁捕和建立补偿制度实施方案》。《方案》明确要求，"2019 年底以前，完成水生生物保护区渔民退捕，率先实行全面禁捕"。
>
> 2020 年底以前，完成长江干流和重要支流除保护区以外水域的渔民退捕，暂定实行 10 年禁捕。
>
> 时至今日，十年长江"禁渔令"实施已有半年。近日，多位读者向本报反映，长江流域非法捕捞情况依然存在。"禁渔令"执行情况如何？护渔执法还存在哪些短板？形成全时空监管格局还需要做哪些工作？近日，记者在安徽、湖北、江苏等地进行了调查。

2022 年获奖通讯《鳡重现 刀鲚增长 江豚频出 十年禁渔让九江再现江湖美景》（原载于《九江日报》2021 年 6 月 8 日）则以动态跟进视角对"禁捕"进行了跟踪。

> 时隔近 10 年，中国最大淡水湖鄱阳湖都昌水域重现"神秘物种"鳡；以"长江三鲜"闻名的刀鲚，单网次平均捕获量呈几何倍数增长；被誉为"水中大熊猫"的江豚，20 多年后频现种群嬉戏场景……

"融通"的通讯叙事不仅体现为对议题报道的视角融通，更体现为与时俱进，对长江流域经济带新时期发展的导向融通。2023 年 10 月，习近平总书记主持召开进一步推动长江经济带高质量发展座谈会强调：

"长江流域生态环境保护和高质量发展正处于由量变到质变的关键时期，取得的成效还不稳固，客观上也还存在不少困难和问题，要继续努力加以解决。"① 作为国家战略，长江经济带的建设目标是依托长江水道，推动上中下游经济社会的协同发展。在《鲥重现 刀鲚增长 江豚频出 十年禁渔让九江再现江湖美景》（原载于《九江日报》2021 年 6 月 8 日）针对区域协调发展的政策方向，对相关现象及时予以关注。

> "十年禁渔"仅一年，长江、鄱阳湖再现多年未见美景：水域生境明显改善，渔业资源有效恢复，多样性水平逐步提升。一年来，九江围绕"人"和"船"，紧盯"水"和"岸"，四级齐抓，共同"禁""退"，禁捕退捕工作取得了重要阶段性成效。

上文以渔业治理在长江、湖泊之间共享的成果，回答了新时期国家提出长江流域经济带高质量发展的难点之一，即将长江经济带打造成为有机融合的高效经济体，实现长江流域生态环境保护和高质量发展由量变到质变的跃升。

近年来，随着生态文明建设实践探索深入，长江大保护成为长江经济带建设和发展的主旋律，获奖通讯中有关长江生态环境保护和修复的议题占比稳定，通过"融通"新闻叙事的方式逐步探索出的大江大湖生态保护和环境修复的新闻报道范式，成为新闻舆论报道中支撑区域经济绿色发展和中国式现代化建设的主旋律叙事范本。

本章小结

从历届"中国新闻奖"获奖作品出发，综观我国新闻通讯叙事理论与实践，新闻的专业性与文学的写作手法始终贯穿其中。1979 年至改革开放初的前互联网时期，通讯叙事对文学写作手法是一种无意识的借鉴、吸

---

① 《习近平主持召开进一步推动长江经济带高质量发展座谈会强调：进一步推动长江经济带高质量发展 更好支撑和服务中国式现代化》，中国政府网，https://www.gov.cn/yaowen/liebiao/202310/content_6908721.htm，最后访问日期：2024 年 10 月 4 日。

收。这一时期通讯写作者多为中文系出身，将文学创作的手法转移到新闻通讯的写作中是一种叙述自觉，新闻的专业性与文学写作技法呈现通讯写作的交织状态。随着我国新闻学科发展的日渐成熟，这种交织状态很快转变为两条不同的路径：一条是继承，另一条则是反思。进入 20 世纪 90 年代以后，文学写作手法和新闻专业主义开始呈现矛盾：新闻真实与文学虚构之间的博弈。21 世纪初期，互联网以排山倒海之势对新闻行业带来冲击，改写了我国新闻叙事的整体格局，新闻与知识都被裹挟进"云时代"，信息格局的拓展促使新闻实践者们在摸索中，很快转变了观念，譬如参与式写作、重视引语、对话体、白描等写作方法的运用反映出当时通讯叙事理论的视野更为开阔及叙事实践的探索更加积极。进入 21 世纪第二个十年，新闻叙事学理论研究的交叉性得到发展，通讯叙事写作不断尝试新的可能性，"故事化手法"证明了新闻的专业性与文学写作手法不再拘泥于学科的差异性，而是在恪守新闻真实底线这一原则中，逐步追求两者本质中的共性成分，重视观点的平衡叙事方式的形成促使高质量的通讯写作朝着良性、健康方向持续发展。21 世纪在社交媒体深度影响力作用下，交互性叙事在新闻实践中已成为基本底色，但在与新媒体争夺受众市场的过程中，恪守新闻专业性的主流媒体依旧是中国新闻叙事理论与实践发展的唯一主体。因此，在通讯写作的叙事上，其探索出的选题、渠道和内容三维一体的交互性叙事方式，形塑了新时期的主流新闻叙事。

中国新闻叙事学理论与实践在中国新闻奖的稳步推进中，在标准和创新的平衡中，突破了西方叙事理论中的新闻价值观导向的元问题，同时涉及通讯的叙事理性、结构性逻辑等议题，表现为立足国情和实践、构建具有中国特色新闻价值的"时空中国"通讯叙事体系。

第二章 获奖通讯叙事视角与结构逻辑的嬗变

观察点是展开叙事的出发点。

"主题一词，源自德国，最早它是一个音乐术语，表达的是乐曲中的主要旋律，后被借用到文艺创作和文章写作中。因此，主题，就是文章要说明和解决的主要问题。"① 所谓新闻主题，是指一篇新闻的中心思想，它是新闻的灵魂，犹如一条红线，贯穿一篇新闻的始终。它决定着一篇新闻的结构安排、素材取舍、事例选用以及语言的表达等。从这个意义上看，一篇新闻的主题具有统摄其叙事内容与形式的核心作用。本章将从主题与形式，即主题与视角、主题与结构两个层面展开。

"叙事角度，是指叙述的故事是随着哪个人物的视点变化，也就是谁的眼睛看到的。"② 那么，从写作者的角度来看，叙事视角是记者把自己观察和体验的世界转化为语言进行叙事的基本角度；从阅读者的角度来看，叙述视角是读者进入写作者所叙述世界的切入点。综合这两个角度理解，当一篇新闻通讯的主题被确定下来后，如何在文本中呈现该主题，就取决于作者选择何种角度来进行切入和叙述了。

叙事结构，可以视作一种框架结构，在这个结构中，故事或叙事的顺序和风格被展现给读者、听众或者观察者。苏联形式学派和法国结构主义

① 秦殿杰：《怎样选好新闻稿件的主题》，《新闻爱好者》2002 年第 5 期。
② 杨春茂：《文艺理论新编》，北京大学出版社，2007，第 212 页。

均对其有专门的研究，国内学者董小英也指出："叙事结构主要是指文本内部的叙述方式安排，为文章结构。"①对"叙述方式安排"的研究，实际上是对决定叙事方式者的意图、态度和手法的研究，反映在文本中就是寻找那些能够体现写作者意图的痕迹。在新闻文本中，作者的意图集中体现为主题。

以下我们将着眼于这两种叙事形式，首先，从获奖通讯的经典叙事视角切入，通过历时性和共时性的综合分析，探寻通讯叙事中的经典视角与层次。其次，归纳并阐释获奖通讯叙事视角的类型与特征。最后，构建获奖通讯叙事结构的模式规律，由此呈现获奖通讯在叙事形式方面的研究逻辑与新发现。

第一节　获奖通讯的经典叙事视角与层次

一　获奖通讯的经典叙事视角：大视域+小聚焦

（一）"大视域+小聚焦"贯穿各时代主题

新闻的主题是时代特征的产物，对于代表主流文化的获奖通讯来说更是如此。依据叙事话语的内容特征与演化，在第一章笔者对1979年至今中国新闻奖历届通讯作品做了五个时期的划分。从其主题来看，每个时期通讯叙事话语的特点都是时代主旋律的显性"外化"。

前互联网时期（20世纪80年代）的主题偏重赞歌与英雄式。伴随改革开放的浪潮，获奖通讯的主题开始集中反映社会的这种巨变，特别是在塑造典型人物的主题报道中，英雄人物、杰出人物等纷纷涌现，并且一改过去喜好宏大叙事的主题表现，侧重进行个体化呈现，通讯叙事多以微观视角再现事件核心，或以具体人物反映事件本质，尽量避免脸谱化、千人一面的"典型"塑造。

互联网初期（20世纪90年代）的主题偏重经济建设。20世纪末的最后十年里，通讯报道的主旋律是中国社会经济建设和高速发展，具体表现

---

① 董小英：《叙述学》，中国社会科学出版社，2001，第275页。

在恢复党的优良传统、介绍改革开放背景下的变化和普遍意义、反省市场经济改革中的旧观念、在与沿海地区的比较中寻找反差和症结等。如《菜价追踪》（原载于新华社 1994 年 4 月 12 日）反映的是 1994 年初，物价涨势过猛，在群众议论纷纷的背景下，记者从老百姓的吃穿住用、柴米油盐这类"小事"着手，反映了当时的社会热点——"物价问题"。在这类主题下，中国新闻奖通讯作品既有全方位的报道，也有从一个或几个侧面切入的报道。不过，在延续 20 世纪 80 年代通讯叙事个体化呈现的写作过程中，针对这一时期报道对象多具时间跨度大、影响力大的"大事件"特点，报道方式就更偏重以"小角度"切入讲述"大事件"，深化主题、提炼观点成为这一阶段通讯写作的主要特征。并且，这一时期通讯写作开始抵制长文风、提倡短通讯，从而降低了文章味，提高了新闻性，客观上这种文本篇幅上的转型也是深化主题的一种形式体现。与此同时，经济发展到一定程度，新现象与新问题伴随而生，由此反思与批评性的通讯主题逐渐登上舞台。揭露式报道、调查性报道成为时代的"新宠儿"，在以《北京青年报》为代表的问题通讯中，一大批反思改革开放过程中新问题、新矛盾的通讯面世，报道范围涉及政治、经济、文化、社会等各个领域。如《找个好钳工比找研究生还难！》（原载于《大众日报》2001 年 10 月 11日）反映的就是在中国加入世贸组织后，记者敏感地意识到高级技术工人占劳动力不到 5% 的现状与高层技术人才需求之间的新矛盾。

媒体融合时期（21 世纪第一个十年），在追求更具传播效力的融合媒体生态中，新闻叙事以"白描"的"故事化"写作而流行，人文关怀主题逐渐与上一阶段形成了互补关系。中国社会经历了经济飞跃所带来的兴奋、冷静、反思之后，曾经被忽视的人文层面内容开始为社会大众所青睐，因此，人文关怀的主题成为新时期治愈人们内心世界的精神"药剂"，同时它成为展示社会开放程度的一个窗口。人文关怀的主题特征反映在通讯作品中则表现为报道面得到了有效的拓宽。比如，在这一时期人物报道以更加开阔的视域将报道对象转移到普通人身上，以发现普通人中的"道德英雄""精神英雄"为主导，在我国新闻工作"三贴近"的新闻实践中，展现出了深厚的人文关怀精神。

数字化时期（21 世纪第二个十年），在人文精神主题导向中，倚重观点的平衡叙事发挥了积极的引导作用。在新媒体环境中，人们的情感诉求逐渐从知晓转向了观点，即如何正确看待一个新闻事件，这就涉及新闻引导。新闻的舆论引导功能在新时期里并非传统意义上的简单引导，由于前提条件已经发生了改变，在一个信息无度、价值多元、审美丑化的文化场域中，作为主流文化的主流媒介及其新闻报道在承担这一责任时，中国新闻奖的获奖通讯便发挥出更广泛和直观的效力。这也是当代大众在新闻阅读和心理审美上的真正需求。

数智化时期（21世纪20年代至今），获奖通讯从选题、渠道和内容三个方面共同形塑了交互性叙事体系，构成了情景交融的正能量主题导向。重大社会议题成为该时期选题的首选，由此构建了以广泛社会影响力为目标的新闻生产与传播体系，包括渠道偏重全面布局，保障交互性叙事的及时、高效；内容偏重情感共鸣，深挖交互性叙事的本质。并且，随着2022年中国新闻奖评奖规则的调整，媒体形态分类被淡化，跨媒介的原创作品具备参评条件，中国新闻奖获奖作品成为我国新闻叙事改革的一面"镜子"。

通过中国新闻奖这面"镜子"对时代主题的折射，我们可以窥见获奖通讯主题的基本规律为紧贴时代脉搏、关注当下社会主旋律。从改革开放初期对英雄人物的颂扬到对经济建设成就的肯定，再到对经济发展中问题的反思，以及彰显人文关怀主题的崛起，以传播正能量的新闻价值观引导社会舆论，始终是我国新闻叙事发展的内核。每一个阶段中主流新闻通讯的主题选择和表现方式，都是对当时中国社会最核心"声音"的再现。综观这些被烙上了时代特征的主题，我们可以将获奖通讯主题的变化规律概括为"大视域+小聚焦"，即主题选择从广义的社会范畴，逐渐倾向于具体的个体化呈现；主题内容从侧重社会环境中的物质发展，走向致力于进行人文环境中的精神建设。

（二）"大视域+小聚焦"的维度提升：从现象性到思想性

"大视域+小聚焦"叙事视角是新闻写作的普遍叙事方式，而获奖通讯的不同在于维度的提升，即从现象性到思想性的提升。具体体现在"大视域+小聚焦"视角方式中，将呈现生活气息的现象性主题提升为呈现生活气息的思想性主题。如《140万双袜子的命运》（原载于《长江日报》1997年7月30日）获第八届中国新闻奖通讯一等奖。这篇通讯在主题上反映了 20 世纪 90 年代末大多数国有企业的一个共同困境，即企业的市场化程度不够，没有明确责任人。这正是当时我国国企改革要解决的一个普遍且重大的问题。这篇通讯之所以能够在众多通讯作品中胜出，是因为它以"大视域"抓住了 90 年代社会的主旋律——经济主题，又以经典叙事视角的"小聚焦"——袜子来反映其主题。但仅仅做到这些还不足够，那么该通讯如何在经典叙事视角"大视域+小聚焦"基础上突破了维度上的现象性而实现思想性？一方面，这篇通讯包含的现象性主题，是具体的经济问题，即"140 万双袜子该不该卖？""现象性主题"是反映具体的经济问题，即资产争议，涉及的是采访对象之间的利益之争，包括厂长、货商、管理人员、工人等。具体叙事对象包括企业账面上的问题、经济指标等。这是经济新闻通讯中以"一厂一店"式的微观对象为视角揭示问题的叙事视角，可以增强可读性和提高贴近性，但能够胜出不止于此。另一方面，该通讯最后成稿的标题是《140 万双袜子的命运》，作者将"小聚焦"的"袜子"从"买卖"的现象性问题，提升至"命运"的思想性问题。从现象性到思想性的表现，就是从追究个人责任或个体问题，提升为机制或体制的普遍性问题。该袜厂作为一个小聚焦，代表了当时一批国有企业，多年来任凭资产贬值，国有企业领导不讲资本运营和效益，只关心产值的积弊，导致积压的袜子成为账面上好看的数据，长期没有人愿意对此采取行动进行改变。反思导致出现问题的原因，并非领导个人，而是体制和管理机制造成的，将这些堆积多年的贬值的袜子卖向市场，就会导致账面资金"缩水"。"袜子问题"揭示了国有企业体制、机制已经进入病态运行状态，它就是当时多数国企的一个"病理标本"。

从叙事学角度来看，新闻叙事效果的体现既有文本层面也有社会层面。这篇通讯以"大视域+小聚焦"的叙事方式，以 140 万双袜子的小聚焦，将国企改革的大问题聚焦在了高维度的国家体制和制度改革的主旋律上。因此，该通讯刊出后在社会上产生了广泛的影响。大众读者对该议题产生了许多共鸣，纷纷参与讨论，其他媒体也进行了跟进报道；同时，1997 年 9 月 12—18 日，在中国共产党第十五次全国代表大会上，这篇报道所提出的问题在会上就有了回应"进行所有制改革，推进国企股份制改革，让国企建立现代企业制度，真正以'企业身份'进入市场"①，这也促成该通讯获得了当年的中国新闻奖。

二　获奖通讯的经典视角层次：显性与隐性

（一）显性层次的叙事视角：叙述者—行为者—见证者

"叙事视角是一个文本，看待世界的眼光和角度，那么，提供这种视角的主体就是叙述角色。"② 叙事角色通常是由三个主体构成的，即叙述者、行为者、见证者。具体来看，叙述者，指讲述事件并形成文本的人，因为他的讲述，故事才能在受众中进行传播。行为者，即事件当事人，因为他们的言行，事件得以发展，因此，行为者也被称为亲历者。见证者或聚焦者，即事件的见证人。因为有了他们的见证，有的事件才不至于在结束之时就烟消云散，才有可能被人们讲述，才得以被求证。根据这三种角色的功能，文本的叙事视角便可呈现多种类型，以及相互转换或被复合使用。在新闻叙事作品中，依据写作目的、新闻体裁等差异，三个叙述主体或叙述角色就是构建叙事视角的基础，他们彼此的关系直接影响了叙事视角的选择。

在我国新闻通讯的写作史中，叙事角色的三者已经形成了一套具有显著性和规范性的经典层次关系，可被称为显性层次的叙事视角，表现为叙述者、行为者、见证者的线性叙述关系，三者相对独立。叙述者，在整个文本中占据叙述的统摄地位；行为者，居于第二位，它的叙事决定了文本的新闻价值；见证者，处于最后一位，他由叙述者选择并起到辅助的叙述作用。这种线性关系表现出显著、明显且很强的层次感。该叙事逻辑在新闻学生产理论范畴内，也可以被理解为新闻的生产者——记者作为叙述者对事件中行为者——事件主人公的叙述，既可以用第一人称，也可以用第三人称对其进行转述，同时，在新闻客观性原则框架内，为了保障信息的真实可信，叙述者通常会寻找多个见证者，对行为者的叙述进行多角度佐证。由此，就形成叙述者—行为者—见证者依次统摄的叙事层次关系，反

---

① 《江泽民在中国共产党第十五次全国代表大会上的报告》，中国政府网，https://www.gov.cn/test/2008-07/11/content_1042080_4.htm，最后访问日期：2024 年 10 月 4 日。
② 杨义：《中国叙事学》，人民出版社，2009，第 199 页。

映在叙事视角上，即热拉尔·热奈特提出的四种经典叙事视角：全知全能视角、内视角、外视角和综合视角。

热拉尔·热奈特是最早将叙事视角规范提出的学者，他认为应该综合"语气"和"声音"创建一个新的分类学。为了避免继续使用模糊不清的概念，热拉尔·热奈特用"聚焦"对"视角"进行描述。他在《叙事话语　新叙事话语》中将"叙事视角"划分为：全知全能视角（零聚焦）、人物有限视角（内聚焦）、纯客观视角（外聚焦）和复合视角。第一，零聚焦。叙述者所指信息大于文本内任何人物所知。其优点是能够全方位提供信息、信息量丰富；缺点为不容易制造悬念，不容易深入人物心理，艺术性很难特别高。第二，内聚焦，叙述者所知道的信息等同于文本中某一个特定人物的所知，也叫作"限知叙述""内部视角"。内聚焦叙事还可以分为固定内聚焦、可变内聚焦、多重内聚焦（通信类文体）。其优点是有利于塑造人物形象，描摹人物内心世界；有利于利用人物的"限知"来制造悬念，通过选取特定的人物，产生各种特殊的艺术效果，如用小孩视角叙事可增加陌生化效果，用疯癫者叙事可形成荒诞风格。第三，外聚焦，叙事者所知信息小于文本内任何人物所知，也被称为"外聚焦叙事""客观叙事""外部视角"等。其优点是没有焦点，叙事者所知信息极少，适合用来写悬疑作品，也适用于形成冷峻的、非人格化的叙事风格。第四，复合视角。这类稿件不胜枚举，获中国新闻奖的通讯多数属于这类强层次的叙事视角，在重大主题、主旋律报道上更是如此。以荣获第三十二届中国新闻奖通讯类二等奖的《四名领诵员是如何被选上的？看看他们都是谁》（原载于北京日报客户端 2021 年 7 月 1 日）为例。在庆祝中国共产党成立 100 周年大会上，1000 余名少先队员和共青团员齐声喊出"请党放心，强国有我"，声音响彻天安门广场上空。《北京日报》刊登的《四名领诵员是如何被选上的？看看他们都是谁》独家报道了 4 名领诵员背后的故事，成为新媒体爆款新闻。该通讯的脱颖而出与其选题重大且时效性强有密切关系，记者在大会举办当天凌晨，在现场蹲点数小时拿到 4 名领诵员的名单，克服了通讯时效性相对消息较弱的不足，在第一时间抢到首发新闻，烘托了大会热烈的氛围，回应了社会关切。那么，除了时效性的胜利之外，这篇稿件在文本写作上则采用了典型的强层次叙事视角。文中分别对应四名领诵员（行为者）的四个小标题如下：

> 彭友馨：为了准确表达一句话，到处喊"妈妈"
>
> 冯琳："红船"故里的姑娘向党抒发最真挚情感
>
> 姚牧晨："这个夏天，注定会让我铭记终生"
>
> 赵建铭：非科班"黑马"的逆袭路

除了第 3 名领诵员采用了行为者的直接引语作为标题，其他 3 名由叙述者对其进行概括性提炼，在叙事视角上全知全能视角是居于首位的。在正文中，这种比例关系基本相似，并且叙述者的统摄性叙述往往是点睛之笔。如：

> （彭友馨）这个练过 9 年舞蹈的小姑娘深知，只有不断地练习才能达标。从那天起，她反复练习，逮着同学老师就喊"妈妈"，请大家帮她指导，预备队的老师同学几乎都被她叫过"妈"了。最后，彭友馨不仅通过了老师的考核，还给队员们做了示范。
>
> （冯琳）当她第一次以朗诵者的身份站在天安门广场，张开口，说出第一句献词，真挚的感情层层递进，喷薄而出。当冯琳说出"我们歌颂人民英雄的荣光，见证如他们所愿的梦想"这样的语句时，她的眼中盈满泪水，她的声音微微颤抖。

作为行为者的领诵员，他们以第一人称直接引语的方式呈现这种强层次叙事视角，逻辑上更为生动、真实的信息来源与叙述者的话语呼应是叙事写作的特征，如：

> （姚牧晨）已经计划好，在参加完庆祝中国共产党成立 100 周年大会之后，他马上就要准备 7 月 6 日举行的小学期间最后一场考试。另外，由于队友们给力，球队的篮球赛之旅颇为顺利，他已经憧憬着和队友一起冲击 7 月 10 日的总决赛了。"这个夏天，注定会让我铭记终生。"

这是该部分的最后一段文字，在记者以叙述者视角进行了评语式概述后，行为者的一段直接引语恰到好处地回应了概述。

在强层次叙事视角的最后一环"见证者"视角上，适当的补充能够辅助真实感且不会喧宾夺主。如：

> （赵建铭）集训练习时，对发声气息的把控是他要面对的首要难题。"有时候找不准发声位置，感觉自己声音会发虚，老师也经常指出我气息不足的问题。"除此之外，他对身体的控制感一开始也很难拿捏准确。虽然指导老师一直强调说，在进行语言表达的时候要做到有"容"有"形"，但赵建铭对面部表情的控制却没有那么容易。眼睛不够亮、笑容不够灿烂，让老师也一度替他担忧。

这段叙事完整呈现了叙述者、行为者、见证者三者，且彼此的层次感非常清楚，叙述者视角聚焦了主要困难，行为者视角以直接引语提高了困难的真实性，见证者视角作为辅助力量佐证了困难的存在和克服困难的努力。

综上，这篇通讯以强层次叙事视角清晰再现了人物关系，记者作为叙述者的全知全能视角统摄全篇，4 名领诵员作为 4 名行为者，各自以直接引语的方式形成外聚焦视角，完善了叙述者视角。此外，叙述者选用了较少的见证者（指导老师）作为补充，三者的逻辑关系简单明了，在反映类似的重大主题报道中，这种叙事层次较为常见且已成经典。

（二）隐性层次的叙事视角：身份重叠的特殊叙事视角

在通讯新闻报道中，叙述者、行为者、见证者三种叙事者的身份是相互独立的，但有时也会出现两两重叠或三者重叠的情况，包括叙述者与见证者、行为者与见证者身份统一。这种叙事身份重叠带来的零层次叙事视角的情况与作品的主题类型有关，可被称为隐性层次的叙事视角。

获奖通讯多是反映时代主流价值观的报道，特别是在系列报道、策划新闻等重大主题报道中，由于记者的直接参与，记者既是叙述者又是行为者；或者事件当事人，既是行为者，又是见证者。最常见的身份重叠情况是，记者作为叙述者和见证者的身份统一，形成了典型的内视角特征。当记者跟随事件中的主人公，以一种与主人公所知信息相当的平视视角进行观察和叙述时，作为见证者的记者就取代了其他见证者，但叙事效果并不会减弱。一方面，主人公的内心独白逐渐呈现；另一方面，叙述者和见证者通过细节等辅助人物品行和思想的凝练，二者相辅相成。这样在塑造典型人物的通讯作品中，就不会出现无所不知的凌驾视角，或突然对人物进行拔高导致叙述文本脱离语境，整体叙事平稳且自然。如获第三十二届中国新闻奖二等奖的通讯《为了跨越时空的团聚——孙嘉怿带领团队为965位烈士找到"回家"路》（原载于《宁波晚报》2021年12月26日）就是这种隐性层次叙事视角的代表作。该通讯记者为宁波日报报业集团高级记者、都市报系副总编辑杨静雅，她在回溯采写过程时提出：

> 去年9月30日，这天是烈士纪念日。我又想起了已经写完初稿的孙嘉怿报道，总觉得不够感人。于是，我产生对她进行跟随式采访的念头。我立刻给她打了个电话，得知她正在去龙观乡中心小学讲烈士故事的路上，之后，她还要去樟村烈士陵园看望烈士。我立刻换了一身黑色的衣服，买了一束鲜花出发。

当记者跟随受访人当天的行程，以见证者和叙述者身份进入报道时，通讯中的叙事如此呈现：

> 大家都看过动画片《那年那兔那些事》吧，那里面的兔子也说要再到三八线上浪一回，肯定是怀念战友了，今天，我就给大家讲讲三八线边上发生的故事……
>
> 今年9月30日，孙嘉怿一大早来到宁波市海曙区龙观乡中心小学宣讲烈士故事，一开场，她的话就吸引了学生们。为了拉近与学生们的距离，她在宣讲结束时播放的《我的祖国》都是易烊千玺版的。

这段叙述来自记者现场所见，以受访者第一人称和第三人称进行直接引语的表达，当记者立足叙述者与见证者两种身份时，视角归于一体，不需要第三方佐证，也能够达到自然、真实的叙事效果。

其他两种或多种身份的重叠情况较多，形成这一现象的原因有内因也有外因。内因与行业新闻的发展和需求有关，在通讯体裁采用新闻策划、记者参与式报道时，当叙述的新闻事件与事件进展过程为同一时空时，作为叙述者的记者在身份上往往会与其他两种身份部分重叠，由此带来的改变就是弱化了全知全能视角的运用。外因则与互联网、社交媒体、移动智能手机的发展密切相关，"全民记者"时代的出现，让整个社会新闻信息场中的"网民新闻"海量增长，同时，专业新闻媒体对这类新闻的涉足也模糊了传统新闻叙述者与见证者、亲历者身份截然分离的情况，进入了混合状态，因此，形成的隐性层次叙事视角最极致情况就是三种身份的重叠，这就如"催化剂"一般，使得通讯叙事表现为极为隐性的叙事视角，也被称为"零度的叙事视角层次"。这种情况多出现在策划类、系列类通讯作品中，如《行程 2 万里 访问近万人：一次跨越时空的特殊寻找》（原载于《武汉晚报》2006 年 3 月 29 日）中的记者、华科大学生以统一行动者的身份全程参与，全文选择了第三人称内视角的叙事方式。首先在导语中：

昨天，华中科大 10 名师生从武汉出发。

清明前夕，学子将随 5 位烈属一起赴太原烈士陵园祭奠亲人。

接着，进入正文，如下：

今年年初，在本报和 172 名华中科大学生的艰苦寻找下，已有 7 名湖北籍烈士，"踏"上了阔别已久的故乡之旅。

1996 年，山西太原的民间收藏者王艾甫……，去年 9 月，老人给本报来信求援，请求帮助寻找 11 位湖北籍烈士的亲属。

本报立即派出记者前往相关地区寻找。

昨日，记者翻开襄樊组学生薛飞等的寻找日记。

文本中的叙事主体身份完全融为一体，产生了隐性层次的叙事视角，在身份重叠的叙事视角下，其最突出的特征就是直接引语被弱化、记者身份时时浮出水面，记者通过直接叙述营造出强烈的主导性和代入感。

第二节　获奖通讯叙事视角的四种类型与特征

新闻记者对一个新闻事件的叙述，通常是在该事件发生之后，因此记者之于文本，是一个全知全能的讲述者。他出现在作品旁，就像一个演讲者伴随幻灯片或纪录片进行讲解，这种叙述者大于文本中人物的"全知视角"，也是通讯的一种主要叙事视角。不过，主题在新闻写作中的统摄地位决定了叙事视角的选择，也并非恒久不变。视角，是为了更好地呈现新闻事实的主题，新闻主题的变化在很大程度上影响了叙事视角的选择。综观中国新闻奖获奖通讯的发展历程，可以发现在以第三人称"全知视角"为主的基础上，其叙事视角依据主题的阶段性变化产生了体现不同新闻叙事价值的四种类型。

一　超越"他"说：具有内视角特征的全知视角

当新闻主题从宏观走向微观、从集体走向个体时，其叙事视角也部分地从相对纯粹的第三人称叙述，发展为接近于第一人称的第三人称叙述，即叙述者了解文本中主人公的一切，包括人物形象、人物语言乃至人物心理，但在文本中完全以主人公视角观察世界、推动事件的发展。这种"具有内视角特征的全知视角"促使通讯在写作上倾向通过侧面人物心理描写实现人物形象的刻画。如《领导干部的楷模——孔繁森》（原载于新华社1995年4月6日）中有这样的一段叙述：

> 回到山东后，他曾表示："我这条命。是藏族老百姓给捡回来的。如果有机会。我愿再次踏上那片令人终生难忘的土地，去工作，去奋斗！"
> 组织上问他有什么困难，他还是那句话："我是党的干部，服从组织安排。"其实，孔繁森心里很清楚，家里确有不少困难：自己的身体状况不如从前了；……自己一走，全家的生活重担又要压在妻子

一人肩上。他不会忘记第一次进藏时家里的情景，里里外外都是妻子操劳。有一次，她去刨地瓜，五岁的儿子没人照看，掉进地窖里爬不上来……孔繁森觉得对不起妻子，对不起孩子。

一般来说，第三人称的叙事视角相对于第一人称叙述更为客观，但是第三人称的局限性就在于，它无法像 X 光一样透视人物的内心世界。因此，综合了这两种人称的"具有内视角特征的全知视角"，通过人物心理描写弥补了这一不足，更好地促使通讯强调典型个人的叙事倾向。以上的这段文字在以第三人称"他"作为主要叙事视角的同时，出现了"我""自己"等这种具有第一人称特征的标识，表明这种特殊类型叙事视角在通讯中的运用并不罕见。

值得一提的是，侧重个体人物心理描写的叙事和 20 世纪 80 年代的心理描写是有区别的。这种叙事以尽量客观的白描手法为主，通过具体的书信、留言等形式进行的侧面心理描写，有效平衡了传统通讯以纯粹心理描写所形成的非真实感。通过比较三篇不同时期人物通讯的心理描写，我们可以发现叙事视角的不同带来叙事效果的差异。

第一篇诞生在中国新闻奖设立之前，不属于严格意义上本研究的对象，但它是中国首届中国新闻奖第一篇获奖通讯《人民呼唤焦裕禄》的前身，即由新华社穆青、冯健、周原三人采写的《县委书记的榜样——焦裕禄》（原载于《人民日报》1966 年 2 月 7 日）。20 世纪 60 年代该通讯在社会上引起了极大社会反响，也正是因此，才有了 1990 年，三人再次合作撰写了《人民呼唤焦裕禄》（原载于《人民日报》1990 年 7 月 9 日）。

第二篇为《人民呼唤焦裕禄》（原载于《人民日报》1990 年 7 月 9 日），这篇通讯是首届中国新闻奖中唯一一个通讯类获奖作品。中国记协原党组副书记高善罡介绍，1991 年 6 月 30 日，中国记协发布了《关于开展 1990 年度"中国新闻奖"评选工作的通知》和《中国新闻奖评选办法》，启动了首届中国新闻奖评选工作。首届评奖设报纸消息等 13 个评选项目，从各新闻单位推荐的 449 件参评作品中评选出了 153 件获奖作品。其中，新华社穆青、冯健、周原采写的长篇通讯《人民呼唤焦裕禄》（原载于《人民日报》1990 年 7 月 9 日）获得了首届中国新闻奖荣誉奖，被认为是"新中国报告文学史上闪闪发光的篇章"。

第三篇为20世纪90年代的获奖通讯《领导干部的楷模——孔繁森》（原载于《人民日报》1995年4月7日），这篇长篇通讯叙述了孔繁森的感人事迹。一方面，新闻通讯完整勾勒了孔繁森的一生，1979年开始，他三次进西藏工作，先后担任过岗巴县委副书记、拉萨市副市长、阿里地委书记。他关心群众疾苦，深入调查研究，与当地群众结下了深厚的情谊。另一方面，通讯以典型的事迹彰显人物高尚的精神品质。西藏最艰苦的阿里地区有106个乡，孔繁森跑了98个，行程8万多公里。可以说，阿里地区经济的发展，凝聚了他的全部心血。

三篇通讯在不同历史时期逐渐超越了"他"说，采用的就是具有内视角特征的全知视角方式。

回到第一篇《县委书记的榜样——焦裕禄》（原载于《人民日报》1966年2月7日），面对连年受灾的兰考：

> 焦裕禄想："群众在灾难中两眼望着县委，县委挺不起腰杆，群众就不能充分发动起来。干部不领，水牛掉井，要想改变兰考的面貌，必须首先改变县委的精神状态。"

文中"吃别人嚼过的馍没味道"这个部分，这样写道：

> 焦裕禄深深地了解，理想和规划并不等于现实……
> 他想，按照毛主席的教导，不管做什么工作，必须首先了解情况……
> 他下决心要把兰考县……的自然情况摸透……
> 焦裕禄想："嗬，洪水呀……"

这篇通讯是在焦裕禄去世后近两年时，穆青与冯健、周原三人合作完成并发表在1966年2月7日的《人民日报》上的。从时间上看，记者不可能采访到已经去世的焦裕禄，更不可能获得当时焦裕禄的心理内容，因此，该通讯的叙事话语为，"即使是在采访时，有人讲述焦裕禄当时的心理活动，作者在写作上也应该以'讲述'的形式，'再现'焦裕禄的心理活动"。① 可是，这里出现了大量的"焦裕禄想""他想"等字眼，用第三人称叙事视角取代第一人称的真实感，如今看来，可能难以被读者所接受。

1990 年，穆青等人再度回到兰考，在重走近 30 年后的兰考和回访当年的群众时，《人民呼唤焦裕禄》这篇通讯的叙事视角，也从最初的第三人称与第一人称截然分开的叙事方式，转向了"接近于第一人称的第三人称叙述"。稿件以记者为第一人称，不是以焦裕禄为第一人称对象，记者作为第一人称串联起了整篇稿件的叙事，人物代入感提高了稿件的真实性与可信度。

> 在这声声呼唤中，我们 3 个当年采写焦裕禄事迹的老记者重访兰考，专程到焦裕禄墓前敬献花圈。
>
> 焦裕禄去世已经 26 年了。……我们默默地站在墓前，望着那高大的墓碑，环顾兰考大地，思前想后，禁不住心潮澎湃，思绪万千。
>
> 24 年前，当我们第一次踏上兰考这块苦难的土地，兰考的"三害"——内涝、风沙、盐碱还在猖獗地危害人民。……我们住在县委招待所，清晨起床，被褥总是蒙着一层黄尘。

当第一人称为记者时，心理叙述便不再困难，记者可以自如表达所见所闻，通过第一人称视角再现今日兰考，如：

> 我们怀着急切的心情，来到兰考火车站。
>
> 特别令人兴奋的是，一批又一批年轻的干部，相继走上了县委书记、县长的领导岗位。

这些直接表达记者心情、感受和体会的心理语言，在自然叙述状态下不显生硬。记者使用接近第一人称的第三人称，立足他者视角讲述自身感受来彰显焦裕禄精神。如：

---

① 刘明华、徐泓、张征：《新闻写作教程》，中国人民大学出版社，2003，第 416 页。

双目失明的张晴老大娘还健在，已经 89 岁了。她还记得，那天她用颤抖的双手上上下下摸着焦裕禄，问："你是谁？"焦裕禄说："我是你的儿子！"

今年清明节，她要人拉着架子车专程送她到焦裕禄坟前，按照农村古老的习俗烧了一堆"纸钱"，她说："如今俺富了，老焦有钱花吗？"

以第三人称，如张晴老大娘这样的他者再现焦裕禄当年说过的话语，第一人称"我"在"他"的叙述中，超越了"他"说的单一视角，具有了内视角特征的全知视角。记者、老大娘、70 多岁的老农马全修、从葡萄架村来的一位 60 多岁的妇女等，每个人都是一个内部视角，只提供个体视角所知道的信息，在限制叙述中对塑造"不在场"的焦裕禄这个人物形象起到了重要作用。

相比较来看，在第三篇通讯——《领导干部的楷模——孔繁森》一文中，也有类似的一段心理描写：

他强支起虚弱的身体，打开手电筒，在笔记本上给同行的小梁写下了这样的交代：

小梁：

不知为什么我头疼得怎么也睡不着。人有旦夕祸福。万一我发生了不幸，千万不能让我母亲和家属、孩子知道。请你每月以我的名义给我家写一封平安信。我在哪里发生不幸，就把我埋在哪里……

文中，这段书信形式的心理描写，融合了第三人称"他"和第一人称"我"两种叙事视角形成了"接近于第一人称的第三人称"叙述。这种描写手法和视角转换方式使得在通讯写作中，将造成人物真实感降低的"全知全能叙事视角"的局限性进行了一定程度的改善。

二 我说"我"，你说"我"：第一人称受访者视角主导+第三人称主人公视角

通讯中出现过的叙事视角主要有四种：第三人称主人公视角，这在新

闻写作中是最常用的一种，充分体现了新闻的记录性；第一人称受访者视角，其标志是文中人物引语的直接引用；第二人称叙事视角，以"你"来表达记者的主观感情，作为间接评论的一种方式，这种人称在新闻写作中使用最少；第一人称亲历式视角，这种视角中记者和叙述者合二为一，记者作为参与事件的亲历者，对事件直抒胸臆。

随着社会发展，尤其是 21 世纪以后，在互联网时代的崛起、数字化和数智化的高速发展中，通讯叙事主题的侧重点发生了诸多变化，对问题的揭露、批判和反思，以及对人性的回归等主题，促使内容叙事的厚重感与深刻性相应增长。在叙事语言中频繁使用直接引语、对话、白描等方式的同时，通讯中的叙述视角和人称不再拘泥于某一种固定的形态，而是出现了更具灵活性的视角或人称变换。虽然，经典的新闻叙事观强调新闻通讯中叙述人称不宜频繁变换，有学者也提出叙事视角应当始终如一，但事实上，视角的优化组合随着通讯写作样式的转化呈现不断丰富的态势。在 21 世纪以后的中国新闻奖获奖通讯中，传统四种叙事视角单独使用的情况有所改变，一篇通讯中多种视角之间灵活转换或组合使用，成为叙事视角的新特征。

第三人称主人公视角与第一人称受访者视角之间的转换是多种视角组合方式中的一种。这种叙事视角在文中以全知视角为主，同时，大量出现人物的直接引语，采用这种叙事视角的通讯几乎占到了总量的 90% 以上。这种视角的组合带来了叙事效果更加真实的阅读体验，读者在阅读中可以感受到每一个引语的叙述者（主人公）就是文章的叙事者，是叙述者（主人公）在主导着事件的发展、推动着情节的演变，这样一来，全知全能的第三人称写作者被更好地隐匿起来。例如，《为了一千一百七十六名旅客的安全》（原载于《陕西日报》2010 年 8 月 21 日）作为一篇反映突发事件的通讯，真实完整地展现了 K165 次列车乘务人员临危不惧、临危不乱展开生死大营救的生动场面。稿件篇幅不长，但紧凑细致、一气呵成，特别是第三人称主人公视角与第一人称受访者视角之间的转换，以对话的方式呈现，现场感极强。

抹抹泪水，她说："回想起来很后怕，真怕见不上大家了，但是，我们又特别骄傲，因为，所有的乘客都安全转移了。"

"我下意识地刹车，采取紧急停车措施，根本没时间考虑。"曹继敏说，当时车速在 85 公里/小时左右。

从中我们可以看到，人物的叙事视角采用的是第三人称主人公视角与第一人称受访者视角的结合，以"说"这个字串起了第三人称的"他"和第一人称的"我"。这篇生动翔实的通讯见报后，受到西安铁路局的高度肯定，人民网等多家权威网络媒体对此进行了转载，使英雄们的事迹广为传播，在中央电视台举办的"感动中国·2010 年度人物评选活动"中，K165 次列车乘务组被授予特别奖。

再如，2021 年，郑州"7·20"特大暴雨灾害事故发生，地铁 5 号线遭遇涝水灌入，7 月 22 日，《中国青年报》刊出通讯《生死五号线》（原载于《中国青年报》2021 年 7 月 22 日），这篇获奖通讯的评奖词中，有这样一段话："被困人员口述是全网第一篇反映地铁 5 号线事故现场的报道。"[①] 正如获奖评语中对传播效果的肯定："稿件通过扎实细致的采访，还原了事故发生时车厢内的场景，是媒体中较早以相对全景方式还原事故现场的报道。"

稿件中的第三人称，是由三个化名的亲历者和多个其他亲历者组合而成的，如下：

第一个亲历者：成杰 直到出公司前，成杰都觉得这只是一场"正常的大雨"。7 月 20 日下午，成杰坐在东区龙子湖商圈的办公楼里往下看，道路还没有积水。

第二个亲历者：李静 20 日下午，李静从 5 号线的中央商务区上车，准备回家。许是因为雨天，地铁上的人不如往常多。更多的异常开始出现，她和 1 号线上的成杰，都描述了列车的走走停停。

第三个亲历者：张谈 同在 5 号线的乘客张谈想起了父亲。父亲得了老年痴呆，张谈两个月没见他了，在呼吸困难时，他拨通了父亲的

---

① 中国新闻奖评选委员会办公室：《中国新闻奖作品选（2021 年度·第三十二届）》，2023，第 408—409 页。

电话，"像交代遗言"一样说着。

三位主人公在文中，都是以第三人称被介绍出场，文章分别介绍了他们在事件进程中处于怎样的位置。随后，第一人称很快成为叙事视角中的主角。如：

　　真的十分感谢这位大叔，考虑到当时车内外的水位差，如果不是他来制止，车窗一旦贸然砸开，水必然会涌进来，车内外的水压差肯定也会压得人无法逃生。李静说。

　　张谈形容这种激动"像身处贫困的人突然中了彩票"。他看见消防员有递绳子的、有背人的，"反正只要能把人弄出来，他们都做"。

　　"出站的时候能见到很多人在和你逆着方向走，有救援人员，有医护人员，有地铁员工，还有很多我不太能辨别职业的人，在往车厢那边去。"李静说。

　　"以前（对人性）总有负面揣测，最后一刻发现人心里面想的只有家人、只有爱。"张谈说。

　　李静还见到了一位年轻的母亲和她的孩子，孩子没什么事，母亲则是明显的缺氧状态，十分虚弱，"可能因为一直在护着孩子"。

在亲历者交替叙述中，文章构建出一个空间维度，同时，时间维度随着事件进程向前发展，整个叙事文本呈现一种时空完整的状态。当然，地铁方面的声音也没有被记者遗忘，文本中统一采用了我说"我"和你说"我"相结合的叙事视角。如：

　　郑州地铁公司一位安全部门的主任郑玉堂在接受《南方周末》采访时说，对于市民而言，地铁是恶劣天气下，回家的唯一希望，"我们一直在撑，一直在撑，直到下午六点，实在撑不住了"。

这种以我说"我"直接引语和你说"我"间接概述组合的叙事视角，让这篇重大突发性事件报道具有了"时、度、效"的新闻价值，在及时、充分回应社会关注的同时，展现了灾难中普通人的互助互救场景和救援中的感人瞬间。《生死五号线》在"冰点周刊"微信公众号刊出后，阅读量瞬间达到 10 万+，企鹅号阅读量为 90 万+，微博阅读量近 200 万。有读者留言"比泰坦尼克号故事片还感人"。

三 "我"和"你"面对面：第一人称受访者视角+第二人称叙事视角

第一人称受访者视角与第二人称叙事视角的组合与转换，也是多种视角组合方式中的一种，这种组合达到了叙述者与读者"面对面"的叙事效果。如《生命有限 笑声永恒——记曲艺艺术家夏雨田》（原载于《光明日报》2002 年 9 月 4 日）这篇通讯采用的是自述体风格，主人公叙事视角，以第一人称"我"进行叙述，同时，不断穿插第二人称"你"的叙事视角，有效拉近了读者与叙述者之间的距离。如文中这样表述：

> 人为什么活着、应该怎样活着的问题，时刻伴随着你，活着就需要回答。
>
> 我以为这话可以理解成：人活着，不要为名利所累，为私欲所累，为各种逆境与挫折所累。我不觉得名人就比普通人高明。作家、明星、大腕，声誉鹊起，那本是工作性质带来的。你瞧吧，一发表作品就署上某某某的名字，一报幕又念着某某某的名字，这样还会流传不开吗？

在这几段话语中，主人公以第一人称直抒胸臆，"我"的多次使用既能够增强情绪感，又能够强调观点的表达。与此同时，受访者多次以"你"为虚指对象，现场感即通过受访者的话语得以生动再现。夏雨田作为一位老艺术家的形象也因此生动而清晰起来。

再如，《前沿目击：美国水兵对战争的思考》（原载于新华社 2003 年 4 月 7 日）这篇获奖通讯是一篇关于国际问题，即美国与伊拉克战争的报道。稿件选择了一名美国水兵凯文·帕克作为采访对象，以他的叙事视角表述他对美伊战争的立场与态度。如文中这样写道：

他打个比方说："就像你有一个家，我也有一个家，而你跑到我家来，要我按你的要求生活，这样行吗？"

帕克还说："我们虽然生活在一个世界里，但不同国家的人有权选择不同的生活。我不相信暴力，动用暴力不仅不能达到目的，而且会使更多的人死于暴力，并使问题复杂化。"他认为，伊拉克人有自己的生活方式，谁也无权对一个独立的国家发号施令。

这段引语中包含了"我"和"你"的对象化指称，虽然"我"特指帕克，"你"特指记者，但这段比喻中的"你"显然具有泛指的功能。因此，在"我"和"你"的指称之间，文章将读者和叙述者之间的关系拉近，自然引发了读者设身处地对帕克所提问题进行独立思考。

再如，2018年第二十八届中国新闻奖一等奖通讯《"见字如面"23年》（原载于《工人日报》2017年3月18日），通过一对平凡夫妻23年共同写下的"家庭日记"，来表现平凡职工情感的"最美留言"。记者从"12本家庭日记、6820多条留言、24万余字"中，精选了一家三口的留言，充分展示了"我"和"你"面对面一般的文字对话。稿件开篇第一句话就是：

"全忠，2月14日，咱们一家三口站台上见。"

这句留言定下了全文的叙事基调，一对夫妻通过家庭日记本来留言，这成为他们之间的一种特殊沟通方式。

"亚娟，昨晚在列车上没合眼吧？一回来就趴在沙发上睡着了，看着好心疼。你最喜欢的冬果梨汤熬好了，在茶几上，醒来记得喝，我先出乘去了。"

"亲爱的，这两天武威温度下降得厉害，你的毛衣毛裤我洗好放在卧室第一个衣柜里了。记得穿上，保重！"

"全忠，女儿说什么时候咱们一家三口能坐在一起吃上你做的臊子面？我都不知道哪一天，心凉！"

"亚娟，你荣获全局十大'最美贤内助'，真替你高兴。但我觉得这个奖，颁给我也合适呢，哈哈！"

……

这几段文字在视角上是你说我回，结构上也采用了对立成段的形式，强化了第一人称与第二人称对应的书信体叙事视角，其中饱含的爱情与亲情，就在夫妻二人如同面对面聊天的叙事话语中充分展现，夫妻间的对话又多了一个人，因为：

懂事的女儿不仅没有埋怨过父母，还做起了他们情感的"联络员"。她在家庭日记本上识字、认字、写字，渐渐地也开始留字。

忙碌的工作依旧，但今年新年以来，家庭日记本上的内容更多了。

"爸，我跟着电视学，做了一盘您喜欢吃的红烧肉！您回来尝尝！"

"爸妈，我在网上给你们定了一款对戒，样子暂时保密，不过保证你们喜欢！"

……

女儿李卓蔚的加入，并未影响记者采用"你"和"我"面对面的叙事视角与结构，只是"你"变成了"你们"，一家三口的亲情借助这种稳定的叙事视角组合，框定了叙事的形式，升华和丰富了叙事的主题价值和社会意义。

四 换着"说"加快对话频率：第三人称主人公视角+第一人称受访者视角+第一人称亲历式视角

第三人称主人公视角、第一人称受访者视角以及第一人称亲历式视角，三者之间的转换，表现为通讯中人称的多次转换，在叙述者人数不变的情况下，受访者同时以第三人称和第一人称两种叙述视角进行叙述，在这个过程中记者既是亲历者，也以第一人称视角穿插其间，营造出一种对话频率加快、对话氛围浓郁的现场效果。如《目击杨利伟飞天归来》（原载于《解放军报》2003 年 10 月 17 日）中：

记者喊道："杨利伟，我们来接你啦！对全国人民说几句话吧！"

杨利伟笑了，他说："飞船运行正常，我自我感觉良好，我为祖国感到骄傲。"

我们脚下的这片土地，当地牧民称之为"阿木古朗"草原，在蒙古语中是"平安"的意思，这真是个好地名！

上述文字在第三人称主人公视角和第一人称受访者视角的自由转换中，穿插进记者以第一人称亲历式视角说出的一句引语："这真是个好地名！"这种突然切换第一人称的视角插入，打破了一人长时间叙述的稳定状态，记者从自己的视角迸发出的一句感慨极大增强了现场的互动。相对于传统通讯写作中以第三人称主人公视角进行多段落的叙述，记者不参与情节，不在叙述中担当任何角色的单一视角模式，这种多叙事视角组合、切换的方式在突出现场感方面具有明显的优势。

再如，揭露式问题通讯《南京十家局领导向社会公开述职，观众、网友现场提问》（原载于《新华日报》2010年11月25日），文章开头就是一段三种视角换着说、灵活转换叙述角度的场面描写。

"10月19日，一位使用了清华眼贴而致眼疾恶化的患者向我们投诉，我们向药监局举报。不知这个举报查处得怎么样了？"南京电视台主持人徐凡的问题，一出来就引发观众席上一阵小小骚动。

"来真的了！"记者身边一位老者，伸长了脖子看台上的反应。

台上静默了片刻。

"我目前不知道这个举报内容，也许举报中心按程序转到了相关的分局，我回去就了解这个情况，之后给你一个回复。"南京市食品药品监督局副局长华文回答。

接下来的正文部分频频出现"记者采访了"这样的话语，"记者"这一身份一步一步地进入了事件的核心部分，第三人称主人公视角和第一人称受访者视角的结合，让一场基于图像和视频符号的电视对话节目在文字符号的叙述中呈现了高频率的节奏感。特别是到文末，南京市领导公开答疑这场活动的正面社会效果也以两种人称组合且切换的方式呈现时，氛围被推到了高潮。

之后，记者采访了南京市食品药品监督局的一位普通工作人员。他说，全局上下对这次公开述职结果感到难过。

"百姓对我们的工作不太满意。"唐富春昨晚接受记者采访时也说，测评前一天晚上，她独自想了很多，已经有了思想准备。

"我在南京工作了9年多，今天强烈地感受到这种评议对我们的工作将产生极大的促进作用。今天的评议，就是要评出官员们一身汗，评出一身劲。"许仲梓说，"报一个案，30多天没答复，确实不应该，我们要反思。台上局长们的几次回答语无伦次抓不住要点，'评出一身汗'这个目的达到了"。

上述三段文字中，记者以亲历式视角直接进入叙述文本中，以这一视角带出了监督局工作人员、唐富春、许仲梓三位被访者，"他说""我们的工作""我们要反思""局长们"，第三人称主人公视角与第一人称受访者视角切换自如，在这里并未造成读者对内容和角色的混淆，反而令读者产生了一种我在现场的感受。阅读者借助记者视角居于现场、左右环视，在文字的推进中体验到了现场对话交锋的节奏感。

换着"说"的叙事视角，可以使在叙述者数量不变的情况下，通过切换叙事视角的方式将人称转化运用得更为灵活，营造出电视新闻媒体多机位拍摄的画面组合效果，极大增强了文字作品的现场感。这种叙事视角正是因为传播效果较好，一直延续至今。如2013年，第二十三届中国新闻奖通讯类二等奖作品《三问焦三牛——一个清华毕业生的人生选择》（原载于《人民日报》2012年2月13日），选题针对社会热议并质疑的话题，即年仅23岁的清华大学毕业生焦三牛为何能当上副县级领导。《人民日报》记者通过调查采访，确定了社会质疑的三个核心问题并一一回应。那么，如何以一问一答的话语范式，全面清晰又避免一板一眼地叙事呢？叙事视角的灵活转换与组合就成为最佳选择。这篇通讯的叙事视角既延续了"换着说"的三种视角组合切换法则，还将第一人称视角进一步拓展，个人摘录的名言和日记被纳入视角转换的体系中。如：

> 人们常常把责任心理解为是义务，是外部强加的东西。但是责任心这个词的本来意义是一种完全自觉的行动，是我对另一个生命表达出来或尚未表达出来的愿望的答复。"有责任"意味着有能力并准备对这些愿望给予回答。——弗洛姆《爱的艺术》

这段文字摘录于焦三牛的网络个人空间，第三人称视角下的名言摘录间接传递了当事人的想法或态度，新闻要求叙事直接和准确，那么，焦三牛是怎样想的呢？随后一段叙述中切换的第一人称直接回应了这个问题。

> 2008年，正在读大学的焦三牛曾随水利系同学到甘肃武威参加一项节水宣传活动，在被当地自然风光深深吸引的同时，他也感受到西部与中东部地区贫富差距的鸿沟："青壮年大都（多）外出务工，村里都剩下老弱病残；生态不断恶化，农业经济缺乏竞争力，如果没有人来支援西部，西部改变贫穷的希望将会越来越渺茫，我感觉自己有义不容辞的责任。"

焦三牛主人公视角下对"责任"的理解，是他走进西部的最初动力。这种叙事视角的组合方式在接下来的第二问中以类似方式再次出现。如：

> 我还年轻，我渴望上路。带着最初的激情，追寻着最初的梦想，感受着最初的体验，我们上路吧。——凯鲁亚克《在路上》

从焦三牛这段写在个人博客上的文字，颇能看出他初到武威工作时充沛的热情。

在第三问中，记者巧妙地借焦三牛之口插入了记者视角。

> 不仅是为了争取一种光荣，更是为了追求一种境界。目标实现了，是光荣；目标实现不了，人生也会因这一路风雨跋涉变得丰富而

充实；在我看来，这就是不虚此生。——汪国真《我喜欢出发》

"网上有人质疑，我是冲着副县级的岗位才来武威的。事实上，我们当初来的时候根本没想到武威会搞公选。我们只是碰到了这个机遇，正好又抓住了。"焦三牛告诉记者，他报考市外事侨务办副主任的时候，只是抱着试试看的态度，他对自己最终能考上也感觉有点意外。

这篇稿件以换着"说"的组合视角，在一问一答中灵活切换，有效加快了叙事节奏，并且能够全面地塑造出焦三牛这个人物的真实形象。因此，很多读者表示"读完文章，自己从原先的不理解、妒忌心态转为理解与支持"。

综上，获奖通讯叙事视角的四种类型与特征，以人称交替的组合为标志，更重要的是通讯体裁的真实性与可读性，从叙事视角这个维度上探索出了新的路径。

第三节　获奖通讯叙事结构的三种模式

某一新闻事实，用某一种结构写作会比较合适，而用另一种结构写作可能就达不到预期的效果。结构为内容服务，而内容又集中体现为主题，因此，结合社会背景、时代主题、新闻内容等因素，必然有相对最佳的结构与其配合。在通讯中，确立报道主题、选择叙事视角之后，需要解决的就是结构问题了。叙事结构主要体现为叙事的顺序，安排好叙事的顺序，把事情讲清楚并能够吸引读者，就需要叙述者通盘考虑、精心构思。在通讯写作中，常见的叙事结构主要依据时序逻辑进行分类，通常被归纳为五种：顺叙、倒叙、插叙、补叙、平叙。显然这五种基本叙事结构并未综合反映出我国通讯在时序与框架这两个结构要素上的规律，也难以体现出不同通讯类型结构的独特性，因此，本章将依托部分获奖通讯作品回答这两个问题。

从我国通讯的类别来看，不同类型的通讯有不同的叙事结构，本研究依据通讯的历时性和发展性标准，将其分为三类叙事结构。第一类，人物通讯是通讯体裁中数量最大、类型化程度最高的一种，其叙事结构独树一帜；第二类，事件通讯、问题通讯、工作通讯等偏重经验总结或问题挖掘的题材在内容逻辑上的共性决定了它们具有相似的叙事结构特征；第三类，新类型通讯是伴随媒介融合和媒介技术的发展，由传统的系列报道、连续报道等共同组成的，它们并非属于严格意义上的通讯体裁，但也随着时代发展，被列入中国新闻奖通讯范畴，指向通讯写作多样化的发展趋势。以下，我们将分别对这三种类型进行叙事结构的论述与勾勒。

一　人物通讯的"意义生成结构模式"

人物通讯报道目的是塑造典型，典型性是人物的精神和品行，而精神的型塑过程从叙事学角度来看，是一个意义生成的过程，即需要由人物的行为、经历的典型事件、经典的细节等综合塑造而成。笔者认为，人物通讯的叙事结构模式为持续性的"意义生成结构模式"。在此模式内，海量的人物采访素材如何清晰地生成某种意义，并通过叙事对读者产生说服力？通过对中国新闻奖获奖通讯的样本梳理和辨析，本研究认为人物通讯的意义生成结构模式中至少包含了两个子类，它们分别为概述性和细节性的意义生成结构模式。

（一）概述性意义生成结构模式

我国通讯叙事结构的理论探索，虽源自20世纪末，但通讯写作实践根植于千百年来中国文学和史学的叙事土壤，通讯作为文学性最强的新闻体裁，其叙事结构从一开始就具有了中国传统史传的宏大叙事的框架。"史传叙事，是我国早期叙事传统中最主要的形式。"[1] 中国历史事件纷繁复杂，司马迁、班固等史学家以纪、传、表、志的修缀方式，构建了古代叙事文本的基本结构，即史传叙事结构，这种具有全局视野的宏大叙事体例既能使历史事件的叙述纲举目张，又能把事件的内在逻辑讲述清楚。在我国古典文学的发展历程中，《尚书》和《春秋》较早基于编年体安排历史事件，之后的《左传》继承这一叙事体例，"踵事增华"使得"史有诗衣"[2]，这种编年体

---

① 丁豫龙：《明代小说四大奇书的叙事艺术》，生活·读书·新知三联书店，2022，第37—41页。
② 方宪作：《文体比较视野下的子书叙事研究——以西汉为中心》，武汉大学出版社，2022，第91—94页。

"依时叙事"的结构方式逐渐稳定。如果将史传叙事结构视为一级结构，那么随着它的成熟，"缀事"这种对历史事件的灵活叙述在宏大叙事结构中也开始有了结构性规范，构成了事件性的二级结构。"缀事"中的"缀"为"连之以丝也"①，"缀"的本意在于用丝或绳缝合、连缀。刘知幾认为"将事件连缀而成，既能将事件讲清楚，又能把史官之意表达出来"②。缀事的结构方法也由此受到史学家和史学理论家的推崇，在编年体、国别体、纪传体等众多历史叙事体例中得到广泛运用。

我国新闻体裁中人物通讯最初的叙事传统，一方面，是对以"史传叙事"为基础"缀事"结构的传统延续；另一方面，是在中国文化语境中自然生长的结果，这与"西方通讯通过事实和言论共同建构某种关联性"不同，"我国通讯写作最初的核心在于寻找意义"③，在叙事结构的实践中"概述性意义生成结构模式"得以形成。这种意义生成结构模式以宏观和全局视域统摄全文，笔者将获奖通讯的叙事结构以叙事元素和框架结构为要素，绘制如图1。

图1 概述性意义生成结构模式

自1979年到20世纪末，获奖通讯中的人物报道都遵循着"概述性意义生成结构模式"的叙事，即文章通常由四个叙事元素构成。首先是对人物的"概括性评述"，然后以时间发展为脉络，在具体的"时间标识"中回顾人物生平经历，同时选择最具代表性的"人生事件"，通过"事例铺陈"来印证主题。在这种结构模式中，文章开头的叙事元素"概括性评述"尤为值得注意。

---

① 刘薇、张松竹：《从〈说文解字·叙〉析许慎关于汉字起源的理论》，《安徽文学》（下半月）2008年第8期。

② 瞿林东：《"刘知幾史学思想辨析"笔谈·"物有恒准，而鉴无定识"再认识》，《史学月刊》2023年第9期。

③ 周雷：《深度写作——新闻叙事修辞学例话》，福建人民出版社，2009，第85页。

如《生命的支柱——张海迪之歌》（原载于《中国青年报》1983 年 3 月 1 日）的开头这样写道：

> 来到张海迪的家，我们急切地想见到这个被誉为保尔式的姑娘。尽管我们读过她许多感人的故事，但她毕竟是三分之二肢体都已失去知觉的人。这样的人怎样生活呢？我们不可想象。
>
> ……
>
> 这根生命的支柱是怎样建立起来的？它是否经历过挫折和打击？它是怎样经历这一场场考验成为一根不倒的支柱呢？

开篇第一段既点明了主题，也提出了这篇通讯有待解答的核心问题（主题）——"张海迪的生命支柱如何建立？如何不倒？"接下来的正文部分，按照时间发展顺序，以清晰的"时间标识"从"一九七〇年春天"开始，经历了"一九七三年二月九日""一九七四年冬的一天"再到"一九八一年十月"，直至文章结尾处的"今天"。每一个由"时间标识"引领的文字部分都展现了一段精心选择的"人生事件"，通过具体的"事例铺陈"来强化通讯主题。

再如，获得首届中国新闻奖一等奖的通讯——新华社穆青、冯健、周原等人集体写作刊发的《人民呼唤焦裕禄》（原载于《人民日报》1990 年 7 月 9 日）开篇第一段：

> 进入 90 年代，在中华大地兴起学雷锋新潮的同时，人们深情地呼唤着另一个名字——焦裕禄。

导语与标题中的"呼唤"相互呼应，既奠定了全文的叙事基调，又贯穿全文中的两个时间点。一是 60 年代，焦裕禄成为群众心中优秀党员干部形象的代表；二是 90 年代，人民对廉洁干部的期待再度指向了对焦裕禄的呼唤。这种概述性第一句话就定下了全篇通讯旨在塑造人物精神价值，即意义所在。

另外，"概述性意义生成结构模式"中意义生成是一个渐进过程，通常以论证人物精神的价值和合理性为逻辑主线，同时，借助时间线的顺序将各种"缀事"进行串联。如：

> 24年前，当我们第一次踏上兰考这块苦难的土地，兰考的"三害"——内涝、风沙、盐碱还在猖獗地危害人民。……今天，兰考1800平方公里大地和98万亩耕地，大变样了。
>
> 24年前，我们来这里采访，举目黄沙茫茫，不见树木。……这次，我们再访东坝头一带，茫茫黄沙已经不见踪影，眼底尽是一望无际的麦海。
>
> 我们怀着急切的心情，来到兰考火车站。20多年前，这里的一切令人触目心酸。那时冬春季节，有多少兰考的灾民在这里啼哭饮泣，有多少家庭在这里骨肉离散。

全篇分为四个小部分，每一部分都以上述这种今昔对比展开一段回忆焦裕禄同志的人生事件，清晰的时间标识使得稿件整体叙事结构工整，通过对比展现了当地人民越来越好的生活，以此唤起了焦裕禄同志曾经忘我工作、服务当地百姓的一段段往事。如：

> 今年以来，已经有30多万人来到墓前凭吊焦裕禄。
>
> 土固阳乡习楼村70多岁的老农马全修，身患关节炎，走路靠双拐。今年清明节，他披着老羊皮，艰难地走了二三十里路，来到墓前，恭恭敬敬行了三鞠躬礼。他对陵园工作人员说："老焦是万里挑一的人呀！我怕活不久了，趁还能走动，赶来看看他。说不定啥时候死了，想来也来不了啦！"
>
> 陵园工作人员还对我们谈了一件事：清明节前，陵园松林里一位来自民权县的老农踽踽独行。问他来干什么，他说来看看。问他的姓名，他不肯说。工作人员又问："你心里有什么事？"老农哭了。他说："我心里有话，没有地方诉呀，来跟老焦说说……"

以村民视角回忆焦裕禄同志的事迹，以此铺陈下来数量达十多个，逐渐将"人民呼唤焦裕禄"的感情铺垫推到了一个高度，也为全文最后一个部分将主题从感情转向理性表达提供了坚实的事实基础。最后一部分这样写道：

> 许多干部尖锐地指出，焦裕禄是县委书记的榜样，学习焦裕禄，重点是领导干部学，不能只领导别人学、自己不学。人民怀念焦裕禄，表现了群众对党的干部的殷切期望。绝不能辜负群众的期望！
>
> 书记们谈到焦裕禄"心里装着全体人民"时，都很动情。他们举出许多事例说，只要与群众心连心，处处为群众着想，为群众办好事、办实事，群众就信任你、拥护你，工作就会一呼百应；国家有什么困难，群众也会支持国家渡过难关，就是上刀山下火海，也在所不辞。如果你心里没有群众，和群众离心离德，违背群众利益，再大的好事，就是干部喊破嗓子，群众也是百呼不应。这是一个非常朴素的真理。

由此，全文主题转向了当下"人民呼唤焦裕禄"的现实背景，不仅因为焦裕禄做过什么，而且反映了当下群众对领导干部的期望。焦裕禄以一位党和人民都高度认同的领导干部形象，成为新时代的精神象征，这个意义在全文最后一部分出现时依然以事例为主，只是叙述者从群众转为新时代的"书记们"。

（二）细节性意义生成结构模式

以报道典型人物为特征的通讯，在获奖通讯总量中所占比重最大。综观其发展历程可知，报道人物呈现从"精英英雄"到"平民英雄"的转变，由此产生了从"接近于第一人称的第三人称"叙事视角到多种视角灵活组合的变化，同时，叙事语言从大量心理描写到了引语、对话等多种手法的使用，人物通讯的叙事结构在"意义生成结构模式"的框架内形成了"以细节主导意义生成结构模式"。

"细节性意义生成结构模式"在本质上与"概述性意义生成结构模式"并无差异，二者都基于中国史传叙事的传统，是根植于国人写作惯习中的一种"思维结构"，只是相对于前者，宏大叙事中的"缀事"结构部分表现得更为显露。一方面，作为"缀事"的细节在文本的结构位置发生了变化；另一方面，细节的游动性被发掘，因此产生了更多细节组合方式。

20 世纪 80 年代，人物通讯所选择的典型多为精英人物，且多是在人物离世之后所进行的报道，也就是说，记者在采写过程中，无法与当事人直接接触，而是通过他身边的人了解英雄人物生命中精彩的、不凡的、感人的经历，因此，叙事中的时间跨度非常大，概括性叙事就显得更为重要。进入 20 世纪 90 年代直至 21 世纪初，依托市场经济体催生的大众文化广泛、深入地渗入了媒介体系，人物通讯的视角开始移动，普通人物被纳入选题范围，新闻记者力图在这些小人物的身上发现某些值得弘扬的精神，如诚信、信仰、爱心等，因此通讯内容往往截取的是人物某个生活片段，从而叙事更专注细节的呈现。从细节出发，可以使读者了解一个人物所经历的事实细部，再从这些令人印象深刻的细部着手，通过描写、陈述、定义等手法，将细节具体化。由此，"细节性意义生成结构模式"便以叙事元素的移动改变了人物通讯以概述性文字开篇、以事例对人物精神升华的"概述性意义生成结构模式"（见图 2）。

```
                    ┌──────────┐
                    │  意义生成  │
                    └──────────┘
          ┌──────────┬──────┴──────┬──────────┐
     ┌────────┐ ┌────────┐  ┌────────┐ ┌────────┐
     │ 细节事例 │ │ 时间标识 │  │ 人生事件 │ │ 事实言论 │
     └────────┘ └────────┘  └────────┘ └────────┘
```

图 2　细节性意义生成结构模式

这种人物通讯开头部分的"细节事例"与结尾部分的"事实言论"是其叙事结构的标志性特征。如《北京有个李素丽——21 路公共汽车 1333 号跟车记》（原载于《工人日报》1996 年 10 月 4 日）一文的开头就通过一段生动的"细节性"人物特写，通讯主人公与其精神被融合为主题，在稿件开篇就得以迅速形成。

> 雨点如断线的珠子砸在雨伞上，她的脸上、胳膊上都溅上了雨水。她招呼乘客们上车。
>
> ……
>
> 她就是李素丽。中等身材，30 多岁。海蓝色的套装整洁可体，淡

妆轻抹的脸上，闪动着一双笑眼。

简洁的描写和叙述仿佛明晰地勾勒了一幅场景中的人物素描图。

接下来的正文部分，同样清晰的"时间标识"则是依据汽车行驶路线图来推动情节的发展，构成了文章的线索，如从"汽车启动了"开始，然后到"三里河站"，"汽车穿街走巷"，"21 路，经委会站"，"普渡寺西巷11 号"，"车厢里"，"月坛车站"，"西直门站"，"车在运行"，"儿童医院站"，直到终点"西客站"，最后到达"21 路车队队部"。文章的主体部分随着车辆停靠站点的变化来叙事，每一站的"时间标识"中都叙述了李素丽和乘客之间的一个故事，通过一个个"事例铺陈"塑造了汽车乘务员李素丽丰满的形象和鲜活的性格。

行文至最后一部分，叙事视角转向乘客，多位乘客在留言簿上写下的文字成为对"全国劳动模范"李素丽的形象构成了"事实言论"评价的第三者视角，如下：

> 西客站。21 路车队队部。
>
> 车队党支部书记梁良热情地接待了记者。
>
> 他抱来一摞意见本，还有许多表扬信："李素丽是年初从 60 路调到我们车队的，8 个月里我们共收到了 277 封表扬意见和表扬信。"
>
> 读这些信，记者感到春风拂面：
>
> 车子一进站，我就感觉到有股莫名其妙的暖流迎面而来，烦躁的心情顿时清爽了许多，整洁的车辆给人一种欲乘之而后快的愿望，一路上乘务员小姐的服务更加春风拂面，一言一行，一颦一笑，显然是一位春天的使者……，情感的思绪迫使我坐下来记下自己的所想所感，记下这难忘的一天。
>
> 通县 39760 部队 5 分队　金伯勤
> 1996 年 4 月 12 日
>
> 乘坐 21 路 1333 号车心情舒畅，真有上车如到家之感。我对这位售票员的工作态度深表钦佩。

北京西四大院胡同9号　张茂林

1996 年 3 月

　　依依不舍下了车，我望着远去消失的汽车，感慨很多。如果说售票员是平凡的工作，那么，这位售票员已把它升华了，艺术化了，她把 50 年代到 90 年代的服务方法、服务水平有机地结合起来，使乘客在享受其热情服务的同时，又得到了语言等方面的艺术享受。

乘客　煊炀

1996 年 2 月 27 日

　　我从这个乘务员身上看到了北京市风气变好的希望，如果有一半的服务员能像这位乘务员一样，北京该有多好。

华北电力大学　王金兰

1996 年 4 月 26 日

　　综观全文，细节性意义生成结构模式以事例为主，大量事例中的细节可以生动展现人物精神风貌，往往可以给读者留下极其深刻的印象。结尾处的点题就尤为重要，言论性的总结对全文细节具有收拢作用，有些是通过细节作为事实性言论进行收拢，有些是通过对事实的概括言论进行收拢和凝聚主题。

　　细节性意义生成结构模式经过多年实践，其细节优势得以彰显，同时不断优化。"叙事学理论学者菲利普·阿蒙（Philip Amon）关于人物的符号学模式认为，把人物规定为非连续所指（人物的意义和价值）的非连续能指（一定数量的标志）就会表现游移词素的效果，词素的游移是灵活多变的，包括类比、对立、等级和安排等，由此就形成了关系群。"① 词素为最小的语法单位，也是最小的语义单位。自由词素本身具有完整意义，能够作为简单句而单独使用，如新闻、通讯、房屋、街道、付出等。游移词素意味着在一个完整的文本中词素的体量足够大、组合方式多样，词素形

_____

　　①　许兰娟：《凯瑟琳·安·波特小说的叙事研究》，江西高校出版社，2010，第93—95页。

成了游移的状态，那么相对整体文本的宏观结构，词素的位置并非那么严格。当我们将细节看作一种游移词素时，就不难发现在多数人物通讯中，细节性意义生成结构模式中细节的位置极其多样。那么能够获得中国新闻奖的通讯作品的细节位置是否存在某种结构性规律呢？通过对40多年获奖人物通讯的细节分析后发现，其共性在于，读者在阅读文本的过程中，会不断获得人物的"非连续能指"，并凭借阅读记忆不断地对这些能指进行组合，从而感知到人物的形象并进行评价。当读完作品时，人物的符号关系群也能建立起来，人物形象是清晰且立体的，而非模糊混沌或单一面向的。以第十三届中国新闻奖人物通讯二等奖作品《情切切　意绵绵——亲人眼中的郑培民》（原载于《湖南日报》2002年10月12日）为例，稿件的主人公是一位优秀党员领导干部，在工作中不幸牺牲，这篇通讯立意并非传统的英雄楷模写作范式，而是从郑培民的妻子和家庭视角对其精神内核进行挖掘和再现。稿件开篇这样写道：

> 月光如水，花影摇曳。
>
> 今年1月的一个深夜，郑培民同志的夫人杨力求挽着培民的手，幸福地，漫步在花间小径。刚刚处理完手头一大堆事情的郑培民一身轻松。兴之所至，他赋诗一首："手拉手，户外走；说说话，散散步；情切切，意绵绵；身体好，永相伴。"

一段夫妻散步、赋诗的"细节事例"作为文章开篇，充满了生活情趣，同时为全文定下了主题基调——"情切切、意绵绵"。转入正文的结构方式是通过妻子、孩子的回顾：

> 在杨力求的记忆中，他们这个温馨美满的家，是郑培民最引以为豪的。他曾不止一次地对朋友说："在我的家里，有一样东西最没有，那就是钱；而有一样东西却是最多的，那就是爱。"

这段来自郑培民的直接引语借他的妻子回忆再现，既呼应了主题的温情基调，又将郑培民一生廉洁的公仆形象进行了呈现。该稿中的"时间标识"是一种倒序，通过妻子的回忆，由远及近地推动情节发展，呈现多组生活气息浓郁的"人生事件"，如带着妻子照片出国的故事：

> 一张和杨力求1973年3月拍的结婚照，已经伴随郑培民走过了千山万水。每次出差前，他都会用一个巴掌大小的镜框将照片细心地装好，小心翼翼地放在行李箱中。回来后，又取出照片，端端正正地摆到书柜里。他曾开玩笑地对杨力求说："你虽然没有出过国，但是你看，你的照片跟着我不是已经漂洋过海了吗？"

再如，和妻子打电话的往事：

> 在杨力求的心目中，郑培民是个坚强的人。每次下农村，他不愿意到高级宾馆、酒店吃饭，而是经常到路边寻一小店，吃碟小菜也吃得很香。……有一次，在路边店吃饭，由于饭煮的太硬……。当晚，郑培民觉得身体不舒服，一连服了一个星期的药，病情依旧不见好转。那晚，郑培民在电话中的一句"我好想家"，让电话那端的杨力求哭成了一个泪人儿。杨力求知道，丈夫绝不愿意因为自己的身体而影响工作，只有实在顶不住的时候，才会对最亲密的妻子表露压在内心深处的这种思想啊！

这段事例巧妙地借妻子之口还原了郑培民的形象，他既是一个工作责任心重，又有温馨家庭的人。

> 妻子眼中的郑培民，是个好丈夫，在儿子眼中，郑培民则是一盏明亮的灯，照亮他人生成长的道路。
>
> "父亲教会了我怎么做人。"几年前一个暑假，海龙一个人在家。郑培民的一位老同学前来拜访。见人不在，撂下一个信封就走。海龙掂了掂信封，沉甸甸的，……郑培民回来后，知道了事情的来龙去脉，约老同学到家里来吃饭。饭后，郑培民从屋里提了一对酒，送给老同学。……郑培民在他的耳边轻轻地说了4个字：钱在酒中。

随着一个又一个事件被还原，多个细节再现，细节可被视为多个非连续能指，一方面，足够数量的细节让郑培民这个人物的形象借助大量非连续所指丰满、立体起来。另一方面，在细节的排序上，先是妻子回忆，然后是儿子回忆；先呈现夫妻温情和睦，再呈现父子以身作则，这种排序也有助于塑造人物形象的真实感，以一种符合人性的层次逐渐塑造主人公的品行。

由此可见，在细节性意义生成结构模式中，每一个细节都是意义对应的内容，细节与细节之间也会构建起一种关系群，形成呼应、类比、对照等关系组合，从而为结尾的归纳评点提供了叙事基础。

文章结尾处这样写道：

> 良师、知音、楷模；情切切，意绵绵。这就是一个妻子眼中的丈夫，一个孩子眼中的父亲。

这段文字在陈述事实的基础上，以叙述者的主观评价进行了主题概述与总结。这种结构模式开头以细节切入，对人物的概括性判断放在结尾有利于形散而神不散，同时，这种具有"事实言论"性质的结尾与"概括性评述"是有区别的，它往往饱含一种意犹未尽的叙事效果，在概述事实的叙述中留给读者无尽的回味与沉思，这也正是细节性意义生成结构模式追求的更高境界。

二　工作通讯的"问题生成模式"

除了人物通讯之外，其他类型通讯虽然也各有特色，但在叙事结构上具有一个最大的共性那就是"问题意识"。事件通讯重在记述和再现新闻事件从发生到发展的相对完整过程，以显示事件的内在逻辑和社会意义；工作通讯反映的是各个领域中的新情况、新办法、新经验、新矛盾或新趋势。二者在主题的选择上都必须以发现事件本身或工作中的某个值得报道的问题为立足点，否则，事件或工作的新闻价值、社会意义和影响力都会受到影响。

通过发现问题来建构文章的叙事结构可以被概括为"问题生成模式"，这种图式结构以"问题生成"为起点和终极目标。通常，我们所说的"三段式"写作是这类结构的通俗说法，即一篇通讯由三部分（提出问题、寻找原因、解决问题）构成，不过，这种表述方式相对比较简单和刻板。比如对于随着时代变化出现新特征的作品，传统结构无法清晰地将其新闻价值反映出来，以叙事学理论解读"三段式"结构，可以帮助我们从不同视角拓展对这种新闻体裁叙事结构的认识。我们使用叙事元素与结构框架作为分析要素，将具有"问题生成模式"特征的获奖通讯依据其阶段性发展的特征归纳为以下两种类型图式。

（一）"因果逻辑的问题生成模式"

从前互联网时期至互联网发展时期，事件通讯和工作通讯的主题多关注经济改革与发展，多从正面介绍新经验、报道新成就，因此，依照因果逻辑进行的正面报道便具有 20 世纪向 21 世纪过渡中"因果逻辑的问题生成模式"的叙述特点。如，《"开天辟地第一回"——记西地村为姑奶子们庆功》（原载于《承德群众报》1987 年 9 月 23 日）开头抛出一个自问自答的"问题"：

> 这些姑娘的婆家多在本县和邻近的承德县农村，远的也有在廊坊地区的。她们今天怎么这么齐齐楚楚地都来看果园呢？原来是西地村党支部和村委会发请帖、掏路费请她们回来，为这帮姑奶子们庆功的！

这段开头既是事件的一个"结果"，同时引出了一个更重要的"问题"：

> 西地村为什么要请这些已出嫁他乡的姑奶子们回来？为她们庆什么功呢？

这个"问题"同时是文章的主题。接下来，依据因果逻辑关系，正文的第一部分就要为"问题"寻找"原因"了。

这村的红果园有相当大的部分是从 1975 年至 1980 年这段时间建起来的。

……

于是，全村的姑娘跟男青年一样，啃着干粮就着咸菜，没白日没黑夜地干。

……

如今这些果树都成了"摇钱树"，今年全村集体与个体产红果 35 万公斤，仅此一项人均收入即达 1000 多元。当人们享受这些果实的时候，能忘记有过功的姑奶子们吗？

通过对"前因"的寻找，一对完整的因果逻辑关系自然"生成"了这篇通讯的主题"问题"，仅仅回答"问题"还不够，深化主题是 20 世纪 90 年代获奖通讯的一个显著特点。接下来，正文的第二部分，从"前因"转入当下的场景，寻找这个"问题"中的另一对因果关系，即"深层原因"。

姑奶子们在庆功大会上手捧奖品，心潮起伏。俗话说："嫁出的姑娘，泼出的水"，只要出嫁就是外姓人了。可是，今天乡亲们对这个传统观念敢于冲破，怎不让人心情激动呢？

原来，请姑奶子们回村，肯定她们曾经付出的劳动是其"前因"，而当地村委能够打破男尊女卑的旧观念，大大方方地将出嫁的姑奶子们请回来，才是"庆功"真正、深层次的原因，这便印证了标题中的"问题"——"开天辟地第一回"。

最后，文章结尾处这样写道：

姑奶子们在这个庆功会上用一个口号表达了自己的决心："昔日为娘家创业出力，今日为婆家致富立功！"

姑奶子们的这段表态将文章开头生成的"问题"进行了延伸和拓展，作为事件的后续发展再一次深化了文章的主题思想。因果逻辑的问题生成模式见图3。

图3 因果逻辑的问题生成模式

资料来源：作者自绘。

（二）"套层式逻辑的问题生成模式"

进入21世纪，中国社会经过了经济高速发展所带来的兴奋阶段，人们开始冷静下来面对新出现的社会问题和各种矛盾心理，新闻通讯在主题上也产生了比较明显的转向：一方面，开始对各种问题进行批判与揭露；另一方面，从人文关怀的立场上更加关注社会民生，更具有反思性。这两个主题导向性的变化影响了这类通讯叙事结构在"问题生成模式"框架内的转变，即在"因果逻辑模式"的基础上，逐渐增加了使用频率较高的"套层式逻辑模式"。形成了"套层式逻辑的问题生成模式"。如图4所示。这种结构模式可以说是"因果逻辑模式"的"升级版"，在前者的基础上，一个"问题"（"结果"）的生成因素不再是由一个"前因"和一个"深层原因"构成的，而是多个"原因"的共同结果，同时，每一个原因又独立构成一个新的"次级主题"，每一个"次级主题"的内部亦有完整的"因果逻辑结构"。

"套层式逻辑结构"在"问题生成模式"的框架内，打破了一因一果的简单结构模式，避免读者读到开头就能猜出结尾。套层式逻辑的问题生成模式见图4。这一叙事模式产生的根本原因在于，事件本身的复杂性提高了，记者对新闻主题的挖掘深度也提升了。该模式的核心就在于可以通过无数个"次级主题"佐证一个中心主题。如同俄罗斯套娃的每一层都相对独立，彼此之间可以是并列关系，也可以是从属关系，且每一层都具有一套完整的叙事结构，与其他的"次级主题"相似，却并不一定相同。这种相对独立但又相互关联的复杂叙事结构，为21世纪以后通讯叙事视角的多种组合提供了展演空间。

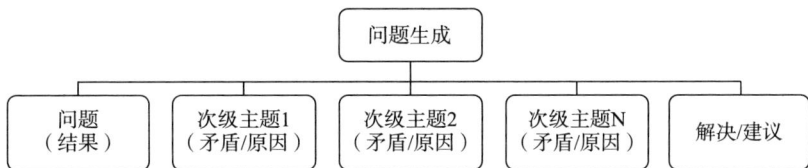

图 4 套层式逻辑的问题生成模式

资料来源：作者自绘。

三 系列报道通讯的"行动生成结构模式"

功能，是罗兰·巴特进行叙事作品结构分析中最基本的层次。他认为每个叙述单位的重要性是不均等的。因此，他将叙事作品切分成无数信息碎片，把叙事信息按照功能分类划分为"核心事件"与"催化事件"。"核心功能，指有的叙述单位是叙事作品的真正铰链，涉及主题与核心价值。催化功能，指有的叙述单位是用来填实铰链功能之间的叙述空隙的，催化不变的功能是交际性功能，这个功能使叙述者与叙述接受者之间保持接触。"① 可以从这个角度来理解 21 世纪以后的媒介生态，结合获奖通讯来看，篇幅长的通讯文本受到的挑战极大，对于其中的深度报道和系列报道，这种情况尤为明显，这种类型通讯在新时期如何脱颖而出？对获奖通讯来说，以功能为视域的"行动生成结构模式"出现标志着新类型通讯探索出新的结构逻辑。

21 世纪中国新闻通讯处于数字化快速发展情境中。以进程性为特点的长通讯，如何在短、平、快的新闻时代下克服叙述上的薄弱环节，重点就在于能否将叙事提速、增强叙事的紧凑感和节奏感，为读者提供更具可读性、不可取代性的新类型通讯。可持续性行动生成结构模式便是获奖通讯中系列报道作品所探索的一条路径。可持续性行动生成结构模式旨在以"功能"为叙事结构的逻辑基础，文本叙述有一个终极目标，叙述过程是依托一个功能作用于另一个功能，以可持续的、显著的行动来生成叙述结构，最终达成功能性目标的。因此，核心功能涉及目标和主题，可提炼出一个核心行动，催化功能起到推动进程的作用，隶属于核心功能的动作可

---

① 汪民安：《文化研究关键词》，江苏人民出版社，2019，第 482—483 页。

以根据实际情况演化出多种动作类型，如图5。

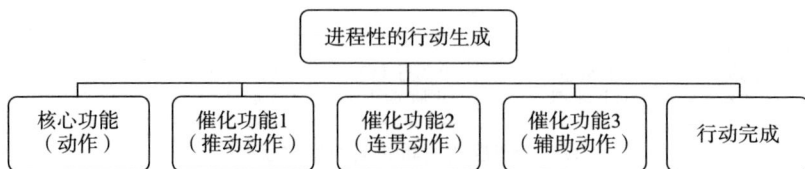

图 5 进程性行动生成结构模式

资料来源：作者自绘。

以 2021 年获奖通讯《护送"钻石公主"号上的同胞回家》（原载于《福建日报》2020 年 2 月 21 日至 3 月 4 日）为例，该通讯包含三篇连续刊发的稿件，组合构成了一组系列报道。三篇字数分别为 2882 字、2868 字、2412 字，共计超过 7000 字，属于典型的长文字稿件，这组报道在数字传播时代下显然不具备传播优势，然而对它的评语中写道：

> 福建日报、东南网认真贯彻落实习近平总书记关于疫情防控宣传舆论工作重要指示精神，紧抓这一重大新闻事件，以"走，咱们回家"的感人故事，正面塑造了"福建形象""中国形象"。

其中，特别提到了该通讯的新闻主题为"走，咱们回家！"这个主题是如何推动三篇稿件的进程，达到福建省内、中国国内、国际三个维度的全辐射传播效果的呢？以该主体为核心功能，我们对此逐篇展开"进程性行动生成结构"分析。

该新闻事件背景为 2020 年 2 月，停靠在日本横滨港的"钻石公主号"邮轮中逾 3000 名乘客，其中有人感染了新冠，该新闻震惊世界。《福建日报》记者联系到了协助撤离中国乘客的旅游巴士公司社长、旅日闽籍侨胞刘丹蕻（原田优美）与志愿者黄汇杰（当时为东南网拟设立的日本站的特约记者），他敏锐捕捉热点，与前方紧密联动，策划了以"走，咱们回家！"为主题的系列报道。

结合图 5 可知，该系列报道确定的"核心功能"为"回家"。围绕这一目标展开的行动，特别是重重困难之下的一系列行动就发挥了不同作用。

第一篇《旅日闽籍侨胞刘丹蕻：护送"钻石公主"号上的同胞回家》，围绕"回家"这一核心功能，将"护送"作为这篇通讯的核心动作即主题，通过采访提炼出具有"催化功能"的动作，分别为"寻找大巴""缝制围巾""行动完成"，并依次展开叙述。

第一个催化动作为"寻找大巴"，如：

隔离期满的日子逐渐临近，詹孔朝再次找到刘丹蕻。一心念着受困同胞，经过一番思想斗争，刘丹蕻下定决心，调用公司能出动的大巴，独立承接本次运送任务！

第二个催化动作为"缝制围巾"，如：

19 日一早，刘丹蕻再次举行任务小组的誓师大会。她和车队司机们带去了一条横幅，上面写着"走，咱们回家！"背面写着"中国加油"。刘丹蕻说，做横幅的红布，是用她的两条红围巾缝制的。

第三个催化动作为"行动完成"，呼应行动最初的核心功能。

20 日凌晨，首批下船的 106 名中国乘客，乘上刘丹蕻公司的旅游大巴。一个半小时后，他们抵达东京羽田机场。当地时间 20 日清晨 5 时左右，一架香港特区政府的包机从羽田机场顺利起飞。

系列报道的第二篇《"走，咱们回家！"》的重点在于体现系列报道的"进程性行动生成"，因此，与第一篇通讯内在连贯就至关重要。通讯开篇就提出基于上一篇引发的广泛社会效应，继续以系列报道的核心功能"回家"为目标和新闻主题，重点叙事的核心则为"撤离"。

"走，咱们回家！"刘丹蕻在大巴横幅上写的这句话，经东南网独家报道后，在国内外网络引起了强烈反响，感动了无数人。

同理，《撤离之路惊心动魄》中多个具有"催化功能"的动作，如"摆渡""待命""延迟"在推进行动完成的同时，将撤离回家的过程展现得更为详细和动人。如：

回家路并非一帆风顺。从2月19日至22日，刘丹蕻前后完成了三次"摆渡"任务，每次都忙到次日凌晨才能回家，中间还多有周折。

具有催化功能的动作"待命"呈现了事件与时间的紧张矛盾，压力感由此形成。

第二架返港包机原定20日23时起飞，但由于其他国家的撤侨行动导致中国香港旅客暂未下船。刘丹蕻当天调度的11辆大巴整整待命了一天。接到任务取消的通知，她感到心情沉重。

在推动事件发展的进程中，催化动作"延迟"将压力进一步加大。

特别是21日执行第二批接送任务这一回，18名中国港澳旅客被日方误认作密切接触者，经反复核对才获准离开，但未能搭上包机。原定18时许起飞的包机，也延迟到22时许才起飞。

系列报道的第三篇，也是最后一篇——《为家乡父老出力是我的荣光——旅日闽籍侨胞刘丹蕻的赤子情怀》，可被视为系列报道核心功能"回家"的注脚。为呼应前两篇的热度，这篇通讯通过解释主人公调配资源的原因，将"回家"之路的不易和合理性充分融合。在明确了该篇的核心功能为"爱国"后，采用了一系列具有催化功能的动作，如"手足之情""拼搏""义举"。

手足情深　冒风险施援手
时间就是生命。为了同胞，豁出去了！刘丹蕻毅然接下此次任务。2月19日至22日期间，刘丹蕻使用自己公司大巴圆满地完成了三次接送任务，让港澳同胞顺利搭上包机回家。

在报道展示救援以实现核心目标——"回家"的进程中，读者对主人公个人调度能力的质疑也是存在的，背景信息在此既有解释的功能，也将主人公帮助国人"回家"的坚韧信念融入这组系列报道的核心功能。

据了解，日本的大巴公司一般只有几辆车，就算有那么多大巴，也多为不同款式、不同型号。而久富观光是日本知名的观光大巴公司，车型是最先进的。刘丹蕻有今天的成绩，是经过了20多年的辛苦打拼。她从三台二手巴士起家，发展成为日本观光大巴业的翘楚，背后有许多鲜为人知的故事。

该通讯很快就回到了"回家"这条叙述主线上，通过展现"拒绝"提示了进程之难。

疫情面前，刘丹蕻不是没有顾虑。因为接下来的樱花季，公司的大巴很早就被旅行社预约满了。如果参与这次接送，对今后经营的影响情况难料，所以，一开始刘丹蕻也想找其他大巴公司，但随着疫情发展，一家家公司都退缩了。另一边，香港特区政府寻找大巴也遇到了困难，多个日本巴士公司都拒绝接送。

以"善行"为催化动作，将整个救援行动的完成落实在大爱中，既是行动结束也是升华主题。

善行义举　谱写人间大爱
回馈当地，为日本社会做些力所能及的事情，也是刘丹蕻的一个理念。
为响应"一带一路"倡议，刘丹蕻创建了"日本总商会"，会员除了吸收众多的日本中小型企业外，还吸纳海峡两岸暨香港澳门的企业，为"一带一路"建设搭建互动合作的平台。"国家发展强大了，才有海外侨胞使劲出力之处。"刘丹蕻说。

本章小结

在主题、视角与结构这三方互为因果的作用下，主题特征的"大视域+小聚焦"作用于叙事视角的选择，不断出现新的组合和尝试；叙事结构也在传统模式基础上不断进行革新与创造。

一方面，在叙事视角上，自1979年以后通讯主题从宏观走向微观，在报道对象侧重个人时，通讯写作的视角也开始从故事主人公自身出发侧重反映人物心理，在这样的动力下，心理描写推动了"我"这个第一人称叙事视角的进入，于是"接近于第一人称的第三人称叙事视角"成为潮流，一改过去由作者代替主人公进行的"想象性"心理描写。21世纪后，通讯主题的批判性、反思性程度提高，随着叙事手法的多样化，叙事视角也开始集多种可能于一身，通讯记者尝试以多种视角的组合方式进行写作，比较常见的组合方式有三种，其共性都是为了提高叙事的真实感。如第一种在"第三人称主人公"和"第一人称受访者"视角之间的转换，以新闻故事中主人公为唯一叙述者，从"他"和"我"这两个视角来推动情节发展，既避免了视角单一所引发的读者阅读疲倦，又增强了通讯的真实感。第二种在"第一人称受访者"与"第二人称叙事者"视角之间的转换，通过缩短故事中主人公与读者之间的距离，更好地将读者带入故事情境，提高了真实的阅读体验。第三种在三种视角之间的自由转换，使记者以"第一人称亲历式视角"参与叙事，不过这与早期单纯的"第一人称叙事者视角"是有区别的，它是在主人公视角基础上的"记者参与式报道视角"，这种参与提高了通讯作品的现场感，更增强了真实感。

另一方面，在叙事结构上，主题与结构的关系如同主题与视角的关系，主题决定了叙事结构图式的类型。其一，以典型人物为报道对象的人物通讯，在结构上以"意义"生成为结构内核，随着主题内容的阶段性变化，从精英英雄到平民英雄的对象改变，这种"意义生成模式"结构发生了相应调整，即从"概述性意义生成结构模式"到"细节性意义生成结构模式"。两种同为"意义生成结构模式"的差别就在开头与结尾处，尤其是结尾从"事例铺陈"到"事实言论"的变化，反映的不仅仅是结构改变，更体现了时代审美需求的变化。其二，工作通讯、事件通讯在结构上基于"问题意识"而成文，因此"问题生成模式"是这类通讯的主要结构模式。在深度报道、调查性报道出现之前，这类通讯主题多为正面报道，逻辑关系简单的"因果逻辑模式"是其主要结构图式，随着新闻事实的复杂性程度提升，传统的写作模式就显得有些被动，一因一果的逻辑逐渐被一因多果的"套层式逻辑的问题生成模式"取代，这种结构图式内部的调整，适应了对更复杂社会现象的分析和解答。其三，系列报道、连续性报道作为 21 世纪中的长篇通讯体裁，要在以短取胜的媒体竞争中胜出，就需要探索新的逻辑结构，"进程性行动生成结构模式"在获奖通讯中表现出的结构范式，重在"功能"导向。罗兰·巴特叙事学"功能"概念与普罗普的"功能"概念不同，普罗普关于"功能"的概念属于客观形态描述系列，而罗兰·巴特把"功能"概念用作逻辑价值判断的奠基石。他希望有一种写作能够"摆脱一切限制"，即"零度写作"[①]，独立于语言和语体形式现实而存在。他借助语言学的构造进行叙事结构的理论创建，突破了传统的新闻叙事模式，实现了信息的再结构化。传统的新闻文本是以线性的文字信息为主，5W 是故事构成的基本元素，而"进程性行动生成结构模式"则是以"功能"的实践为基本元素。因此，依据叙事信息的功能分类划分出"核心事件"与"催化事件"，建立以行动为进程的目标叙事，以一个核心行动和多个催化行动的完成为过程，动态地推动系列报道的内容发展，可以弥补长篇文字叙事这一不足。

总而言之，从结构的发展过程来看，"文章之道，大体则有，定体则无"，任何一种结构都是传统基础之上的创新，新的通讯叙事结构本身也具有不断发展和革新的属性。

---

① 杨波：《罗兰·巴特文艺思想流变研究》，云南大学出版社，2020，第 69—71 页。

第三章　获奖通讯叙事时间与主题意义的呈现

与客观物理时间相比，叙述时间是感性的、不确定的、变化无端的，但也是人性的。

时间，是赫拉克利特（Heraclitus）所说的"统治万物的神秘力量"，在保尔·利科（Paul Ricoeur）看来，以一种叙述的方式被表达出来才成为人类的时间，而故事的时间"尺度"也成为叙述无法摆脱的框架，"叙述成为时间存在的一种状况才具有完整的意义"①。法国叙述学家热拉尔·热奈特把叙述时间称为"伪时间"，因为，它是为了达到重新安排故事情节的目的而被叙述者改变了的话语。通过拆分叙述"伪时间"，提出在时序、时距、时频上对叙述时间进行变形，以达到不同的叙述效果。"只有从整体上考虑叙事在它自身的时间性和它讲的故事的时间性之间建立的全部关系，才能描绘叙事时间格调的特征。"②

在人类创造的一切叙事作品中，最早尝试对时间进行再创造的文体源自现代小说，因为传统叙事作品的时间基本上遵循的是自然时序，发展到现代小说的叙事，"已不是时间概念上的故事，而是从某一点，从某一个图像出发，由这个图像引起的插曲所构成的无主题故事"③。因此，自觉扭

---

① 杨洁高：《历史时间概念及问题研究》，西南交通大学出版社，2021，第111—113页。
② 沈国荣、李洁：《叙事学视域下的新闻翻译研究》，北京工业大学出版社，2023，第132—136页。
③ 崔道怡等编《冰山理论：对话与潜对话》，工人出版社，1987，第56页。

曲时间、摒弃有秩序的时空、重构时空关系是现代小说叙事对于传统叙事规范的一种突破。

新闻，作为人类叙事作品的一种形式，同样具有这种对于时间的重构性，小说中的叙事时间观念被引入新闻写作和分析。新闻作品的叙述者有可能也有必要对新闻的叙事时间作出主动的重新安排，在不引起真实性丧失的基本前提下，在时间叙述上的各种方式，使我们对社会事件中客观流逝的时间有了主观把握，时间的"分身术"通过叙述时间对被叙述事件的变形而取得引人入胜的叙述效果。"叙述处理时间的方式是'诗性'的"①，摆在人们面前的新闻事实因为时间叙事的多样便有了新的阐明方式，"对时间的思索是不确定的，只有叙述活动能对此做出回应……以一种诗性而非理论的方式"。②这种对时间的艺术性安排则是克服新闻事件仅依赖其线性发展而可能造成主题弱化或叙事平淡的不足的有效途径之一。

第一节　获奖通讯中的叙事时间与故事时间

一　扭曲时间体现了作者的主观意图

叙事时间对通讯体裁的重要性程度相对于其他新闻体裁更高，与消息主要强调"短、平、快"的"倒金字塔结构"思维不同，通讯在此基础上更强调运用形象思维达到叙事生动、影响力和说服力较大的传播效果。这就要求记者"在展现新闻事实的发展过程中，既要有时间先后的继承，又要有空间关系的转换，从而使新闻展现的内容从平面的、静态文字呈现提升为立体的、动态的艺术感染力"。③因此，通讯写作者对叙事时间的掌控相对消息写作更明显。要分析通讯写作对时间进行主动重构的情况，就需要以叙事时间为理论基础。

叙事学理论认为，任何一个叙事文本都"是一组有两个时间的序列……被讲述的事情的时间和叙事的时间（故事时间和叙事时间）。这种

---

①　孙基林：《诗歌叙述学前沿文汇》，山东大学出版社，2022，第207—209页。
②　〔匈〕阿格尼斯·赫勒：《脱节的时代》，吴亚蓉译，华夏出版社，2020，第547页。
③　董小英：《叙述学》，中国社会科学出版社，2001，第46页。

双重性不仅使一切时间畸变成为可能，更为根本的是，它要求我们确认叙事的功能之一是把一种时间兑换为另一种时间"。① 这也是至今学界和业界对三种时间易变形式的共识，即时序、时距、时频。叙事时间理论的发展源自西方文学，在"史诗—浪漫传奇—长篇小说"的演变中，构成了一脉相承的叙事系统，叙事以严密的逻辑关系在时间中进行和发展，时间是逻辑叙事的起点和终点。浦安迪（Andrew H. Plaks）认为，"叙事的统一性和完整性是通过叙事情节的'因果律'和'时间化'的标准而言的"②。西方叙事的基本模式是时间性的，时间，在西方叙事学中是一个核心枢纽。正如，托多洛夫在《文学作品分析》中率先讨论了故事时间和叙事时间（话语时间）的相关问题，"使话语转变为故事的信息的一个形态是时况，时况问题之所以存在，是因为有两种相关联的时间关系：一个是被描写世界的时间性，另一个则是描写这个事件的语言的时间性"③。法国叙事史学家热拉尔·热奈特在《叙事话语　新叙事话语》一书中就故事时间和叙事时间的关系进行过分析，提出了叙事时间的三大要素：时序（order）、时距（duration）、时频（frequency）。

第一，时序体现在对事件的叙述顺序上，目前顺叙、倒叙、插叙三种基本形态在新闻中最为常见，理论也相对成熟。有了叙事时间的变化，一个故事在叙述中就有被重新组合的可能性，故事中可以同时存在当下的故事、历史的故事和未来的故事。顺叙是现在时，讲述这个时间段的故事，倒叙和插叙讲述历史故事，预叙讲述可能的故事。新闻叙事借鉴了所有这些表现手法，使时间的安排更能适应读者的阅读心理，新闻通讯因此同文学作品一样更具艺术表现力。

第二，时距是指叙述时间与故事时间的距离，即事件或故事实际延续的时间和叙述它们的文本长度之间的关系，即速度关系。时距易变的意义在于它是作品叙事节奏的表征，叙事可以没有时间倒错，却不能没有节奏效果。热拉尔·热奈特将叙述运动的基本形式分为四种，即场景、概要、

---

① 〔法〕热拉尔·热奈特：《叙事话语　新叙事话语》，王文融译，中国社会科学出版社，1990，第12页。

② 浦安迪：《中国叙事学》，北京大学出版社，1996，第12页。

③ 乔国强主编《中西叙事理论研究》，上海外语教育出版社，2019，第264—267页。

省略、停顿。

　　第三，时频是指叙事文本中时间节奏出现的频率，表现为一个事件在故事中出现的次数与该事件在文本中叙述的次数之间的关系。频率涉及的是故事反复能力与叙事反复能力之间的关系。"频率关系被归结为三种：单一型，重复型，概括型。单一型，讲述一次发生了一次的事件，或讲述若干次发生过若干次的事，用逻辑公式可以表示为 $1R/1H$、nR/nH，R 表示故事发生的次数，H 表示叙述次数。重复型，讲述若干次发生过一次的事件，用公式表示为 $1R/nH$。概括型，讲述一次发生了若干次的事件。由于所叙述的事件带有习惯性和规律性，可以用表示一个时期反复发生的副词'常常''每天''总是'等概括相同或相似的事件，用公式表示为 $nR/1H$。"[①]

　　以上三种时间易变在新闻通讯中的使用方式和覆盖范围具有历史发展性和差异性，它所表现出来的不仅仅是写作技巧的问题，更是一个叙述者主观能动性以及叙述目标的问题，也就是写作意图所在。因为叙事时间与故事时间的存在，所以，如热拉尔·热奈特所说"叙事不过是叙事者与时间的一场游戏"。[②] 那么，"游戏"的精彩程度取决于通讯叙述者对时间的选择、利用和扭曲的方式。在新闻叙事中常常需要面对的一个问题就是，如何在线性的叙事时间中糅入多个共存性的事件。叙事的时间是线性时间，而故事发生的时间则是立体的。在同一个时间内，许多事件可以在不同的空间内同时发生，因此故事的发展是立体的、网状的，而文字的描写是线状的，文本则必须把它们一件一件地叙述出来，一个复杂的形象就被投射到一条直线上。要在话语中把这些事件同时叙述出来是不可能的。这就是学者所说的"叙事无能"。J. L. 博尔赫斯（Jorge Luis Borges）在小说《交叉小径的花园》中就这个问题进行了探讨，他提出，"作为一名作家，我的绝望就肇始于此，映入我眼帘的，均是同存性的事物，可现在流于我笔端的，确实是依次性的，因为语言是依次连接的"。[③]这个让西方叙事学深究的问题，早在 17 世纪中国古典小说中就出现过，并得到了解答。古典

---

① 罗钢：《叙事学导论》，云南人民出版社，1994，第 154 页。
② 张智庭：《法国符号学论集》，南开大学出版社，2018，第 213 页。
③ 可潜主编《世界文学经典导读》，武汉出版社，1996，第 225—226 页。

小说场面宏大、人物众多、关系交错复杂，它们以多种手法调和多个事件在空间意义上同存、在时间意义上依存，是具有矛盾的。中国文学叙事积累了许多经验用来解决叙述同一时间、不同空间、不同人物身上发生不同事件的问题，并在中文叙事情境中得以延续和发展。例如，在获奖通讯《被砸瓷器当中有珍贵文物？》（原载于《广州日报》2012 年 8 月 19 日）中，对时间扭曲的综合运用体现出获奖通讯在我国叙事传统与革新的基础上对西方叙事理论的吸收。这篇通讯开篇之后具有多个时空板块，如何将之统一在一个叙事时间线上？

首先，该通讯的导语部分叙述了一个历史时间板块：

> 众所周知，作为收视率颇高的收藏类电视节目，北京某电视台的"天下收藏"和其他同类节目不同的是，它并不以收藏品的惊人价值吸引观众的眼球，而更加注重藏品的真假鉴定。节目中，著名表演艺术家、主持人王刚有一把紫金锤，如果经在场专家鉴定持宝人的瓷器为假，在双方签署完毕协议后，他会挥起紫金锤将"赝品"砸碎。

接着，时间板块转入当下：

> 日前，首都博物馆（简称首博）和"天下收藏"栏目组联合举办了《"假"如这样——真"假"藏品对比展》，从被砸掉的 300 多件"赝品"瓷器中选择了 30 余件精品，同首博的馆藏珍品对比展览。而著名收藏家、中国收藏家协会玉器委员会主任姚政等反复观看展览后向本报"博雅典藏周"报（爆）料，称该栏目"所砸掉的'赝品'不少是真品，并且不乏珍品"。

再者，时间板块被弱化，进入一个普遍的事实时间板块：

> 那么，王刚的紫金锤到底是"护宝锤"还是"砸宝锤"？如今的民间收藏，究竟是赝品横行还是恰恰相反——无数珍宝因得不

到认真对待而落得粉身碎骨的下场？同时，抛开被毁艺术品的真假不说，这种一锤下去置之于死地的做法是否合适？为此，本报记者赴京观看展览，采访众多专家、藏友，把各方说法一一呈现给读者。

连贯这三个时间板块的方法，就是将"砸"这个动作作为主线，将不同时间板块中的"砸"依托人物、情节的穿插并行叙述，时间暂停而空间无限展开，三个不同的"砸文物"的叙事"穿插"形成了"独特纵横交错的线索架构"，支撑起"千百人合成一转"的封闭式的网状结构。

二　通讯叙事时间的完整性与逻辑性

系统论认为，"信息是系统有序程度的标识。信息量大，促使其趋向有序、进化和优化，如果熵值增大，就会导致系统的退化和瓦解"。[①] 因此，所传播的使受众的认识趋向有序的东西，就是信息；使受众的认识发生混乱、走向无序的东西，就是负信息。新闻作为信息传播的主要方式之一，其社会功能的体现就是信息的有效到达，只有能够被受众接触、理解和接受的信息，其新闻价值才能说得到了真正的发挥。通讯是一种尤为强调信息形象生动的新闻文体，它在实践有序性的过程中，包含了密不可分的两层意义：完整性与逻辑性。

其一，完整性是指与偏重高度概括、强调核心信息的消息体裁相比，通讯所叙述的内容是一个完整的线性序列。现实中的新闻事件虽然本身并不完整，但一旦成为通讯文本中的故事情节，其内容的完整性就成为一个必备条件。情节依据某种时间序列，从发生、发展到结局，形成了一个有头、有尾、有身段的完美有机整体。传统叙事理论中所谓的"前后映带""起伏照应""有伏有应""一笔不漏"等，就是对叙事完整性要求的时间体现。如第十一届获奖通讯《王氏兄弟的曲线人生》（原载于《武汉晚报》2000 年 5 月 28 日）中的"曲线"一词，作为标题中的关键词直指主

---

① 常绍舜：《〈哲学马克思主义中国化系统科学〉研究文集》，中国政法大学出版社，2018，第 366 页。

题。读者初读时，可理解以"曲线"隐喻王氏兄弟人生轨迹的曲折波动的含义，再读时，便会注意到文中"曲线"一词出现了多次（共9次），特别是弟弟发明的"曲线"木板与哥哥的"曲线"命运，这些"曲线"所指的对象截然不同，但它们的作用是为"曲线人生"的戏剧性做铺垫，叙述者在前文反复对"曲线"加以暗示："一个是发明曲线木地板的王仁忠""今天是江泽民总书记在武汉为王仁忠曲线地板签名一周年的日子""要把曲线地板送到国外去"……这些看似与"曲线人生"并不直接相关的闲笔，实际上是将"曲线地板"这个物件植入情节发展，暗喻它与主题至关重要的关系。全文以"曲线"为主题，"曲线"既直观呈现于标题中，也是将具体的人物事件与抽象的人生经历连贯起来的核心词，由此，实现了完整的新闻叙事。

其二，逻辑性是指在通讯叙事中完整呈现这一切的重要载体是情节，也可以说，叙事时间的直接体现就是情节的演进，而情节演进则有其内在的逻辑性。在传统文论中，所谓"前因后果，入情入理""文字无非情理，情理生出章法"都是在说明叙事时间的逻辑性。同样是这篇《王氏兄弟的曲线人生》（原载于《武汉晚报》2000年5月28日）在叙述中设置的故事与情节都非偶然或随机，正是因为有了前文铺垫，文末"王仁昌从《风流巨贾》到《曲线人生》，正刻画着人生的命运谱"的点题便顺理成章。当"曲线地板"这个物象构成时断时续的故事要素，由隐而显，意义不言自明。

由此可见，对于字数要求极为苛刻的新闻题材，所有故事与主题的关系都必须遵循某种逻辑性。有时空纵横的交错逻辑，也有事件共存的平行逻辑等。如获奖通讯《改革让农村校绝处逢生——山西省晋中市城乡义务教育均衡发展采访纪行（上）》（原载于《中国教育报》2012年3月5日）开篇就是一段精彩的时间错位、空间共存平行逻辑叙事。

改革以前，晋中城市优质学校学生爆满，班容量70多人，最多有120人；农村薄弱学校日趋空壳，班容量仅10多人，俨然冰火两重天；

改革以后，"择校热"大大消退，城里中小学班容量"消肿"到50人，农村初中起死回生，城市农村一个样；

　　改革以前，教师加班加点，学生披星戴月，学校以考试成绩来编排"快慢班""尖子生""重点班"；

　　改革以后，阳光编班让快慢班、尖子班、重点班销声匿迹！

　　这是国家教育体制改革试点区——山西省晋中市城乡义务教育均衡发展的一组镜头。阳春三月，记者一行赴这个欠发达地区，探访这里因改革带来的变化。

　　该通讯通过平行叙事形式将错位的时间整齐设置在同一空间中，要表达的主题因此一目了然。通讯虽然多则千字，但每一个文字、每一个词、每一段话语都与主题无关联，这就意味着，叙述中的任何事件与主题的关系，只有直接与间接的差别，而无有用与无用的差别。与消息体裁不同的是，通讯体裁的情节更加丰满，通过叙述实现完整的叙事就必须更加注重逻辑性，否则就可能导致叙述内容的混乱，带来信息的无序感。

　　纵横交错的叙事逻辑，则是在事隙之上、无事之事上插入另一件事的结构变形。"中国的叙事传统习惯于把重点或是放在事与事的交叠之处，或是放在'事隙'之上，或是放在'无事之事'之上。"[1] 比起西方叙事传统对因果关系的关注，中国叙事作品更加注重前后事件的照应以及空间布局。这种方式的优势是，在关注情节纵向发展的同时更加注重横向扩展，既能"减省另起头绪的弊端，又能增加线索演进中的信息蕴含量，拓宽表现现实社会的广度，更能真切地反映人事相互交缠的现实情境"。[2] 总之，这种纵横交错的叙事结构，能够拓展作品的时空范围，控制叙事节奏，在丰富人物形象、扩大作品容量、深化作品主题的同时，对增强作品的艺术性具有重要的美学意义。

　　因此，完整性与逻辑性兼具是新闻通讯在叙事时间上的典型特征，新闻通讯既不同于具有时间属性的小说、散文等文学体裁，也不完全等同于具有稳定结构的消息新闻体裁，它是一种有着自身时间规则的新闻样式，在将事实转化为内容后，完整的时间跨度与人事情理交织的叙事逻辑，相

---

[1]　车红梅：《本土叙事与建构：以地域文学书写为考察中心》，新华出版社，2021，第209页。

[2]　杨志平：《中国古代小说文法论研究》，齐鲁书社，2013，第153页。

辅相成、融为一体。通讯体裁因在叙事时间上的特点也就具有一系列的时间特征和叙事风格。

三　获奖通讯叙事时间的中国渊源与发展趋势

虽然源自西方的叙事学理论中关于叙事时间的概念和运用已成经典范式，但是中国文学与新闻实践的历史经验证明，我国叙事作品根植于我国的文化习性和国民思维，与西方在叙事时间等方面的惯习存在差异，因此，在运用西方叙事时间相关理论分析我国新闻作品的基础上，发掘我国新闻特别是通讯体裁中叙事时间的渊源，有助于明晰我国通讯的时间观和发展趋势。

一方面，叙事时间根植于读者的时空观，中国的叙事传统以尊重道法自然、事件进程的时间顺序为根基，西方则偏重推理思维的因果律。中西方文化源自两种不同的文化土壤，造就了不同的时间观，叙事文本中对时间的处理方式折射出人与社会的思维关系。西方叙事作品善于"从中间写"，广泛采用倒叙的时间倒错策略，体现了西方对事物之间关系的因果律的关注，倾向于改造自然的传统；而中国传统文化历来讲究两极对称、天人合一，中国古人崇尚自然论，认为天地万物按照固有的规律自然运转，一切事物的生死存亡都是自然发生的，没有目的和主宰。因而，"中国古典文学家在创作中一般从开头写起，多采用顺叙的叙事时间观，表达对事物进程采取自然的态度，展示中国天人合一的宇宙观"。[①]

在我国现代新闻中，通讯这种文体被正式提出可追溯至 1912 年黄远生在《时报》上开设的《北京通信》专题，此后黄远生在"1912 年 5 月—1913 年 10 月，发稿 191 篇，平均每月发稿超过 11 篇"。[②] 由此，诞生了闻名于世的《远生通讯》专栏。专栏中的新闻通讯多涉及政界政党以及重要任务、重大事件，写作文风注重新闻叙事的吸引力和文艺性，由此也奠定了通讯体裁中多为人物、事件类型的基调。《远生通讯》有着很强的中国旧式文人的传统文化习惯，当来自西方的现代新闻在 20 世纪初期进入中国

---

① 邱蓓：《拾遗补阙：中国古典叙事对热奈特叙事时间理论的补充和完善》，《复旦外国语言文学论丛》2017 年春季号，第 40—44 页。
② 孔正毅：《中国古近代新闻出版史论》，中国传媒大学出版社，2020，第 181—182 页。

并与之发生碰撞时，便催生了我国通讯最初的叙事样本，它以根植于中国传统文学的写作方式吸收西方现代新闻强调真实性与时效性的经验。简言之，通讯是中国古典文化内容与现代新闻文体交融的产物。正如《远生通讯》的形式多为记述式、漫谈式、书信式、日记式等，叙事时间在其中以顺叙为主，在适应该文体形式的实践中，我国通讯叙事逐步形成了重在问题而非时序的雏形。如在《囍日日记》一文中，通讯描述了一场庄严肃穆的典礼，整篇文本完全是依据记者目光所及逐一描述，形成了非常符合顺叙思维的时序方式，如描述进入典礼现场时：

> 至西华门下车后，门前有金服辉煌之警卫，有礼貌灿烂之部员，共同查验。入门步行，则见无数之戴高帽子著（着）礼服者之三三五五而进，亦有爱惜大礼服而遮洋伞者。

当进入太和殿时，又是庄重仪式：

> 赞礼官程客，按照礼单，一一唱赞，其先总统入席立台上，对议员而立宣誓—读宣言书—鞠躬—唱万岁而礼毕矣。

全文在叙事时间上以典礼流程表达一种精准的顺叙，这种叙事时序符合人们的思维习惯，给读者一种身临其境之感，广受好评。因此，"《远生通讯》中无论是重时效的《最近之袁总统》、《最近之大事》，还是重政治事件和政治人物的《记太炎》、《新政府之人才评》、《报界之风潮》、《张振武案始末记》、《张振武案之研究》等"[1]，作品中的时序都与我国读者习惯的思维方式统一。

另一方面，叙事时间理论与当代世界新闻的现代性发展相辅相成，在经典的时序、时频、时距范式基础上，多时性叙述、时间分叉等新概念相继诞生，延伸了传统叙事时间理论的范畴，这也为我国新闻通讯在时代语境中产生新的叙事时间理论提供了基础。美国叙述学家戴维·赫尔曼

---

① 程曼丽、乔云霞主编《中国新闻传媒人物志 第2辑》，长城出版社，2014，第252—255页。

（David Herman）指出了经典叙述学中"时序"概念的局限性，认为它只适用于按照时间顺序所进行的叙述，应当从后经典叙述学视角对其加以补充，并提出了多时性叙述①视角。后经典叙述学将其理论建立在胡塞尔现象学的"全时性"即"内在时间意识"概念的哲学基础上，认为时间的不确定性不能等同于无时性，"多时性情境和事件不是无时性的，也不是无法在时间中定位，这些情境和事件把自己定位在多个时间之中"。② 由此可知，同一个情境会出现在不同时间中，在某些文本中以事件为主线时，不同时间就会随着事件的出场而产生交集或叠加效果。随着数字化程度的提升，最典型的叙事逻辑为交互式叙事，这是一种采用交互技术、完全开放的叙事行为。从技术角度看，这种叙事方式主要基于数据库，采用新闻 App、游戏方式，强调新闻信息产品的个性化。这既有助于叙事者形成基于个性化的叙事体系，也可以使受众从中获得更多阅读体验、延长阅读时间、扩散可视化产品，从而增强传受之间的强关联建构。从叙事时间角度看交互式叙事，其内在逻辑中的"演变性叙事逻辑"与"多时性叙述"的时序颇为相似。演变性叙事逻辑对事实发展轨迹的推演往往是基于时间维度或单一变量，借助实践解释事物在更大跨度内的变化。多时性叙述是将过去、现在和未来从时间线上抽离，然后在某处相会，真正的过去在全时性的循环中拥有一个现在和一个未来，而这个现在和未来也从过去中得到真实性。多时性叙述理论对经典叙事学中的时序是一个重要补充。

　　与这一叙事时间概念相似的另一种时序现象是"时间分岔"，"在线性时间发展的某个时间点上，同一人物身上同时产生了多个情节分支，从这一时间点开始，人物的行动和命运产生了平行进展的可能，从而使作品最终无法得到唯一的结局"。③ 与多时性叙述不同的是，时间分岔的主线是人物，而非事件。如今，随着通讯体裁中细分程度增长，不同主题通讯的主

---

① 沈国荣、李洁：《叙事学视域下的新闻翻译研究》，北京工业大学出版社，2023，第34—36 页。

② 方小莉、张旭：《后经典叙述学》，载陆正兰、胡易容丛书主编《广义叙述理论与实践》，四川大学出版社，2023，第65—66 页。

③ 李莉：《论虚构叙述中的时间分岔——类聚合系文本的一个可能》，《河北师范大学学报》（哲学社会科学版）2021 年第5 期，第83—90 页。

线各有不同，因此传统的叙事时间标准也在松动。如 2022 年第三十二届中国新闻奖通讯《盐巴女人》（原载于《中国妇女报》2021 年 11 月 5 日）将笔触对准了一群"在川、滇、藏三省交界处，横断山脉腹地的西藏昌都芒康盐井地区的女人们"，这里的女人"从出生那天起，就注定了她们与盐田割舍不断的缘分"，随着文中叙事对象从一个到多个，这些对象的故事各自不同但似乎又逃离不出采盐的命运安排。时间在这群女人中似乎并不重要，事件和故事才是精彩之处，但是叙述者恰恰在结尾处给出了一种"分岔"：

> "家里的盐田谁来继承呢？"妈妈次仁拉姆也问过她这个问题。
> "让别人弄吧，我和妹妹将来都在外面工作，不会回去了。"

时间分岔意味着多选择、多可能，因此，在宿命感强烈的这篇通讯中，同一时间点上的人物命运是没有定论的。

> "你想得太简单了，一个家的年轻人不回来了，那一个村的年轻人还有多少能回来呢？"妈妈的话也戳中了曲措卓玛，她不想用"衰落"形容自己的家乡。但是盐田的未来会走向何方呢？"只能走一步算一步了。"次仁拉姆低头抠着指甲说。

在时间分岔的内容中，这种多选择的局面与人生无法重来的现实形成一种强烈的冲突和对比，"盐巴女人"采盐的命运似乎有了松动，但又难以被定义。

叙述者通过"分岔"将读者带入主人公人生的偶然性和命运定数的矛盾，引导读者在阅读中体验，当时序出现偏差时，正是人物反抗寄予其间的时刻。

并且，时间分岔与倒叙、预叙等时序上的变形是截然不同的概念。时序变形可以恢复成客观的线性时间，哪怕是时序严重倒错扭曲的作品，也有理清前因后果的一刻，而"时间分岔"究其本质是无法恢复为客观线性时间的叙述。稿件最后一段文字为：

当夕阳褪去最后一丝余晖，盐巴女人们还在盐田上不知疲倦地劳作着，将生命浇灌进一块块方形的盐田中，享受着馈赠，也品尝着苦累，就像这奔腾的江水只顾向前，从未停留。

在特殊的人和事中，"时间分岔"本就是事件或人生发展的真实状况，它在以特殊、典型、可读为标志的通讯体裁中，恰是最佳叙事时序的选择。

综上，通过对叙事时间与故事时间关系的理论梳理以及对中国叙事实践的思考，我们了解到任何叙事作品对自然时间都有再处理的可能，在新闻叙事作品中，这两者的关系具有更重要的能指信号，它反映了叙述主体的主观能动性，对新闻主题意义的再现，这正是注重宣传效果的通讯体裁的重要特征。以下，我们将叙事时间作为原点，分别从通讯报道形式与叙事时间特征之间的关系、新闻基本属性与叙事时间特征的关系，以及主题意义与叙事时间特征的关系这三个维度来观察历届获得中国新闻奖通讯中叙事时间特征与叙事话语之间的关系。

第二节　获奖通讯形式与叙事时间的同构性特征

一　通讯形式变化与时序变化的"同构性"

叙事时间理论研究中最重要的成果之一是时序理论。时序被分为两类，一是叙事时序，二是故事时序。叙事时序是指，事件在叙述话语中的排列顺序是叙述者讲述故事的时序；故事时序是指，时间发生的自然时间顺序。因此，这两种时序的关系不同就形成了顺叙和时间倒错两种基本时序类型。顺叙，即叙述时间与自然时间同步，这种讲述故事的方式，不打破客观自然时序，只是在某些局部针对情节的特殊需要临时打破实在时间，并作为调节叙事节奏的艺术手段。时间倒错在叙事作品中意味着故事被叙述的顺序不可能完全等同于故事发生的时间顺序，因此，热拉尔·热奈特认为"时间倒错"又可分为倒叙（analepsis）、预叙（prolepsis）两种形式。① 倒叙是根据表达的需要，把时间的结局（或在时间上后发生的事情）提前，然后从事件的开头按照事件发展顺序进行的叙述。预叙，则是提前讲述将要发生的事情。

首先，顺叙是中国新闻通讯的基本时序。在新闻叙事中，许多消息和通讯都采用顺叙的方式，从头道来，连贯叙述。统计发现，在获奖通讯的五个阶段中，顺叙的通讯作品可以说在每一个时期都广泛存在，作为新闻叙事的一种基本时序，顺叙具有非常广泛的适用性，尤其在 20 世纪 80 年代的前互联网时期，顺叙的通讯在中国新闻奖中的占比超过了之后任何一个时期。例如，参见的《激动人心的名古屋之战——亚洲男篮锦标赛中国队夺魁记》（原载于《体育报》1980 年 1 月 11 日）就是采用顺叙这一典型时序的早期获奖通讯。该通讯主体由五个部分构成，开篇第一句：

> 一九七九年一月二十七日，中国男子篮球代表团到达名古屋的第二天，

接着：

> 当天，外国记者前来采访，

经历了：

> 十二月九日，夜深人静，队员们都已进入梦乡，团长房间里依然灯火通明。

这三个时间跨度完成了前两个部分的铺垫。进入正文第三部分，开头也是一段顺叙：

---

① 〔法〕保尔·利科：《虚构叙事中时间的塑形——时间与叙事》（第 2 卷），生活·读书·新知三联书店，2003，第 146 页。

十二月十一日晚上七时半，中日之战在爱知县体育馆揭幕，

然后，话题转入赛场，按照比赛时间的进展，对赛场中的一系列叙述和描写都是按照顺叙的时间逐一呈现：

到下半时十四分钟，到十九分钟，终场锣响，

接着：

次日下午五时半，又投入到对韩国队的激战。

进入正文的第四部分，同样依据的是顺叙的叙述方式，记录了中国队与韩国队比赛的情况，其中时间标识非常明显地成为推进赛事发展的标志，同时推动了情节的发展。正文第五部分起始句为：

顿时，华侨欢呼，朋友祝贺，记者蜂拥而上，

然后：

八时整，发奖。

整篇通讯在自然时序的框架中一气呵成，虽然其间偶有插叙，即通常所说的在叙述中心事件的过程中暂时中断叙述的线索，插入与中心事件有关的另一事件或另一情况的叙述，但插叙结束之后，仍然回到叙述主线的叙述上去，因此，插叙并没有改变主要事件的实在时间，它只是一个片段，并非叙事的主要或中心部分。例如，在这篇通讯中，出现的插叙有两段，第一段如下。

三十四年前，张子沛二十岁，在上海复旦大学读历史……

这段插叙以教练张子沛为一个切入口，借此回顾了 34 年前中国"东亚病夫"的屈辱历史，从而与当下中国队夺魁形成了对比。

第二段如下。

> 此前，韩国队已经以 85 比 100 输给了日本队，这场球的胜负，将决定中国队还是日本队夺魁。

这段文字出现在叙述韩国队与中国队交战之前，充分发挥了背景的补充作用。

其次，20 世纪 90 年代以后，获奖通讯在叙事话语上呈现了顺叙与倒叙并用的叙事时序，一边延续上一阶段以描写为主的叙事方式，一边提倡新闻专业主义的叙事写作。反映在作品中的叙事时间上，同样表现为两种主要叙事时间的并行不悖。一方面，依然是以传统的顺叙为主，同时包含适当的插叙，特别是针对强调新闻专业主义的客观叙事；另一方面，则开始积极使用倒叙的方式，特别是与描写配合运用，强调故事过程部分的文学手法写作。

例如，《守水记》（原载于《人民日报》1993 年 6 月 10 日）就是一篇以顺叙为主、插叙为辅的作品。这篇通讯在叙事时间上与上一阶段的《激动人心的名古屋之战——亚洲男篮锦标赛中国队夺魁记》非常相似，虽然两篇报道的主题完全不同，但在时序处理上完全相同，在叙述上文章以记者的采访足迹为发展时序。正文第一段：

> 今年 5 月 1 日至 6 月 7 日，全县降雨量不足去年同期的三成。

然后，记者到了乡政府，见黑板上写着：

> 6 月 7 日晚到第二天上午 11 时守水人员名单，

接着：

夜幕已经降临……随着水渠边走边谈，忽见前面有电筒光，正说着，一辆巡夜的摩托车走近了……此刻，已是 6 月 8 日凌晨。

读者在阅读全文的过程中，仿佛跟着记者的脚步一路走一路看，叙事时间在自然时序的流逝中经历了一个夜晚。该文本强调了一种客观记录的专业性，"当地农村基层干部为群众办实事优良作风"这一主题也在顺叙的过程中以"再现"的方式被呈现和深化。

同时期中也有部分通讯不同于传统的顺叙，而是将倒叙作为叙述的主要时序。倒叙是将后发生的事情先叙述、先发生的时间后叙述，这种对实在时间的调整是叙事时间变易的主要方式。在新闻文体中，消息体裁"倒金字塔结构"就是典型的倒叙，但在这一时期中，通讯的倒叙不完全等同于"倒金字塔结构"模式。这种扭曲时间的方式往往是将事实的结局或精彩片段放在新闻的开头，正文的主体部分是对缘由的追溯，全文的重心依然是主体部分。如《追寻一个英雄，追出一群英雄》（原载于《羊城晚报》1998 年 12 月 29 日）就是一篇倒叙和顺叙结合的作品。通讯的开头这样写道：

无论是荷村堵口的船工还是车工，他们全部义无反顾，他们没有一个人向政府提出赔偿要求，他们全都无怨无悔！

这一段交代了事实的结果，同时设置了一个悬念，荷村堵口的船工和车工义无反顾地做了什么事情？为什么要特别强调他们没有向政府提出赔偿要求？带着这样的疑问，读者进入正文的主体部分。从两个概括式的排比句开始：

那一晚，三艘"救急之舟"先后沉降截流之后，马上从四面八方又开来了 20 艘水泥船待令。那一晚，从附近的乡村开来了数百辆载重车投入抢险。

然后，话锋一转，以具体的描写方式进行了顺叙：

　　第一部沉降截流的车辆，是一部崭新的日野 10 吨载重车，当晚 11 时 30 分左右，装满石料的这辆大型载重车由周雇请的司机莫伟农开车沉江。

接着写道：

　　晚上 12 时左右，现场指挥人员发出号令："沉车截流开始！"……车沉了，激流中再也见不到自己的车辆，……当晚，五部载重车转眼间沉入决口，车主和司机无怨无悔！

在正文主体部分的叙述中，读者逐渐了解到文章开头设计的悬念原委，

　　在危急关头舍车抢险的车主们都是不善言辞的普通群众，每个人几乎竭尽所能，倾尽所有。但没有人提出赔偿，更没有人想捞一把。

　　相比起文章开头部分所交代的事实结果，读者会对正文的内容更感兴趣，并且会产生读了开头更希望读正文的阅读期待，这在写作目标上与消息写作只满足于读者读了开头可以随时终止阅读的结构模式是有差异的。
　　不过在这一时期，这种倒叙的方式还只是作为"线性叙事"的辅助手段。主体部分是有头有尾、结构完整的"线性叙事"，事件发展的时间顺序并没有被破坏，倒叙所引起的丰富的叙述变化被机械地锁定在单调的、集中有限的变化模式上，而打破"线性叙事"则发生在 21 世纪初新媒体时代。
　　21 世纪初，获奖通讯文本中出现了不少深度报道，倒叙便成为配合深度报道形式的一种叙事时序。其叙事时间可以被抽象为现在—过去—现在，其中"过去"是报道中最重要、最精彩的部分。深度报道的叙事特征就是注重对重大新闻事件进行追本溯源、分析与比较，以解释事物的本质，从思想上给人以启发。倒叙将结局提前，这对于读者而言对结局的期待心理就消失了，取而代之的是对原因和根源的探寻，这正好切合了深度

报道对事件进行深层次剖析的内在需要，这也是深度报道的倒叙区别于一般动态新闻倒叙的重要特征。在一般动态新闻中，新闻事实是主题，倒叙的"过去"部分仅仅用于补充交代与事实有关的背景知识，篇幅上大多比较短小。另外，这一时期适用于深度报道的倒叙与发展期的倒叙比较起来，两者在内容的设置和时序上差别并不太大，都是将结果提前，由陈述现在转入倒叙过去，重头戏就在倒叙部分，无论是对事件前因后果的追溯、对背景知识的介绍，还是对新闻当事人的深入采访，都是依靠倒叙部分来承担的。虽然，报道的重点是落在"过去"上，即将后发生的事情提前、先发生的事情置后，但是，在广泛运用于深度报道形式的过程中，这一时期的倒叙形成了一个"宏大倒叙结构"。在这个结构中，正文主体部分对缘由的探究，不再机械地依据自然时序的顺时叙述，而是有了更多的自由和时序重组空间，比如，插叙、顺叙、预叙等时序方式都被结合起来运用。因此，从一篇报道的整体上看，深度报道就表现为一个"宏大的倒叙结构"，即在"现在—过去—现在"的时序结构框架内，叙述主体开始尝试依据逻辑关系进行更多样的时序组合，从而将倒叙更加灵活地运用于通讯写作。

这一时期采用这种时序方式的获奖通讯作品比比皆是，如《找个好钳工比找研究生还难！》（原载于《大众日报》2001 年 10 月 11 日）就是一篇典型的问题通讯，新闻的第一段首先揭示了一个问题：

> 近日，在我省制造业的 116 家企业进行了一次关于产业工人技术素质现状与需求趋势的专题调查。结果显示：我省技术工人总体素质较高，但高等级技术工人紧缺，有的企业负责人发出感叹：找个好钳工比找个研究生还难！

然后，转入正文后的三个小标题分别如下。

整体素质较高 但高等级技工紧缺

需要什么样的技术工人？

培训经费与资格认证是大问题

这三个部分显然是以问题为中心进行了问题呈现、问题分析和问题原因的逻辑组合。

其中的倒叙为，"2000 年末，我省企业在岗技术工人技术等级构成不平衡"；有插叙为，"值得一提的是，技能、智能混合型技术工人将受到欢迎"；也有预叙为，"今后要充分认识到技术工人在企业技术进步中的重要作用"。

这篇通讯的倒叙，特别是"过去"部分不再完全着眼于故事情节的简单顺时叙述，而是与人物、问题相契合，以逻辑为主导原则进行时序设置，从而达到生动叙事效果。

21 世纪，在数字化传播时期，交错叙事更为流行和普及。在小说叙事学中，交错叙事被定义为"作家的笔，如果真正追随心灵的步伐的话，小说必然从连贯叙述转为交错叙事"①。这种时间叙事的逻辑同样适用于通讯叙事。交错叙事，就是把不同情节线截断、重新拼凑、交错叙事，其实质是突破"线性叙事"对世界的简单归纳推理，将触角伸向更多被忽略的领域，试图将现实的复杂性、人性的丰富多面性投射到作品中，如对人物内心感受的挖掘、潜意识的捕捉、内心时空的完整建构等，而这一切尝试都是在"人的觉醒"这个更大的文化背景下实现的。在这个时期，故事化手法成为中国新闻奖获奖通讯的主流形式，人文关怀的复苏与回归成为其主要的内容，因此，叙述话语不再只是着眼于人物外部动作的描写，而是更注重对人物内心世界的挖掘，因此，以交错叙事来反映人物内心世界的故事化写作和着重于提供观点的平衡式写作在这一时期成为中国新闻奖获奖通讯的主导。例如，《英雄赞歌——记独臂英雄丁晓兵》（原载于《人民日报》2006 年 1 月 3 日）一文，从整体时序上看是以倒叙为主，新闻开头第一段：

---

① 黄永林、阎志、张永健：《新文学评论》，华中师范大学出版社，2022，第 5 页。

2005 年 6 月 22 日，中共中央总书记、国家主席、中央军委主席胡锦涛，在会见武警部队第一次党代会代表和第八届"中国武警十大忠诚卫士"时，与丁晓兵亲切握手，并勉励他说，你是党和人民的功臣，希望你保持荣誉，为党和人民再立新功。

接下来，正文部分的时间起始于：

1984 年，边陲的一场重要军事行动。战况惨烈。一个手雷砸在丁晓兵身上，

紧接着：

几秒钟后，丁晓兵睁开眼。突然他发现，右手使不上力气，……整整在山里跑了近 4 个小时，

该文在这一连串的顺叙中讲述了丁晓兵失去右臂的过程，而相对全文来说这是一段对"过去"的倒叙。

接下来，失去了右臂的丁晓兵如何生活？如何工作？他又是如何在 2005 年成为"中国武警十大忠诚卫士"？为了回答文章开头提出的这些问题，作者在接下来的内容中逐一给予了解答。在细节的时间处理上，记者用四个情节的结构方式来回答问题，分别为"进攻——直面困难""突围——超越荣誉""战斗——中国军人""敬礼——向着人民"。每一个段落为一个情节，并自成一体，其中并没有清晰的时间标识，时空上也不具备承接关系，四个情节线是被截断的，由此可见，在交错叙事中逻辑关系是故事推进的主要线索，时间在逻辑中得以接续，主人公丁晓兵内心世界所经历的挣扎、克服、顺应过程通过具体的细节被反映出来，人物的形象和精神世界被完整地塑造。

从故事化叙事本身来看，情节的跌宕起伏意味着叙述者要对人物内心世界进行挖掘，当大量的细节需要以故事化方式在文本中被再现时，避免长时间停留在一种场景中而产生感官疲倦感的交错叙事，则成为更好适应

故事化叙事的一种时序方式。如果说，上一个时期的通讯是"把故事倒过来讲"，那么这一时期的通讯则是"把故事打碎"，根据逻辑性来完整地构建人物的内心和行动，将若干碎片重新组合。

通过上述对每个时期通讯报道形式与叙事时序变化之间关系的分析可以发现，"同构性"是其主要特征。两者之间的这种辩证关系表现为：形式探索为内容阐释提供了新的角度，内容为形式的探索提供了依据；而形式与时序的变化，事实上，都是写作者希望被强调内容的文本"外衣"，也就是作者意图的体现。从顺叙发展为倒叙，再到"宏大倒序结构"直至交错叙述这一通讯写作时序的变化过程，是作者意图呈现方式转变的"信号"，即从内容转向了形式。在自然时间的顺叙中，写作者的意图完全体现在文本内容中，而在扭曲时间的各种时序中，写作者意图则有了形式上的辅助阐释，因此通讯写作中的意图表现就变得更加巧妙，且更具艺术性。

二 通讯形式变化与时距变化的"同构性"

米克·巴尔（Mieke Bal）认为，"事件被界定为过程。必须以时间序列或时间先后顺序为其先决条件。事件本身在一定的时间内，以一定的秩序出现"①。如果说时序关注的是叙事时间与故事时间之间是否一致，那么，时距关注的则是叙事时间与故事时间的长短。叙事学理论将时距区分为省略、概要、场景与停顿四种情况。

在新闻写作中，最主要的时距是概要，这是由新闻的写作特点所决定的。新闻传播的时效性和有效性要求每一个文字都必须直指主题，虽然通讯在字数的要求上不如消息严格，但这并不意味着通讯在字数上就可以无限制。因此，概要这种叙事时间小于故事时间的时距方式，就成为被广泛使用的一种基本时距。"所谓概要，是指在文本中把一段特定的故事时间压缩为表现其主要特征的较短的句子，故事的实际时间长于叙事时间。"②在获奖通讯发展的每一个时期，概要都是必不可少的时间叙事方式，在此基础上与其他几种时距方式进行综合运用。

---

① 〔荷〕米克·巴尔：《叙述学：叙事理论导论》，谭君强译，中国社会科学出版社，2003，第 249 页。

② 罗钢：《叙事学导论》，云南人民出版社，1994，第 148 页。

"概要+场景"是早期采用的基本模式。从获奖通讯纵向发展看，"以描写手法塑造典型"的叙事话语特征决定了场景，这种叙事时间等于故事时间的时距手法在20世纪80年代呈现主导趋势。借鉴电视新闻语言，场景就像长镜头，它以一种特殊的蒙太奇叙事手段，实现追求生活真实的目标。长镜头在通讯中主要是对新闻中人物的精彩对话、个性化语言、动作、细微表情等做出"原生态"再现。场景主要包含两种主要运用方式：第一种是场景式对话；第二种是场景式描写。这一时期，更多获奖通讯采用的是第二种方式。例如，获得1981年"全国好新闻奖"的通讯《中南海的春天》（原载于新华社1981年4月16日），正面报道党中央领导班子的工作情况，通过具体详细地向人民群众介绍领导们的工作情况，发挥叙述纽带效应，拉近了党和人民之间的距离。在大多报道典范榜样的通讯写作中，正面报道写好不易，因为读者往往对这类通讯的客观性、可读性和感染力的要求更高。这篇通讯在时距处理上，就是一个成功范本。正文以一段对春天的生动描写作为开头：

三月的风，是那样轻柔，吹拂着中南海湖滨千万条低垂的柳丝，袅袅飘逸。大概是"春江水暖鸭先知"吧，成群的水鸭在清澈的湖中追逐嬉戏，溅起层层细浪，悠然地向岸边荡去。

然后，是一段唐诗的引用：

唐代诗人贺知章写过一首《咏柳》："碧玉妆成一树高，万条垂下绿丝绦。不知细叶谁裁出？二月春风似剪刀。"

紧接着，在这首唐诗的后面，又是一段描写：

江南二月，早已春光烂漫，柳绿桃红。北京的季节要晚些，然而春分时节的中南海，那柳条上探出头来的嫩黄细叶，苍松翠柏茂密的针叶间泛起的新绿，挺拔的白杨树上挂满枝头的穗穗儿，还有那海棠树上萌发的细芽，都泻出了无限春光，使人看到处处是一派生机。

　　文章开头的这两段文字描写了春天的柳条、水鸭、中南海的湖滨，三笔两笔勾勒出了一幅清新雅致的画面；接着，对中南海嫩黄的柳条细叶、泛起新绿的针叶、萌发的细芽海棠等有形有色描绘，再一次为读者呈现了一幅中南海初春时节的工笔画卷。在文字中自然时间与叙事时间基本同步，时空的流转与读者的眼睛所及仿佛是一致的，这种同步的时距叙事产生的效果，有助于增强整个报道的现场感，场景的细描将读者缓缓地带入文章所要强调的中南海这个环境。同时，这段文字并非仅仅是诗意的情绪表达，更重要的是为接下来所要叙述的主题内容做足了铺垫。

　　紧接着的一段文字是：

　　　　赶上中南海开放参观的日子，这里更是充满了愉快和欢乐。
　　　　我们走进中央书记处的一些办公室，感到那蓬勃奋进的朝气，炽热旺盛的活力，更胜似窗外的春光。

　　由中南海初春美好的景象开始，通讯一开头就营造了春意盎然的气氛，呼应了下文，同时形成了对比，因为中央领导们的工作状态远胜过这"窗外的春色"。正文中，类似的场景描写随处可见，对比、烘托的功能也可见一斑。并且，从新闻全篇来看，场景与概要之间构成了一种非常清晰的组合关系，基本上是一段概要后接着一段场景，如此反复，推进了整个情节内容的发展。例如，正文是由四个部分构成的，分别为"没有节假日的中央书记处""拨乱反正的日日夜夜""到第一线解决问题""一定要倾听群众的意见"。

　　四个部分分别对应四个情境，共同呼应主题，每一个部分中又是由若干个概要与场景组成的。如第一个部分中的概要：

　　　　"中央领导同志们的日历上是没有节日假日，没有星期天的。"工作人员对我们说起了几件事：

　　然后，另起一段的内容即具体的叙述和描写。

春节这天清晨，书记处、全国人大常委会和国务院的领导同志来到中南海集合，分头乘"面包车"，到工厂、农村、商店、部队等基层单位，向群众拜年，征求意见。……七十七岁高龄的陈云同志十分关心下一代的成长，听说要座谈青少年工作，他提前十五分钟就来到了会场。

再如，"到第一线解决问题"这个部分中开头同样是一段概要：

中央书记处成立一年来，有计划地解决了一批省、自治区、直辖市的工作问题。第一个解决的，是西藏自治区的问题。

然后，依据顺叙的方式，以大量场景描写展开了对西藏问题的具体叙述，如：

拉萨海拔三千六百多米。他们在拉萨一下飞机，就感到了高山反应，年轻力壮的随行人员，走路上楼也都心跳加剧，气喘吁吁。万里同志把工作日程安排得满满的，每天一个地区一个地区地听取汇报，还到拉萨的商店、学校、街头和藏族群众家里访问调查。

胡耀邦同志带病强撑着身体，同万里同志共同分析研究每天了解的情况；到了第五天，高山反应稍微好转了些，他就阅读材料、察看地图，听取汇报；随后，到区党委扩大会议会场，对几百名各组干部讲了一百七十分钟的话，提出了西藏治穷致富的六条办法。

记者通过类似大量场景使叙事时间同自然时间基本同步，使整篇报道的真实性、现场感都得到了提高。同时，概要与场景的交替使用，也使得报道的叙事节奏随着故事时间的变化或加快或放慢，在深化主题的基础上提升了通讯的叙事效果。

随着场景的运用更为成熟，省略、停顿等逐渐与其融合。场景的典型表现形态源自戏剧，最纯粹的场景形式即对话。通讯中以段落形式呈现的对话，是场景在新闻叙事中的创新。进入 21 世纪后，通讯极大丰富了对场景的使用，一方面，对话与描写的综合完整地实践了场景的内涵；另一方面，随着深度报道、故事化写作等报道形式的兴起，在典型的概述与场景交替使用的基础上，停顿、省略等时距也成为顺应新闻报道形式变化的有效手法。如《情切切　意绵绵——亲人眼中的郑培民》（原载于《湖南日报》2002 年 10 月 12 日）这篇通讯就是以一段场景对话作为文章的开头部分：

> 今年 1 月的一个深夜，郑培民同志的夫人杨力求挽着培民的手，幸福地漫步在花间小径。刚刚处理完手头的一大堆事情的郑培民一身轻松。兴之所至，他赋诗一首："手拉手，户外走；说说话，散散心；情切切，意绵绵；身体好，永相伴。"
>
> 杨力求在心中默默地念着，甜蜜的感觉弥漫了她的全身。过了一会（儿），郑培民不经意地问道：力求，刚才我的那首诗，你还记得吗？
>
> 杨力求不假思索地背诵了出来，一字不差。
>
> "那你能不能和一首呢？"依旧是不经意的样子。

这段场景以对话的形式呈现了一幅在一条花径小道上，夫妻俩边散步边聊天、温馨又充满生活气息的画面，同时，这段对话为全文奠定了基调，领导干部郑培民也是一个感情丰富、有血有肉的丈夫。接下来，谈及郑培民廉洁克己的干部作风时，对话是重要的时序手法，如：

> 1990 年，郑培民将自己在担任市委书记期间撰写理论文章所得的 1700 元稿费，全部上交组织。
>
> 儿子央求他："爸爸，把钱留下，给家里买个冰箱吧！"
>
> 向来温和的郑培民斥责道："这些都是大家劳动的成果，怎么能归我一个人呢？"

郑培民与儿子之间的这段对话将这位领导干部勤政廉洁的一面生动地呈现在读者面前，结合开头部分的对话，一个关爱家人、廉洁公正的领导形象就不会显得冷冰冰的，人物的真实性也得到了有效的保证。

再如，《教育局长的好榜样——追记湖南桂东县教育局局长胡昭程》（原载于《光明日报》2001年2月5日）一文中，既包含了不少典型的场景描写，也出现了典型的停顿手法，如：

> 这几年全县新建扩建近百所学校，每所学校的选址、画线、验收，胡昭程都要到场。

这段概要之后，马上是一整段的场景描写，如：

> 为了给每所学校选择合适的地点，他像当年的焦裕禄一样跑遍了全县的山山水水。
>
> 进入施工阶段，他每到一处学校都先拿出规划图看施工是否走样，再掏出卷尺量一量房子的规格是否合乎要求，然后拿出指南针，看采光通风是否合理。
>
> 1997年兴建县一中校舍，胡昭程亲自带人采购瓷砖，他对质量不放心，对500万块瓷砖一箱一箱地检查，从上午8点一直干到晚上8点，整整用了12个小时。

这三段场景描写与之前的概述部分对胡昭程亲力亲为监督检查工作的状态做了具体、翔实的刻画，特别是记者对胡昭程进入施工现场的一系列动作描写，如拿出规划图看施工是否走样，再掏出卷尺量一量，然后拿出指南针绘声绘色地再现了主人公的工作态度。

除了这类描写，文中出现了典型的停顿，如：

> 胡昭程走了，可他的办公桌上，还静静地躺着：指南针、皮卷尺和规划图。人们说这是他生前随身携带的三件宝贝。

这段文字作为"一腔热血倾教育"部分的开头独立成段，它以极其细腻的描写笔法形成了典型的时间停顿感。所谓停顿，就是叙事时间大于故事时间，"在停顿中，记者对事件、时间、背景的描写都极力延长，当叙事描写集中于某一因素，而故事是静止的时候，这段时间就被称为停顿"①。停顿，就像是电视或电影画面的定格，在某一个时间点上将时空延伸。如此达到的效果是事件的时间和空间纵深感都被加强。因此在这三件"宝贝"的静止状态中，胡昭程的人生仿佛也定格在了他生前平常的每一天，其画面被无限延伸，意味深远。

与停顿对应的另一种时距为省略。省略可被分为两类，一是明确省略，即说明省略的时间，这种省略也是简练的叙述。它省略了故事时间却没有完全省略文本时间，明确省略是新闻叙事中省略故事时间的惯用手法。二是暗含省略，即文本中没有声明省略的存在，但读者可以通过时间的空白或叙述推导出来。在小说叙事中，作家海明威的作品就存在很多典型的暗含省略，比如他擅长对对话背后的潜台词进行省略。因为"作者利用了人所共有的感知方式及其规律，他知道大家都知道的东西"，所以，海明威采用的暗含省略也被称为"经验省略"，"产生了完全出人意料的新的审美方式"②。

在新闻叙事中，偏重深度报道的通讯意味着故事时间本身具有时空跨度大的特征，新闻事件中必然包含了丰富的新闻素材，在进行新闻处理的过程中，以停顿的方式详述事实有助于刻画重要的细节和场景，同时，适当的省略则有助于加速事件的发展。那么，在以概述与场景为基本时距的前提下，省略与停顿的巧妙布局使叙事内容交替推进、叙事节奏有起有伏，形成了这一时期通讯作品充满个性的叙事风格。例如，《同是造纸厂盛衰两重天》（原载于《经济日报》2007年8月7日）通过正反对比，记述了两家反差强烈造纸厂的故事，从而强调了对环保重视程度的不同导致了两家造纸厂命运的迥然不同。这篇通讯就包含了典型的省略与停顿，如在"是什么原因使得地理位置相近的两家造纸厂盛衰两重天呢？"的设问句之后，一句直接引语以概要简单道出了原因，即"东方纸业生产污水无法达标排放，所以被责令停产治理。"

---

① 罗钢：《叙事学导论》，云南人民出版社，1994，第150页。
② 董衡巽：《海明威研究》，中国社会科学出版社，1980，第31页。

然而，在东方纸业没落的同一时间里，奥辉纸业也走过弯路，文中用极大的篇幅以停顿的方式展示奥辉纸业由衰转盛的具体细节，如：

> 为了解决麦草制浆黑液的处理难题，奥辉纸业投资 5000 余万元建成了年产 5 万吨的正规碱回收工程。
>
> 现在我们每天可以回收烧碱 30 多吨，创造的效益完全可以支持每天 3.75 万吨中段水处理工程的日常运行费用。
>
> 邻市的西安奥辉纸业集团公司却是一派热火朝天的生产景象：花园般的工厂整洁而美丽，生产线源源不断地"吐"出成品纸，几辆卡车正停在厂门口等待着提货……

文中虽然对东方纸业衰败的细节没有特别的说明，读者却可以通过时空上的留白，以及与之相对应的奥辉纸业重视环保投入的发展战略推导出其省略。这种暗含省略避免了赘述，完全以奥辉纸业的成功典范暗含被省略部分的内容。

第三节　获奖通讯"时间词"和"叙事元始"的新闻观新解

叙事在故事时间与叙事时间的对立统一中实现了对机械时间的再创造，从时间角度探索叙事作品的叙事方式，已成为叙事学的重要研究手段。热拉尔·热奈特将普鲁斯特的《追忆似水年华》称为"时间的赌博"[1]；保尔·利科更是在其阐述时间与叙事关系的巨著《时间与虚构叙事》中，"细致地分析了历史叙事与虚构叙事对事件的塑造与变形"[2]。可见，时间在叙事作品分析中的地位可见一斑，针对新闻文本的叙事时间研究也并不罕见，然而，这类分析鲜少将其根植于中国文化背景，立足于中国文化的新闻写作无法对文本中的某些特征进行充分的阐释。因此，

---

① 　怀宇：《论法国符号学》，南开大学出版社，2016，第 170 页。
② 　邱畅：《纳博科夫小说叙事研究》，春风文艺出版社，2023，第 122 页。

我们以时间为媒，分别从"时间词"和"叙事元始"两个角度出发，发掘中国文化与其叙事特征之间的关联，以期对通讯中的新闻叙事观进行全新解读。

一　从"时间准确"到"叙事准确"

综观现有研究，叙事时间的研究主要集中在叙事的时距、时序和时频上，对时间的语言符号化——"时间词"却少有关注。作为叙事体的一个类别，"时间词"在通讯文体中却是极为重要的一种符号标识，它不仅表达时间本身的叙事功能，更重要的是，历时性梳理可以使我们了解"时间词"的使用是否存在变化，以及"时间词"的变化对通讯写作的准确性、客观性规则、完整逻辑性特征又意味着什么。

一是从"直接时间词"到"模糊时间词"[①] 的多种叙事手法体现时间。在叙事文本中，根据直观性程度的不同，"时间词"可被区分为两种类型："直接时间词"和"模糊时间词"。"直接时间词"即我们最熟悉的年、月、日，钟、时、分，今天、昨天、明天等，这类时间词可以清晰定位时间，让读者一眼就能识别事件发生的具体时间。"模糊时间词"是指写作者以其他的叙述方式间接地表明时间位置。在新闻写作中，"直接时间词"是必不可少的时间符号，因为新闻内在属性的第一原则，即时效性强调了时间对于新闻写作的意义，既有及时传递信息的作用，又有保障新闻真实可靠的作用。通过梳理发现，获奖通讯在"时间词"使用上经历了一个以"直接时间词"为主体，"模糊时间词"日益增加的多样化发展过程。

20 世纪 80 年代，前互联网时期的通讯以使用"直接时间词"为主。如获 1980 年全国好新闻奖的《激动人心的名古屋之战——亚洲男篮锦标赛中国队夺魁记》（原载于《体育报》1980 年 1 月 11 日）这篇通讯以顺叙为主，其中"时间词"标识度很高，以时间为节点发挥显著推进情节发展的重要作用。

[①]　薛亚青：《电视新闻话语研究》，山东人民出版社，2017，第 116—118 页。

一九七九年十一月二十七日，中国男子篮球代表团到达名古屋的第二天，当天，外国记者前来采访。

十二月十一日晚上七时半与日本队的比赛中：

再看场上。

但到下半时十四分钟，以 54 比 55 落后 1 分。

到十九分钟，以 62 比 64 落后 2 分。

次日下午五时半，又投入到对韩国队的激战。

下半时七分钟时，66 比 57，领先 9 分。

下半时达到十一分钟时，追成 70 平。

十九分钟时，90 比 85 领先。

还剩十七秒，球在中国队手里。

就在秒针走向"12"的那一刹那，美国裁判哨响——韩国队犯规。

上述一系列"直接时间词"的出现，对于表现激烈的比赛、强化现场的紧张气氛、加快节奏感起到了积极的作用。

在 20 世纪 90 年代以后的几个时期中，中国新闻奖获奖通讯在时间表达上，除了以"直接时间词"为基本的叙事时间标志之外，越来越丰富表现时间的方式开始不断被尝试。从"直接时间词"过渡到"模糊时间词"的过程中，最常见的"模糊时间词"表达有三种类型：通过景物描写体现时间；通过直接引语表现时间；以空间描写表现时间。这些方式在很大程度上丰富了叙事作品的时间指示符号，也提高了通讯时间叙事的表现力。

第一种，以景物描写间接地表现时间的通讯作品，如《守水记》（原载于《人民日报》1993 年 6 月 10 日）一文中，除了以"直接时间词"来表现记者整晚跟随守水人员的脚步、记录他们的工作状态之外，穿插了这样的一些"模糊时间词"，如：

夜幕已经降临，沿着水渠边走边谈，忽见前面有电筒光，正说着，一辆巡夜的摩托车走近了等。

这些通过对周遭景物的描写来体现夜晚时间的方式，巧妙地表达了时间的运动状态。

第二种，以直接引语的方式来表现时间的通讯作品，如《这是在宣扬一种什么文化》（原载于《科技日报》2003 年 8 月 9 日），以大量的直接引语推动故事情节的发展，同时，直接引语中出现了不少具有时间标识作用的模糊时间表达，间接地为时间定位提供了依据。例如，记者与一名参会"状元"的交谈就透露了故事发生的时间。

> 我想反正到时候也得到北京报到，提前来看看也挺好的，就来了。

众所周知，大学生入学报到的时间通常是八月底或九月初，因此，这句来自"状元"尹国炯的直接引语在交代参会原因的同时，将此刻的时间微妙地给予了表达。

第三种，以空间描写的方式表现时间的通讯作品，如《目击杨利伟飞天归来》（原载于《解放日报》2003 年 10 月 17 日）中有这样的两句话：

> 今天清晨 6 时 23 分，中国首飞航天员杨利伟乘坐"神舟"五号载人飞船从太空归来，平稳着陆于内蒙古中部草原。
> 此刻，五星红旗正从北京天安门广场徐徐升起。

其中第一句话以"直接时间词"清楚地交代了杨利伟飞天归来的准确时间，而第二句话没有标明准确的"时间词"，但以一种空间描写的方式将这个时间点间接地进行了表达。记者事前与国旗护卫队联系过，并且事后核实了 10 月 16 日当天北京天安门广场升旗的时间是几点几分，从而获得了"6 点 23 分"这个"直接时间词"的信息来源。因此，第二句话中的"模糊时间词"很好地规避了对"直接时间词"的重复交代，并且，这种同一时间不同空间的置换方式为读者描绘了一幅更开阔的视觉画卷。

从总体上来说，"模糊时间词"在"直接时间词"的基础上进行表达，适当穿插其间，既起到了确定时间点、推动情节演进的基本作用，也避免了"直接时间词"使用频繁而使读者阅读新鲜感丧失。

二是从大多使用历法时间词，到以历法时间词为主、相对时间词为辅来体现时间。"汉语没有严格意义上的形态变化，是一种形态不发达的语言类型，与印欧语系通过动词的形态变化表征时间不同，汉语的时间词汇是一个词汇语法范畴。"① 因此，汉语中的时间表达采用某一参照点来确定所述事件在时间轴上的位置。根据参照点的不同，"时间词"可以分为历法时间词、言语定位时间词和参照定位时间词三种类型②。

第一种历法时间词，是以日期直接标记时间点的时间词，由"世纪、时代、年代、月份、季节、旬、周、日、分、秒"等时间名词和数词构成。历法时间词在时间轴上有确定的时间刻度，如"公元28年""1997年"；还可以是循环、重复的时间系统，如"上午""下午""晚上"等。历法时间词不受说话时间的影响，因此也被称为"绝对时间词"。

第二种言语定位时间词，是以说话（包括书面的文艺创作、新闻报道等）时间为参照点的时间词，如"现在""昨天""一小时以后""三年前"等，必须借助说话的时间来确定它们的所指。因此，它也被称为"相对时间词"。

第三种参照定位时间词，是以重要的、已知的或已经陈述的事件为参照点的时间词，如"新中国成立前""事发当前""第二日"等。理解参照定位时间词离不开参照点的作用，具体来说，包括参照点和偏移量两个部分。如"'9·11'事件发生一年后"，就是以"9·11"事件为参照点向右移一年的位置，一年即为偏移量。参照定位时间词也被称为"相对时间词"。

以上三种"时间词"的运用都受两种条件的制约，一方面，受到语言规则和具体交际环境的影响。不同传播环境中"时间词"的分布频率和语用功能存在差异。我们通过对1979—2013年获奖通讯作品中的"时间词"进行统计分析发现，历法时间词出现的频率最高。历法时间词表征的时间坐标具有自足性，即使没有上下文外部环境的帮助也是清晰的，新闻的基本功能是传播信息，因此，强调时间刻度、追求时间刻度准确性的历法时间词在新闻中必然使用广泛。从这个意义上看，追求准确性的新闻，就必

---

① 龚千炎：《汉语的时相、时制、时态》，商务印书馆，2000，第85页。
② 李佐丰：《文言实词》，语文出版社，1994，第214—217页。

然会大量使用历法时间词。另一方面，"一般来说，历法时间词的选用同说话时间与要表达的时间之间的距离有关。说话时间距离事件发生越久，历法时间词出现的可能性越大"①。通讯相对消息来说，对时效性要求略低，因此，新闻事件的发生时间与通讯写作的叙事时间之间往往存在一定距离，特别是在深度报道这种通讯形式中，事件的时间跨度大，记者对事件的了解、调查、分析到写作成稿的过程，至少要几天或几个月，甚至一两年。这样一来，历法时间词就是必不可少的，这在获奖通讯发展的任何一个时期都是相似的。不同的是，历法时间词在通讯写作发展过程中的比重总体上呈逐渐降低的趋势，从 20 世纪 80 年代历法时间词占据绝对主体的地位，发展为 90 年代后以历法时间词为主、相对时间词为辅的新格局。再如，我们在对两篇不同时期的通讯作品进行比较后可见其中"时间词"的变化。

《长沙市火柴脱销原因何在?》（原载于《湖南日报》1982 年 5 月 20 日）一文以历法时间词为主，鲜少出现相对时间词。

文章开头首先讲述了一个故事，将长沙火柴脱销这个现实问题呈现了出来。

> 四月十八日，他的打火机坏了，到处买火柴，没买到，……
> 直到五月二日打火机修好为止，

然后，在寻找原因的过程中，记者首先探寻生产环节，如：

> 解放以来湖南火柴生产增长幅度很大，五十年代平均年产十万零三千件，六十年代则为二十四万八千，七十年代为五十三万五千件，一九八一年更增至九十三万二千件，今年计划生产一百一十万件；

接着，批发部门的情况是：

---

① 　何兆熊主编《新编语用学概要》，上海外语教育出版社，2000，第 57 页。

今年一至四月，批发部下拨火柴给长沙市各基层零售单位，共计一万零六百八十件，比去年同期增长了百分之三十七点八；

再者，零售部门的情况是：

今年一至四月调进火柴与去年同期相比，三家略多于去年，两家少于去年，一家持平。

在这一系列的原因追溯中，我们看见的"时间词"全部是有准确时间刻度的历法时间词。

问题调查类通讯《找个好钳工比找研究生还难！》（原载于《大众日报》2001年10月11日）在历法时间词与相对时间词的使用比例上，较之上一篇发生了很大的变化。

首先，文章的开头部分：

最近，有权威人士分析，其实，并不是我们的工程师设计不出高品质的汽车……

省统计局企业调查队近日在我省制造业的116家企业进行了一次关于产业工人技术素质现状与需求趋势的专题调查。

然后，在转入对原因的分析中：

近一个月来，中高级技师在市场尤其走俏……

目前我国职工培训经费全部由企业承担，无疑加重了企业的负担……

去年，国家已在90个工种中实行了准入制度……

今后一是要充分认识技术工人在企业技术进步中的重要作用。

这篇通讯中出现的"时间词"，几乎都是以已知时间点或此刻为参照点的相对"时间词"，"时间词"的变化看似无足轻重，却以一种极其微妙的方式表现出获奖通讯在多年发展中，对新闻准确性的理解和呈现方式是有所改变的，尤其是从"时间准确"到"叙事准确"的观念转变。这一转变意味着，获奖通讯开始以大量相对"时间词"作为叙事的内部连贯线索，它们构建起了通讯内部的相互承续、彼此衔接关系，使通讯在文本的时间逻辑中以情节带动逻辑向前发展，成为一个语义连贯的整体。

综合来看，由"直接时间词"到"模糊时间词"的表现手法变化，由大多使用历法时间词向以历法时间词为主、相对时间词为辅的格局变化，这两种变化都经历了一个从"清晰标示"到"模糊标志"的过程。时间定位的准确性没有改变，但是，表现时间准确性的方式经历了一个从显性到显性为主、隐性为辅的过程，这一变化为我们理解通讯写作的准确性提供了新的依据和思路。早期通讯在叙事时间上，通常强调的是时间刻度的准确性，之后的发展则反映出通讯叙事的准确性。在准确使用"时间词"的基础上，"准确"被赋予了更为宽泛的理解，也就是说，在叙事中建立一种"叙事的准确"，而非传统意义上的单纯的"时间准确"。记者在写作中便不再拘泥于时间刻度的清晰，而是重视叙事逻辑的清晰，无形中淡化了对大量精确"时间词"的堆砌，从而读者在阅读过程中便不会产生时间点过多的疲倦感。

二　经典的"叙事元始"与中国文化渊源

叙事作品的开头，往往作为一种独特的形式存在，有专门的术语，作为程式化结构体例的有机部分杨义先生在对叙事文学的研究中发现"中国叙事文学对开头具有异乎寻常的重视，由于它在时间视野中包含着丰富的文化意义，因此，给它起一个独特的名称：叙事元始"[1]。所谓"元始"，意味着它不仅是带原发性和延续性的叙事时间开始，而且是由叙事时间特征所带来的文化意蕴的本源。

借鉴叙事学中"叙事元始"概念为新的理论视角，我们通过对不同时期获奖通讯开篇处的时间特征进行分析发现，延绵未改的"叙事元始"与中国新闻奖获奖通讯写作特征背后的中国文化渊源一脉相承。

---

[1]　杨义：《杨义文存·第一卷·中国叙事学》，人民出版社，1997，第130页。

一是从图式结构的变化可以窥见时间观变化背后的东方文化本源。从功能层面来看，叙事作品的开头部分承担相当重要的功能，因为开头既是作者起笔之处，也是读者的第一印象之处。对不同时期获奖通讯叙事元始的时距进行比较分析，可见其经历了三个阶段性的改变，即宏观—微观—宏观与微观结合。从时距角度来看这个问题，20 世纪 80 年代通讯的叙事元始多采用宏观叙事的方式，即以概述为主体的叙事时间，在 20 世纪 90 年代到 21 世纪初，受西方新闻写作的影响，叙事元始转向微观叙事，即以场景、停顿的时距方式进行时间叙事，经历了这一阶段后，通讯的叙事元始则呈现微观与宏观结合的写作特征。例如，《激动人心的名古屋之战——亚洲男篮锦标赛中国队夺魁记》（原载于《体育报》1980 年 1 月 11 日），其叙事元始以一首诗句开始，接着写道：

> 名古屋之战在辽阔的祖国大地引起了强烈反响，因为它反映了中国人民在新长征中的精神面貌，因为它象征着中国人民走向世界的坚定步伐。

这段文字以概要的方式呈现了一种广阔大气的宏观视野，名古屋之战的意义被高度定位，同时衬托出了下文"中国健儿为国争光不屈不挠的精神"。

21 世纪以后的获奖通讯在叙事元始上发生了很大的改变，开始表现出一人一事的微观视野，以场景方式来开启故事，如《情切切 意绵绵——亲人眼中的郑培民》（原载于《湖南日报》2002 年 10 月 12 日）这篇通讯的第一段这样写道：

> 今年 1 月的一个深夜，郑培民同志的夫人杨力求挽着培民的手，幸福地漫步在花间小径。刚刚处理完手头的一大堆事情的郑培民一身轻松。兴之所至，他赋诗一首："手拉手，户外走；说说话，散散心；情切切，意绵绵；身体好，永相伴。"

这篇通讯的叙事元始与之前一篇形成了鲜明对比，究其原因，与这一时期西方新闻观对中国新闻写作的深刻影响不无关系。那么，这种从宏观到微观的叙事元始变化是否延续并一直存在？通过进一步比较发现，这一时期获奖通讯在以场景为微观视野的叙述中，表现出宏观概述的时间特征。如《同是造纸厂 盛衰两重天》（原载于《经济日报》2007 年 8 月 7 日）的开头三段为：

> 大多数生产线都悄无声息，80 多个制浆蒸球闲置在湖南的厂房内，简易碱回收装置已经锈迹斑斑，厂区内一片萧条……这是记者在陕西省咸阳市武功东方纸业集团有限公司看到的情景。
>
> 邻市的西安奥辉纸业集团公司却是一派热火朝天的生产景象：花园般的工厂整洁而美丽，生产线源源不断地"吐"出成品纸，几辆卡车正停在厂门口等待着提货……
>
> 是什么原因使得地理位置相近的两家造纸厂盛衰两重天呢？"东方纸业生产污水无法达标排放，所以被责令停产治理。"陕西省环保局助理巡视员唐祚云的话道出了其中最关键的因素——环保。

三个自然段构成了整体，前两个自然段以场景描写方式将东方纸业和奥辉纸业两家企业的现状进行了对比，紧接着，第三个自然段则从宏观视角对这两家企业当下差距高度概括为环保原因。

通过比较以上三篇通讯可以发现，它们在叙事元始上表现出从宏观到微观，再到宏观与微观结合的时距变化，表面上，我们看到的是不同叙事手法的写作差异，但这无法解释为什么在宏观叙事之后会出现微观叙事，然后出现了宏观叙事的回归。"对不同语言符号的选择，实质上暗含着对特定意义的选择。"这就是说，时间表述的背后往往透露着文化的密码，通讯中叙事元始的时距变化背后，其实是不同文化观念的某种反映。

借鉴叙事学研究的重要对象——小说叙事研究的成果可知，"西方小说的叙事往往从一人一事一景写起，中国则往往首先展示一个广阔的时空结构，神话小说从盘古开天辟地、女娲炼石补天写起，历史小说从三皇五帝、夏商周列朝写起"[1]。中国和西方小说第一关注点的差异，表明中西文

---

[1]　杨义：《杨义文存·第一卷·中国叙事学》，人民出版社，1997，第 84 页。

化反映在文本的叙事情境上，有着明显的不同。就好比，中国习惯采取"年—月—日"的顺序，而西方主要语种按照"日—月—年"① 顺序标示时间，同样的组合元素以不同的结构组合或以不同的顺序排列是具有不同意义的。在中国人的时间标识顺序中，总体先于部分，体现了我们对时间整体性的重视，以时间整体性赋予部分意义。这种以时间整体涵盖时间部分的思维方式，深刻地影响了中国叙事文学的结构形态和叙述程式，而这一文化习惯也体现在中国人创作的一切叙事作品开头中。延续到新闻写作，以时间整体观为精神起点进行宏观大跨度的时空操作，是中国新闻叙事元始的一种本能，自然就成为早期通讯叙事元始用概要时距写作的方式，然而，21世纪以后的西方新闻写作技巧不断涌入国内新闻领域，一人一事一景的微观新闻思维很快就被运用在了我国新闻写作中，出现了大量以场景方式为主的微观视角叙事元始。在经历了这一阶段后，中国新闻奖获奖通讯中的叙事元始再次出现了概要写作的"印记"，即宏观与微观的结合。依据文化渊源对叙事写作影响的逻辑，便不难理解这种回归现象，表明时间观念上的整体性是中国人独特的时间标识表现形态，它深刻地影响了中国叙事作品的时间操作方式和结构形态。尽管21世纪初，这种时间意识在西方文化影响下有所淡化，增加了不少与世界接轨的开放意识，但只要"年—月—日"的时间标识顺序的思维惯习依然存在，那种伴随时间整体性的文化密码，就会继续储存在中国人潜隐的精神结构之中，并自觉或不自觉地渗透于中国人对世界的感知方式和叙事形态之中，成为中国叙事学必须解读的文化密码。因此，宏观叙事始终都是中国通讯写作中最为自然的一种时间表述方式，其背后更是一种思维惯性。

二是预叙之于中国通讯写作的文化底色。我们在本章第一节中已分析并提出中国新闻奖获奖通讯在时序发展上，经历了从以顺叙为主、倒叙为辅，再到两种时序的结合，以及近期在倒叙与顺叙基础上糅合了插叙、预叙等的多样化转变过程，那么，通讯作品的开头部分即叙事元始，在发展过程中有怎样的特征？它是否也存在某些变化？在这里我们将对两篇通讯作品的叙事元始进行具体分析，从而回答这几个问题。

---

① 王晓芬：《多元文化背景下的英语翻译研究》，中国书籍出版社，2023，第75页。

如《哥哥今日走西口 妹妹欢喜不再留》（原载于《陕西日报》1985 年 2 月 4 日）一文的开头部分是这样写的：

> 西口，一提起西口，人们就会想起那凄凉的陕北民歌："哥哥你走西口，小妹实难留；提起你那走西口，两眼泪长流……"
>
> 西口，即宁夏、内蒙一带，解放前是陕北人灾后逃荒要饭的地方，就是解放后，极"左"路线横行时，陕北人也去那里求生、避难。
>
> 近年来，特别是 1984 年中央一号文件后，陕北人走西口的就更多了，有时竟成群结队。但不再是挂着拐杖，沿门乞讨，而是去长途贩运做生意。这条陕北人世世代代恐惧的路，如今成了致富路——

这篇通讯的开头部分由三个段落构成，整体上以顺叙的方式记录了陕北人走西口的历史变迁。第一段是一首传统的陕北民歌，之后通过一句概述性话语呼应了这首民歌的内容，以宏观的方式介绍了西口在解放前和解放后初期的情况，接着话锋一转，以概要的方式描述了近年来西口全然不同的境况。虽然，从全文来看，叙事元始是一种顺时叙事，但它并不影响其中预叙的存在与表达。预叙，这种"事先讲述或提及以后事件的一切叙述活动"[①] 的时序，以事先揭破故事结果的方式进行时间重置，既可以激发读者的好奇心，推进读者阅读，又可为下文埋下伏笔，预示了故事的结局，提升了阅读的心理效应。例如，文中叙事元始的第三句话：

> 近年来，特别是 1984 年中央一号文件后，陕北人走西口的就更多了。

这句概要实际上包含一种对 1984 年以后直至未来的判断。再者，"这条陕北人世世代代恐惧的路，如今成了致富路——"中"如今"这个词作为一个"时间词"的符号起点，既意味着当下，同时寓意着记者对未来西口致富路的提前叙述，呼应句尾处的破折号，其预叙的功能得到了更为完

---

① 　张德礼主编《文学批评：从理论到实践》，开明出版社，2008，第 295 页。

整的体现。

再如，《英雄赞歌——记独臂英雄丁晓兵》（原载于《人民日报》2006年1月3日）一文的整体时序为倒叙，新闻开头第一段为：

> 2005年6月22日，中共中央总书记、国家主席、中央军委主席胡锦涛，在会见武警部队第一次党代会代表和第八届"中国武警十大忠诚卫士"时，与丁晓兵亲切握手，并勉励他说，你是党和人民的功臣，希望你保持荣誉，为党和人民再立新功。

这段倒叙在内容上也是一段预叙，也就是说"2005年6月22日，胡锦涛总书记与丁晓兵亲切握手"，这在叙事时间上相对后文是一种提前，即倒叙；同时，胡锦涛总书记的勉励话语为：

> 希望你保持荣誉，为党和人民再立新功。

在叙事时间里则包含了对未来的一种展望。事实上，通讯写作中的一些预叙，可以被当作富有象征意蕴的寓言，正如这则叙事元始中的预叙以直接引语的方式表现了包含中国主流思想道德的情绪内核，即集体主义感和奉献精神。我们发现，无论在获奖通讯发展的哪一个时期，无论是以顺叙为主，还是以倒叙为主，很多通讯的叙事元始中都包含了预叙。然而，预叙之于中国获奖通讯的这种稳定性根源何在？

我们在论述叙事元始的时距时了解到，东方与西方在时距上的不同，是从叙事起点开始的，第一关注点就不一样。中国首先关注的是一个大时空，西方首先关注的是一个具体时空，这样就出现了关于时序运用上的差异。西方关注具体时空，一个具体的事情就必须交代它的来龙去脉，所以西方的叙事长于倒叙。在以色列学者 S. 里蒙-凯南（Shlomith Rimmon-Kenan）看来，"预叙远不如倒叙那么频繁出现，至少在西方传统中是这样的"[①]。而

---

① 方小莉、张旭：《经典叙述学》，载陆正兰、胡易容主编《广义叙述理论与实践》，四川大学出版社，2023，第47—48页。

东方叙事在大时空的背景下，在作品的开头就采取了大跨度、高速度的时间操作，这就使中国的叙事作品不是首先注意一人一事的局部细描，而是在宏观操作中充满对历史、人生的透视感和预言感，于是，预叙也就不是其弱项，而是其强项。中国的文化内核决定了预叙成为所有中国叙事作品中或直接或间接呈现的一种时间叙事方式。

不过，在新闻写作和研究中，多数人并不认可新闻中的预叙，原因在于，预叙是一种事先叙事，而新闻强调的"对客观事实的记录"是一种事后叙事，因此，带有预见性的预叙理应不属于新闻写作。通过上述案例分析可见，文学中的"预叙"包括两种情况：用事实说话和用预感说话。两者效果一样但策略不同，新闻中运用的预叙关键在于"用事实说话"而非"用预感说话"。多数新闻记者在自觉或不自觉中，都会以"事实"为专业的底线，在此基础上选择的预叙方式自然就具备了"以事实说话"的"底色"。

综上所述，获奖通讯作品中的叙事元始为我们洞悉了中国文化与新闻叙事之间的某种天然关系，这种关联隐藏在新闻叙事写作的表象之下。西方新闻观和写作观对中国新闻的影响无时不在，西方擅长的微观叙事和倒叙手法在某些历史时期和一定的新闻环境中，让中国新闻写作感受到了其时间扭曲所产生的叙事魅力，深刻地影响了中国的叙事写作。作为一个总的时间框架，宏观的概要和预叙仍是中国新闻写作中的习惯性思维方式，所以我们在使用西方时间叙事等方式的过程中，又对其进行了谨慎的本土化改造。一方面，通讯中"时间词"经历了从直接时间词到模糊时间词的变化；从历法时间词到相对时间词的变化，反映在"准确性"这个新闻观念上，是从"时间准确"到"叙事准确"的变化，这一变化在事实上丰富了"准确性"的内涵，扩展了通讯写作中对"准确性"原则的运用范畴。另一方面，通讯在叙事元始中，对宏观思维和预叙的惯性延续反映的是一种文化习惯，中国文化传统中的宇宙整体观是渗透在通讯写作者思想中的符号、印记，难以被轻易改变和放弃。在时间词的变与叙事元始的不变之间，通讯写作以叙事时间的表现方式呈现了多年发展过程中这种新闻文体对某些新闻观践行的新解。

第四节　获奖通讯叙事时间对主题意义的彰显

综上可见，叙事具有非叙述性时间和叙述性时间双重事件属性，即"'钟表时间'和'叙事时间'的统一，但两者又是对立的，即时间的二元性"①。"叙事时间"与"钟表时间"在对立统一中体现时间意义，由于意义源自体现人类经验的叙述行为，"叙事时间"因此也被称为"人类时间"②。那么，在文本叙事中所呈现的时间，就是叙述者依据自身的经验、立足主题将事件进行艺术处理后的叙事文本。正因如此，"叙事时间，相对于钟表时间或者物理时间，会显得言之有物，在给人具体时间感的同时，也深刻地揭示了主题和意义。不同的叙事时间方式，会形成不同的时序和时距，它们带给读者的是一种被'人为'安排后出现的更为重要的主题意象，由此产生了'时间意义'"③。因此，研究"叙事时间"往往能够发现作者隐含的寓意和价值取向。

叙事者对通讯写作的主观能动性是必然存在的。尽管在采用叙事学理论对文学作品进行研究时，存在"作者死了"从而取消人对叙事过程的知识、视野、情感和哲学投入的现实，但将叙事学运用于新闻研究时，否定记者的写作意图是无法解释历史时间的常数是如何转换为"叙事时间"及其速度变数的。

一　叙事速度对主题意义的彰显

叙事的时间流动速度，从来就不是均衡的，叙事时间流动速度的快慢可由叙事者有意操纵和控制。讲述者所谓有话则长无话则短，时间的流动速度包含作家的价值观。时间流动速度的不同，体现了叙事者对特定时间价值高低的不同判断，这种判断不一定会直接表述出来，文中使用文字的多少，叙事进行速度的快慢，比起公开的说明往往更能反映作家的关注程

---

① 张娟：《纸上城市——文本细读与意义生成》，东南大学出版社，2020，第219页。
② 〔爱尔兰〕凯利·麦克莱恩：《交互叙事与跨媒体叙事：新媒体平台上的沉浸式故事创作》，孙斌、李蕊、丁艳华译，中国传媒大学出版社，2021，第107页。
③ 王晓阳：《叙事文本的语用学研究》，吉林大学出版社，2023，第250页。

度和褒贬程度。

读者在阅读任何一部小说和史书时，会发现有的部分详细，有的部分简略，它的价值观潜在地体现于其间。叙述者利用时间速度来操作主题的聚焦，可以从两个方面进行考察。一方面，从疏密度最高，而时间速度最小的叙事部分，即场景、停顿这些部分着眼。其中的叙事由于在一个时空中包含了大量细节描写、形象刻画，是最引人注目的部分。另一方面，在概要与场景这种两两相对的组合中，探究最具有起伏节奏感的叙事部分。故事的进展就好像乐曲一样，往往在抑扬顿挫、一张一弛的节奏中，读者可以被故事节奏吸引，一口气读完却浑然不觉时间流逝，如此新闻传播的有效性就在充满节奏感的叙事中得到了实现，具体表现为两种方式。

一种方式是疏密度高的部分，如场景、停顿。我们通过对不同时期两篇主题接近的中国新闻奖获奖通讯中叙事速度最慢、疏密度高的部分比较分析，发现同类主题新闻在价值内容和表现方式上的异同。如《战士义勇非凡　人民恩重如山——某红军团班长徐洪刚勇斗歹徒负伤之后》（原载于《解放军报》1993年12月31日）一文围绕标题中的核心关键词"战士"和"人民"，在宣扬战士徐洪刚舍身为民、义勇非凡的英雄行为同时，宣扬了人民群众崇尚英雄、关爱英雄的高尚品质，两者融为一体，形成了正义与真情相映成辉的时代主题。

整篇通讯分为五个部分，其中第一部分对徐洪刚勇斗歹徒的过程描述得极为详细。如：

战士名叫徐洪刚，眼下他是从云南家乡探亲乘车归队。客车行至筠连县途中，一歹徒突然拔出刀子，逼同车的青年妇女吴某"把钱拿出来"。

遭拒绝后，这家伙将吴某上衣和裤子撕破，恣意凌辱，车上40多名乘客没有一个敢吭声，坐在一旁的吴某丈夫，吓得浑身发抖。

歹徒的猖獗使徐洪刚极为愤慨，徐洪刚霍得站起，大声制止。

歹徒的3名同伙拔出刀子一起扑来。徐洪刚赤手空拳同4名车匪展开搏斗。

车辆颠簸，空间狭小，一歹徒突然从身后抱住徐洪刚，向他胸腹连刺 14 刀，鲜血奔涌，肠子流出体外 50 厘米，徐洪刚一边用背心捂着肠子，一边从车窗跳下，招呼人们追赶逃脱的歹徒……

这些叙述以典型的场景描写再现了事件发生过程中徐洪刚舍身为民的壮举。

第二部分，话题转入医院进行手术抢救的过程，其中以大量的停顿为主。如：

> 伤势是严重的。
>
> 受伤者身上被利器刺中 14 刀，胸部 8 刀，腹部 1 刀，受创裂口深达 4 厘米，肠子流出体外，失血性休克，呼吸困难，脉搏微弱，生命危在旦夕。
>
> 无影灯下，晶莹透亮的药液缓慢流入伤员体内，整个手术室里只有镊子、剪刀落入盘内轻微的碰撞声。

第三部分，县里积极倡导对英雄事迹进行宣传，这部分内容所占篇幅比较小，并且多是概要。

> 吴开良副县长代表县委、县政府在电视台发表的向徐洪刚学习的讲话，在新闻节目里整整放了一星期。
>
> 各行各业"学英雄、树正气、见行动"的活动在川南大地迅速展开。

第四部分，筠连县人民无时无刻不惦记着徐洪刚的安危，由若干个场景形成了一幅幅感人的画面，如：

> 50 多岁的哑巴姐妹李云芝、李云芬，虽然无法用言语表达心声，却再三恳请，站在徐洪刚床前连连鞠躬；
>
> 73 岁的五保老人汪向珍，用自己省吃俭用的钱买来糖果点心，3 次看望徐洪刚，并亲自喂他吃两口，才恋恋不舍地离去。

第五部分，关于徐洪刚参加事迹报告会的篇幅最少。由此看来，与主题直接相关的内容，大部分属于场景描写或停顿，而这正是新闻主题意义和新闻价值。

与该主题相似的另一篇通讯《英雄赞歌——记独臂英雄丁晓兵》（原载于《人民日报》2006 年 1 月 3 日）围绕标题中的核心关键词"独臂"和"英雄"展开。这篇通讯同样由五个部分构成，每一部分都包含了大量的场景与概要。

第一部分"出征——为了祖国"中，详述了丁晓兵在战斗中失去臂膀的过程，如：

> 几秒钟后，丁晓兵睁开眼。突然他发现，右手使不上力气，侧头一看才发现，右胳膊已经被炸断了动脉，鲜红的血液，一股股地往外喷！
>
> 两天三夜后，丁晓兵睁开眼睛，看到了医院的白色天花板。然后，它发现了右大臂上包着一大团还在渗血的纱布……
>
> 我的手呢？
>
> 你们把我的手弄到哪儿去了？
>
> 带我去找我的手！

这里的描写和对话，以非常典型的场景方式再现了独臂英雄丁晓兵失去右臂的那一幕。

第二部分"进攻——直面困难"中，也以场景方式描述了丁晓兵在残废之后，克服各种困难坚持学习、留在部队工作的场面。如：

> 他用一只手好不容易把背包捆了个大概，跨出房门，傻了！全连官兵百十口子在等他一个人！
>
> 嘴脚并用，丁晓兵开始练着单手打背包。背包带硬，用牙叼着拉的力度一大，就像刀子一样，拉破了嘴角，拽裂了牙齿。

第三部分"突围——超越荣誉"中，则进一步讲述了丁晓兵在面对"荣誉得到不易，超越荣誉更难"问题时的做法。

> "你打过仗？"
>
> "报告团长，我打过仗！"
>
> "你，立过一等功？"
>
> "是，我立过一等功。"
>
> "噢！一等功……"团长狡黠地问："还用出操？"

这段对白表明了"在这样的连队里，丁晓兵必须学会遗忘过去的辉煌"，让自己超越曾经的"英雄"身份。

第四部分"战斗——中国军人"中，所有的篇幅都以场景方式来表现"作为一个带兵人，丁晓兵不能只让自己成为英雄"，他还用自己的行动感染新兵、引导着自己的妻子。

第五部分"敬礼——向着人民"中，反映了在新的社会环境下，丁晓兵对"英雄"的一种全新阐释。如：

> 中国在变。丁晓兵在变。但他不允许自己变化的，是对利益的不当谋求——他依然不爱钱，不收礼。有的人不了解丁晓兵的举动，把扔出来的钱再加上一沓，继续送，丁晓兵也继续扔。

以上五个部分的叙事内容，在叙事时间的表述上都属于场景描写或停顿。对于塑造英雄人物或典型人物的通讯，不同时期的社会主旋律反映在新闻主题上也存在差异。1993 年《战士义勇非凡 人民恩重如山——某红军团班长徐洪刚勇斗歹徒负伤之后》（原载于《解放军报》1993 年 12 月 31 日）这篇报道强调的主题是英雄与人民之间的"鱼水关系"。英雄徐洪刚在危难时刻为人民奋不顾身，人民对他充满了崇敬与感恩之情，两者相辅相成凝聚成了这个时代的主旋律。2006 年《英雄赞歌——记独臂英雄丁晓兵》（原载于《人民日报》2006 年 1 月 3 日）这篇相似主题的报道则强调了时代对"英雄"内涵的全新认识。在战斗中失去右臂的丁晓兵是英雄，但这还不完整，在之后的时间里，丁晓兵用毅力和信念让自己超越荣誉的做法才是和平年代赋予"英雄"的全新理解。但是，无论哪一个历史时期，通讯用来表现主题的手法都极为相似，从叙事时间的角度来看，叙述者都是以场景和停顿的方式尽其所能地描写与主题相关内容，由此降低叙事速度，并相对延长读者的阅读时间，达到彰显主题的传播效果。

　　另一种方式是节奏感强的部分，如停顿与省略的矛盾组合。在对上述两则获奖通讯的分析中，我们已了解疏密度对主题表现的引导和强化作用，而叙事速度不仅包含了疏密度，也包含了节奏感。节奏感在叙事时间中多以时距的方式来表现。"时距，是指叙事时间与题材时间长短的比较，以及衡量二者的尺度。研究时距，可以帮助我们确认作品的节奏。"[1] 笔者通过对中国新闻奖获奖通讯作品的分析发现，有一种时距的组合方式在获奖通讯作品中最为常见，即停顿与省略的组合。省略，是指与自然时间相比，叙事时间为0。省略可以省去作者认为不必要的叙述以加快叙事节奏，但"被省略的时间并不一定意味着是不重要的，常常只是由于事件难以从正面表现，作者便明智地把它省略了"[2]。停顿，是指叙事描写集中于某一因素，故事却是静止的，当故事重新启动时，其中并无时间流逝。省略与停顿本身是一对矛盾，从技术上说，省略是为了加快叙事节奏，停顿则使叙事节奏放慢。这两者的组合为何在通讯中被频频使用？其中的内容又是如何表现新闻主题或记者意图的？下文，我们依旧以上述两篇通讯为例，对其中节奏感强的部分，即省略与停顿的组合部分进行内容分析，由此论证叙事速度与新闻主题价值之间的关联性。如表达英雄与人民之间"鱼水情"的通讯《战士义勇非凡 人民恩重如山——某红军团班长徐洪刚勇斗歹徒负伤之后》（原载于《解放军报》1993 年 12 月 31 日）中，在描述抢救徐洪刚的第二部分中有两处典型的停顿，其中就存在一个暗含省略。

　　　　受伤者身上被利器刺中 14 刀，胸部 8 刀，腹部 1 刀，受创裂口深达 4 厘米，肠子流出体外，失血性休克，呼吸困难，脉搏微弱，生命

---

① 罗钢：《叙事学导论》，云南人民出版社，1994，第 145 页。
② 罗钢：《叙事学导论》，云南人民出版社，1994，第 147 页。

危在旦夕。

　　无影灯下，晶莹透亮的药液缓慢流入伤员体内，整个手术室里只有镊子、剪刀落入盘内轻微的碰撞声。

　　这里省略的内容，显然是身受重伤的徐洪刚被送到医院以后，医生在了解其身体状况之后对治疗方案的判断，以及手术的过程。虽然，对这些内容没有特别交代，但是我们可以在停顿的叙述中，在"只有镊子、剪刀落入盘内轻微的碰撞声"的画面感和音响效果中，通过经验判断这部分省略的内容。可以说，这有效地避免了对与主题不直接相关信息描述的累赘，在丝毫不影响叙事效果的前提下，提高了叙事的节奏，快速地推进了故事的发展。

　　21世纪以后刊发的"英雄"内涵的同类主题通讯《英雄赞歌——记独臂英雄丁晓兵》（原载于《人民日报》2006年1月3日）中，第一部分"出征——为了祖国"是对丁晓兵失去右臂的情景再现，在场景描写之间也存在停顿与省略的组合。如：

　　　　整整在山里跑了近4个小时，一看到迎面跑来的接应人员，丁晓兵一头栽倒在地上！

　　　　呼吸没有，脉搏没有，血压没有，心跳没有……有人开始为"烈士"丁晓兵换衣服。

　　　　战友们把着担架，不许将"牺牲"的丁晓兵抬到烈士陵园："他没有死，刚才还和我们一起跑回来……"

　　丁晓兵右臂被手雷炸伤之后，他强忍剧痛"整整在山里跑了近4个小时"。在这"4个小时"里，丁晓兵的状况如何，他周遭的情况如何等内容被省略了，并且是以"4个小时"这个精确时间词表达的明确省略，被省略的内容显然与"英雄"这个主题不具备直接关联性。在这篇通讯中，记者想要突出的重点其实是在丁晓兵失去右臂以后，他在遭遇和经历更多困境之后表现出来的种种坚持和改变。因此，在这个省略后，紧接着一个停顿："呼吸没有，脉搏没有，血压没有，心跳没有……有人开始为'烈士'丁晓兵换衣服。"这段话，将丁晓兵在这一瞬间极其危险的生命体征进行了强化。而这段停顿为后文丁晓兵在医院里面对自己失去了右臂的现实做足铺垫，强化了"独臂英雄"这个主题。

通过以上对这两篇通讯中停顿与省略内容的分析，我们发现，在以形象生动著称的通讯中，省略与停顿以最具戏剧化的矛盾相组合，在一张一弛中表现了新闻主题。从创作意图上看，两者都是作者用来影响读者心理时间的方法，因此这种组合方式一方面，通过停顿的方式延长读者阅读的心理时间，突出表现新闻主题；另一方面，以省略的方式缩短读者的心理时间，将冗余信息进行省略，从而强化主体信息，两种时距就以这样相互配合的方式自然而然地将记者想要突出的主题信息推到了读者面前，并完全掌控着读者阅读的心理时长和阅读期待。

二　叙事时频对主题意义的彰显

时频，即叙事与故事间的频率关系或简称重复关系，它是指叙事文本中时间节奏出现的频率，表现为一个事件在故事中出现的次数与该事件在文本中叙述次数之间的关系。"频率的三种关系"① 分别为单一型、重复型、概括型，单一型是讲述一次发生了一次的事件；重复型是讲述几次发生了一次的事件；概括型是讲述一次发生了几次的事件。其中，单一型和概括型②这两种叙事时频的作用非常相似，一般来说，讲述一次发生了一次的事件和讲述一次发生了几次的事件都能够迅速地推进故事，使叙述节奏大大加快。比如，在表现紧张的气氛时，就适宜用这两种时频，如果多次叙述的话，那危在旦夕的紧张感就会减弱。在对主题意义的彰显上，单一型与概括型叙事的时频快，能够在突出核心主题的前提下，减少不必要的重塑；而重复型即单一叙事的反复，是讲述几次发生了一次的事件。从表面上看，反复或重复本身，在对篇幅要求严格和要求信息量最大化的通讯中，不仅占用了有限的篇幅，而且难以传达出更多的信息，但实际上，这种反复强调充分体现了作者的主观意图，即新闻主题。

① 罗钢：《叙事学导论》，云南人民出版社，1994，第154页。
② 罗钢：《叙事学导论》，云南人民出版社，1994，第154页。

中国新闻奖获奖通讯在每个时期，在以叙事时频表现主题的同类稿件上，其主题价值观是否存在差异？其反复叙事的时频手法与强化主题的关系如何？这里，我们通过两组类似主题的作品进行比较分析。

第一组聚焦两篇问题通讯作品的叙事时频，用时频分析方式对作品中的关键词重复次数进行统计，可以发现这两篇稿件对关键事件的重复次数都较高，主题的彰显在很大程度上依赖于一篇通讯稿件中对关键词的重复性叙述，看似拖沓的叙事时频其实强化了某一问题中最重要的症结。

第一篇《长沙市火柴脱销原因何在?》（原载于《湖南日报》1982年5月20日）是一篇体察民情、关注民生的问题通讯。报道对象选择火柴，这一切入口虽小，却关系千家万户的生活，长沙火柴一度脱销，市民生活受到了影响，记者通过调查找到了问题症结，即火柴的生产流通环节出了问题。围绕这个主题，记者在文中逐一探访了生产部门、百货公司、长沙百货批发部、零售部门，又回访了长沙百货批发部，文中有两次提到了长沙百货批发部。

第一次提到"长沙百货批发部"：

> 记者便来到长沙百货批发部，先后登门五次，省公司是拨足了货的，我们也是如数拨给了零售单位，今年一至四月，批发部下拨火柴给长沙市各基层零售单位，今年批发部下拨比去年增长三分之一还要多。

第二次提到"长沙百货批发部"：

> 记者第六次访问批发部，"你们提供的下拨数字，是账面上的，还是实拨的？如果是实拨数，零售单位为什么都不认账？你们到底心中有没有数？"
>
> 这样一来，一至四月的火柴下拨数不是比去年增长百分之三十七点八，而是减少了百分之十八点六！
>
> "管具体发放的是两位年轻的女同志，她们对进货多少，发货多少，也是一锅粥，更没有原始记录，结果便是一边市场上火柴脱销，一边仓库里火柴睡觉！"

"两位姑娘少发二千四百多件，自作主张，也不报告，胆子真大。但更重要的是我们管理不严，账目不清，心中无数，只满足于账面下拨的虚数，这是人为的出现脱销啊！"

文中前后两次提到了长沙百货批发部，它是当地火柴在市场中销售出现问题的观察窗口，看似重复，实则在反复中突出了重点。为什么这样说呢？通过统计我们发现，在两次对长沙百货批发部的描述中，出现了多次"下拨"这个词语，下拨火柴与主题之间是否存在直接关系呢？读者接着阅读便会发现，在第二次访问长沙百货批发部的叙述中，出现了极为重要的一个信息，即长沙火柴脱销的原因所在，管理具体发放火柴的两名女同志要对这个事件负主要责任。批发部门在下拨火柴这个环节中出现了问题，从而揭示了问题的深层原因在于批发部门的管理不严，找到了这个根源也就揭示了这篇通讯的主题。

第二篇《同是造纸厂 盛衰两重天》（原载于《经济日报》2007年8月7日）是一篇关于环保主题的通讯。文中两家造纸厂对环保问题重视程度的不同，造成了如今生存境况的巨大差异，作品重在强调环保在当今社会环境中之于企业生存发展的重要意义。围绕"环保"这个主题关键词，文中以"重复型"时频方式进行叙事的内容如下。

陕西省环保局助理巡视员唐祚云的话道出了其中最关键的因素——环保。

东方纸业也曾经红火一时，但由于环保意识淡薄，不愿投资建设正规碱回收工程，东方纸业由盛而衰。

在环保问题上，奥辉纸业也曾经走过弯路？该公司从长远发展考虑，在经营活动中以环保工作为重点，高标准建设了先进的治污工程。

重视环保让奥辉纸业尝到了甜头，环保上的短视行为让东方纸业付出了沉重的代价，不重视环保的企业被责令停产治理，举步维艰？重视环保的企业不仅获得了良好的社会效益，而且得到了经济上的回报，发展红红火火。

两家纸厂的不同处境又一次提醒人们，从长远发展看，环保投入绝不是亏本生意。

　　经过统计发现，文中"环保"这个词共出现了 12 次，有的是明示，有的是暗示，为什么要采取高频的叙事策略呢？这就是主题的驱动力。在反复讲述中，记者强调了"环保"的重要性，揭示了对于同为造纸厂的两家企业，环保就犹如命运的钥匙一样。如果这篇通讯中减少对"环保"反复叙述的次数，那么对主题彰显的程度就会大大降低，两者命运的落差给读者留下的印象也就不那么深刻了。

　　第二组聚焦两篇人物通讯，一篇是获得第二十届中国新闻奖通讯三等奖的作品，报道了基层医护人员王争艳的《上医之境》（原载于《武汉晚报》2009 年 12 月 23 日），另一篇为报道武汉基层信访干部吴天祥的《爱的最高境界》（原载于《武汉晚报》1995 年 12 月 6 日），该通讯获第六届中国新闻奖通讯二等奖。两篇通讯都是对社会行业中普通人的报道，其叙事写作上的最大难题就是如何立意才能不陷入人物和事迹的海量素材中。通过梳理发现，在这类通讯的叙事时频上，概括型时频成为重要的叙事时间标识。

　　《爱的最高境界》（原载于《武汉晚报》1995 年 12 月 6 日）讲述了武昌区信访办副主任吴天祥一心为民的事迹。这并不是媒体第一次报道吴天祥，其他媒体对吴天祥这个老典型有很多零星报道，但都停留在"就事论事"的层面。这篇稿件则将人物的价值定格在"党的干部"上，塑造了一个在信访工作的岗位上忠于职守、执着为民排忧解难、用自己无私的奉献认真实践党的全心全意为人民服务宗旨的党的基层干部形象。这也是国家和社会尤其关注的热点。正是因为抓住该立意，这篇通讯获得第六届中国新闻奖通讯二等奖。

　　人物通讯最大的挑战就是海量素材的选择，面面俱到的叙事方式显然不合适，精选材料有利于主题立意的树立，这也是人物通讯能否表现出特别的新闻角度而成为同类题材中获奖作品的关键。从这篇稿件的叙事时频来分析可以看出，将讲述一次发生了多次的事件凝练为主题，就是立意所在。一方面，吴天祥的感人事迹非常多，社会影响面早已打开，老生常谈必然行不通，所以，聚焦一个主题，精选几个直接相关的材料，将其凝练为主题。这从文中有大量的概括型时频的运用可见一斑。如：

> 用献血的营养费给孤寡老人买收音机，4 次跳进江中救人，对素不相识的人解囊相助……在武昌区工作近 30 年，这样的事吴天祥做得太多太多，人们早就数不清了。
>
> 老吴每天接待上访者总在 20 人次左右。
>
> 正值三伏天，老吴不顾路远去找小周做工作，一连跑了 3 次，终于劝得小周松了口。趁热打铁，老吴又到汉口小周父母家长谈两次。
>
> 没有半句怨言，老吴利用晚上在司门口一带串街走巷，花了一个多月，踏访 20 余户人家，终于在新河街找到一户姓秦的人家，撮成一桩三好合一好的事。

上述这些内容在文本中以概括型时频，在诸多故事细节中提高了叙事时频。

另一方面，文中四个小标题相对于主标题也采用了概括型时频，每一个小标题概述某些重复性发生的事件，形成一个小聚焦，四个小聚焦就构成了一个大聚焦，这既避免了重复型时频对人物塑造形成的赘述之感，也不至于陷入人物通讯容易以偏概全的叙述窠臼。文中四个小标题分别为：

> 为群众，嘴要甜，心更要热
>
> 帮群众排忧解难、四处"钻营"，碰几鼻子灰算不得嘛事
>
> 有时候，一个帮助会改变一个人、一个家庭的命运
>
> 人们说：他为群众办事，倾注了全部心血。而"巧劲"和"深情"，则增加了他的工作能量

上述四个部分内容相异，第一个部分是基层信访干部每天都会遇到群众关于生活方面的投诉，细微且琐碎，吴天祥的办事方式就是"嘴要甜，心更要热"，付出真爱才能日复一日地为群众解决小烦恼；第二个部分以刘太婆家的实际问题为例，头绪复杂，牵涉两代人和多个办事部门，吴天祥就"四处'钻营'，碰几鼻子灰"；第三个部分是在帮助劳改释放人员小

汤解决个人生活问题时，热心帮他咨询法律，不仅使他无罪释放，还帮助他的家庭破镜重圆；第四个部分叙述了几根难啃的"硬骨头"，吴天祥就通过向社会求援解决了群众的个人问题。

综合全文，四个部分自成一体，主题多为同类型，其内容充实并具有很强的故事性，在时频上，记者往往结合几个相似事例，用提炼概述的方式让每一个小主题的时频加快、内容集中；四个部分构成一个大主题——"爱的最高境界"则是大聚焦，将无数件"小事"中的共性归属在主标题中，形成了内容的高度凝聚。正如该通讯的获奖评语中所写："字字句句中都能读出爱"，全文却不在"爱"这个字上重复。

《上医之境》（原载于《武汉晚报》2009 年 12 月 23 日）中的主人公王争艳，是经《武汉晚报》报道后从武汉走向全国的一位先进典型，是2011 年全国第三届道德模范获奖者。王争艳被群众称为"小处方医生"，多年来一直坚持以价格低廉的处方行医，深受群众好评。虽然王争艳的线索是通过"我心中的好医生"评选活动发现的，但《武汉晚报》的这篇人物通讯将这个典型人物推到了时代和社会的前台，稿件的价值不可被忽视。对于人物通讯写作时的困难，这篇稿件是如何解决的呢？一方面，这篇稿件采用了"大视角＋小切口"的叙事角度，这是通讯的一个叙事法宝；另一方面，这篇稿件采用的是概括型时频，将王争艳这个人物最了不起的地方，即日复一日的坚守进行精炼。王争艳作为一名社区医生，每天常规的工作中必然存在大量重复性事实，那么记者在面对具有海量案例时，如何选择经典案例和如何进行故事化叙事呢？从稿件中大量运用了时距手法之概要可见，部分承上启下的段落就是将日常琐碎化为精彩的。如：

> 这是医生王争艳重复 25 年的普通一天，这是医生王争艳的最后一天。

在这句 30 字左右的段落中，"重复 25 年的普通一天"与"最后一天"两个词组为概括型时频，25 年的故事时间在叙事时间中被高度浓缩为短短一句话，又与"最后一天"连接，数个重复的工作日到了最后一天，这一天的意义非同寻常，平凡一日中又透露着时频先缩短后拉长的叙事效果。

由此以颇具戏剧性的叙事方式将王争艳在平凡岗位上的勤勉态度表达出来，让读者对"最后一天"充满了期待。

> 能治好病，是合格的医生；能花最少的钱治好病，才是好医生。25 年来，王争艳只有这么一个心得。
>
> 25 年来，最初的不忍逐渐成为习惯，她的处方，就像海绵里的水，越挤越干。她的生活，也形成了习惯，一分钱一角钱都会攒起来放在小盒子里留着买菜。一家人很少上餐馆，家里的电视还是 17 英寸的老古董。

上述两段用"25 年来"这个短语以典型的概要方式，将王争艳从业以来的职业责任和操守进行了高度概述。立足患者立场充分为患者的病痛和经济考虑的职业责任与对自己的苛刻、节省形成了比照，将人物高尚的职业精神进行了塑造。同时，在这两段叙事中，我们可以看出概要体现为时序特征，然而，概要并非抽象性语言，上述两段概述为具体的事件。由此形成了概要侧重在时序上加快叙事节奏、在表达上灵活处理的叙述方式。

另外，该稿件主标题"上医之境"以高度抽象的话语对主题、表述以及全文小标题进行了时序上的框定，全篇把概要作为基本叙事节奏。通讯稿的开篇并未依据顺叙逻辑解释主题"上医之境"，而是在全文推至第二部分的第三段中，借王争艳之口将一代名医裘法祖的一句话作为点题之笔：

> 25 年后，王争艳依然能背出裘老师在大课时说的一段话："先看病人，再看片子，最后看检查报告，是为上医；同时看片子和报告，是为中医；只看报告，提笔开药，视为下医。"

这句老师的教海，既是全文的主题文字，也影响了王争艳行医 25 年的每一天。对于这些具有大量重复性的工作，文中在前半部分以王争艳"最后一天"的行医日常进行了一次概括型时频的叙事再现；同时，在全文的后半部分"她从 20000 多名医生中，经 36000 名市民不记名投票成为'武汉市人民好医生'、被群众亲切地称为'小处方医生'"中被论证，由此升华到王争艳自认是个合格的学生的这一人物塑造。一名普通基层医生 25 年职业生涯，被浓缩于不足千字的稿件中，通讯所采用的概要既加快了叙事节奏，又不失精彩细节。

通过对叙事的时频分析，我们发现，新闻主题的价值在不同时代中有差异，但"反复的"这种叙事方式，依然是表现新闻主题的重要手法，它以循环方式反复出现主题关键词，使得读者在阅读全文的过程中多次接触该词，从最初的被动接受逐渐过渡为主动认同，最终强化了对新闻主题的印象。

三 叙事时序对主题意义的彰显

事实上，叙事时间本身就是一种新闻价值。除了上述对时频和时距的具体分析，时序与主题意义之间也表现出了各种关联。以下从叙事元始、顺叙、交错叙事、预叙这四个方面，分别对叙事时序与主题意义彰显之间的关系及其特征进行分析和论证。

第一，叙事元始与主题意义的关系彰显。新闻作品的导语在新闻体裁中的地位和价值毋庸置疑，它通常是一篇新闻稿中最重要的内容，从叙事学的表征来看，导语即第一关注点，是时序对主题意义的价值体现，即顺序不同则意义不同。叙事的时间顺序包含记者所设置的第一关注点，即记者希望读者首先关注什么，第一关注点之后读者的思考方向，都可以通过时序的设置来控制。因此，获奖通讯的开头部分即叙事元始，往往隐含记者表现主题意义的叙事方式。以获 2006 年第十七届中国新闻奖通讯三等奖的《一纸"托孤协议"诠释执法新境界——记执法为民的武汉民警刘继平》（原载于《长江日报》2006 年 12 月 7 日）为例，这是一篇典型的人物报道，整体上叙事效果从过去到现在以情节推动时序传统，叙事逻辑非常清晰。尤其是在开篇部分的叙事元始将过去与现在两个时间组合，通过设置第一关注点强化了全篇的主题，在 4 年时间里，民警刘继平兑现了自己的承诺。究其原因，可以追溯至采访阶段，记者持续 4 年跟着报道对象进行采访，这决定了稿件叙事时间跨度大，并且在文本时间的处理中并不需要打破时间框架就可以产生感人效果。2002 年 6 月，《武汉晚报》记者以《一纸催人泪下的协议书　嫌疑犯向派出所副所长移交女儿监护权》率先报道了"武汉水上公安分局王家巷派出所副所长刘继平,与被捕的毒贩龚文君签下托孤协议,帮助她抚养年仅 14 岁的女儿露露一直到上大学"一事。警察与重犯亲属结下不解之缘,令人起敬,记者接下来用四年跟踪该事件的进展,露露从 14 岁到 18 岁、从读初中到上大学的过程,为稿件提供了素材。

该稿件的时序特征整体上是顺叙,在开头部分的对比强化了主题意义。稿件开篇导语部分,是由现在和过去两个时段共同组成的。

> 11 月 23 日,感恩节,远在北京读大学的露露,给市公安局水上分局王家巷派出所副所长刘继平发来短信:"谢谢叔叔,谢谢你让我平安长大!"
>
> 寥寥数语,让刘继平脸上绽放出幸福的笑容。他的眼前不由浮现出 4 年前露露瘦小的身影,还有那份重若千金的"托孤协议"。

这段叙述的时序是跳跃的,先是当下的一封信,然后借刘继平回忆回到过去,因此,虽跳跃但不断裂,内容上的贯通为本文的主基调埋下伏笔,也为全文的主题观点在 4 年时间中诞生提供了依据。

再如,2000 年第十一届中国新闻奖通讯三等奖作品《王氏兄弟的曲线人生》(原载于《武汉晚报》2000 年 5 月 28 日),该稿件的叙事元始,也是其主题,同时,这篇稿件有两位主人公,增加了一重对比。

> 风流汉正街,淘尽风流人物。10 年前,哥哥拥有百万家产,弟弟是贫困下岗工人;如今弟弟成了 4000 万资产的大公司老总,哥哥倒过来为弟弟"打工"。请看——

与多数人物通讯不同的是,这篇稿件报道的两个对象具有很强的对比性和戏剧性。在 10 年的时间中,哥哥和弟弟的贫富发生了反转,王氏兄弟的曲线人生,诠释贫困与富裕等千古哲学,这与"富而思进、富而思源"的正能量社会价值观并非直接对应,而是通过开篇中时间与人生命运的对比,将隐含的人生哲理呈现了出来。

叙事元始在上述两个案例中表现的特征，可以被视为广义上获奖通讯的基本范式。获得中国新闻奖一等奖的通讯作品的叙事元始的特征更为典型，以第三十届中国新闻奖一等奖《屹立在喀喇昆仑之巅》（原载于《解放军报》2019年2月5日）与第三十二届中国新闻奖一等奖《英雄屹立喀喇昆仑——走近新时代卫国戍边的英雄官兵》（原载于解放军新闻传播中心2021年2月19日）两篇通讯为例。这两篇稿件的报道对象都是我国驻守昆仑山的边防连战士，这两篇稿件分别获得了第三十届、第三十二届中国新闻奖一等奖通讯。将两个题材相同的一等奖通讯进行比较分析有助于我们了解到重大主题报道的共性之一，即叙事元始与主题关系的特征是在宏大叙事话语中直点主题。一方面，重大主题报道的叙事元始通常是直接点明主题。如《屹立在喀喇昆仑之巅》（原载于《解放军报》2019年2月5日）的主题是歌颂边防连战士们守卫边疆的日常工作和生活艰苦，稿件以朴实的笔触、感人的故事，向世人展现了"生命禁区"里官兵的生存状态，反映了中国边防军人在海拔5418米的雪山之巅的精神境界。稿件开篇最后一句话就直接点题：

　　大年三十，记者来到全军驻地海拔最高的边防连，感受戍边官兵的家国情怀——屹立在喀喇昆仑之巅。

《英雄屹立喀喇昆仑——走近新时代卫国戍边的英雄官兵》（原载于解放军新闻传播中心2021年2月19日）开篇最后一句话如是点题：

　　决不把领土守小了，决不把主权守丢了！万千官兵发扬喀喇昆仑精神，克服极度高寒缺氧，守边护边、不怕牺牲，像钉子一样牢牢钉在站位上。巍巍喀喇昆仑，座座雪峰耸峙。千里热血边关，遍地英雄屹立。

第二篇稿件的时代背景是2020年，在我国西部边陲加勒万河谷，面对外方非法侵权挑衅行径，我边防官兵敢于斗争，誓死捍卫祖国领土，捍卫国家主权和领土完整，涌现以某边防团团长祁发宝、某机步营营长陈红军和战士陈祥榕、肖思远、王焯冉等为代表的新时代卫国戍边英雄。这篇稿件记录的是和平时期昆仑边防连战士们在特殊时刻以死相搏、守卫国土的重大事件。另一方面，叙事元始擅长以宏大叙事表达家国情怀。《屹立在喀喇昆仑之巅》（原载于《解放军报》2019年2月5日）开篇如是叙述：

> 大自然是如此吝啬，夺走了这里60%的氧气，使之成为"生命禁区的禁区"。
>
> 大自然又是那么慷慨，把喀喇昆仑之巅的雪域奇观，毫无保留地展现给一群年轻的士兵。
>
> 5418米，这个令人望而生畏的数字，是河尾滩边防连的海拔高度，也是屹立在这里的戍边军人的精神高度。
>
> 河尾滩边防连是什么样？英雄的守防官兵又是一群什么样的人？带着敬仰与向往，记者一行乘车翻雪山，上达坂，过冰河，于农历大年三十16时30分赶到连队，聆听这里的戍边故事。

《解放军报》这是首次在头版独家报道英雄群体的感人事迹，披露了高原边防斗争的大量真实细节。作为叙事元始的这四段叙述从"夺走了这里60%的氧气""生命禁区的禁区""5418米"这种空间视角构建了一个中国边防的宏大情境，进而与驻守于此的边防连军人的精神相呼应，"屹立"一词作为标题中的核心关键词与叙事元始的叙事主题相互印证，细腻的家国情怀便在宏大气魄的架构中借由"英雄的守防官兵又是一群什么样的人？"这段叙事转向个体叙事。同样，《英雄屹立喀喇昆仑——走近新时代卫国戍边的英雄官兵》（原载于解放军新闻传播中心2021年2月19日）这篇稿件，选取加勒万河谷英雄群体"宁将鲜血流尽，不失国土一寸"的壮举，新闻报道的主题立意是让更多的人触摸到精神的高原、感受到人生境界的高度。叙事元始的第一句如下：

【题记】

> 我站立的地方是中国
>
> 我用生命捍卫守候

　　哪怕风似刀来山如铁

　　祖国山河一寸不能丢

　　　　　　——高原边防官兵喜爱的一首歌

　　这首歌被置于全文第一段的起始尤为醒目，歌曲本身就具有审美和诗意表达的特征，结合歌词内容中以"生命捍卫国家"的宏大叙事主题可以发现，个体的"我""站立"在中国、"捍卫"守候的家园是以"生命"为代价的。这篇稿件的叙事元始在宏大叙事体系内延续着饱含家国情怀的个体温情叙事线索。

　　第二，顺叙对主题意义的彰显，体现在顺序性发展的时间标识中主题意义逐渐形成，同样以《一纸"托孤协议"诠释执法新境界——记执法为民的武汉民警刘继平》（原载于《长江日报》2006年12月7日）为例，该稿件时序特征非常典型，即顺叙，因此期间的每一个时间标识都如同主题诞生的一个脚印，一步一步推至高潮。一方面，从全文框架来看，全文三个部分分别为4年前、4年间、当下，第一部分为4年前，是对"托孤协议"一事来龙去脉的还原；第二部分为4年间，讲述刘继平与露露之间相处的故事；第三部分为当下，刘继平兑现了4年前的承诺，通过露露母亲态度的转变，升华了报道主题。刘继平这个普通民警的做法弘扬了一种主题价值：执政为民不仅是一种理念，更应该是一种实际行动；维护社会安定不只是要打击罪犯，更应该是保护那些弱势群体。另一方面，稿件中有大量的时间标识，读者对此会产生阅读敏感，从而提高对主题性细节的关注度。如：

　　2002年6月6日下午，汉口宝丰路一处私房内，刘继平和同事正执行紧急任务，抓捕30多岁的吸毒女龚文君。

　　任务完成，刘继平正要离开。

　　6月9日，刘继平带着民警再次到龚文君租住住房搜查。一进门，他愣住了：露露一个人无力地靠在床上，拿着书本，喃喃地背英语单词。

　　两天后，刘继平再次带人搜查龚文君另一处出租屋，推开门看到的一幕令人心如刀绞：露露一个人待在屋里，动作"机械"，神情恍惚。

......

今年9月，在送露露去北京上学的火车上，看着她阳光般明亮的笑容，刘继平长长舒了口气。

稿件中类似的时间标识都是一种"提醒"，在顺叙的大框架内，主题往往隐藏在时间推进的过程中，稿件通过刘继平帮助犯罪人员后代并不平凡的事件表达一个重要的时代主题，即应该从"严打""连坐"的惯性思维中走出来，使犯罪人员"刑罚相当"，使他们的亲人特别是无辜的子女们免受牵连，这正是《长江日报》这篇通讯想要传递的一种社会价值。如上文提到的《王氏兄弟的曲线人生》（原载于《武汉晚报》2000年5月28日）通讯，也是顺叙的典型案例。全篇仅1200多字，在通讯体裁中属于短小精品，在顺叙的时序框架内，紧凑的节奏感更显突出，每一个时间标识后的内容直指主题。

第三，时间倒错与主题意义表达之间的关系作为一种特殊的时序类型交错叙事，在获奖通讯中颇为常见。这种时序方式通过时间倒错的序列来表达主题，记者运用时间倒错的叙事手法，将故事从发生、发展到结束的正常时间顺序完全打乱，构建的是一个看似零碎的事件序列，然而，这对于表现主题有着重要的意义。交错叙事表示过去与现在的交织：现在存在于过去，过去发生在现在。在叙事过程中，主题意义就隐藏在过去与现在的某种关系之间，这种叙事时序可以引发读者通过新闻本身对过去和现在的辩证思考。如以获得中国新闻奖二等奖的通讯《三问焦三牛——一个清华毕业生的人生选择》（原载于《人民日报》2012年2月13日）为例，稿件报道对象聚焦年仅23岁的清华大学毕业生焦三牛，他为何能当上副县级领导？23岁的焦三牛当上副县级领导引发社会热议。在这样的背景下，记者深入调查采访，通过"三问"来回应社会疑问，全面还原了"焦三牛事件"的真相。从新闻标题中即可看出，这篇通讯是以三个问题为逻辑线，串联起焦三牛的过去、现在以及未来的情况和人生规划，从而刻画出一个朝气蓬勃、满腔热血、立志于扎根西部的青年人才形象。从时间顺序的角度看，这篇通讯显然没有依据传统的时序方式，它采用了交错叙事的时序方式，其主题意义就隐藏在其中。这篇通讯以灵活时序为形式、情节驱动为内容的叙事方式体现为以下三点。

首先，开篇叙事与主题关系的彰显为全文定调。交错叙事从跳出传统叙述时序开始，以时序上的错乱赋予了主题的意义表达。这篇通讯开篇的时间序列为现在—过去—现在，直接交代了事件的结果。通过将自然时间中的结果与起因倒置，一开始就将社会质疑挑明，直指焦点，奠定了全文不回避社会矛盾、不含糊其词、不单纯歌颂的传统叙事逻辑，使读者在开篇就能感受到一种坦荡磊落的叙事基调。

> 前不久，当刚工作半年的清华大学毕业生焦三牛的名字出现在甘肃武威市公选的副县级领导公示名单中，立刻引起社会广泛关注，也引来一些质疑的声音。

第一句话的时间点选择社会的质疑，相较于该通讯记者的报道时间点，处于"过去"，接下来以顺叙进入当下：

> 日前，记者专赴武威调查采访，还原事情的真相。

当时序看似以顺叙方式向前推进时，记者又将时间退回到 2011 年：

> 2011 年 7 月，焦三牛作为甘肃省委组织部在清华大学选拔的 14 名选调生之一，来到了武威清水乡这块贫瘠的土地，成为一名普通的乡干部……

这段倒叙的插入将读者的关注点落在记者设置的叙事逻辑中，让读者的思路紧跟着叙述者设定的人物逻辑，而非时间逻辑移动。接下来，以交错叙事的方式又跳跃到当下：

> 当我们真正走近这个朴实的年轻人，走进他的精神家园，这些疑

问就都有了答案。

现在—过去—现在，正是因为该新闻稿件开篇就交替使用多种时间序列方式来叙述，令整篇稿件产生了一种叙事上的画面感，一个充满争议的人物——焦三牛，他的现在和过去都被纳入记者的视野，记者作为观察者角色得以强化，由此奠定的全文叙事基调是全局性和言说性的。

其次，正文结构由三个部分组成，在"三问"的逻辑框架中，过去、现在、将来的时间关系是在两个时间跨度中借由时间省略、时间跳跃等时间倒错方式将核心主题聚焦的。叙事学时序理论的经典分类：故事时间和文本时间，表明两者的重合只在理想状态中存在，通常情况两者会出现不协调的状态，正如"时间倒错可以在过去或者未来与现在的时刻，即故事的时刻隔开一段距离，我们把这段时间间隔称为时间倒错的跨度"①。依此理解，《三问焦三牛——一个清华毕业生的人生选择》（原载于《人民日报》2012 年 2 月 13 日）一文的时间跨度为 23 年，全篇第一句为：

1989 年出生，2011 年 7 月工作，2012 年 1 月副县，牛呀！

记者在焦三牛 23 年的人生跨度中，又设定了两个层次的叙事时间跨度。第一个叙事时间跨度为焦三牛在近十年时间里，从清华大学毕业到作为选调生入职工作，快速融入地方工作状态并带领地方经济发展，该部分情节都集中在 2010—2021 年。

2010 年，武威曾面向全国公开选聘 11 名工业园区领导职位。

2010 年以来，分两批引进了 21 名选调生，其中有 7 名在武威工作。

2011 年 7 月，焦三牛作为甘肃省委组织部在清华大学选拔的 14 名选调生之一，来到了武威清水乡这块贫瘠的土地，成为一名普通的乡干部。

---

① 〔以〕施洛米丝·雷蒙-凯南（Rimon-kenan, S.）：《叙事虚构作品：当代诗学》，赖干坚译，厦门大学出版社，1991，第 60—63 页。

2011 年的选调生在省委组织部培训完之后，离下乡正式工作还有一个月的空当。其他人都选择回家，只有焦三牛留在了武威，主动要求提前开始工作，于是组织上就把他安排到了康石当时工作所在的凉州区武南镇见习。

一个月后，焦三牛被分配到了清水乡政府工作，同时还负责联系菖蒲村的工作。

每逢周末他就骑着自行车到村里转悠，一边帮村民收土豆，一边和他们拉家常了解民情。

上述原文中的时间跨度为十年左右，记者以全知全能的叙事视角，将具体年份以时间省略的方式进行淡化，从而将围绕主题而聚焦的重要时间拉到了焦三牛在"培训完成后""每逢周末"这样的具体时间点上，其主旨在于塑造焦三牛真正沉下心来投身地方的工作态度和行动。第二个时间跨度是焦三牛的人生轨迹和往事，时间长度为 23 年。文中同样以时间省略、时间倒错等方式将核心主题聚焦在焦三牛作为一名清华大学毕业生投身西部扶贫事业上，而非人物的其他特征。

仅以第一部分"一问：清华毕业生为何主动去西部工作？"为例，其时间跨度为 23 年，但在选择叙述的时间点上采用了跳跃和省略的方式。

焦三牛所在的清华大学 2011 届英语系 72 班共有 24 名学生，……

当年，焦三牛不仅是山西新绛县的文科状元，更是全县十几年以来第一个考上清华的学生。

我在上小学和初中的时候，家里曾经有一段特别穷困的日子。在那段时间里我深切地感受到，贫穷并不可怕，可怕的是因此失去了改变贫穷的希望，抓不住改变贫穷的机遇。

2008 年，正在读大学的焦三牛曾随水利系同学到甘肃武威参加一项节水宣传活动，在被当地自然风光深深吸引的同时，他也感受到西部与中东部地区贫富差距的鸿沟。

在上述几段叙述中，时间省略作为典型时序特征旨在凝聚主题，即焦

三牛的人生选择从读大学甚至更早的小学和初中时就已经埋下了伏笔。他
自己经历过贫困，更懂得改变贫困的根本是不能丢失希望，这才为他以优
秀成绩进入大学后，再度被贫困地区的情况触动而做出人生选择提供了证
据。第二、三部分的时序处理也是如此。如"二问：到基层去是为'镀
金'？三问：考上副县级干部有特殊原因？"在上述两部分中，单个事件的
叙述常常被另一个时间点上的事件打断。在交错叙事中，事件在时间点上
"闪回"和"闪前"，推动主题深入。

　　最后，正文中交错叙事策略与情节驱动相互配合，灵活地将叙述重点
随时转移至主题。因为时序侧重于话语层面，而非故事层面，所以，时序
与情节之间是相互驱动与配合的关系，而非统一关系。正如《三问焦三
牛——一个清华毕业生的人生选择》（原载于《人民日报》2012 年 2 月 13
日）这篇通讯的新闻价值在于关注社会热点、回应群众质疑，是一个偏重
答疑解惑叙事逻辑的通讯作品，由此，在时序上，记者以交错叙事将人物
经历的自然顺序打乱，代之以碎片式的情节拼接呈现。如通讯正文第二部
分，二问：到基层去是为"镀金"？借由焦三牛的回忆带动时间跳跃。

　　　　我还年轻，我渴望上路。带着最初的激情，追寻着最初的梦想，
　　感受着最初的体验，我们上路吧。——凯鲁亚克《在路上》（摘自焦
　　三牛网上个人空间）。

　　从焦三牛这段写在个人博客上的文字，颇能看出他初到武威工作
时充沛的热情。比焦三牛早一年到武威的清华选调生康石清楚地记
得，2011 年的选调生在省委组织部培训完之后，离下乡正式工作还有
一个月的空当。

　　一个月后，焦三牛被分配到了清水乡政府工作，同时还负责联系
菖蒲村的工作。

　　上述三个段落的时间都设置在"过去"，以"过去"为一个时间段，
其中分设了三个时间点，分别为"初到""培训完""一个月后"。对焦三
牛"初到"时工作经历的回溯，既叙述了焦三牛与所有选调生相同的工作
轨迹，又巧妙地利用"培训完"和"一个月后"这两个特殊的时间设置凸

显了焦三牛的特质，由此驱动时间发展。接下来，在"过去"这个大时间段内，记者以省略的时序加快了叙事节奏。

新奇和兴奋过后，热情逐渐褪去，焦三牛在工作中也开始遇到问题和困难，并且不断地思索着。

"新奇和兴奋过后"这个看似与时间无关的短语体现出情节驱动时间的叙述效果，与此同时，时间省略手法的运用，也将重点聚焦在人物的特质上，交错叙事的本质价值就在于随时可以将叙述的重心转移到某处情节。如下：

他还组织乡里9名刚参加工作的大学生成立了政策信息搜集整理小组，利用工作闲暇时间从国家部委官方网站、省市政府网站等处获取对西部特别是武威发展有利的政策，为乡党委政府决策提供政策支撑。

在这句叙述中，"闲暇时"这个以模糊时间点为特征的词语，有效扩大了焦三牛在"过去"日常性时间中，个人工作方式、经验积累等内容的铺陈，辅以故事性情节进一步展现焦三牛近一年的工作成效。同时，故事依据"三问"而推进，形成了一连串与焦三牛的问答式陈述。其中自我陈述带有很强的个体回忆属性，具有顺叙的逻辑与个性的体现，因此时序处理在这里便以个人对往事的回忆为依托，穿插在问答逻辑中。一个人物形象在看似跳跃与散漫的碎片化叙事中经由交错叙事得以丰满起来。

综上，如果说正文第二部分的时序特征是以主人公视角为主体的时序倒错，从经历入手为读者一层层拨开了迷雾，那么全文第三部分，即最后一部分"三问：考上副县级干部有特殊原因？"则再度以"过去"为时间范畴，倒叙至2010年，不同的是叙述者将叙事视角转移到了负责人，由不同的负责人讲述选拔背景、细节等。由此可见，时序策略与情节驱动的相互作用更多依托理性逻辑，对报道主题中的人物进行了可信度更高的诠释。如下：

近年来，武威的 GDP 和财政收入在全省一直位列倒数，人才严重匮乏。2010 年，全市 800 多名县级干部中，具有全日制大学本科以上学历的 136 人，仅占 16.2%。2000 年以来，全市考入全日制本科院校学生 56031 人，回武威的只有 5573 人，不到 10%。

2010 年，武威曾面向全国公开选聘 11 名工业园区领导职位，方案规定按 10：1 选任，但报名的只有 20 人，资格审查后符合条件的仅 12 人，最终选聘的 5 名人选里还有 1 人放弃了任职。

"近年来""2010 年""2000 年以来"，上文中这三个时间词都属于"过去"时间范畴，基于大量数据真实展示了地方财政、人才比例等权威信息，可见时序在表现背景价值的重要性上，借由叙述者视角的转换形成了一种理性的话语逻辑。

为了避免重蹈前一年的覆辙，2011 年该市在面向全国公选时适当放宽了报考资格和条件，规定"211"大学毕业、在武威工作 2 年以上和清华大学毕业、在武威工作的可直接报考副县级领导职位。

而之所以"优待"清华大学，是因为甘肃与清华签订了战略合作框架协议，自 2010 年以来分两批引进了 21 名选调生，其中有 7 名在武威工作。

这两段文字在上文基础上，立足于地方负责人视角，借由他们的"回忆性"叙述将时间倒叙至"2011 年"，直接解释了当时的政策与人才选拔标准和依据，时序再度受到情节驱动，将主题聚焦在焦三牛被录用和重用的原始资料上。

综上，交错叙事标志着多条时间线、多个时间点的交叉运用必定带来多层叙述，"叙述讲述的人和事都处于一个故事层，下面紧接着产生该叙事的叙述行为所处的故事层"。① "任何时间倒错与它插入其中、嫁接其上

---

① 沈国荣、李洁：《叙事学视域下的新闻翻译研究》，北京工业大学出版社，2023，第6—9页。

的叙事相比构成一个时间上的第二叙事，在某种叙事结构中从属于第一叙事。"①《三问焦三牛——一个清华毕业生的人生选择》（原载于《人民日报》2012年2月13日）这篇通讯采用了典型的交错叙事方式，其第一叙事层为主题"三问"的逻辑，其框架内的第二叙事层采用了多种交错叙事的方式，包括时间跳跃、时间省略等来丰富叙事层次的表达。

第四，通过预叙方式彰显主题意义是我国新闻时序中的典型特征，预叙作为一种根植于中国新闻写作中的惯性思维，与西方新闻中常用的时序手法长期以来存在差异。在中国新闻奖获奖通讯作品中，人物类、事件类报道采用预叙手法的相对较多，辅以陈述式、引语式、诗歌散文式等写法；工作类、调查类报道中采用预叙手法的相对较少且多为点评式或评论式。不过，随着时间发展，预叙在不同类型通讯中的写作分野逐渐淡化，尤其是近十年，以事实为主的预叙手法日益显著，偏重事实再现的预叙对彰显主题意义的效果，也更趋隐蔽和自然。预叙在我国叙事传统中一直占有一席之地，且随着时间发展其叙述手法不断丰富，叙述手法包括诗歌式、散文式、对话式、引语式等，形态多样的文学性表达帮助新闻作品达到了彰显主题的叙事效果。在西方叙事中"提前或时间上的预叙，至少在西方叙事传统中显然要比相反的方法少见得多。……在作品中预叙极为少见"②。在多数西方新闻文本中，预叙的使用率远远低于倒叙，这与西方社会注重因果律的叙事传统直接相关。然而，纵览我国的叙事传统，预叙手法可追溯到先秦时期的史传，继而频繁出现在各类文学叙事作品中。中国古典作品中的预叙并不少见，甚至还是一种重要的叙事手段。清初文学批评家毛宗岗在《读三国志法》中用"隔年下种"来形容这种手法。他指出，"《三国》一书，有隔年下种，先时伏着之妙"③。"隔年下种"的字面表意为，头年秋天种下的种子，来年春天种子就会发芽，其象征寓意在叙事作品中是指为后文埋下伏笔，通过伏应关系使情节前后呼应，这即西方叙事学中的预叙。在中国古典文学作品中，预叙往往以梦境、占卜、诗

---

① 张德礼：《文学批评：从理论到实践》，开明出版社，2008，第309—311页。

② 马龙潜：《传承与弘扬：改革开放以来中国古代文论的现代价值》，河南人民出版社，2020，第253—258页。

③ 乔国强：《中西叙事理论研究》，上海外语教育出版社，2019，第265—270页。

词、判词、酒令等隐含形式出现，或是预示之后情节的走向，或是照应人物的命运，或是预言故事结局。学者杨义指出，中国作家在叙事元始中善于采取"大跨度、高速度的时间操作，以期和天人之道、历史法则接轨"①。正是由于中国叙事是"从大时空里开始的，所以对整个事件、人物的发展和命运都心中有数，就是说对故事进展带有预言性，长于预叙"②。中国古典文学的叙事动力并非跌宕起伏、引人入胜的情节，而是故事情节的表现过程，尤其是宏观操作中映射结局的宿命感和透视人生的预言感。正因如此，预叙这种叙事手法不仅不会减弱故事的悬念感，反而成为吸引读者的重要策略。它以暗指的方式影射人物的命运和故事情节的发展，具有埋伏笔、使故事前后照应、增强故事可读性的多种功能。这种源自我国叙事传统的时序方式，经过千百年的延续传承，渗透在各种叙事性文本中，成为国人处理文本的惯性思维。在我国新闻作品中，无论是本研究涉猎的通讯体裁，还是消息、评论、特稿等其他新闻体裁，导语中以预言映射事件结果的预叙并不罕见，它相对于开门见山的导语写法既多了隐喻的叙事效果，也多了贯通全篇的点睛之笔，读者当阅读至稿件结尾时，往往会对导语中的预叙产生顿悟之感。在我国获奖通讯中，人物报道、事件报道常使用预叙手法，稿件通过采用颇为灵活的叙述手法，即诗歌式、散文式、对话式、引语式等，在彰显主题的同时提升其文学性叙事效果。以2013 年中国新闻奖人物通讯《76 秒，他用生命诠释责任》（原载于《中国交通报》2012 年 6 月 5 日）与《"磐安最美老师"陈斌强：背着妈妈去教书》（原载于《金华日报》2012 年 9 月 7 日）为例，两篇稿件的人物都来自民间，主题上的差异为，前者是在突发性事件中彰显人物的责任心；后者是在日常生活点滴中彰显人物对母亲的一份孝心。两篇稿件的开篇时序都采用了预叙。《76 秒，他用生命诠释责任》（原载于《中国交通报》2012 年 6 月 5 日）一文的导语如下：

今天，整个杭州只有一位司机；

---

① 李磊：《时代生活的审美表意 改革开放以来都市题材电视剧研究》，2021，第 223 页。
② 邱蓓：《拾遗补阙：中国古典叙事对热奈特叙事时间理论的补充和完善》，载《复旦外国语言文学论丛》第 1 辑，2017，第 40—42 页。

> 今天，所有的事情连同西湖的水光都只是乘客；
>
> 今天，司机用生命把客车停靠在岁月的宁静里；
>
> 今天，离开的是死亡，留下的是责任、爱和伟大的平凡；
>
> 今天，叫吴斌。
>
> ——诗人潘维

以一首现代诗的话语范式作为预叙，体现这篇通讯在彰显主题价值方式上的综合考量。在一名公交车司机在面对突发危机事件时，忍住剧痛保护整辆公交车乘客的安危，牺牲自我的突发事件发生后，大量突发新闻事件报道已经刊出，如何在同类新闻中找到新的新闻价值点而同中求异地提炼新的主题呢？记者的处理方式是离开其他报道关注事件后续的路径，将关注点转移到主题上。严格意义上讲这是一篇事件通讯，主人公的精神在事件中需要得到最大彰显，因此，通讯开篇叙述既要与当时多数新闻稿专注事件描写或一味歌颂主人公吴斌有所不同，也要紧扣主题在歌颂吴斌高度社会责任感的范畴内寄托哀思，给予读者情绪和精神上双重思考的叙述体验。因此，用一首诗歌作为预叙，就是典型的既点题又含而不露，既交代了事件结果，又饱含对吴斌不幸牺牲的怀念情感。

《"磐安最美老师"陈斌强：背着妈妈去教书》（原载于《金华日报》2012年9月7日）这篇通讯的导语如下：

> 我叫陈斌强，36岁，是磐安县冷水镇中的语文老师。还在很小的时候，妈妈用一根深蓝色的背带，把我背在背上，形影不离走四方。"妈，张嘴，啊……""好乖，再来一口。"这个"好乖"的人，是我的妈妈，今年60岁，头发全白了，一脸痴笑。年幼时，母亲也是这样喂我吃饭的。身边的人评价我说："这儿子真不简单！"我却不这么看，我所做的一切，只是回报母恩，是人之常情，也是理所应当。

导语同样以预叙方式进行了点题，人物陈斌强照顾妈妈的背景、细节和言语都透露出"回报母恩"这个主题。稿件的开篇内容可以分为三个层次，第一个层次具有倒叙基调，对主人公小时候"妈妈用一根深蓝色的背带，把我背在背上，形影不离走四方"的背景予以交代。在这个看似所有母亲都会细心照顾自己孩子的日常图景中，倒叙结束。进入第二个层次，一段对主人公直接引语的叙述迅速将时序拉近至当下的细节中，人物和母亲的角色发生了互换。最后进入第三个层次，这段采用预叙手法点明主题，一边借他人之口评价，一边主人公回应"我所做的一切，只是回报母恩，是人之常情，也是理所应当"。导语至此结束，主题的彰显看似直接又略有保留，记者以预叙方式介入新闻故事，但又未和盘托出，期望的是读者能在后文"爱的味道"故事化叙述中有所感悟。

　　工作通讯、调查通讯中预叙手法从早期多为直接评论或直陈观点，逐渐转变为故事性、引语式、设问式等多种方式的实践探索，对主题的彰显自然也达到了硬新闻"软化"的效果。同样，以两篇主题接近的获奖通讯为例，这两篇通讯分别为《从"芭比"到"苹果"　数据迷雾下的"中国制造"》（原载于《新华社》2010 年 12 月 30 日）与《"台商 2.0 版本"该怎样更新？》（原载于《福建日报》2012 年 2 月 14 日）。两者都以现实社会问题为主旨，都属于硬新闻题材，都偏重说理和论证的叙述思维，导语同样采用了预叙，第一篇导语如下：

　　　　中国即将迈进"十二五"，开始新一轮的产业转型升级。这让人们对笼罩在数据迷雾下的"中国制造"有了新的期待。

　　导语清晰回应了标题中的两个关键词"迷雾"与"中国制造"，在点题同时，以预叙方式保留了对事实展现的叙述空间，具体是通过两个"新"字短语体现的，即"新一轮的产业转型升级""有了新的期待"。记者一边点明了问题的结果，一边留下了更多事实的表述空间，让读者对处于"数据迷雾"下"中国制造"的"真相"有了阅读期待，"真相"即该通讯主题"现行以国界为基础的贸易流向计算的顺差或逆差标准已经过时，中国的贸易顺差被严重夸大"。另外，从写作手法上看，这篇稿件的预叙还是保留了很强的评论式色彩，如果说这篇硬新闻的调性有了些许"软化"，那么下面这篇通讯《"台商 2.0 版本"该怎样更新？》（原载于《福建日报》2012 年 2 月 14 日）的导语预叙写法则是在此基础上的新探索。

　　30年，足够让很多人的鬓角挂霜。从上世纪80年代开放台商到大陆投资至今，30年后也让这些第一代的登陆者，不惜再斑白一缕鬓角，也要认真地开始考虑一个问题：谁来接班？"台商2.0版本"该怎样更新？

这篇通讯聚焦当时的"正待退向幕后的老一代台商对于'台商2.0版本'能否快速且顺利更新，深感迫切"这一社会性问题，显然，该通讯涉及的商业领域话题相对专业，并且对广大读者来说也非信息刚需，因此，导语的叙述方式既需要点题，又要考虑叙述的可读性。记者以预叙方式解决了这个问题，首先叙述者采用个体形象描摹的手法，用一个"鬓角挂霜"的人物形象概括了30年间老一代台商的群体形象，然后，用一个疑问句"谁来接班？'台商2.0版本'该怎样更新？"来彰显主题。这句话以预叙方式开场，既交代了问题，又留下了悬念，更重要的是"台商2.0版本"这个表述相对商业人事变更、企业发展等词语明显"软化"许多，有助于调动起读者对这个专业话题的兴趣。在这篇通讯中，记者介入新闻的方式相对上一篇就更为巧妙和隐蔽，过去以直接评论为主的预叙手法，开始借助疑问句、人物描写等事实性更强的叙述进行展示，特别是疑问句点出了两个问题，其一"谁来接班？"其二"怎样更新？"这便是后文的主线逻辑，接班人的问题映射了第一部分"'完成时'：若要接班就得趁早"。对于"2.0版本"的问题，记者在正文中不仅进行了阐释，即"扶上马再送一程，成为许多老一代台商希望让事业继续发展的接班方式"。该通讯还巧妙地隐藏了更深层的主题内涵，即"许多来闽接班的台商二代甚至比自己的父辈走得更快，在自己子女还是青少年时期就把他们从台湾接过来。除了便于照顾，还希望在大陆竞争激烈的环境中培养'3.0版本'的进取心"。"3.0版本"相对于导语中"2.0版本"更胜一筹，这个表述意味着"大陆的发展空间广阔，即便不接班家族企业，子女一样可以在这里找到自己的一番天地"。

本章小结

本章以通讯叙事时间为原点，从三个维度探讨了叙事时间特征的变化与通讯其他要素之间的关系。

第一个维度是从时序与时距两个层面展开，一方面，探讨通讯形式变迁中的时序，顺叙、倒叙、插叙等与不同阶段通讯形式的关系；另一方面，探讨的是时距，场景、概要、省略等与通讯形式的关系。这一分析视角的意义在于通过变化的叙事时间特征，有助于我们清晰在历史发展过程中通讯形式与叙事时间之间的"同构性"。

第二个维度是从具体的"时间标识"出发，一方面，通过分析"时间词"变化与新闻"准确性"之间的关系，有助于我们发现历史进程中通讯写作在准确性上的实践，从"时间准确"到"叙事准确"的变化意味着叙述者对准确性范畴理解的扩大化；另一方面，通过对叙事元始的历时性分析，我们发现中国叙事思维中的全局观和整体观决定了宏观框架的写作范式，整体观带来的预言性和预见性决定了预叙在作品中的惯性思维，这一特征也揭示了中国文化本源对通讯写作的影响是如何形成的。这一维度的研究意义在于，我们从民族文化的心理层面窥见了现象背后的本源，对某些看似没有变化的表象进行了深层动因的探究。

第三个维度是从时距、时序、时频三个层面展开，探讨三种叙事时间类型与新闻主题意义建构之间的关系是如何实现的，以及在不同的历史阶段中，同类新闻题材在主题意义上的异同。这一分析突破了新闻主题意义研究的传统视角，过去我们更多关注的是内容与形式对新闻主题的表现和深化，而忽视了时间在其中的作用，但事实上，时间是既明显又隐晦地再现主题的一种标识、一种方式。所谓明显，在于时间在文本中的形式，往往是以"年、月、日"等显性的时间符号被呈现，这种符号对于新闻写作来说必不可少，但也是我们非常熟悉以至于会忽略的内容；所谓隐晦，在于叙事时间中时距、时序、时频这些元素的表现方式是多样的。比如，宏观或微观的时间跨度、顺叙或倒叙的时间序列，以及反复或单一的叙事频率等，时间要素的运用并非单纯为了提高通讯内容的生动性和趣味性，它们都是叙述者对新闻事实本身的一种再创造，这种创造方式不是对内容的篡改，而是对呈现什么内容、怎样呈现内容、如何强调内容的一种叙事手法，而这一切就是叙述者围绕新闻主题所发挥的主观能动性，是对新闻价值和写作意图的一种间接表现。因此，研究通讯中叙事时间的终极目的就在于发现叙事时间与主题意义之间的关系、通讯叙述主体的价值取向。

第四章　获奖通讯叙事美学经典范式与创新

新闻史是一部人类追求美、塑造美的历史。

在被公认为马克思主义美学"诞生摇篮"的《1844年经济学哲学手稿》中，马克思说："动物只生产自己本身，而人则生产整个自然界；动物的产品直接同它的肉体相联系，而人则自由地与自己的产品相对立。动物只是按照它所属的那个物种的尺度和需要来进行塑造，而人则懂得按照任何物种的尺度来进行生产，并且随时随地都能用内在固有的尺度来衡量对象，所以，人也按照美的规律来塑造物体。"[1] 在马克思看来，"美"是区别人与动物的标识，美是人的根本。从这个意义上看，作为人类精神产品之一的新闻报道，对人的关注、对人的普遍意义的探究以及对人不断超越自我、弘扬生命价值的传播，就是审美活动。

第一节　获奖通讯叙事美学的概念厘清与理论价值

以叙事理论分析新闻文本，从话语、视角、结构等理论维度强化了新闻写作的逻辑框架，有益于我们在新闻叙事表意清晰、逻辑完整等话语层面传递主题思想，然而，作为叙事对象的读者更多时候是基于阅读的本能感受，即愉悦、感动、共情以及震撼的心灵体验对作品产生认同。在传统

---

[1]　〔德〕马克思：《1844年经济学哲学手稿》，人民出版社，1979，第50—51页。

研究中，新闻学和美学分离，分别隶属于不同的学科范畴，关于两者之间分野的争鸣一直存在。如果从康德的"审美无功利"美学思想来理解，认为鉴赏一个对象夹杂任何功利观念、利害观念都是不正确的审美态度，那么具有功利色彩的新闻与"超越功利的美"格格不入，但是从更广泛意义上看，美存在于人类实践活动的方方面面。将审美局限于艺术领域，使之脱离真实鲜活的社会实践，在当今提倡生活美学的大众文化环境下，已经显得不合时宜。正如麦克·费瑟斯通（Mike Featherstone）所说，"击碎艺术的神圣光环，并挑战艺术作品在博物馆与学术界中受人尊敬的地位绝非坏事，而是美学自身的拓展"。①尼古拉·加夫里诺维奇·车尔尼雪夫斯基（Nikolay Gavrilovich Chernyshevsky）则从更广泛的意义上解读了美的范畴，"任何事物，凡是我们在那里面看得见依照我们的理解应当如此的生活，那就是美的；凡是显示出生活或使我们想起生活的，那就是美的"②。可见，新闻和艺术一样，都是对生活的反映，美是新闻的应有之义。

从新闻学的立场来看，新闻吸收和借鉴美学的研究方法将极大地丰富我们认识、解读和分析新闻的完整性；而对于美学来说，这种融合也是一种拓展。在叙事学的理论基础上，将美学的理论范式引入新闻研究是有必要的，但在厘清新闻叙事的美学理论过程中，本研究认为，"新闻叙事美学"作为一种研究视角或理论路径存在概念模糊、边界不清等情况，笔者立足中国新闻奖，以获奖通讯为研究对象，将新闻学、叙事学与美学三者的交叉地带聚焦在新闻叙事美学核心价值上，提出了两个具体的研究议题。其一，针对中西方美学和新闻叙事美学的理论与概念进行历时性梳理；其二，提出新闻叙事美学作为研究视角在针对中国新闻奖获奖通讯研究中，发挥经典范式复兴与创新的美学价值的路径。

一 西方与中国的美学理论发展史与价值核心

（一）西方美学理论发展史与价值核心：哲学性与文艺性

从发展史角度梳理，西方美学理论的发展史，决定了建立在美学理论

---

① 〔英〕安格内·罗卡莫拉（Agnès Rocamora）、〔荷〕安妮克·斯莫里克（Anneke Smelik）编著《时尚的启迪》，陈涛译，重庆大学出版社，2020，第160页。

② 成峻、叶其蓁：《美学基本》，经济日报出版社，2022，第10页。

基础上的其他交叉领域，如同叙事美学、新闻美学等价值核心都在于哲学本质。因此，本研究从探究西方美学理论的发展史着手。

一方面，从美学的词源追溯，"美学"最初的意义是"对感官的感受"，意为美学的、感性的，是用于修饰感觉、知觉的形容词。这一核心意义被认为是 1712 年由记者约瑟夫·爱迪生（Joseph Addison）在《旁观者》杂志上发表的"想象的乐趣"① 系列文章中首次提出的。1935 年"美学"一词在德国哲学家鲍姆加登（Alexander Gottlieb Baumgarten）的《关于诗的哲学沉思录》中被化用为概念，他强调对（诗歌）艺术的体会，即为感知美的一种方式，因此人们产生的审美能力其实是一种感性认识的能力，人以这种感性来理解和创造美，并在艺术中臻于完美。"美，在人类历史上首次被赋予了一种学术范畴的地位，鲍姆加登（Alexander Gottlieb Baumgarten）也因此被认为是'美学'理论最早的提出者。"② 1750 年，他正式出版《美学》一书并主张建立"美学"学科，并将它与哲学中研究"知"的逻辑学、研究"意"的伦理学并列，由此，美学开始成为一门独立学科。

另一方面，西方美学理论经历了四个发展阶段，逐渐确定了美学理论的学科范畴和核心特征。第一阶段被称为"胚胎阶段"，在原始社会时期，人类从审美上对待客观事物产生的朦胧感受，在劳动中创造出的原始艺术，初具审美意识。这一时期美学的核心在于人对美的感知力被意识到和被看到。第二阶段为"形成阶段"，进入文明时代之后，随着生产力、生产方式、人类思维能力以及科学与艺术发展，美学思想逐步明晰、自觉，并以文字方式记载于哲学、伦理学、教育学、文艺学等文献中。其间，古希腊的"本体论"成为西方美学的源头，如毕达哥拉斯学派（Pythagorean School）的"美是数的和谐"、柏拉图（Joseph A. F. Plateau）的"美是理念"、奥古斯丁（Augustine of Hippo）的"美在上帝"、鲍姆加登（Alexander Gottlieb Baumgarten）的"美是感性认识的完善"、康德（Immanuel Kant）的"美是无利害的自由的愉悦"以及"美是现象中的自由"、黑格尔（Georg Wilhelm Friedrich Hegel）的"美是理念的感性显现"等探究本质和本源的

① 何晓昕、罗隽：《时光之魅》，生活·读书·新知三联书店，2018，第 307 页。
② 彭立勋：《西方美学名著导读》，华中科技大学出版社，2022，第 73 页。

哲学观点，奠定了西方美学的核心价值。第三阶段为"体系化阶段"，18世纪末至 19 世纪中叶，学者分别从哲学的两个重要方法论，即"本体论"和"认识论"中系统探讨了美、审美、美感等美学范畴，以及艺术创造等美学基本问题，特别是德国、俄国等国的哲学家对美学问题的思考，使美学理论成为哲学中的理论分支。"德国学者康德（Immanuel Kant）在《判断力批判》中系统研究了美和审美意识，主张美在主观、美在形式，审美无利害，由此建立了主观唯心主义的美学体系"①；黑格尔（Georg Wilhelm Friedrich Hegel）的《美学》一书全面研究了人类审美意识和艺术的历史发展，提出了"美是理念的感性显现"②、审美和美的创造是人从对象上复现自己、艺术美高于自然美等观点，建立了客观唯心主义的辩证美学体系。"俄国学者车尔尼雪夫斯基（Nikolai Gavrilovich Chernyshevsky）在《艺术现实的审美关系》等著作中提出'美是生活'等唯物主义美学命题。"③ 马克思主义的美学思想论证了劳动实践创造美，美是人的本质的对象化，审美意识和艺术是对现实的能动反映和创造等美学的根本问题。由此，美学逐步建立具有现代性意义的科学体系。第四阶段为"跨界发展阶段"，自 19 世纪中下叶，在学科相互渗透发展的趋势中，美学在哲学、文艺学范畴内与其他社会学科紧密结合，逐渐用心理学、物理学、语言学的方法研究关于美、审美和美的创造等问题。

综上可见，西方美学完成了理论构建与学科建设，其核心价值可归纳为两点。其一，美学属于哲学范畴，自 1750 年德国学者鲍姆加登把美学作为一种专门学问起，经过康德、黑格尔、克罗齐等学者的创造性发展直到当代，美学都被看成一种认识论。其二，美学与文艺学直接相关，它是从人对现实的审美关系出发，以艺术作为主要对象，研究审美美感、审美形态、审美范畴以及美的创造、发展及其规律的科学。

（二）我国美学的理论发展史与价值核心：融合性、历史性、思想性

从发展史角度梳理发现，我国的美学理论具有较强的"西学东渐"色彩，在引入西方现代美学理论的过程中，我国学者将西方理论融入本土化

---

① 彭立勋：《西方美学名著导读》，华中科技大学出版社，2022，第 176—177 页。
② 〔德〕弗里德里希·黑格尔：《美学》，寇鹏程译，重庆出版社，2016，第 5 页。
③ 彭立勋：《西方美学名著导读》，华中科技大学出版社，2022，第 273 页。

实践，形成了独特的中国美学理论。值得一提的是，现代新闻学、叙事学理论也是将西方理论作为舶来品进行借鉴和吸收，因此，西方学科理论在中国的发展融合，始终受到两股力量的影响。其一，受外来西方理论的本源形态及其自身持续发展的影响；其二，受内在美学实践的本土化探索和中西方理论碰撞后再输出的影响，我国新闻叙事美学理论特征由此形成。本研究立足本土，以我国美学理论发展史为依据，梳理西方理论的融入进程，提炼西学东渐过程中的美学核心，形成了我国美学发展史的四个简要阶段，如下。

第一阶段，古代中国，自老庄到 1840 年，这是我国美学思想根植于本土文化的生发阶段，其内容以"和""天人合一"为核心。孔子的"里仁为美、尽善尽美"、老子的"美言不信、信言不美"、庄子的"天地有大美"[1] 等学说奠定了我国美学思想的内在本质。

第二阶段，近代中国，1840—1949 年，中国近代美学从西学译介开始逐渐实现本土化融合，并初步形成了中国近代美学体系。这期间可分为三个时期，一是从 1840 年鸦片战争至 1919 年"五四运动"时期，中国近代美学家以梁启超、王国维、蔡元培为代表人物。他们以热衷学习和介绍西方美学为共性。其中，王国维作为在中西文化冲突中深刻体会到传统与现代矛盾性的一位学者，最先从理论上把美学引入中国学术研究。关于"美学"一词的中文译介，经历了由日本辗转到中国的认识过程。"日本近代启蒙学界西周（Nishi Amane）最先将鲍姆加登提出的 'Aesthetics' 翻译为'美学'或'美妙学'，并出版了《美妙学说》一书。"[2] 王国维将其吸收，并尝试以训诂学的方法在中文语境中加以阐释，他从汉字词源解读"美"字的两种说法，一种为"羊大为美"，如《说文解字》中解释"美：甘也。从羊，从大"。另一种为意指，《甲骨文字典》中解释甲骨文"美"字："象人首上加羽毛等饰物之形。"[3] 两种解释都突出了"中国古人审美起源与食物和祭祀活动相关，从起源上赋予了'美'字丰富的人类学和社

---

① 周积寅：《中国画学精读与析要》（新版），上海人民美术出版社，2022，第 54 页。
② 余来明、王杰泓主编《新名词与文化史》，武汉大学出版社，2022，第 273 页。
③ 蔡钟翔、邓光东主编，陶礼天著《中国美学范畴丛书：艺味说》，百花洲文艺出版社，2017，第 288—289 页。

会学内涵"。①在美学的"西学东渐"过程中，王国维最重要的学术观点是中西调和，他认为中国历史上的学术发展，与善于接受和吸收外来文化相关，同时强调，输入西方文化必须与中国固有的文化相融合，他提出的"境界说"以及《人间词话》《红楼梦评论》《宋元戏剧考》等著作，成为中国现代美学的基本内容。"美之性质，一言以蔽之曰：可爱玩而不可利用者是也。故其价值存在于美自身，而不存乎其外。"②此外，蔡元培的美学贡献主要在提倡美育教育和艺术教育方面，其理论和实践对北京大学影响深远。1917年，蔡元培在北京神州学会发表的题为《以美育代宗教说》的演讲影响最甚。二是从1919年"五四运动"至1920年，标志着中国现代美学的学科诞生。以"五四运动"为标志，中国正式进入现代美学阶段，贡献和影响最大的两位学者分别是朱光潜和宗白华。他们的美学思想有两点共性。其一，他们的美学思想都反映了从西方美学"主客二分"向中国美学"天人合一"思维模式的转向；其二，他们的美学思想都反映了中国近代以来寻求中西美学融合的趋势。这相对于梁启超等前人的中西美学融合路径又迈进了一大步。朱光潜的美学思想是传统的"认识论"，即主客二分，这在他对美的定义中可见一斑。"美是客观方面某些事物、性质和形状适合主观方面意识形态，可以交融在一起而成为一个完整形象的那种特质。"③这与他受克罗齐（Benedetto Croce）的美学思想影响有关，朱光潜在20世纪30年代出版的两部著作《谈美》（1932）和《文艺心理学》（2009）主要介绍西方近代美学思想，特别是克罗齐的"直觉说"、立普斯的"移情说"和布洛的"距离说"④。在对审美活动进行具体分析时，他突破了这种主客二分的模式，趋向"天人合一"的模式，正如他常说的"物我两忘""物我同一""情景契合""情景相生"。由此形成了朱光潜的美学思想——"意象"，他强调"意象"（也称"物的形象"）包含人的创造，意象的"意蕴"是审美活动赋予的。《诗论》这本书以"意象"为

---

① 李泽厚、刘纲纪主编《中国美学史》第一卷，中国社会科学出版社，1984，第80—81页。
② 卢絮：《象征主义诗学的中国问题研究：基于中西文论比较视角》，黑龙江人民出版社，2021，第123页。
③ 曹谦：《多元理论视野下的朱光潜美学》，复旦大学出版社，2018，第260页。
④ 李勇：《美在境界》，中国言实出版社，2019，第29页。

中心对诗歌意象进行理论分析，用西方美学来研究中国的古典诗歌、努力寻求中西美学的融合。宗白华对中西美学也有深刻理解和研究。他在翻译康德《判断力批判》（上卷）基础上，撰写了《论中西画法的渊源与基础》《中国诗画中所表现的空间意识》等论文，从而对中国美学和中国艺术做出了深刻的阐释。他认为"将来世界新文化一定是融合两种文化的优点而加之以新创造的，这融合东西方文化的视野以中国人最相宜，因为中国人吸收西方新文化以融合东方，比欧洲人采撷东方文化，以融合西方，较为容易，以中国文字语言艰难的缘故。中国人天资极聪颖，中国学者心胸思想本极宏大，若再养成积极创造的精神，不流入消极悲观，一定有伟大的将来，于世界文化上一定有绝大的贡献"①。宗白华这段话指明了一个重要的方法论：中国学者在学术文化领域，包括美学领域应该有自己的立足点。此外，丰子恺作为画家、音乐教育家、文学家，在美育方面写了大量普及性的文章和专著。整个"五四时期"，中国美学精神的表现为"美是价值"，这种价值即"五四价值""重视人性、个性至上、人道主义"等。五四新文化运动既推进了文学形式的审美运动，又继承了近代资产阶级革命派、改良派从西方所借鉴的价值取向，通过"美文学"的样式进行思想革命和道德革命，使得文艺的形式美和内涵美都发生了迥异于传统的新变，呈现崭新的审美气象。三是1928—1948年，主观美学让位于客观美学，标志是马克思主义美学精神的提出。1928年爆发的无产阶级革命文学，持续了一年半，从此中国美学精神转向了不同于"五四"时期的对唯物主义、阶级性、集体性、工具性等理念的崇尚。"五四"时期的"美是价值"强调的是主观性价值，风靡20世纪30年代的朱光潜美学也是主观经验论美学，之后宗白华、傅统先的美学是对朱光潜主观经验论的拓展，但20世纪30年代至40年代，胡秋原的《唯物史观艺术论》、金功亮的《美学原理》、毛泽东的《在延安文艺座谈会上的讲话》、蔡仪的《新艺术论》《新美学》等，使马克思主义的客观论美学原则逐渐崛起并产生了广泛影响②。

---

① 宗白华：《宗白华散文》，人民文学出版社，2022，第314页。
② 石长平：《马克思主义中国化的重要成果——论刘纲纪的实践本体论》，《贵州大学学报》（艺术版）2020年第3期。

第三阶段，现代中国，20 世纪 50—60 年代，这是中国美学学派创立时期。新中国成立后，马克思主义唯物主义美学精神占据主导地位，中国美学发展逐渐成熟，最突出的标志即两次美学热潮。50 年代后期开展的第一次美学大讨论主要讨论美的本质问题：美是主观的，还是客观的。这场讨论在美学的社会影响和推广上具有积极意义，诞生了公认的美学四派：朱光潜的主客观合一派、蔡仪的客观派、吕荧和高尔泰的主观派、李泽厚等人的社会实践派。其中"美在实践"① 思想为更多学者所接受。

第四阶段，当代中国，20 世纪 70 年代至今，我国美学思想可分为前、后两个时期。前期 20 世纪 70 年代至 90 年代是中国美学学科体系建立和创新的实践美学时期。在第一次美学大讨论基础上，第二次大讨论是我国进入改革开放新时期的美学热潮，它与整个中华民族的历史、前途和命运联系在了一起，以李泽厚的《美学四讲》为代表，将实践美学思想系统化，更多持相同观点的学者也从实践美学出发，依据马克思的《1844 年经济学哲学手稿》将"美在实践"改造为"美是人的本质力量的感性显现"或"美是人的本质力量的对象化"②。这个时期崇尚的美学精神是改革开放、思想解放的实践精神。在美学的邻近文学理论领域，王元化提出"继承五四、超越五四"③，以及艺术形象"美在生命"，刘再复重提"五四时期人的文学"④ 等，都体现了艺术哲学中审美与人道交融的思想解放新思路。后期 21 世纪开始至今为美学的解构与重构时期。随着 20 世纪 90 年代海德格尔（Martin Heidegger）"存在论"进入中国，"美学研究的世界观、方法论出现了颠覆性变化。美的本质研究受到质疑，不再是'美之学'，而是'审美之学'"⑤。美的本质研究是关于美的规律、特征、根源的关注和追问，审美之学是描述审美现象与审美感受的学问。当然美的本质不可能消失，故以本体的名义，美的语义研究产生了更多说法，但其核心依然是本体论的探讨。如叶朗的"意象存在"、陈伯海的"生命存在"、杨春时的

---

① 李泽厚：《批判哲学的批判》，生活·读书·新知三联书店，2007，第 415 页。

② 刘进田：《论融合型价值体系与分立型价值体系》，《人文杂志》2008 年第 1 期。

③ 王元化：《科学地认识"五四"的时刻到来了》，《学术研究》1989 年第 1 期。

④ 刘再复：《性格组合论》，上海文艺出版社，1986，第 11 页。

⑤ 吴根友：《比较哲学与比较文化论丛（第 16 辑）》，岳麓书社，2021，第 7 页。

"存在论超越美学"等都是对美的本质的探索①。

综上可见，我国美学发展史的核心价值可归纳三点：融合性、历史性、思想性。

第一，融合性。意味着在融合西方美学理论过程中，中国美学本土化自觉意识逐渐增强。中国传统美学资源庞大和浩瀚，中国美学理论的形成与来自西方的理论、专著、译介等的融合密切相关。中国美学史既接受西方理论给予的限定，又以本土经验重建学术视域，进而通向美的普遍历史。这一点与中国社会的审美意识有关，意象思维作为国人的审美思维决定了中国人的世界经验是一种审美经验，这是先天自成的。以此为背景，人在观念和现实中对审美便产生了主动的本土化营造。

第二，历史性。意味着"中国的历史就是中国的美学史"②。中国古代是"有美无学"，中国历史与浩瀚的美学实践是相通的。叶朗认为，"美学史不是美的历史，是美的理论史"。③许多不叫"美"的范畴也是美的范畴，如"道"的美学意义，这是中国美学与西方美学截然不同的方面。那么，中国历朝历代的艺术家必然属于美学史，中国历史上的诗人、画家、戏剧家等留下的绘画理论、音乐理论、书法理论也包含丰富的美学思想，这往往是美学思想史中的精华部分。中国各门传统艺术，包括诗词、绘画、戏剧、音乐、书法、建筑等不但有自己的独特体系，而且之间相互影响、相互包含。如诗文、绘画中包含了园林建筑艺术的美感，园林建筑艺术又受到诗歌绘画影响，具有诗情画意之美。他们逐渐构成了中国美学思想史。以审美境界为人生最高境界，它是超越性的，涉及人的精神信仰。据此来看中国美学史，绝对不是一般意义上的审美意识和美学思想史，中国的美学理论是建立在"一切历史都是美学史"的基础上，由此可见，"现代哲学以真、善、美三分为美学设定的理论框架和概念体系，根本无法说明中国历史赋予美的纵深、广延和精神引领意义。"④

第三，思想性。范玉刚指出，美学思想史的肇端或人的审美活动远远

---

① 朱立元著，潘知常主编《略说实践存在论美学》，百花洲文艺出版社，2021，第3—8页。
② 陈望衡：《中国古典美学史》（下），江苏人民出版社，2019，第1339页。
③ 叶朗：《中国美学史大纲》，上海人民出版社，1985，第111页。
④ 杜明星：《中国本土化设计》，山东美术出版社，2022，第119—121页。

早于美学学科的建立，因此"鲍桑葵看来，虽然一直到 18 世纪后半叶，人们才采用了现今公认的'美学'一词，用来称呼美的哲学，把它当作理论研究中的一个独立领域"①。美学事实的存在却比"美学"一词早得多。早在苏格拉底时代，希腊思想家就已经开始对美和美的艺术进行思考了。祁志祥在《中国美学的史论建构及思想史转向——祁志祥教授谈学术历程及治学特色》专章讨论了"重写中国思想史"，作者立足文艺理论、美学研究的交叉地带，提出了两个著名命题"文学是人学"与"美是人的本质力量的对象化"②。于是。什么是"人学"、什么是"人的本质"，成为美学研究的元问题，从美学角度关注"人性""人的本质"等"人学"问题的思想史论由此形成。

综上所述，在中西美学发展历程中，西方美学理论对我国美学理论建构影响深远，以哲学为理论范畴的认识论作为西方美学的主宰力量，影响了我国近代美学理论的形成，但中国美学的自觉性早已有之。在吸收西方美学理论的过程中，选择性融合成为我国美学理论发展的基本特性，并且美学理论本身就具有跨学科属性，两条学术脉络交汇并持续，表现美学理论与其他学科交叉的发展特点。在这一背景下，我国美学与叙事学、新闻学的交叉融合也是题中应有之义，并随着新时代学科交叉发展，交叉融合范围更广、程度更深。

二 新闻叙事美学理论视角下我国获奖通讯的核心价值

（一）我国新闻叙事美学概念的组合式发展：尚无统一标准

从现有文献来看，新闻叙事美学的概念尚未形成统一标准，其理论范畴为多学科交叉过程中的概念组合，目前较普遍的两种组合方式都表现为组合大于融合，不同之处仅为组合的先后顺序不同。

第一种组合方式为"叙事学+美学+新闻学"。先以叙事学与美学组合成"叙事美学"，再与新闻学交叉形成"叙事美学+新闻学"的"新闻叙事美学"。这种概念类型在名词组合过程中存在一个共同的困扰，即叙事

---

① 范玉刚：《美学思想史的肇端与审美意蕴的生成》，《中国人民大学学报》2022 年第 4 期。
② 祁志祥：《中国美学的史论建构及思想史转向——祁志祥教授谈学术历程及治学特色》，《艺术广角》2023 年第 5 期。

美学没有统一定义，是叙事表达艺术性的代名词。学者们通常将叙事和美学作为一个复合词"叙事美学"直接使用，而从未阐明叙事和美究竟如何关联以及在何种意义上能够对叙事使用"美"的意义。叙事美学基本等同于叙事技巧与方法、叙事艺术。因此，在偏重技巧与方法的叙事美学上叠加新闻学时，就成为偏重新闻叙事技巧和方法、新闻叙事艺术的一种理论表达。在此基础上形成的研究多谈论叙事技巧、文本的艺术性表意、艺术性组合等。特别是"如何在注重细节描绘、人物刻画、场景再现、背景交代的同时，将新闻事实转化为故事叙述出来，使得新闻报道形象生动，具有立体感和厚度"。也有学者选择特定的美学理论来探讨"新闻的文学性和接受美学理论两者存在的关联性"，由此"说明文学性对新闻作品具有增加新闻真实性、提升读者精神高度、增加新闻叙事深度，延展新闻价值和有助于突破新闻固化结构等作用"①。

　　第二种组合方式为"新闻学＋美学＋叙事学"，在"新闻学"与"美学"交叉的基础上，再融合叙事学理论。作为新闻学专业中的一个分支，新闻美学是建立在新闻学原则上的美学理论，是以马克思主义美学理论为特征的新闻美学。在马克思恩格斯新闻思想体系之中，新闻美学思想占有重要的位置。马克思恩格斯新闻美学思想主要体现为以下几方面内容。首先，新闻报道有着丰富的审美内涵，真实是新闻事实的美学前提，善意是新闻作品的美学倾向，美好是新闻内容的美学价值，三者紧密结合。其次，新闻记者只有具备相应的美学素养才能对新闻事实进行审美观照，在创作中体现一种审美追求。最后，作为新闻传播"集大成者"和"总把关人"的新闻编辑也有具体的美学要求。在我国新闻美学话语中，关于新闻"内容美"的论述与主流价值观密切相关，能够发展出新闻美学的根本原因在于马克思主义美学理论的深刻影响。新闻美学已成为我国新闻学科体系中的一个分支，它有清晰的逻辑和理论框架。在数字时代，"美学既是数字新闻在形式上体现出的一般性特征，也是数字时代人与新闻之间关系的基本存在形式，作为审美实践的数字新闻因此延续了既有的社会文化资

---

① 侯树鹏：《姚斯的接受美学理论视角下新闻的文学性研究——以中国新闻奖（文字通讯深度报道）为例》，硕士学位论文，青海师范大学，2023，第 11 页。

本结构"。① 在新闻美学相对丰富的本土实践和理论传播基础上，"新闻美学+叙事学"组合的"新闻叙事美学"的核心特征是以新闻原则为基础的美学阐释，叙事学作为后来"参与者"的分量有限，主要功能为运用方式，尤其是在"新闻美学"内容与形式二分法中体现出的道德修养、审美倾向、文章之用方面，运用叙事学分析新闻创作的过程，以及作品的语言真实与情感真实、情与理的关系等。

综上可见，从研究传统来看，新闻叙事美学作为多学科的交叉产物，以概念的组合发展为特征。无论是新闻叙事学、叙事美学，还是新闻美学，它们都自成体系、各有偏重。新闻叙事学偏重叙事理论，如结构主义、语言符号学理论在新闻文本中的运用和分析；叙事美学偏重文本叙事文采的美学阐释；新闻美学偏重在新闻规律基础上对中国传统美学思想进行复制和论证，因此，在理论范畴和概念上，这三者的组合形式始终难逃概念缺乏统一标准的困境。

（二）新闻叙事美学理论视角下获奖通讯的美学特征

基于上文关于新闻叙事学概念两种组合方式的差异情况，笔者认为现阶段在研究中将新闻叙事美学作为一种理论视角而非理论体系更具科学性和可操作性。尽管该理论的核心概念存在标准多、未统一等问题，但它依然具有一种阐释的标准，即高质量新闻作品需要具备两点内涵。因此，本研究立足中国新闻奖获奖通讯，旨在探讨获奖新闻通讯在实践了新闻价值的基础上，在把握了叙事时间、叙事结构规律并灵活运用的前提下，还有哪些不同于一般通讯的美学表征。洞悉这些获奖作品的内在美学本质与外在审美价值，将有益于明确我国新闻通讯叙事美学的主流方向。在中国新闻奖具有社会影响力和新闻规范的基础上，本研究将新闻叙事美学的讨论置于"正能量价值"与"对话关系"两个内涵标准上，依据这两个维度来考察高质量通讯，在"正能量价值美学"上，对于体现主流社会价值的正能量美学如何以叙事呈现；在"对话关系美学"上，对于通讯的可读性或故事性如何以叙事呈现。以下将从两点进行分析。

第一，美是正能量的精神诉求。回到美学概念，美学发展理论经历了

---

① 常江：《数字新闻的文化特征：体验、情感与美学》，《青年记者》2024年第6期。

艺术性、认识论、本体论等过程，随着日常生活美学化的发展以及美学理论的自身演进，对于何为美有很多不同见解。传统的新闻美学难以与新闻叙事学形成体系的交融，是因为我们尚未认识到从哲学范畴内思考人对于美的体验和本能追求是提升新闻叙事作品质量的一种思维路径。正如美学的本意是"人的感官感受"，脱离了美学的新闻作品只能算作叙事手法精巧的作品，但绝对不是能吸引读者、打动读者，甚至震撼读者并流传于世的经典新闻作品。在前文研究中，我们已经了解到中国新闻奖获奖通讯在选题以及主题上的充分必要条件为社会主流价值观，包括重大主题、核心议题、社会舆论焦点，在叙事形式上采用打动读者的叙述方式，包括结构、视角、时间等。叙事学理论已经帮助我们了解到获奖通讯的话语、视角、结构、时间关系等结构性逻辑的元素，但是，读者在阅读一篇通讯时，并不会带着一套框架逻辑对作品进行理论分析，阅读过程更多时候是感官体验和心理感受的无意识结合。获奖通讯往往与叙述者、接受者对"美"的表现和理解有关，因此，如果"美"与"审美"尽可能达成一致，作品的美学价值实现程度就会更高，作品就能够打动人成为经典传承下去。正如"美学"也被称为"感性学"①，叙事美学的相关理论可以帮助我们从这个层面进行作品分析。

正能量是一种新闻话语对主题表达的描述，正能量关乎精神价值，从美学层面来溯源，美不离善，因此正向的精神在中国文化中可谓"善"。中国美学意识诞生的标志是"美"这个词语的出现。汉字"美"的本义是"羊大为美"，中国美学意识最初是对食物的一种价值判断。而"美与善同意"则揭示了中国美学意识与中国伦理学意识的同源。"因为'善'本义为'膳'，意味着中国伦理学意识最初也是对食物的一种评价。这种价值意识的进一步发展便是'善美皆好'的价值论。"②"美与善义"意味着美学观点一直与伦理学观念紧密相关。这是中国新闻通讯叙事的美学源头，蒙培元先生曾提出"儒家没有形成独立的美学思想，只能说是一种美学式

---

① 蒋承勇总主编，马翔、杨希主编《19世纪西方文学思潮现代阐释（下）》，中国社会科学出版社，2022，第419页。

② 黄玉顺：《由善而美：中国美学意识的萌芽——汉字"美"的字源学考察》，《江海学刊》2022年第5期。

的哲学。它把美学与伦理学合二为一，从道德情感中体验美的境界"，"美的形式必须与善的内容相结合"①。

尽管美与善同一，事实上，两者还是有不同的层次。从逻辑表达看，两者应是一种蕴含关系：某物是美的，蕴含某物是善的。由此推理出，某物是不善的，蕴含着某物是不美的。这就是说，善是美的必要条件，但不是充分条件，即由善而美，但并非以善而美。"由善而美"在通讯的主题叙事上，以正能量精神为其叙事表现，在获奖通讯中便是表现叙事美学的层次关系，即先善而后美，通过善的举动、善的动机，在故事中表现崇高的美。叙事美学的成功再现，更多是来自由善而美的过程，由善而美的正能量美学追求，是我国通讯叙事美学的核心特征之一。

第二，美是叙事上的对话关系和状态。叙事是挑选的，美学是无目的的，因此两者结合是通过叙事方式试图找到表现美的路径、规律等。多数情况下某些叙事无法产生美。正如"艺术的"并不完全等同于"美的"，在认识论视野下的叙事学与美学之间存在本质性分歧，叙事学与美学似乎背道而驰。叙事学是带有目的"挑选"叙事，而审美是无利害、无目的的美，这是西方美学的核心内涵。这一对立清晰地表现在两种相异的叙事上：一种是以统一性、强制性和封闭性为特征的"宏大叙事"，必然有违无利害的审美；另一种深陷资本主义利害的"任意叙事"也难以与审美兼容。但正是通过这些"不美"的探索人们逐渐发现了叙事美学的可行路径。有学者提出"倾听式叙事"被证明是美的，由此找到了通往叙事学与美学两个学术话语的交集即"对话"。将这一思路投射在新闻叙事美学中，我们可以找到的路径便是"你—我"或"你—我—他"的"对话"。"对话"本是新闻叙事真实客观本质的核心，因此，以在场、互动的叙事方式构建符合审美需求的叙事美学路径，形成了分析新闻文本的一种美学视角。

在构成对话关系的通讯美学基础上，由重叙向重事的美学发展，也是获奖通讯作为经典得以传世的原因之一。史论梳理有助于我们理解多数新闻叙事学鲜少关注历史哲学视域中的新闻美学价值不足问题的缘由，这正

---

① 杨黎：《和合之美：先秦儒家理想人格的美学研究》，湖北人民出版社，2016，第160—161页。

是新闻叙事学或美学擅长关注具体文本而忽略历史哲学中叙事关系的原因。获奖通讯具有记载事实、归纳现实，以及成为史料的多种文本价值，若单纯依赖文学叙事理论支撑它的叙事美学难以总揽全局，而叙事主义历史哲学中的美学理论将给我们启示。

　　我国获奖通讯的"对话关系"美学，在20世纪90年代以后尤为显著，对话作为叙事方式在新闻学中更为真实，可以用非常直观的方式还原新闻现场。但其美学价值的高低在于更强调叙还是事？通过内容分析可知，20世纪90年代获奖通讯在对话美学上明显重"叙"，21世纪之后则逐渐开始偏重"事"。如爱国精神的传承、集体主义的延展等主题精神通过情感的、故事的对话关系叙事，呈现叙事主义历史哲学中微观史、记忆史的理论现象和创新。在人物对话中通过谈"事"可更直观地体现重大主题的情感性、人性等特质。事实上，20世纪60年代开始，"以海登·怀特（Hayden-White）为代表的叙事主义历史哲学，基于历史文本化的理论序曲，就开启了美学与叙事学史观之间的理论通道"[1]。随着叙事主义历史哲学的发展，以安克斯密特（Franklin Rudolf Ankersmit）为代表的理论家，反思叙事主义史观"无物超出文本之外"[2]的弊端，要求恢复历史实在与文本的关联。美学因此被改造为恢复实在与文本关系的唯一手段，甚至审美思维被等同于理性思维，成为叙事主义历史哲学的基石。

　　在本研究中，我们用"美学"而非"审美"一词研究通讯，是因为"美学意识"（aesthetical consciousness）不等于"审美意识"（aesthetic sensibility）。美并不直观，只能被读者感受到阅读舒适，只有通过美学理论被概括出来，才能为之后的通讯写作提供参照。美学不等于审美本身，而是对审美的反思。审美是一种意向性的内容，如文学、艺术、宗教等，而美学是对审美进行认识的一种认知性的内容，如文学理论、伦理学等。举例来说，当一篇新闻通讯的内容让读者感动、受到影响，其文本形式令读者产生舒适的阅读感受时，读者就因此产生了审美意识，也证明了这个作品是

---

①　杨一博：《叙事主义历史哲学中的美学理论及其启示——从海登·怀特到安克斯密特》，《文艺争鸣》2019年第5期。

②　方小莉、张旭：《广义叙述理论与实践》，载陆正兰、胡易容主编《广义叙述理论与实践》，四川大学出版社，2023，第137页。

具有审美价值的，但这并不能证明其美学意识得到了充分呈现，因为只有用美学理论来表达其美学形态，形成稳定且丰富的美学观点，继而发展为具有一定系统性的美学思想，最终发展为体系化的美学理论，才是美学的完整呈现，也才能为之后通讯写作提供可供参考的美学表达的方法。

第二节　获奖通讯叙事美学的经典范式

一　获奖通讯叙事的传统文学美："隐秀"

刘勰在《文心雕龙·神思》中提出"隐秀"这一范畴来分析审美意象。其"隐秀论"奠定了意境理论的美学基础。如果说老庄更多是在哲学层面为意境理论奠定根基的话，刘勰则为意境理论提供了美学根基，阐明了应该追求的美学效果。意境追求的是"景外之景""象外之象""韵外之致""味外之味"的艺术效果，是一种体现为"隐秀"的特征，即"情在词外曰隐，状溢目前曰秀"[①]。"隐"，是指审美意象传情的多重暧昧性、间接性，其所隐含的情感并非单一的；"秀"是指审美意象的鲜明生动、直接可感的性质。在文本叙事中，"隐"的核心内涵是"重旨""复意"，具有多义性、丰富性的意蕴。它表达了文字语言意蕴中含蓄的属性，这与作为审美空间的意境是一致的。在获奖通讯的叙事中，隐秀的表现至少包含内容与形式两个层面。

一方面，在内容上，叙事文本所营造的意境，以提供令人观感愉悦的直观审美情绪为先。通过叙事上的"立象以尽意"提供让人愉悦的画面、情景，将情感融入其中，达到"隐秀"目的。在任何叙事作品中，意境所包含的情境感受，都产生在读者的愉悦感心理基础之上，获奖通讯尤为如此。"在新闻审美感受过程中，读者对所报道美好事物引起的快乐感、满足感"[②]使读者处在了一种心情愉悦的状态中，进而对作品中的人和事、情和景形成一种综合美感。如《"飞天"凌空——跳水姑娘吕伟夺魁记》

[①]　曹顺庆主编《中外文化与文论》，四川大学出版社，2019，第255—257页。

[②]　邓利平：《映日荷花别样红——谈新闻审美在实践中的作用》，《新疆新闻界》1992年第2期。

（原载于《光明日报》1982 年 11 月 25 日）以场景再现的描写，营造情在景中、景在情中、情景结合的叙事氛围，达到了情感表达的叙述效果。

> 轻舒双臂，向上举起，只见吕伟轻轻一蹬，就向空中飞去。
>
> 有一瞬间，她那修长美妙的身体犹如被空气托住了，衬着蓝天白云，酷似敦煌壁画中凌空翔舞的"飞天"。
>
> 紧接着，是向前翻腾一周半，同时伴随着旋风般地空中转体三周，动作疾如流星，又潇洒自如，一秒七的时间对她似乎特别慷慨，让她从容不迫地展示身体优美的线条，从前伸的手指，一直延续到绷直的足尖。
>
> 还没等观众从眼花缭乱中反应过来，她已经又展开身体，像轻盈的、笔直的箭，"哧"地插进碧波之中，几股白色的气泡拥抱了这位自天而降的仙女，四面水花悄然不惊。

这段情景交融的叙事，直接提升了叙事的生动性，让读者在阅读过程中获得身临其境之感，仿佛可以看到"飞天"姑娘的神采风姿、优美的跳水动作，听到观众雷鸣般的掌声和欢呼声。文中最后一句话写道：

> 当一个印度观众了解到这两个姑娘是中国跳水集训队中最年轻的新秀时，惊讶不已。他说："了不起，你们中国的人才太多了。"

新闻叙述者希望读者通过该通讯获得情感共鸣与身份认同，便可依托前文"隐秀"的美学表达，逐步推进，让读者体会到同为中国人的骄傲。如同鲁迅先生曾说："小品文，必须是匕首，是投枪，能和读者一同杀出一条生存的血路的东西；但自然，它也能给人愉快和休息，然而，这并不是'小摆设'，更不是抚慰和麻痹，它给人的愉快和休息是休养，是劳作和战斗之前的准备。"[①]新闻的美学表达，就在于同时满足读者的双重诉求，即愉悦的阅读体验与新闻事实的获取。

---

① 鲁迅：《小品文的危机》，《现代》（第 3 卷）1933 年第 6 期。

另一方面，对于获奖通讯来说，意境美的叙事呈现方式极具代表性。在前几章对叙事话语、叙事结构、叙事时间等的分析中我们发现，获奖通讯叙事时间特征具有非常典型的意境美，尤其是在时距的运用上，意境美的彰显伴随叙事的功能性表达非常普遍，如在时距中，每个元素与组合方式的灵活运用，具备营造意境的优势。如省略，在叙事中可以为读者留下合理的想象空间，现实中的光阴在叙事时间的省略中匆匆掠过，留下了作为图示化外观的文本空隙，待读者自己以想象来填充，这种画外之音的意境美比直接陈述更有叙事美学中的"留白"意味。在西方叙事学理论中也有类似的阐释，"信息+信息提供者=C。C为一个恒量，表明信息与信息提供者的速度成反比：当信息省略的时候，暗含的信息往往超出明说的信息，表现为某种深远的寓意，这个公式与我国美学理论有内在的相通性"。[①] 如《追寻一个英雄，追出一群英雄》（原载于《羊城晚报》1998年12月29日）这篇通讯报道了在南海市荷村水闸崩决的危急时刻，众多个体车主挺身而出、竭尽全力、倾尽所有、无怨无悔沉车截流的动人事迹。文中采用大场面与人物行动结合的描写方式，再现了一个个素不相识的车主在关键时刻将自己的汽车沉入激流中的义举。

> 范金流沉着地把车开到离决口仅5米的堤坝上，让发电机保持工作状态后，他急速打开车门跳下来。铲车将这部货车推进江中，一声巨响，一排巨浪，车沉了，激流中再也见不到自己的车辆，范金流站在汹涌的绝（决）口前久久凝望。

在这段描写中，范金流的行为和心理通过文字叙述得到真实呈现。读者由此可以推测，同天晚上，还有其他车主有类似的义举，但叙事时，为了避免对多人行为的反复叙述，叙述者对其他几位车主采取了省略与概述，如：

> 像周全胜、范金流这样在危急关头舍车抢险的，还有南海市罗村

---

① 罗幸：《全媒体视野下的语言传播艺术探究》，中国传媒大学出版社，2017，第51页。

黄锦洪、叶芦珊，小塘镇朱东宁等车主。

当晚，五部载重车转眼间沉入决口，车主和司机无怨无悔。

在这两段文字中，点到为止的省略方式适当地形成一种叙述上的空白。空白，类似于中国水墨画中的"留白"，可以营造一种悠远的意境，使得画面充满想象的空间，故可达到新的美学高度。留白的美学思想是儒、释、道三家关于虚与实、阴与阳的主张，是山水留白美学的理论基础。儒家崇尚的"中庸"注重人的精神状态，讲究礼法张弛。"满招损、谦受益"在中国儒家美学中以一种艺术与道德融合的境界维持了一种"中和之美"①。如果说画家是以构图、虚实、浓淡的墨色作为留白的表现形式，那么在通讯的叙事中，留白的表现手法就是时距上的各种运用。

与省略相对应的另一种时距方式——场景，在通讯中能够达到凸显细节、渲染气氛的显著效果，也可以很好地营造各种文本意境。在场景描写中，时间以空间的形式被展开、细节被放大，由此形成的叙事空间为记者提供了可以被强调的信息或包含情感的观点，正如弗吉尼亚·伍尔夫（Virginia Woolf）在评价自传中指出的，"记录生存的两个层面——飘忽而过的事件与行动，缓慢展开的浓缩了情感的单个严肃的瞬间"。② 这里的"瞬间"在写作中就是场景的叙事方式。例如，《不私亲属的铁木尔主席》（原载于《人民日报》1990年1月6日）对铁木尔主席不私亲的五个典型"瞬间"给予了场景细描：

铁木尔回乡的消息，很快传遍邻近的亲族家，他的两个弟弟、一个表姐率领全家赶来和铁木尔晤面。

接下来，在对铁木尔与亲属相见的场景描写中我们看到：

① 王安忠：《中华优秀传统文化及其当代价值新论》，吉林出版集团股份有限公司，2022，第28—29页。
② 刘佳林：《时间与现代自传的叙事策略》，《扬州大学学报》（人文社会科学版）2001年第5期。

　　亲人相聚，其乐融融。小妹和表姐坐在铁木尔身旁，泪水止不住地往外涌。两个双胞胎弟弟见到当"大官"的大哥，站了好久才在大哥的呼唤声中腼腆地坐下。

　　随行人悄声问县委书记阿里木："铁主席兄弟姐妹共几个？"阿里木摇摇头"不知道"。

　　这段文字中细节相连，寥寥数句却蕴含深刻的意味。读者从铁木尔亲属们朴实忠厚的行为举止，可窥见铁木尔主席治家之道，从县委书记阿里木的一句"不知道"中，读到了铁木尔严于律己、清正廉洁的一面。这段叙述虽没有直接点明观点，却以场景描写表达出深远的意义，作者的情感和立场被含蓄地融在了铁木尔这个人物形象中。由此可见，通讯中的场景可大可小，有些大的场景几乎占据正文篇幅一半，有些小的场景只有数十个字，正是这些场景使获奖通讯在叙事美学上取得了出色效果。

　　从通讯作品的历时发展看，时距经历了从"概括+场景"组合到场景完整运用，再到省略与停顿综合运用的三个阶段。事实上，时距使用方式的变化，体现出我国获奖通讯在叙事美学上对含蓄表达的追求，也就是体现意境美中的含蓄美。含蓄美是一种含而不放的表达状态，它不是不表达，而是用某些方法去表达，含蓄美的表达方式包含各种技巧。正如获奖通讯中时距演变特征所展示的一样，"概括+场景"组合是比较传统的新闻叙事方式，当场景中的对话开始广泛运用，故事中主人公用"说话"表达观点时，叙述主体隐藏到文本背后的可能性更大。当省略、停顿等更多时距方式被综合使用，叙述主体隐蔽表达的方式就更加多样化。这种叙述主体在文本中从显性到隐性的角色隐退，观点和态度的表达从直接到间接的变化，除了有助于获奖通讯更客观之外，也以含蓄美提升了其审美效果。例如，《怎能不垂泪》（原载于《中华新闻报》1998年8月27日）一文是一篇仅有700字的短通讯，字字句句都是细节，叙述者在有限的文字篇幅里，呈现了别样的意境之美。

　　一位老妈妈嗔怪地说一位战士："你这孩子，你看你手也不洗，吃坏肚子咋办？过来大妈给你洗洗。"

满脸稚气的小战士缠绷带的手便不自觉地抖了一下。

在这篇通讯中，要表达军民之间感情深厚的主题，依靠的不是直白的赞美和鼓动的口号，而是以高密度的信息将细腻的情感隐藏其中，隐秀达意。如老妈妈对奋战在抗洪一线小战士朴实无华的关切话语，小战士不自觉抖动的手，还有那"缠着绷带"的手，每一个文字都发挥着深化主题的作用。更精妙的是，文字表达之外还留有表述的空白，给予了人们想象空间，读者在回味间体味主题的升华。再如，作为记者的刘颖在面对这些小战士时，饱含深情地写道：

> 那手哪止一个伤口啊！有的肉还翻着，有的流着血，长时间江水浸泡，手的颜色已发白，我的心真是疼极了！
> 小战士倒像是犯了错似的，给刘颖擦去眼泪。

这两段话里有实写，也有虚写，特别是后一句的虚写意味深长、耐人寻味，读者眼前仿佛出现了这样一个腼腆得可爱、淳朴得让人心疼的小战士形象。

含蓄的意境之美，是中国审美中一种非常经典的类型，国人在不自觉中会倾向这种含而不露的美学体验。获奖通讯的优势在于"文外之重旨"，含蓄和丰富的意蕴并不仅仅是语言生成的"物象"本身，还在于强调"物象"之外的意蕴。单一的物象在记者笔下被整合，使得自然物象生成的意蕴产生了"1+1>2"的美学效果。如果说意象是由单一物象所构成的，那么意境则是由多个意象构筑的审美空间，其生成方式正是获奖通讯所特有的。

二　获奖通讯叙事的思想品性美：成"仁"

"帝王统治人们不过一朝一代而已，艺术家的影响却能绵延至整整几个世纪。"[①]文艺作品所传递的思想比一般政治思想更为不朽。所谓思想，

---

①　王秋荣编《巴尔扎克论文学》，中国社会科学出版社，1986，第83页。

是客观存在反映在人的意识中经过思维活动而产生的结果，属于人精神世界中的理性认识。艺术家作品中的思想能够超越时空局限，被人们广泛接受，并流传下去的原因何在？从思想的美学角度来看，这个答案就是品性。在我国的思想美学体系中，孔子的成"仁"美学指向了最高的社会思想，即"天下归仁"。孔子提出"能行五者于天下，为仁矣"。五种品性分别为"恭、宽、信、敏、惠。恭则不侮，宽则得众，信则人任焉，敏则有功，惠则足以使人"。在历届中国新闻奖获奖通讯作品中，无论是人物、事件通讯还是经验通讯，思想品性之美尤为凸显，其中以尽善尽美与浩然之气的美学追求，最为突出。

其一，追求尽善尽美的思想品性之美。孔子的美善统一论强调叙事必须符合道德要求才能引起美感，"尽善"就是"尽仁"，"尽美"就是"尽和"，尽善尽美就是美善统一的外层"和"与内层的"仁"相统一。如在第七届中国新闻奖中获"通讯特别奖"的作品《北京有个李素丽——21路公共汽车1333号车跟车记》（原载于《工人日报》1996年10月4日），其主人公李素丽成为1996年家喻户晓的典型人物，许多年后依然为人们津津乐道。这篇报道之所以能够产生广泛的社会影响力和具有传承价值，就在于新闻记者从日常又平凡的生活场景——乘坐公共汽车中，发现了一个不平凡的售票员。文中对全国劳模李素丽这个人物形象的塑造，是通过李素丽工作中的十几个"分镜头"呈现的，每一个"镜头"下都是一幕乐观、积极、向上、温情的故事场景。如：

> 雨点如断线的珠子砸在雨伞上，她的脸上、胳膊上都溅上了雨水。她招呼乘客们上车。
>
> 一位乘客动情地说："售票员给上车的人打伞，不多见了。"
>
> 车公庄站。一位胖胖的女士，用手捂着右腮，样子很痛苦。她上车后便找个座位坐下，两只眼目不转睛地盯着李素丽。
>
> "我闹牙呢，专门来坐她的车。"女士指指自己的右腮，同时又向李素丽亲昵地瞥了一眼。
>
> "坐她的车还能治牙痛？"我们颇为不解。
>
> "可不。"女士认真地说，"这两天憋闷得慌，我一上火就牙痛，

牙痛时就上她的车。听她说话，看她做事，心里特别快活，一舒畅，就把痛给忘了。刚才坐了几站，感觉好多了。"

　　每个细节都在叙述一个故事，每一个故事又都蕴含人物的思想境界和精神气质。这篇千字通讯通过细节从不同侧面印证了具有"恭、宽、信、敏、惠"品性美的李素丽。虽然，被报道对象李素丽从事着一份平凡工作，但平凡人物与不平凡的行为之间彰显出文质统一的成"仁"美学观，再平凡的工作也可以做得很出色，再平淡的生活也因为人性美而充满了活力生趣。"美是生活"，新闻源自生活，生活的美是新闻审美的基础，生活之美也是新闻内容中思想美的重要来源。"美即生活"的美学本质，有助于我们理解生活与新闻之间美的共通性。如在多数获奖通讯中，人们热爱生活、积极劳动、舍己为人、坚持正义等生活素材，本身就具有审美的价值。

　　其二，追求浩然之气的思想品性之美。孟子继承孔子关于人格美的思想，明确将人格精神与审美愉悦联系起来。在他看来，人格精神也是审美对象，认为善是人本性所固有的，个体应该自觉努力发挥自己善的本质，以养成一种浩然之气。后世称那些无所畏惧、积极进取的仁人志士具有"儒家风范"，正是孟子所述具有浩然之气的人格美。历届获奖通讯作品在人物报道上，很多以浩然之气塑造人物。譬如，《领导干部的楷模——孔繁森》（原载于新华社 1995 年 4 月 6 日）、《百姓心中的丰碑——追记公安局长的楷模任长霞》（原载于《人民日报》2004 年 6 月 3 日）等，这些通讯中的人物，都是以朴实、真诚、善良、美好的人格品行感动了读者，他们身上都有一种符合人性的高尚精神，多年以后，即便人们已经不记得他们的名字，他们的故事也会留在读者记忆中，经久不衰。可见，当新闻主题反映人物的高尚思想时，新闻作品就具备了特殊的人性魅力，能够突破各种壁垒、局限，它们通过影响和塑造读者的精神世界得以传承，并推进社会文明的进程，这正是获奖通讯作品真正的价值。

　　当然，生活中并不只是美好的事物，生活中必然出现阴暗、丑陋、黑暗事物，它们同样对社会发展产生了影响，也是新闻报道的选题范畴。那么，这些内容是否属于新闻审美范畴？答案是肯定的。新闻报道将正确的价值观和进步的思想贯穿于作品中，思想品性的叙事美学实践是可以传承与发展的，在此基础上结合时代新问题，通过正面弘扬品性之美，丑的事物在审美对比中，就会产生质的变化。如《县委书记的榜样——焦裕禄》（原载于《人民日报》1966年2月7日）的记者，多年后再次来到焦裕禄生前工作过的地方兰考，发现群众都怀念焦裕禄，撰写了《人民呼唤焦裕禄》（原载于新华社1990年7月8日）成"仁"之美，既是对焦裕禄精神的新认识，也是解决新困难的核心。如文中最后一部分写道：

> 我们在河南农村访问，同地委、县委的许多干部交谈。
>
> 许多干部尖锐地指出，焦裕禄是县委书记的榜样，学习焦裕禄，重点是领导干部学，不能只领导别人学、自己不学。人民怀念焦裕禄，表现了群众对党的干部的殷切期望。绝不能辜负群众的期望！当"班长"，要事事、处处与焦裕禄相比，在自己身上找差距；要像焦裕禄那样善于团结"一班人"。搞"窝里斗"的，争名于朝、争利于市的，学不了焦裕禄。
>
> 60年代，焦裕禄是领导群众同严重的自然灾害作斗争，让兰考群众吃饱穿暖。今天，新的任务、新的困难正考验着我们的干部，学习焦裕禄不仅要领导群众同自然作斗争，还要同侵入自己肌体的官僚主义和腐败现象进行斗争。

这三段叙述不仅还原了焦裕禄的精神，而且，为接下来提出在新时期学习焦裕禄精神做好了铺垫。

> "千金易求，人心难得。"这是自古以来中国人民的箴言，也是关系我们党盛衰兴亡的一个大问题。
>
> 历史将永远铭记这位人民的儿子的英名。

可见，获奖通讯在思想上具备一个审美共性，即报道人物或事物的思想品性能够兼具"美善统一"的叙事美学与寓教于乐的新闻美学，即便是不同时期的获奖通讯，也都有相同的成"仁"之美。一方面，作品通过传达、表现和强化人们普遍欣赏的人格之美，让人们认同并确立自己的人生定位；另一方面，获得中国新闻奖的通讯通过对这种思想美进行传播，在反映生活美的同时，再现了人类生活的新方向。因此，新闻通讯既通过生动鲜明的典型人物、典型事件表现生活本质，更主要的是，能够传承经典思想、顺应新的时代问题、帮助读者用叙事审美的体验解决自身的认知难题。

三 获奖通讯叙事的情感美："共鸣"

中国新闻奖虽然被赋予了获奖作品最高的国家荣誉，但并非都能产生广泛的社会影响力。原因何在？答案很简单，流传并不完全等于流行。流行意味着大众化，它包含"引起受众心灵共鸣"的某些要素。要实现作者与读者之间的心灵共鸣，就需要作品在两者之间建立起一座沟通心灵的"桥梁"，这座"桥梁"就是情感。

中国诗学大量关于"以情为本"的理论阐释表明，对"情"的理解不是依赖理性的逻辑认知，而是建立在个体的生命体验和人生感悟上[1]。在阅读文本时，读者个人感受的差异性决定了阅读体验不可能完全一致，将"情"置于文学领域，更能彰显中国诗学审美"诗无达诂"的多元审美理解和阐释取向，而新闻文本在这一点上与文学不同之处是，以人之常情为"情"的核心内容，尽可能聚焦读者共同的情感体验，从而获得共鸣。新闻叙事的情感，是人对客观事物是否满足自己需要而产生的态度体验，它包含了喜、怒、悲、恐、爱、憎等心理感受。体验，是人的生命本质；审美，就是生命的一种体验。审美体验主要是精神上的体验，即情感体验；情感体验的积极方向，就是对美的肯定。事实上，在阅读新闻的过程中，读者的审美体验就已经开始，只是有时读者的情感没有被叙事调动起来，因此对生命的体验感受不明显，这样的通讯在审美上显然是有缺憾的，而那些流行且经典的通讯，可以令读者的感官被充分调动，饱含情感的部分会给读者留下深刻印象，为读者对通讯中的思想、观念认可发挥重要的辅助作用。例如，对于获 1987 年"全国好新闻奖"特等奖、"全国绿色好新闻奖"的有关大兴安岭特大火灾的"三色报道"——《红色的警告》《黑

---

[1] 郁沅：《心物感应与情景交融》，百花洲文艺出版社，2017，第29页。

色的咏叹》《绿色的悲哀》（原载于《中国青年报》1987 年 5 月 14 日），许多读者在读完之后，纷纷表示愤慨之情油然而生，不禁对遭受火灾之害的大兴安岭人民报以同情，并深入思考，这场火灾真正的凶手是谁，悲剧命运的原因何在。可见，思想不是通过说教的方式得以广泛传播的，新闻作品要让读者可读、可知、可感，就需要情感的共鸣。"感人心者，莫先乎情。"穆青在谈《一篇没有写完的报道》体会时曾这样说："人物通讯的教育、激励作用，是通过思想的启示和感情的共鸣来打动读者，特别是感动读者这一点更重要。要使读者动感情，首先记者自己要动感情。如果记者不感动，不激动，或者感情动得不深，不真，不强烈，那就不可能感染读者。"① 穆青的这段话，涉及了新闻审美中的情感美层面。正如在学界，美学被认为是"研究感觉和情感的科学"②"审美活动中最活跃的因素就是情感"③。事实上，在新闻史中那些被称为经典的作品都具备情感美的特征。如《"磐安最美老师"陈斌强：背着妈妈去教书》（原载于《金华日报》2012 年 9 月 7 日）这篇获奖通讯，讲述的是一名普通乡村教师陈斌强用一条布带将患有老年痴呆症的母亲紧紧地绑在自己身上，带着妈妈去教书的故事。五年来，1800 多个日夜，无论酷暑严寒、刮风下雨，陈斌强就这样承担起了照顾母亲的责任。这篇通讯的主题简单明了，弘扬中华民族的孝道。同一时期类似主题的报道也非常多，但是为什么这篇通讯发表后，能够迅速被新浪网、腾讯网、中国文明网、浙江在线等数十家媒体全文转载，并在全国范围内掀起了一场学习陈斌强的热潮呢？2013 年 2 月 19日，陈斌强当选为"2012 感动中国年度人物"，并被聘为全国"我的父亲母亲——黄手环行动"孝亲大使；同年 5 月，他又获得"中国青年五四奖章"。这篇通讯之所以能够产生广泛影响，除了陈斌强行为的价值因素之外，它所传递的真情实感也发挥了重要的作用。如文中富有现场冲击力和心灵穿透力的场景描写令人百感交集。

　　"妈，张嘴，啊……"

---

① 董广安：《当代新闻采写方略》，河南人民出版社，1997，第 226 页。

② 吴琼：《西方美学史》，上海人民出版社，2000，第 372 页。

③ 王玉辉：《语文教育发展论》，辽宁人民出版社，2006，第 11 页。

"好乖，再来一口。"

这个"好乖"的人，是我的妈妈，今年60岁，头发全白了，一脸痴笑。年幼时，母亲也是这样喂我吃饭的。

……

看着苍老痴呆、生活完全不能自理的妈妈，我的心都空了。有人劝我，把妈妈送去敬老院吧。我不放心，别人照顾总归没有自己那么上心、细致。

办法只有一个。我从箱子里翻出一样东西，小时候妈妈曾经用来背我的"大带"（一种农家自制的又宽又长、干农活时可以背小孩的长带子）。先把母亲绑住，然后把妈妈捆在自己身上，我和妈妈紧紧贴在一起。终于，母亲在我身旁，踏实多了。

……

有一次，一个学生轻声告诉我："老师，您身上好像有股怪怪的气味。"我知道，一定是妈妈的大小便沾到自己身上了。这是常有的事，平时我总是换套衣服再去上课，今天时间来不及就没换。

只见那个女同学站起来说："老师，没事，这是妈妈的味道。"

"是啊，这是爱的味道。"我鼻子一酸，再也忍不住，七尺男儿当着全班的面流下了热泪。

这几段细节描写，让读者在陈斌强与母亲点点滴滴的故事里，仿佛看见了自己母亲多年来含辛茹苦地将自己培养大，母亲却渐渐老去的生活，令人眼眶湿润、鼻尖发酸，心中也随着陈斌强对母亲的爱产生作为孩子的共鸣。虽然这篇通讯的信息价值并非最高，但它的审美价值相当高，且直接指向人们内心最敏感的情感——母爱。正因为作品中有这种普遍性、人性化的情感，读者才会在感动中对报道着意弘扬的孝道精神形成进一步思考。当读者受到了这样的感染、以感悟反思自己的生活时，通讯就发挥了应有的传播效果。康德也对审美价值做过一段评价："信息价值判断是规定性的判断，而审美价值判断则是反思性的判断。"① 读者通过信息价值认

---

① 赵睿：《翻译的美学研究》，北京理工大学出版社，2017，第50—51页。

识了新闻中的人物和故事，通过审美价值实现了情感共鸣，"当你读完一篇报道，情感——审美心理活动中最活跃的因素驱使你掩卷凝思，心绪连绵，在心潮的起伏中接受或否定新闻寄寓的对社会生活的评价"，"这时，你对报道的人和事就有了一定的认识"①。

第三节　获奖通讯叙事美学从经典到创新

思想美、情感美和意境美决定了获奖通讯相对稳定的审美价值，但是在其发展的不同阶段，通讯的叙事美学价值还是会有不同的侧重点，以发展的眼光洞悉我国通讯叙事美学可以发现，其经典范式在新时代中表现出了五种叙事美学的创新。

属于精神活动范畴的新闻审美和它根植于物质生活的本质，意味着社会物质水平对新闻审美起着决定性作用。20世纪70年代末以来，中国社会物质水平不断提高，人们精神需求相应发生变化，这在很大程度上影响和改变了通讯写作者和读者的审美趣味。一方面，社会主流文化的审美趣味反映在通讯作品中，就像"中外艺术发展史上无数的例证可以证明，文化艺术作品负载着时代精神、理念心态、审美情趣之'道'，因此'文以载道'揭示了艺术作品中蕴含的深厚文化内涵"。② 获奖通讯中的"道"，就是中国各个历史时期的主流思想道德、理念精神和文化心态。"道"代表的时代精神就是时代主旋律的审美方向。另一方面，读者的审美接受水平也在不断反作用于主流文化审美导向。它以一种潜在和持续的方式，融入获奖通讯审美价值，构成了其叙事美学的评判标准。因此，比较不同时期通讯美学内涵的变化，有助于我们从接受美学的角度呈现中国新闻奖获奖通讯的社会价值。下文将以获奖通讯叙事话语特征发展的五个阶段为经，以新闻叙事美学的经典要素，即"隐秀""成仁""共鸣"为纬，构建一个叙事美学的坐标系。将叙事结构图示特征、视角特征、时间特征分

---

① 邓利平：《映日荷花别样红——谈新闻审美在实践中的作用》，《当代传播》1992年第2期。

② 卢爱华：《丹纳的"时代精神"与中国的"文以载道"——读丹纳的〈艺术哲学〉的感想》，《艺术百家》2005年第1期。

别置于这个坐标系中，那么，我们将发现通讯叙事美学在各个阶段的侧重点，以及其美学特征是如何通过话语、结构、视角、时间等叙事方式来体现的。

一 从精英到平民：人文关怀彰显人文美学

人物通讯是获奖通讯中一个非常重要的类别。综观 20 世纪 70 年代至今人物通讯的发展可以发现，其中变化最大的莫过于报道对象，在之前的叙事话语分析中，我们已经论证了人物通讯以塑造英雄为主，从"精英式英雄"到"平民式英雄"的转变贯穿我国新闻发展史的观点。从表面看，这一变化不过是选择对象的不同，反映了通讯报道视角的转移，从关注有影响、有社会地位的社会精英转向关注民间典型。从美学角度来观察这一对象的变化可以发现，人文关怀内涵逐步完善为人文美学。

人文关怀在人类思想史上与人文精神、人本主义、人道主义等概念关系密切，在英文中它们原本就是同一个词，即"Humanism"，直译为"人"的"主义"。在西学东渐的过程中，西方的"Humanism"传入中国①，由于不同学者翻译上的差异就出现了多个中文翻译版本。本质上它们都具有相同的内涵，即关注人、关注人的基本权益、关注人的价值和自我超越，这三个方面的内容在获奖通讯人物报道中呈现三个层次，并且随着报道对象从精英英雄向平民英雄过渡，最终实现了人文关怀内在体系的完整。例如，20 世纪 80 年代以英雄为报道对象的人物报道，率先开启了对人的关注，打破了以往人物报道偏重"高大全"完美人物形象的塑造，关注"真实的人"。重视挖掘人性的本真、塑造真实的精英人物是这一时期人物报道的基本内容。再如，《生命的支柱——张海迪之歌》（原载于《中国青年报》1983 年 3 月 1 日）中，张海迪在一次次找工作失败后感慨：

> 社会不需要我，如果不能给社会做贡献，那还不如减少对社会的负担，乘着父母到聊城出差时，她服了大量安眠药……
>
> ……

---

① 杜丽燕主编《中外人文精神研究》，中国大百科全书出版社，2008，第 1 页。

回忆起这段往事，海迪对我说："这件事，我给一些报刊发过，可是，他们都删掉了。也许有人认为，这对一个先进人物是不光彩的事吧。但是，我不把它看成是我的耻辱，相反，我认为是我的胜利。这说明我经住了考验。"

这段内容打破了过去报道先进人物，只注重正面成绩不讲探索和成长中遇到的挫折，只讲先进事迹不讲缺点和失败的思维定式，真实反映了作为英雄的张海迪在成长过程中也会遭遇起伏，这样一来，张海迪具有顽强精神的主题建立，经过了几重生理和心理考验的叙述后，就符合了人性，更具真实效果和说服力。在通讯获奖之后，稿件记者郭梅尼在谈写作体会时说："如果你抓住了时代的'兴奋点'，时代就会对你的报道产生强烈的反响，就有了可读性。我采写人物，首先考虑这个人是否反映了时代精神。"①

随着中国社会物质条件的持续改善，进入20世纪90年代后，在市场经济大潮中关于权利与义务的矛盾问题浮出水面。这一时期，人物通讯中的"精英式英雄"逐渐让位于"平民式英雄"。同时，"人在社会中的权益"也开始成为报道的重心，对于人文关怀的内涵有了更多维度的思考解读。如《追寻一个英雄，追出一群英雄》（原载于《羊城晚报》1998年12月29日）这篇通讯讲述的是在南海市荷村水闸崩塌时刻，众多个体车主挺身而出沉车截流的动人故事。如果报道仅着眼于赞扬车主们竭尽全力、倾尽所有的义举，那么，显然不足以唤起读者的心理共鸣，因此，记者的叙事重点在于事后车主们的选择。文章结尾这样写道：

西樵区副区长谭永添动情地对记者说："我不知道当时究竟有多少车主的车辆投入抢险救灾；我只知道，至今西樵区没有任何一个车主向政府提出要一分钱补偿。"

这句话相对于车主沉车救灾的场景描写来说，并不起眼，但就是这一句话道出了新时代的新问题：个体的权益应受到关注。在这篇通讯中，记

---

① 肖峰：《名记者研究》，武汉大学出版社，2012，第164—165页。

者以巧妙的叙事反映了具有时代精神的人文关怀，当车主们私有财物受到损害的时候，车主们无怨无悔、无欲无求的精神比起壮举本身更让读者动容。这篇通讯所报道的事实并不复杂，类似的事件也绝非可遇不可求，但是，有的报道写得很生动，却缺乏社会影响力，这篇通讯为何能在读者中产生广泛反响呢？仅从内容方面探究原因难以得到答案。从新闻叙事美学的角度来看，把握与时代精神相吻合、与读者审美心理相契合的人文关怀是重点。

21世纪初期，如何实现自我、超越自我的精神追求开始得到更多关注。如《生命有限 笑声永恒——记曲艺艺术家夏雨田（下）》（原载于《光明日报》2002年9月4日）是一组长篇人物通讯中的第三篇。通讯从曲艺艺术家夏雨田的艺术人生、艺术理想到心灵本质步步铺陈。在最后一篇中，将主题提升至这位艺术家在新时代如何理解自己的生活、如何超越自身等人文关怀的终极思考。

　　人为什么活着、应该怎样活着的问题，时刻伴随着你，活着就需要回答。

　　现在有个说法：别活得太累。我以为这话可以理解为：人活着，不要为名利所累，为私欲所累，为各种逆境与挫折所累。

　　我不觉得名人就比普通人高明，作家、明星、大腕，声誉鹊起，那本是工作性质带来的。

夏雨田对相声在新时期应该扮演怎样角色的观点精辟且独到。

　　在新时期，相声不应该只限于讽刺，只限于写阴暗面。

　　生活中有那么多美好的事物，那么多热气腾腾的景象，难道就与相声无缘吗？在花的世界里为什么只能写小虫？在阳光灿烂的蓝天下，为什么只能写阴影？我努力尝试用相声来表现新的人物、新的世界，虽然难度比较大，但这是时代的需要，人民的需要，也是相声发展的需要。

在以揭露式、批判式等问题通讯写作为主的 20 世纪末，当读者习惯于用批评的眼光观察这个世界时，社会大众也形成一种思维定式，人们感知幸福感的阈值在降低，反而习惯以挑剔的眼光审视社会和自己。夏雨田关于相声行业发展的见解，可以说也是对生活的看法，从相声到人生的主题提升，引导读者在阅读时学会换一个角度看世界、看自己。夏雨田对于生命终极问题的看法是这篇通讯的高潮。

他说："人生的本质是喜剧。"

有人问我："身体还好吗？"怎么回答呢？说好，不真实，说不好，别人听了不舒服。因此我笑着回答"除了身体，哪都好。"这是我的真实思想和状态。

相较于更早时期的通讯，从生命极限中剖析人性的本真，是这篇通讯在新时代以人文关怀的新思路对读者进行舆论引导的一次尝试，它已远不是对人基本权利的关注，而是人对自身的超越，在更高的精神和审美层面上，体现人文关怀的完整体系。

每一个时代人们审美趣味的取向，往往反映了这个时代人们缺失的东西。获奖通讯在人文关怀内涵的变化过程中，通过人物报道对象的变化，悄然顺应了社会发展中人们审美趣味从关注外界到关注自身的向内转移、从关注他人跌宕起伏的命运向理解自身的思想发展，伴随叙事方式的进步，叙事美学的人文关怀内涵也逐渐丰富。

二 从顺叙到交错叙事："无常"美学唤起认同感

钟表时间在具有主观能动性的人为安排后，呈现一种全新的叙事时间，通过变易时间的方式表达了写作者价值观，体现出新闻的主题意义。正如"时间倒错"概念强调叙述时间对故事时间的有意改变，包括倒叙、插叙、预叙和补叙，并将这种"时间倒错"意义上的时序作为讨论叙事时间的特征。叙事时间在呈现主题意义的过程中，形成了另一个产物，即无常的美学表达。"无常，是一种生命之美，世界一切都是不断变化的，转瞬即逝。"① 它与追求"永恒的事物"感受到的美学体验相反，无常的核心思想指向了人类与世界万物的平等关系。人类与一切物质一样，时刻在变动，有残缺、有不完整，故而应顺其自然、珍惜当下。中国古典美学中的诗词歌赋、文学绘画都包含了这种"无常"美学的趣味。新闻叙事中的"无常"与传统艺术中的"无常"不同，新闻对社会真实客观报道中的美学表达，绝非一种虚无缥缈的无为、无用之美，而是对现实社会及时反映所体现的"解答"美学。

综观获奖通讯作品的时序变迁可以发现，获奖通讯作品的时序经历了从以顺叙为主到融合倒叙，再到交错叙事的发展，简单表述就是，从"按照时间发展顺序来讲故事"到"倒过来讲故事"，再到"打碎重组来讲故事"的一个过程。"讲故事"时序变化中所表现出的"无常"美学初衷，是叙述者对时间驾驭能力和审美能力的一种反映，也就是在讲故事中几个事件可以同时发生，但是叙述者在使用话语时，则必须把它们一件件地叙述出来；一个复杂的形象就被投射到一条直线上，线性叙事固然有其特有的美学意义，"但作者往往不试图恢复这种'自然'的接续，截断这些事件的'自然接续'，作者以不同的方式进行'接续'，是因为他用歪曲时间来达到某些美学的目的"。② 出于这一初衷，新闻文本在时序上的历时性变化，反映不同时期读者对叙事时间在审美需求上的变化。

首先，20世纪70年代末至80年代初，通讯叙事以顺叙的线性时间为主，读者在阅读中获得了与自然时间一致的时空感。如《开天辟地头一回——记西地村为姑奶子们庆功》（原载于《承德群众报》1987年9月23日）是一篇典型运用顺叙的通讯，尽管文中有部分内容以回忆方式带出了倒叙，但整体上，全文依然以庆功大会为重要叙述场景，依据大会流程展现出改革给农村带来的新变化，特别是观念上的更新。如文中的时间标识清晰地记录了这样的时序。

　　9月20日这天上午，……已经出嫁出村的姑娘们，有说有笑地跟

---

① 朱立元主编《美学与艺术评论（第二十五辑）》，山西教育出版社，2022。
② 〔法〕托多罗夫：《叙事作为话语》，转引自《美学文艺学方法论》，文化艺术出版社，1985，第62页。

随着村党支部书记，上山参观那一嘟噜一串儿的红透脸的红果。

庆功大会在参观之后于当天下午在村委会会议室举行。

姑奶子们在庆功大会上手捧着奖品，心潮起伏。

庆功大会开得隆重热烈，开得振奋人心。

在与自然时间一致的叙事时间中，读者的关注点自然落在故事的内容本身，庆功大会上姑奶子们的发言、热闹的气氛、人群中的反应等内容是亮点所在。

其次，20世纪80年代中期至90年代，市场经济大潮席卷全国，经济新闻报道成为这一阶段中获奖通讯的"座上客"。对于市场经济与计划经济对社会所带来的影响，在叙事上就更倾向运用对比手法，通过事实比对，孰优孰劣自然呈现。那么，在时序的选择上，倒叙毫无疑问地成了进行对比的最好方式。

如《今日大寨》（原载于《人民日报》1985年10月5日）一文中，顺叙与倒叙相辅相成，一段"过去"之后紧跟着一段"现在"。

几个大娘谈起过去"早晨五点半，地里两顿饭，有时还加班干"那艰难的岁月，感叹不已。

她们说，现在是粮没少打，活也没少干。

……

五十年代初。老英雄贾进才曾带头在这里挖过小煤窑。可是后来批判"要想富得快，庄稼搅买卖"，煤窑被当作"资本主义"批来批去，从此黑色金库长期沉睡地下没人敢再提，老贾也因此背了几十年黑锅。

如今煤窑重新打开，乌金滚滚，每年产煤约一万七千吨，可收入二十多万元。

……

短短两三年，大寨开始呈现出集体壮大、个人富裕的新局面，与十一届三中全会前的1978年相比，去年总收入，增长近一倍。

倒叙与顺叙的组合形成这篇通讯的主题结构，贯穿始终，读者除了关注新闻内容之外，也被时空上的错位所吸引，这种时空错位使读者在阅读中感受到了时空上的重组。"倒序之为倒序，不仅仅是一个简单的时间顺序错综的问题，而是通过时间顺序的错综，表达某种内在的曲折感情，表达某种对世界的感觉形式。"① 在过去与现在的时间反复中，读者对主题所蕴含问题的思考变得更加容易和清晰，对身处的与过去的时代有了对比体会，更重要的是对不同时代中人的生活差异有了深切体悟。"法国文学大师雨果在《〈克伦威尔〉序言》中，也提出了将丑恶滑稽和典雅高尚相结合的重要美学原则。他认为现实生活是一个矛盾的整体，丑存在美的旁边，畸形接近着优美。"②

再次，21世纪的前十年，通讯叙事在以交错叙事为主的扭曲时间中，读者阅读的时空体验随着故事时间的重组，在"被打碎的时间"中来回跳跃。跳跃感是读者在顺叙文本中难以体验到的，时间不再是流动向前发展，原本相邻的时间序列被写作者刻意扭曲，过去、现在与未来三者之间不再是相邻关系，而存在于现在与过去、此时与彼时之间。时间对比下，反衬的效果被强化了；时间穿梭之间，读者被重组后的故事情节引导，在时间变幻中感悟事实。如《英雄赞歌——记独臂英雄丁晓兵》（原载于《人民日报》2006年1月3日）一文，开头是"现在"：

> 2005年6月22日，……胡锦涛在会见"中国武警十大忠诚卫士"时，与丁晓兵亲切握手。

之后时间迅速转换：

> 1984年，边陲的一场重要军事行动。
> 两天三夜后，丁晓兵睁开眼睛，看到了医院的白色天花板。
> 那一年，丁晓兵失去了他的一只手臂。

---

① 杨义：《中国叙事学》，人民出版社，2004，第150页。
② 庄涛、胡敦骅、梁冠群主编《写作大辞典》，汉语大词典出版社，1992，第809页。

时间又跳跃到：

2003 年，安徽寿县瓦埠湖堤坝突然发生特大管涌。丁晓兵急了眼。

时间继续发展：

5 个多小时后，管涌堵住了。

时间线持续：

中国在变。丁晓兵在变。

如果说，20 多年前的丁晓兵成为英雄还有偶然因素，那么今天的丁晓兵，是把自己的业绩归零后，再一步步地在和平环境中，把自己又一次塑造成为英雄。

记者再次把时间倒退：

1987 年，南京航空学院大学生王明给丁晓兵来信：我认为你成为英雄，只是过了第一关，假如 10 年、20 年后，仍有事迹从你身上出现，英雄的称呼你才当之无愧！

在以上这些看似无序的时序中，通常读者关注的重点是新闻内容，时间形式上的组合则发挥着时空转换的美学功能。它潜在地令读者在故事时空的交替间，体会主人公丁晓兵的人生起伏，有对比、有反衬，更有一种对无常人生的体味。

这种交错叙事增强了叙事时间在通讯中的艺术表现，从而在主题建构时达到奇特的美学效果，让读者感受到了在时间交错中人生存方式和不同人生的差异，进而使读者思考如何将人生价值最大化，而这一切的尝试都是在人的觉醒这个更大的文化背景下实现的。

最后，2010 年至今，交错叙事在获奖通讯中的使用更为灵活，多线并举以及顺叙与倒叙的综合运用更为普遍，更重要的是，随着现代社会高速发展所带来的新议题，读者对新闻时效的要求、对新闻与自身生存状态的关系都产生了更高要求，个体的疏离感、内在的紧迫感以及焦虑感成为时代的新症结。分析这一时期获奖通讯作品的时序表达可以发现，"无常"新闻叙事美学成为回应新问题的一种方式，并且发挥新闻舆论引导功能，以多线并举的时序产生真实阅读效果，正向引导年轻读者重拾集体感、荣誉感，在争取年轻读者方面产生了积极效应。如在 2021 年郑州"7·20"特大暴雨灾害事故中，地铁 5 号线遭遇涝水灌入。《中国青年报》组织采访，联系事件亲历者，7 月 21 日完成的报道《生死五号线》获第三十二届中国新闻奖通讯二等奖。该新闻依据时间顺序呈现事故过程，更能产生现场感和真实感，记者在文本中也采用了顺叙的叙事方式。

> 7 月 20 日下班时分，这种日常流动在长方形的西北角停滞了。因为一场暴雨，500 名乘客被困 5 号线。7 月 21 日凌晨 4 点，悲伤的消息传来，12 名乘客死于这座现代城市的地下交通工具中，另有 5 人受伤。郑州地铁网站首页呈黑白色。

然而，仅以顺叙的单线美学显然不足以满足读者需求，因此，该通讯的记者采访了多位亲历者，并在文本中以多线并举的时序同步推进叙事。亲历们处于同样时序中，又能提供不同的视角，事故车厢中越来越紧张的叙事美学氛围由此形成。

> 直到出公司前，成杰都觉得这只是一场"正常的大雨"。7 月 20 日下午，成杰坐在东区龙子湖商圈的办公楼里往下看，道路还没有积水。
>
> 20 日下午，李静从 5 号线的中央商务区上车，准备回家。许是因为雨天，地铁上的人不如往常多。更多的异常开始出现，她和 1 号线上的成杰，都描述了列车的走走停停。
>
> 同在 5 号线的乘客张谈想起了父亲。父亲得了老年痴呆，张谈两个月没见他了，在呼吸困难时，他拨通了父亲的电话，"像交代遗言"

一样说着。

在两种时序综合运用的过程中，记者还适时穿插了倒叙。

后来的信息显示，郑州市消防救援支队指挥中心于 20 日 18 时许接到乘客被困的报警，随即紧急调救援人员赶到现场。

交错叙事与多线并举综合的叙事美学，产生了贴近现场的真实感，新闻中主人公的特殊性与常人的普遍性之间无缝衔接，让读者很容易将其带入自己的生活情境。当读者体验到事故中各个人物的感受，以及事故发生的偶然与突然时，"无常"的审美体验由此产生。"无常"对应的是惜福，当读者在情绪上被带入事故情境时，正向的情感就很容易唤起读者内心的感动和认同。

"以前（对人性）总有负面揣测，最后一刻发现人心里面想的只有家人、只有爱。"张谈说。

李静还见到了一位年轻的母亲和她的孩子，孩子没什么事，母亲则是明显的缺氧状态，十分虚弱，"可能因为一直在护着孩子"。

该通讯在"冰点周刊"微信公众号刊出后，一个小时内阅读量 10 万+，企鹅号阅读量 90 万+，微博阅读量近 200 万。有读者留言"比泰坦尼克号故事片还感人"①。

三　多重视角转换："适性"情感的趣味美

对于写作者来说，新闻视角是记者进行叙事的一个基本角度；对于读者来说，视角则是读者进入写作者所叙述世界的一个入口。通过对获奖通讯叙事视角特征与演变的论述可以发现，当新闻主题从概括走向细节、从

---

① 《生死五号线》，中国记协网，http://www.zgjx.cn/2022-11/01/c_1310667776.htm，最后访问日期：2024 年 10 月 4 日。

集体走向个体时，其叙事视角也部分地从相对纯粹的第三人称叙述发展为"接近于第一人称的第三人称叙述"，由此产生的叙事美学便是情感表征的。20世纪80年代至今通讯的叙事美学表现出从诸众到个体情感审美演变，这种由叙事视角转换所带来的情感审美，更是在复兴中式情感美学的驱动下，再现了情趣之意。

在新闻写作的情感叙述发展史中，审美长期受到我国儒家美学，特别是汉代以前的理性审美的深刻影响。这也是在21世纪之前情感美学侧重诸众的理性情感美学的本源。循着中国美学发展史的轨迹可见，汉代儒家学说与道家学说紧密结合在一起，在"性善情恶"① 价值理念的主宰之下，人们认为放纵情欲的形象是不快的"丑"，克制情欲的理性形象是高尚的美，这是在汉代占主导地位的整体审美观。虽然，这种以克制情欲表达和道德理性为美的审美具有积极意义，但也存在过于片面之处。这种机械笼统的断定、挤压人情感需求和对美喜好的文化情境促发了魏晋以后"逍遥适性"② 和六朝情感美学。魏晋时期提出的"自然适性"、解放人性和"解放情欲"的人生主张，在某种程度上可以解释新闻叙事的情感美学在20世纪90年代之后的演变，即从纯粹强调诸众情感的美学观，逐渐衍生出鼓励个体情感的美学观。如20世纪80年代，以新闻人物视角来观察世界、推动事件发展的"具有内视角特征的全知视角"在通讯写作中开始转向通过侧面的、间接的人物心理描写来刻画人物形象的视角，自此，一种真实反映人物内心世界的表述方式（不再用写作者来叙述与评价，而完全由人物自己来说话的方式）借由叙事视角自然形成。

21世纪以后，通讯的叙述视角和人称不再拘泥于某一种固定的形态，开始出现更具灵活性的三种组合型叙事视角及人称的变换。第一种，第三人称主人公视角与第一人称受访者视角之间的转换，即以全知视角为主，同时大量出现人物的引语。这种视角组合为更加真实的新闻效果提供了依据，读者在阅读中感受到文本的叙述者就是主人公，故事情节是由主人公主导的，而第三人称的写作者则很好地隐匿在文本之中。第二种，第一人

① 刘强：《世说新语鉴赏辞典》，上海辞书出版社，2023，第376页。
② 王炳中：《个人与历史：现代文学的体性问题》，海峡文艺出版社，2022，第82页。

称受访者视角与第二人称叙事视角的转换，这两种视角的组合与灵活转换达到了叙述者与读者"面对面"的叙事效果。在视角选择上以第一人称"我"来进行叙述，同时，不断穿插第二人称"你"的叙事视角，会大大拉近读者与叙述者之间的距离。第三种，第三人称主人公视角、第一人称受访者视角以及第一人称亲历式视角三者之间的转换。这样一来，完全打破了过去在第三人称主人公视角中，记者不参与情节、不在叙述中担当任何角色的单一视角模式。这三种视角的组合方式虽然在内容上各不相同，但它们的共性是极大增强了新闻叙述的真实感，从而唤起了情感美学的认同感。结合早期"接近于第一人称的第三人称叙述"来看，获奖通讯在叙述视角上的发展始终都沿着一条基本的原则，即实现"叙述的真实"，其变化是以不断提高这种真实感为目标。

如《老阿妈和她的国旗》（原载于《西藏日报》1998年9月20日）一文采用的是第三人称主人公与第一人称受访者视角的转换：

> 今年84岁的次仁曲珍，孤身一人，靠着自己家几亩地维持着生计。
> 自70年代开始，在国庆、春节、藏历年等每一个节假日里，她总要在自己的屋顶上升起一面五星红旗，这已成为一个风雨无阻的习惯。
> 她对记者说，我的所作所为是一件很普通、很平凡的事情。

老阿妈次仁曲珍是这篇通讯的主人公，全文以第三人称"她"的视角来讲述老阿妈的故事，记者对老阿妈的心理描写又是以她的自述视角"我"来叙述。"她"与"我"两种视角之间的转换，共同指向了老阿妈一个人，这种转换在提高叙述真实感的同时，与老阿妈多年如一日具体的升旗行为相辅相成，以个体对应个体，作为叙述个体的老阿妈回应了作为叙述对象个体的读者，情感以共通的感动实现精神的认同。

真实感之于新闻来说并不是一个新鲜话题，它是新闻的基本原则，然而，从审美角度来解读真实感，我们发现，真实感与情感审美存在关联性。情感美，作为审美中的一种类型，体现的是"感人心者，莫先乎情"①，只

---

① 张悦：《语文课堂 真实情境的实践叙事》，浙江教育出版社，2023，第163页。

有感动了读者的通讯，才有可能在读者脑海中留下印象，其新闻传播的说服效果才有可能实现。由上述案例可见，通讯中实现情感美，还需要具备两个重要的辅助性要素。其一，真实可信。只有真实的新闻事实是不够的，还需要真实的新闻效果。获奖通讯的真实效果在叙事视角的转换中，就表现了这种无意识的指向性，即视角的转换使得新闻真实的效果在提高。其二，置身于其中的场景。人称变换在带来真实效果的同时，带来了艺术化的表现力，将一个个新闻文本表现为一个个有情有景的"实景"空间，读者在不知不觉的阅读状态下被带入文本设置的场景空间，故事中主人公的喜怒哀乐，就不再是一出自说自话的"独角戏"，而是被呈现于立体空间中的戏剧化图景，情感美也因此有了一个展示的平台，使读者不知不觉地融入其中。这种更偏重个体情感的审美观，在通讯叙述中已经运用得相对成熟，案例也不胜枚举。如《那一夜我们没有采访》（原载于中新社 2008 年 5 月 19 日）这篇反映"5·12地震报道"的获奖通讯，展现了新闻工作者在危难时刻所展现出来的新闻伦理道德。其中，第一人称"我们"作为全篇新闻的视角，以亲历的方式展现了灾难现场救援人员、难民、记者三种人齐心协力、抗震救灾的精神。

> "我的孩子已被埋十个小时了""你们快点想办法啊……"
>
> 我们作为中新社报道灾情的第一梯队在行至绵竹汉旺镇时，第一时间目击到东方机轮机厂中学垮塌校舍的惨状。
>
> "救救我！"垮塌的房屋中，不时透出被埋学生凄惨的呼喊声。
>
> "快点救人，快把这里的情况报告出去"，有人向我们喊着，我们一路狂奔，终于走到了一个有手机信号的地方。
>
> 一夜折腾，已近黎明，我们这时却找不到返回的路。

这篇通讯的视角与《老阿妈和她的国旗》的视角相比更为灵活。在亲历者视角中，既有第一人称"我""我们"，也有第二人称"你们"的对话场景，因此读者在阅读过程中仿佛置身于新闻现场，真实感较之以往进一步提高。

21 世纪的第二个十年至今，多重视角转换的综合运用，将个体情感美学的表达向纵深推进，在文化复兴与当代社会现实需要的共同情境中，中式美学情感审美内涵中的趣味得到了彰显。情感美学中的"趣"，在诸多古典著作中都有体现①。如《浮生六记》《闲情偶寄》《陶庵梦忆》等，这些作品的叙事不同于戏剧、小说等虚构故事，都是作者对真实生活的记录，情真意切，展现鲜活生动的民间风俗与市井百态，当时社会的风土人情跃然纸上。我们从中可读到，古人一面咀嚼现实的苦难，一面营造怡然逸致的精神世界，以有趣对抗平淡。这种舒缓的叙事节奏在当下的新闻叙事中有所复苏，主人公热爱生活的精神品质透过多重视角转换营造出舒缓的叙事节奏，既有助于对新闻人物精神的主题彰显，也为读者提供了一种自洽的阅读审美体验。如第二十八届中国新闻奖获奖作品《"见字如面"23年》（原载于《工人日报》2017年3月18日），全文仅1489个字，作者从"12本家庭日记、6820多条留言、24万余字"中，精选了一家三口的留言，讲述了亲情之美、家庭之美、人性之美。每一条留言，都还原了夫妻生活中的小细节、小情趣。

> "亚娟，昨晚在列车上没合眼吧？一回来就趴在沙发上睡着了，看着好心疼。你最喜欢的冬果梨汤熬好了，在茶几上，醒来记得喝，我先出乘去了。"
>
> "亲爱的，这两天武威温度下降得厉害，你的毛衣毛裤我洗好放在卧室第一个衣柜里了。记得穿上，保重！"

丈夫心疼的模样以及熬好的冬果梨汤，妻子一声"亲爱的"以及洗好的毛衣毛裤，这些无不让阅读者心头一暖、会心一笑。朱光潜在《谈美》一书中提出，"所谓的美感体验，其实，不过是在聚精会神之中，我们的情趣和物的情趣往复回流而已"。② 更何况物作为情的载体，情趣此中，自是生生不息，贯穿人们生活始终。记者通过夫妻之间往来的书信，发掘生活细枝末节中的闲情逸趣，报道百姓在普通的日常中，以生活趣味构建和

---

① 〔美〕司马富：《清朝与中华传统文化》，张安琪、荆晨、康海源译，九州出版社，2022，第240—244页。

② 杨春时：《中国现代美学思潮史》，百花洲文艺出版社，2019，第132—135页。

谐的家庭和事业，以此升华新闻价值。

正如美学是情感学，美是关乎情感快乐的，而在情感快乐的背后，有着价值的主宰。在审美实践中，美实际上是"有价值的乐感对象"。

四 "白描雕琢"与"饱游沃看"：师法畅达之美

关注文学作品研究的叙事学自身就包含了丰富的美学内涵，因此，我们当试着用叙事学的理论来研究新闻作品、以叙事学的方法来写作新闻时，主观上促进了新闻写作与文学写作手法的融合，客观上将新闻写作提升到了一种美学的境界。无论我们承认与否，新闻写作中的美学意义是客观存在的，同时，美学内涵的存在形态与时代和环境密切相关。根据前文所述，"白描"经历了从正文到结尾的位置移动，其描写手法的美学表达在"雕琢"之间产生了真实、情感等多重价值。

21世纪的第二个十年，白描手法的运用日臻成熟，但获奖通讯中大量使用的白描雕琢并未让叙事陷入舍本逐末、中心弱化等困境，主要是因为"饱游沃看"与"白描雕琢"的融汇，在记者笔下，表现为对事件宏观、中观与微观的结构调控，通讯呈现出中国绘画美学中"山泉之林"般的畅达之美。

首先，从20世纪70年代末至80年代，"细节雕琢"的美学叙述出现在报道中，获奖通讯在吸收了同时期散文、诗歌等文艺美学表达的同时，以追求新闻的真实感和感染力为目标，极大地促进了细节雕琢在新闻文本中的成熟。人们对美好世界的渴望、对诗意浪漫的向往，影响了这一时期社会主流文化的内容与形态，散文、诗歌等充满了积极、激情和憧憬的文学体裁开始流行，这些文化的风靡与当时人们的精神生活是相吻合的。与此同时，通讯的写作和审美实现受到了整个时代环境的影响，记者在自觉与不自觉中，也开始倾向于满足社会大众的这种精神需求。散文、诗歌的精髓在于描写，通过大量"白描"手法营造一个令人愉悦的精神世界，成为这一时期获奖通讯中显著的话语特征。从审美角度来看，通过文学手法的运用来营造愉悦的美学空间和精神世界，是通讯写作与诗歌、散文等共同的审美追求。叙事学解释了"动机支配行动，而动机则是情感的组成部分，人的任何行动都源自于情感的到位"①，因此，在通讯记者针对人的行动或动作而使用的白描手法，实际上，就是对人物情感的一种外在展现。在读者阅读新闻文本的过程中，大量"白描"将读者带入一种与"概述"不同的阅读体验。

例如，《相思正是吐黄时》［原载于《人民日报》（海外版）1987 年 11 月 12 日］这篇通讯，是在台湾同胞到大陆探亲前夕，通过一个个真实感人的案例，宣传我国政府对台湾同胞往返自由政策。新闻在进行宣传时，除了依靠理性叙述和论说道理之外，诉诸情感需求是非常有效的手段之一。对于获奖通讯来说，重大主题是基本要素，如何对重大主题进行有效的说服传播，叙述美学的作用便由此体现。在这篇通讯中，我们从"白描"中体会到情感与宣传之间的强关联。

> 他，张先生，这个湘西吊脚楼出来的人，长得壮壮实实。18 岁被抓兵时，母亲正在病中。
> ……
> 小时候家里很穷。他命里不好。在家乡的农舍里，母亲紧抱着眼眶溃烂的婴儿，整夜啼哭令她不安。看不起医生，邻人告诉她用盐水或许能治好。母亲不忍心用家里仅有的粗布去擦拭孩子嫩弱的皮肤，就用舌尖一分分舔舐婴儿的眼眶。孩子终于睁开了明亮的双眼，母亲长着久被盐水和脓血腐蚀而溃疡的口腔，咿呀着一个个向邻居倾吐着自己的喜悦！这情景，也就成了漂泊游子永久的记忆。

在这段文字中，母亲的一举一动以白描的方式得到呈现，母亲做出这番行为的动机完全是出于爱，出于人世间一种最无私的母爱。这份母爱在游子张先生的心里放了 38 年，随着故事中对母亲动作的展现，作为一个远离母亲多年的孩子，其内心的痛苦和挣扎，这种情感非常容易在读者与人物之间产生共鸣，读者就更能体会到大陆开放台湾同胞自由往返探亲政策的非凡意义。

---

① 黄昌林：《电视叙事学》，电子科技大学出版社，2003，第 260 页。

　　由此看来，在增强获奖通讯作品形象化的过程中，白描手法以简洁、细腻的叙事美学方式间接呈现了新闻人物的情感世界，同时满足了人们精神世界的情感需求。可以说，20世纪80年代的获奖通讯，用白描手法从根本上改变了整个通讯写作的格局，从叙事话语的革新开始，通讯在写作上对文学的吸收一发不可收拾，接下来，便有了叙事结构、叙事视角、叙事时间等。

　　其次，20世纪初期，细节雕琢的白描手法在新闻中的位置运用更为灵活，前文已论述，针对人物报道的通讯结构图式，经历了从"概述性意义生成结构模式"向"细节性意义生成结构模式"的转型。21世纪以前，人物通讯往往都是在英雄过世以后，才对其生前事迹进行回顾性报道，时间跨度大、概括性强，故通讯结构多以概括性评述开头，再铺陈详细的人生事件，最后以人物事例收尾。而随着市场经济的进一步扩大，人物通讯的报道视角扩大范围，当对象多集中于普通百姓和小人物身上的闪光点时，报道便开始选择普通人生活中的某个事实细节，以人物的事例为起点，经过对具体化人生事件的描述，最后以"事实言论"作为结尾。将细节予以具体化呈现，以"细节性意义生成结构模式"为主的结构与"概述性意义生成结构模式"相比，虽然在框架上两者具有很大的相似性，但在叙事元素上略有不同，特别是文章结尾处的变化体现出通讯审美的一种提升，是从无意境美到有意境美的实现。"细节性意义生成结构模式"结构在结尾部分的"事实言论"虽然具有概括性，却与一般"概括性评述"有区别。前者往往饱含一种意犹未尽的叙事效果，在概述事实中，留给读者无尽的回味与沉思，这正是"细节性意义生成结构模式"所追求的美学境界。

　　例如，《情切切 意绵绵——亲人眼中的郑培民》（原载于《湖南日报》2002年10月12日）的结尾部分这样写道：

　　　　良师、知音、楷模；情切切，意绵绵。这就是一个妻子眼中的丈夫，一个孩子眼中的父亲。

　　再如，《索玛花儿为什么这样红——记优秀共产党员、木里县马班邮路乡邮员王顺友》（原载于新华社 2005 年 6 月 2 日）是一篇报道主人公先进事迹的通讯，其中所展现的人性美和高尚情怀令读者为之动容。这篇通讯在"细节性意义生成结构模式"中结尾处是这样写的：

> 5 月的梁山，漫山遍野盛开着一片一片火红的花儿，如彩虹洒落在高原，恣意烂漫。同行的一位藏族朋友告诉记者，这种花儿叫索玛，它只生长在海拔 3800 米以上的高原，矮小，根深，生命力极强，即使到了冬天，花儿没有，它紫红色的枝干在太阳的照耀下，依然会像炭火一样通红。
>
> 噢，索玛花儿……

这两个通讯的结尾在陈述事实的基础上，透露着记者的主观评价，类似于一种总结，同时隐约传递着意味深长的含义。第一篇通讯以概述的方式勾勒了郑培民的几种角色，是"良师、知音、楷模"，这角色也是"妻子眼中的丈夫，是孩子眼中的父亲"，点到为止，情深意切的情怀包含在这两句简单的话语中，不失郑培民"情深深，意绵绵"的人性之爱。后一篇通讯的结尾看似是一段闲笔的景物描写，却在读者眼前呈现了一朵朵红得鲜艳、红得耀眼、红得惹人爱的索玛花儿，这花儿就是邮递员王顺友的精神写照，瞬间让读者对王顺友有了具象化又充满诗意的深刻印象。所以说，这种以"事实言论"结尾的叙述方式显然比直接点评或者直观叙述给读者留下的回味空间大得多。

最后，21 世纪后，"细节雕琢"与"饱游沃看"融合，成为新时期的叙事风格，即师法畅达之美。"饱游沃看是郭熙在著作《林泉高致》山水诀中提出的山水画论"①，意思是画家要博览群山，对各种各样的山石有深切的认识和感受，胸中有丘壑，才能体悟自然天成的画卷。这个过程是古人追逐自然之美，寄情山水之间，将一种人文情怀充斥于真山实水中，不断追寻山水之道，并得到满足的过程。中国山水画技法上畅达之美的发

---

① 邱振亮：《中国美术史》，人民美术出版社，2007，第 179—180 页。

展，催生了其后"李可染提出采一炼十"① 的艺术主张。其传承的林泉精神及师法造化传达的畅达之美，更是叙述文本共通的审美观念。如在第三十一届中国新闻奖获奖通讯《攻坚"石墨烯"》（原载于《太原日报》2020 年 5 月 18 日）中，709 课题组作为一个集体，其科学贡献是由几代科学家传承不息而完成的。记者采用的方法非常典型，通过一段对室内静物的白描雕琢，引出了整个课题组的成败与前辈息息相关。

> 在 709 课题组的办公室里，有一株翠绿挺拔的鹤望兰。它叶大姿美、四季常青，有两米多高。这是 2008 年组员们送给王茂章先生的教师节礼物。王茂章先生是陈成猛的恩师，是我国碳材料和碳素领域的权威。在海姆和诺沃肖洛夫获得诺奖前三年，王老先生就敏锐地感觉到石墨烯这种新材料未来的广阔发展前景，同时把这个课题安排给陈成猛，从此，709 课题组率先在国内开展起石墨烯研究。

这段叙述由近到远，从眼前延伸至整个课题组的发展，正如"饱游沃看"内涵所示，记者将千山万水拥在心中，"观望山水远望以取其势，近看以取其质，使审美达到一定广度和深度"②，便可实现"奇绝神秀"。与此同时，这段叙事虽未直接点明记者在现场，但是通过静物白描，记者身处 709 课题组办公室里的事实不言自明，如此也应和了"饱游沃看"所强调的要具有"身处山川时的感受"。郭熙认为"山水之意度见，就在于近观山水之意，不仅在于观其物质之质，而且还要具有身处山川时的感受，才会有春山给予审美主体烟云连绵之情，夏山给予审美主体繁盛之景，秋山给予审美主体明镜萧瑟之色，冬山给予审美主体昏霾翳寒之感"。③

> 早在 2004 年，英国曼彻斯特大学两位科学家安德烈·海姆和康斯坦丁·诺沃肖洛夫，用透明胶带去粘贴石墨晶体，而后将胶带进行多

---

① 西沐：《李可染画院（第 2 辑）》，北京工艺美术出版社，2022，第 1—3 页。
② 罗日明、李燕：《中华绘画文化》，应急管理出版社，2021，第 94 页。
③ 李学更：《中国山水画美学理论解读》，九州出版社，2017，第 141—143 页。

次粘合、撕开，最终催生出一种二维碳纳米材料——石墨烯。两位科学家因此获得 2010 年诺贝尔物理学奖。至此，石墨烯及其相关应用的研究迎来了井喷。

开篇第一段的导语部分，让读者在好奇石墨烯到底有什么价值、如何让科学家们花如此大的心力投入到对它的研究中去的同时，不会被该新闻报道对象的艰深产生恐惧心理。白描雕琢与饱游沃看融会运用方式多样，引语也为其中的一种细节。以下这段文字在聚焦主题核心问题即关键材料的国产化时就采用了引语细节。

"文章一大片，材料看不见"。面对这样一种珍贵的新型材料，科学家们首先要解决的难题便是，怎样将它做出来。"我们不可能拿胶带粘啊，粘两天就只能粘出一小片来，这种方法是无法批量化制备的。"在陈成猛心里，在诸多高新技术领域，如果关键材料不能实现国产化，我们很难从一个科技大国真正成为一个科技强国。

这段叙事的语言表述畅通达意，即便是专业精深的内容也在张弛之间实现了通俗易懂，记者成熟运用两种叙述手法，以畅达阔大之美，体现出中国美学的气魄。正如朱光潜一生所追求的"我的写作风格一直到现在还是在清醒流畅上做功夫，想做到'深入浅出'四个字"①。

五 套层式叙事结构：机械美学与幽默雅趣的平衡美

新闻叙事的演变与叙述者所处的社会语境直接相关，并且始终处于动态过程中。20 世纪末新闻"读图时代"② 到来，直至进入 21 世纪的数字时代，媒介叙事生态发生了本质性转变，可视化成为社会叙事主流，新闻叙事的结构转型也顺应其变，从"因果逻辑模式"结构转向"套层式模式"结构，由此催生了叙事的机械美学复兴与创新，随后以幽默雅趣为核

① 凌继尧：《先秦两汉魏晋南北朝艺术批评史》，江苏凤凰美术出版社，2023，第 246 页。
② 杨芳芳：《读图时代与新闻审美的价值走向》，《湖北大学学报》2005 年第 2 期。

心的中式美学叙事，成为平衡机械美学结构的全新叙事。

首先，"20 世纪 80 年代，我国纸媒运用图片的思路，建立在'配图、补白、调节和美化'的基础上，其办报观念为版面'图文并茂'。……20 世纪 80 年代中期开始，中国新闻传播从'重文字，轻图像'到'图文并重'的变化是划时代的，中国新闻传播事业特别是报刊传播的一场革命"①。许林在描述这一变化时说："从 1990 年至今，中国报纸传播经历了"加强图片报道—扩版—再加强图片报道—再扩版—厚报时代—读图时代"等系列重大变换。读者接受观念也经历了"从文字报道中获取信息—从文字加图片中获取信息—从独立新闻图片报道中获取信息"的演化。记者的传播理念以及信息接受理念和习惯的同步转变，促进了'读图时代'的形成。"② 进入"图文并重"的 20 世纪 90 年代后，读者对报纸的接受心理已经发生本质性变化，长时间在图文阅读的熏陶下，读者形成了直观、明了且重思想的审美习惯，当大众以这种心态面对新闻报道时，任何纯文字报道都不得不适应读者的心理变化。

其次，数字化时代下新闻叙事具有"用数据来讲故事"的可视化特征。叙事可视化表现为，将数据信息的量与关系转变为直观的图形；看图说话，将文字信息转变为形象符号；以图整合，在图表中集成多元信息。③ 其意义是最大化地还原了事实，丰富了受众的阅读体验。由此可见，随着受众审美习惯的改变，特别是读者对新闻图片、视频、数据可视化等的美学接受，通讯这种偏重文字报道的新闻体裁必须注重文字审美的提升。在更加丰富的可视化新闻快速革新的趋势中，文字与图形符号的关系，就由过去的图片配合文字，变成相互补充和印证的关系。加拿大传播学者麦克卢汉曾说，"印刷词语在我们心理生活中割裂和分解的能力，赋予我们的是感受力的分裂"。④ 所有可视化符号的直观感是其最大的传播优势和美学价值，文字因此必须表达图片无法呈现的内容，形式结构上的突破就成为

---

① 许林：《"图文并茂"不等于"图文并重"》，《新闻战线》2003 年第 1 期。
② 许林：《"图文并茂"不等于"图文并重"》，《新闻战线》2003 年第 1 期。
③ 彭兰：《"连接"的演进——互联网进化的基本逻辑》，《国际新闻界》2013 年第 12 期。
④ 〔加拿大〕马歇尔·麦克卢汉：《论人的延伸》，何道宽译，四川人民出版社，1992，第 198 页。

选择之一。回望我国获奖通讯的发展进程可以发现，人们对社会问题的感受意识不断提升，获奖通讯的叙事结构因此表现为"问题生成模式"，它以"问题生成"为初衷和终极目标，提出问题、寻找原因、解决问题的三个步骤构成了通讯的结构模式。但是，随着问题本身复杂程度的变化，这种"问题生成模式"在 20 世纪向 21 世纪过渡前后，形成了世纪交接之前的"因果逻辑模式"结构与之后的"套层式模式"结构。从表面来看，这一结构模式发生变化的原因是社会问题本身复杂性程度有所提升，但是，如果从审美角度来看叙事结构的变化，我们发现逻辑性较强的结构图式下也隐藏着一定程度的感性追求。

结合中国社会物质和精神文明的发展程度看，20 世纪 70 年代末至今，中国社会处于前所未有的快速转型的历史时期，社会物质水平提升，人们精神需求的程度和内容也处于相应变化中，我们可将之概述为：80 年代的改革开放初期，物质匮乏使得人们在精神上需要的是追求和激励；90 年代，人民生活水平普遍提高，新的社会矛盾逐渐出现，贪污腐败、贫富分化、信仰缺失与社会治安等新问题随之呈现，因而群众对新闻有了新诉求，即大众期盼新闻媒体能在解决社会问题、缓解社会矛盾、改善社会关系中发挥解读和指向的作用。因此，通讯中的"因果逻辑模式"结构就顺应了群众的审美需求，其主体部分以因果倒序方式进行结构化设置，即先交代事件的结果，再反向追溯其原因，最后提供解决问题的方案。读者在阅读通讯时的心理体验是，读了开头，就能猜到结尾。正是这一结构本身的稳定性和模板化，通讯的叙述重点自然就落在了文本内容上，白描手法成为这一时期通讯写作的重点，而非叙事结构本身。究其原因一方面，读者不会在阅读过程中过多关注结构的技巧性；另一方面，在相对简单的因果逻辑中，读者也不可能产生结构所赋予的心理期待，如波澜起伏、悬念迭起等。可以说，"因果逻辑模式"结构的式微在审美追求上已经为接下来"机械美学"的复兴奠定了基础。"机械美学，本质上是以数学，即秩序为基础建立的美学观。"① 它提倡由经济法则和数学计算形成不自觉的美，机器被视作这种美最初的具体象征。其内在理念是科学精准的结构部

---

① 乔洪娟：《当代美术与设计教育研究》，北京工业大学出版社，2019，第 18—19 页。

件所具有的规范美学表达。20 世纪末与 21 世纪初，"套层式模式"结构在通讯中的广泛使用基于一果多因的事实本身。形式结构作为内容的载体，面对的是一个问题背后多个生成的原因，在主题与多个次级主题的新闻事实中，看似复杂的套层结构实际上降低了事件本身理解的复杂性，它以比较清晰的结构性逻辑帮助读者更快、更准确地了解事件的原委和把握事件的中心价值，但这种结构有意识地将叙述难度进行了提升，通过更多的悬念设计、问题套层调动读者的阅读兴趣，避免读者读了开头就能猜到结果。

最后，进入 21 世纪的第二个十年，"读图时代"与"读屏时代"成为这一时期中国社会普遍的信息接收方式，新闻以短、平、快的形态，满足读者简单的感官刺激成为新闻叙事的趋势。获奖通讯的"套层式模式"通过悬念设置，使结构科学化，有效满足了读者的心理需求，同时避免了仅仅为了迎合流量而舍弃新闻规律的非持久性窠臼。它通过规范的、精准的、可预测的结构形式来"提亮"核心内容的呈现，这一时期叙事中的"机械美学"由此复兴。"机械美学"的创始人勒·柯布西耶（le Corbusier）受到现代主义设计思想的影响，"在 1919 年与法国立体主义画家、艺术设计理论家奥尚方（Amedee Ozenfant）共同提出了以新柏拉图主义哲学为依据的纯粹主义的机械美学"。① 柯布西耶强调的机械美学，是指面对飞机、汽车、计算机等新科技时，产品的外形设计不受任何传统式样的约束，完全按照新的功能要求而设计的，因此更具合理性。查尔斯·阿什比（Charles Robert Ashbee）曾说："现代文明依赖于机器，若对此缺乏认识，艺术学说的根基或本源难以维系。"② 18 世纪末以来，大型机器的涌现，在 200 年内深刻改变了人类对客观世界的感知和认识，因此，"机械美学观"的内涵源自机械运动因素，包括灵活、秩序、尺寸、速度、力量、紧密等。新闻通讯以结构的秩序感、严谨的逻辑性有效提升了叙事的速度和效率，其规范性的结构美学表达，通过实践展现了机械美学从物质价值到精神价值的过渡。

21 世纪后，获奖通讯所处的文化环境是从"边缘新闻向主流新闻渗

---

① 　张慧：《视觉传达设计史》（第 2 版），清华大学出版社，2022，第 169 页。
② 　王晨升：《工业设计史》（第 3 版），上海人民美术出版社，2022，第 93 页。

透"，边缘新闻是指主流新闻之外的消闲性或娱乐性的新闻，被蔑称为花边新闻。当边缘新闻开始主流化时，所谓的娱乐性新闻开始登上主流媒体的平台，传统的新闻观开始转变，它不再过分强调意识形态和新闻生产的主导性，而是重视新闻的大众性和娱乐性。而娱乐化对于新闻审美最直接的影响，就是读者的审美需求开始倾向感官的快感，于是"快感成了人们最主要的审美方式，娱乐提供了最为普遍、广受欢迎的快感资源"。① 虽然，通讯本身并不是娱乐新闻的主要"产区"，但是，快感体验不分区域。读者在阅读通讯时同样要获得快感，他们既要求内容上的流畅，也需要有形式上的刺激。与此同时，随着近十年的智能技术赋能新闻生产，平台化新闻逻辑在不断强化娱乐趋势，直至"信息茧房"成为普遍现象。从广义的社会层面看，中国进入一个物质极大丰富的时代，人们在面对越来越丰富、繁杂的物质环境时，变得愈发迷茫，焦虑感和迷失感并存。这时人们需要一个精神出口和方向，闲适的心灵、内省的精神诉求开始强烈起来，人们需要能够让自己放松下来又不失趣味的新闻。新闻能够发掘生活中包含的幽默旨趣和讽刺美学，寓庄于谐，将情与趣糅进字里行间，那便是实现了"美的更高境界是幽默"。

此时"套层式模式"结构除了对悬念式审美需求的满足之外，由于它具有若干个次级主题，以及形成的多个相对独立部分的特征，这意味着文本有了更大的空间为话语、视角和时间等叙事方式展示更具内涵的信息，满足现代社会中，人们对趣味幽默以及适时反讽的精神需求。如《一天陪洗八次澡　迎来送往该改了——来自基层的中国民生见闻》（转载于新华社 2012 年 12 月 19 日）也是一篇揭露式问题通讯，它少了些制造悬疑感的结构形式，那种针尖对麦芒的质问在叙述中以幽默又蕴含讽刺的美学表达，彰显机械美学与幽默美学平衡的审美体验。文章开头，首先抛出了核心问题：

又到年终岁末，各地正处于接待高峰期。有哪些浪费陋习亟须改变？接待难题如何破解？

---

① 　张晶：《作为美学新路向的审美文化研究》，《现代传播》2006 年第 5 期。

接下来这样描述：

> 内蒙古某县城以温泉著称，这里分管外宣工作的副县长对记者说，年底了，很多部门要过来参观考察、检查验收。
>
> 有一天，他接待了十来批客人，大多数来的人都要体验一下当地的温泉，他一天陪洗了八次，整个人都快泡虚脱了。最后一次他都没有更换衣服，直接就在洗澡池子里等客人到来。

这里用极为简练的语言"一天陪洗了八次"高度概括和形象再现了基层接待的无奈与浪费。话语以简洁且意味深长的形式塑造了一个个典型的、被网民称为"基层接待浪费的真模样"。这篇通讯在"套层式模式"结构的框架内，以话语表述的幽默蕴含讽刺，让人在忍俊不禁中对基层接待铺张浪费的问题有了深刻感受，规整的结构与诙谐的内容表现的平衡之美，虽不易察觉，却创新了通讯叙事的美学路径。

综上可见，套层式结构的美学表达，提高了读者阅读新闻的效率，对机械美学赋予新闻结构的美学表达进行了实践。然而，形式终究是以内容为中心，机械结构的规范、精美，也会不断激发非机械结构的艺术性，以此达到叙事效果的平衡。这种叙事美学如同天平，若机械美学为一端，另一端则有很多选择，如诗意的意境美学、轻松直观的感官美学等。获奖通讯在当下可视化传播情境中做出的共同选择就是幽默雅趣的精神美学，这种非直接感官刺激体现的美学表达，正是中国文化审美特征中思想美学的折射。

本章小结

若将新闻叙事视为一种理性，那么，新闻叙事美学就是新闻叙事无目的性的艺术追求，是将读者视为与叙述者一样的主体，能够被叙事过程吸引并获得心理触动的叙事形态。因此，其特质是人类共通的感受体验，根植于中国文化中的日常生活美学，于是，在东方美学复兴的情境中，获奖通讯演绎出了叙事美学的复兴与创新。一方面，中华优秀传统文化、红色文化、革命文化的内涵通过新闻叙事方式得到深化与强化；另一方面，通讯的叙事放弃了史诗性的话语建构，在聚焦重大社会问题中关注个体生存和生活状态，通过书写时代变迁中普通个体的日常经历、生命感受，形成了新的美学表达，构建起全新的叙事美学空间。

结　语

第一节　"叙事"的说文解字：中国文化"底色"的意义

一　以"史"为渊源的中国叙事

在《说文解字》中，历史的"史"字和"事"字是被放在同一个部首的，"这反映了两者在中国文化中的渊源关系"①。事实上，中国传统叙事的缘起就是记史。史学在中国学术史中的优势地位，使得中国传统叙事决定了要以"史"为源头与重点。"而西方在20世纪索绪尔以共时性置换历时性来分析语言之后，现代语言学作为当时的优势学科"，影响了"西方理论家随之用语言学方式来解释叙事学，就有了语法、语式、时态这样一些概念"。②

从发展过程看，中国叙事学首先从史学中发展生成，然后波及散文、诗歌，因此，史学的特征也是中国叙事学的特征，这一点与起源于神话、史诗的西方叙事学不同。"史"意味着大跨度、大视野和历史的纵深感，以"史"为源头的中国通讯写作使得一些作品的开篇就饱含这种"文化印记"。因此，宏观叙事思维在通讯的叙事元始中依然有生命力。

从叙事工具来看，中国传统叙事时间观念的表达，乃是通过时间词或句子和上下文共同体现的；而西方叙事使用的是形态语言，其单词本身就

---

① 李松涛：《天上人间：禹域神话与岁时令节》，上海三联书店，2023，第211页。
② 杨义：《中国叙事学的文化阐释》，《广东技术师范学院学报》2003年第3期。

可以表达时态。时间概念通过单词就可以体现出来。这也在一定程度上形成了中西叙事的差异性：源自记史的中国叙事，注重在时间的延续过程中传递时空流转赋予的道理，体现含蓄和意犹未尽的历时美；而源自神话故事和史诗的西方叙事，重视的是细节与情节，注重在跌宕起伏的情节变化中传递趣味性的内容，体现直观简洁的感官美。

虽然，作为社会科学一个重要分支的叙事学是不分国界的，但不同文化背景、历史传统与语言差异造就的中西叙事学在本质上仍有不同之处，中国是"历史叙事"，西方是"语法叙事"。

二 隐藏中国文化传统的新闻叙事

从叙事话语角度来看，中国新闻奖获奖通讯的叙事话语经历了五个阶段，从描写手法的引入，到直接引语的使用，再到白描和故事化叙事以及倚重观点的平衡叙事、交互性叙事。这一变化过程中的话语表述与西方新闻叙事极其类似，证明了20世纪末以来，中国新闻通讯叙事话语受西方新闻写作的影响较大。但是表面上的相似性，掩盖不了内在的本质差异，这就需要在以"史"为源的中国叙事传统中寻找原因。

一是故事化写作蕴含寓教于乐的说教本质。当代中国新闻通讯的叙事写作从描写到故事化的话语变化过程，虽然与西方新闻写作的转变过程相似，都是从"信息模式"到"故事模式"的转型，但西方遵循的是新闻性原则；而中国新闻叙事所遵循的核心原则则是教育性原则，中国通讯写作的故事化叙事中始终存在一个根本目标，即寓教于乐的启发和说教核心价值，这与中国传统叙事学的"诗教""文以载道"等强调叙事的功能性一脉相承。

西方新闻的"讲故事"则是源自大众化背景下对新闻趣味性的追求。1890年前后，西方新闻报道分为两类：一类是"故事模式"；另一类是"信息模式"。在一战以前的美国新闻业，"信息模式"占据主导地位。从普利策接办《世界报》开始，其报道便倾向关注新闻事实的故事性、煽情性和新奇性，《世界报》的"故事模式"也就成为西方新闻写作的首选。而"讲故事"事实上也是中国传统叙事学的特色，先秦两汉的文赋往往也不是直接讲道理，而是从小故事说起，如《公孙龙子》中的《白马论》、贾谊的《鵩鸟赋》等。但是，"讲故事"本身不是目的，目的是要通过故事这种表述方式告诉人们道理。当讲故事的叙事方式进入现代新闻写作时，通过讲故事的手法写作新闻，除了让读者及时知晓发生的新闻事件外，还要让读者从故事化讲述中得到某种情感的震动和警示的感悟，从而使新闻更具有价值与意义。那么，当故事化写作成为当今欧美国家和中国新闻写作中的共同趋势时，基于以启发为目的与基于以趣味性为目的的故事化写作所带来的问题也有区别。西方新闻的"讲故事"在以戏剧化情节吸引人的同时，可能会流于肤浅，而这个问题在中国新闻奖获奖通讯中出现的可能性就较小。中国通讯写作中故事化的重点本不在情节的设计上，故事是为讲道理服务的，因此，中国通讯的"讲故事"往往会打"情感牌"，这就有可能因为过度追求感情化的故事效果而使虚情假意泛滥，以及使读者因为过多的情感刺激而产生厌倦、麻木。由此可见，虽然中国通讯写作的某些特征与西方极其相似，但只有清楚了本质上的差异，才能避免写作上的误区，而不是简单地套用和照搬西方模式。

二是中国通讯擅长的景物描写乃是情感体现。描写手法在中国叙事文本中的运用，根源于"史"中的白描，重视的是生动传神、含蓄隽永，铺陈、对比、烘托等情感意义含蓄地表达于其中。因此，当白描运用于新闻写作时，这种传统文化的底蕴并未消失，含蓄蕴意的景物描写便是中国新闻奖获奖通讯描写手法中出现最多的一种类型，这一点与西方新闻写作中多采用人物心理描写是不一样的。景物描写，将白描手法所具有的蕴藉含蓄的美学张力充分发挥，从而将读者带入较高的艺术境界。景物的客观"再现"，饱含写作者真挚丰富的情感，其抒情方式是蕴藉的，好像蒙上了一层轻纱，表面上很清淡，但是沁入读者内心又是深刻的。例如，《"三西"扶贫记》（原载于新华社2012年6月20日）一文的主题思想是对党中央、国务院确定的"三西"地区扶贫开发30周年成果进行检验。那么，文中的教育意义是如何通过叙事话语来体现的呢？

"走哩走哩哟，远远地远下了，心里像刀子搅乱了。哎嗨哟的哟，眼泪的花儿把心淹哈了……"这是六盘山下一个风沙弥漫的黄昏。

70多年前，一个孤独的青年在西北高原上踽踽前行。突然，身后传来了略带嘶哑的"花儿"，是那么的忧伤，这是车马店女掌柜五朵梅在为他送行。这个青年，就是后来蜚声遐迩的"西部歌王"——王洛宾。

这就是西北的曲调、西北的人，有眼泪，还有饥饿和贫穷。

六盘山所处的宁夏西海固，与甘肃定西、河西，合称"三西"，这里是灿烂的马家窑文化发源地，又曾是中国最穷的地方之一。

在这段景物描写中，读者仿佛可以看见一幅贫瘠荒芜的西北高原画卷，然后，文中通过一幅幅类似的场景以对比、反衬的方式再现了"三西"这三十年来的进步历史。

红底黑纹的古陶上，涡旋纹和蛙人图腾向人们表明，远古时代，这里水草丰茂，鱼蛙如织。

秦汉时期，这里曾是"大山乔木，连跨数郡，万里鳞集，茂林荫翳"。直到唐朝，还是"闾阎相望，桑麻翳野，天下称富庶者无如陇右"。

然而，近几百年中，气候变化、战乱频繁、过度开垦，使三西黄土高原却沦为秃山枯水。

最旱的年头，草长得太短，驴只好把嘴扎到地皮上去啃，结果下嘴唇都被坚硬的地面磨掉了，嘴肿得像水桶粗。渴极了的牛嗅到了水的气味，挣脱了缰绳，追着政府的送水车一路狂奔。水盖刚打开，几只麻雀自天而降，一头扎进水桶，溺水而亡。

作者通过白描手法对典型形象和细节加以提炼，在一段不长的细节描写里反复渲染和尽力突出"三西"贫困景象，在对重点细节精雕细刻的过程中揭示了文章主旨。

接下来，同样的画面描写却有了不一样的景象。如：

马家窑陶罐上的远古人形，让现代人生发出无尽的畅想。

那是粗线勾出的一个播种者：昂首阔步，甩开两臂，张开五指，撒出去的种子像蜻蜓般展开翅膀，漫天飞舞……

这个播种者让我们忍俊不禁。不知这个小人儿会不会唱"花儿"，可那身段儿活脱脱就是一个瓦广吉。

彩陶上的播种者，播撒的是先民对农耕生活的理想；阳屲梯田山上的瓦广吉，播撒的是乡亲们五彩的现代梦想。

在这篇通讯中，写作者强烈的感情在描写手法中以一种节制的方法被表现出来，令读者在平淡舒缓之中慢慢领略隽永的意味。[1] 这一幅幅泼墨写意的画面为读者呈现了"三西"扶贫开发波澜壮阔的历史。这篇报道巧妙借鉴了白描文学手法，使新闻性和艺术性高度融合，像一曲优美的"花儿"，荡气回肠，唱出了"三西"人民的心声，也为这篇通讯营造出一种与众不同的民族风格与民族气息，发扬了中国白描的美学传统，充分体现了白描的本色之美——朴素、明白、通畅，如行云流水般通俗清丽。

第二节　获奖通讯的立身之本：在流动中寻找交集

一　在流行性与流传性中寻找一个交集

流行性和流传性是我们在获奖通讯审美部分提出的看法，两者看似矛盾，实则统一。一方面，要想使通讯在社会中"流行"，就必须符合当下的社会观念，具有特定历史时期内涵"烙印"，主题要符合主流价值观，审美要具备时代美学标准；另一方面，要想使通讯在时间的前行中一直"流传"，就必须具备社会性价值，能够在若干年后依然具有新闻和艺术的魅力。

时代的阶段性与时代的历史性，似乎是难以兼具的两个极点，然而，在回顾过往 30 年里的中国获奖通讯，我们发现那些真正为人们所记住，并且影响了人们观念、推动时代进步的作品，正是兼具了这两点。因此，在两者之间寻找一个交集，建立一种平衡空间，是每一个时代获奖通讯都应

---

[1]　解华平：《〈背影〉与中国白描散文传统》，《曲靖师专学报》1999 年第 2 期。

该努力实现的。例如，《索玛花儿为什么这样红——记优秀共产党员、木里县马班邮路乡邮员王顺友》（原载于新华社 2005 年 6 月 2 日）以细节反映了思想和情感的综合美：

> 老母亲活着没有得到他一天的照料，临病逝前，喊着他的名字，见不到他的身影。那一刻，他正在邮路上翻越雪山。
>
> 韩萨说她自己是"进门门里没人，出门门外没人"，想得太苦了就拿出丈夫的照片看看。
>
> 有一次，韩萨病了，因为没有钱，去不了医院。当时儿子在学校，女儿去了亲戚家，她只好一个人躺在家里苦熬着。不知道熬了几天几夜，当王顺友从邮路上回来时，她已经说不出话来，望着丈夫，只有眼泪一股股地往下流。王顺友向单位的工会借了 1000 元钱，把妻子送进了医院，服待了她 3 天。3 天后，妻子出院，他又要上路了。握着韩萨的手，他心头流泪，轻轻说："人家还等我送信呢！"善良的女人点点头。
>
> 他有一本发了黄的皱巴巴的学生作业本，每一页上面都记满了他在邮路上唱的山歌，其中很大一部分是相思相盼的情歌。他说："那是唱给韩萨的。"说这话时，他眼里有泪。
>
> 邮路上乡亲们塞给他的好吃的东西，哪怕是一个果子，一颗糖，他从来舍不得吃一口，总是带回家，让妻子儿女品尝；每一趟出门，他总是把家里的事一件件安排好，把妻子要吃的药一片一片地数好，包好，千叮咛，万嘱咐。他对记者说："每次从邮路上回来，当老远能看见半山腰的家时，心里就开始慌得不得了啦，巴不得一纵身就跳到家里，剩下的两小时的路，几乎是一路小跑……"

上述细节描写，将母子情、夫妻情这种当下人们在精神上需求的情感美，展示得淋漓尽致，很好地使作品具有流行性，兼顾了"王顺友勤勤恳恳工作"这种具有普适价值的思想美。

当然，还有些不曾获奖的通讯流传了下来。比如，在中国新闻奖奖项设立之前，一篇曾经感染和激励了数代中国人的通讯《为了六十一个阶级弟兄》（原载于《中国青年报》1960 年 2 月 28 日）是一篇富有时代气息的新闻作品。这篇通讯报道的事件是 1960 年春节刚过，山西省平陆县有 61 位民工集体食物中毒，生命垂危，当地医院在没解救药品的危急关头，用电话连线全国各地医疗部门，终于找到了解药，但陷于交通不便，药品不能及时送达的困境，当地政府便越级报告国务院，中央领导当即下令，动用部队直升机，将药品及时空投到事发地点，61 名民工得救。

一方面，这篇通讯的事件内容与故事发生的时代紧密贴合，"阶级敌人"投毒，造成了我们"阶级兄弟"的生命垂危，这就促使广大群众对"阶级兄弟"的关心更为迫切。

这位 50 来岁的老书记，立刻站了起来，目光炯炯地把会场扫视了一遍，然后，果决地说："同志们，现在要全力处理一件急事，会议暂停！"

说完，郝书记一甩手，披起那件旧棉大衣，立即召集县委常委会议研究，当机立断，全力抢救。片刻，大卡车就载着负责同志，载着县医院全部最好的医生，在茫茫的黑夜里，翻山越岭，向我们的 61 个阶级弟兄身边奔去！

再如——

当船工们听说是为了挽救 61 个祖国建设者，老艄工王希坚，不顾今晚正发喘，猛然从热乎乎的被窝里跳了起来，系上搭、吆喝一声："伙计们，走！"

后面王云堂等几个人紧紧跟上。来到岸边，二话不说，驾起船，直奔河心。凭着与黄河巨浪搏斗了几十年的经验，凭着一颗颗赤诚的心，终于打破了黄河不夜渡的老例，把取药人安全送到了对岸。

另外：

"请赶快物色一块平坦地带，要离河道远些准备四堆柴草。飞机一到，马上点火，做（作）为空投标志！"

"好！立即准备！"

于是，书记、县长亲自指挥，有线广播站里传出来了最洪亮声音，向县城附近的机关、学校、人民公社，向几千几万群众，发出了县委、县人民委员会最紧急的号召。声音所到之处，正在学习拼音文字的干部们，撂下了书本跑出来，学生们从温暖的教室里涌出来，老人们拄着拐杖走出来，新婚夫妇从温暖的新房中走出来，建设局的工人们，拖着废木碎柴往城外空地上跑；圣人涧那面的山坡上，又有一大群红旗公社的男女社员，抱着大捆大捆的棉柴芦苇，向这块平坦地势上奔来……

这几段文字将阶级兄弟之间，如群众与群众、干部与群众之间的真诚、质朴无华的深情充分表达，使人们深受感动，因此"崇高的阶级友爱精神"和"伟大的共产主义风格"成为这场新闻热潮的主调。

另一方面，这篇通讯的核心主题——团结协作以及展现的人间温情，不仅具有时代性也具有流传性。当时我国正处于"三年困难时期"，社会中缺医少药，团结协作就是这个时代最重要的精神。正如上述引用的几段文字就浓墨重彩地叙述了在短短的20多个小时内，从城市到乡村、从平陆山区到首都北京、从部队到地方、从领导到群众，都在急61名普通农民之难，真正做到了"一方有难、八方支援，团结协作、战胜困难"。这篇通讯一度成为当时新闻的范文，后经删节被发表在《人民文学》1960年4月号上，并且入选了中学语文课本，影响并成为几代人的集体记忆。

由此看来，奖项本身是对通讯综合价值的肯定，但是，"获奖"并非通讯作品唯一的"身份标签"。

二 在理论探讨与实践操作结合中寻找一个交集

"最终的判断标准，是你有没有把故事讲出来，有没有新闻或新的东西拿出来。手段越来越多样化，我们应该鼓励大家去试验。"① 这段话点明了新闻领域中的一个基本道理：无论是新闻实践还是理论研究，只有放开手脚、积极探索才有成功的可能。

---

① 陈婉莹：《"表演"是风格问题，不是专业原则问题》，《南方周末》2013年3月11日。

　　一是把握时代特色，采取多种手法。就实践层面来看，应该鼓励通讯写作尝试多种手法。综观历届获奖通讯，每一届作品都是对上一阶段的一种实践再实践然后突破，如果没有尝试，获奖通讯不可能表现为五个阶段性的变化。因此，勇于尝试、努力创新是我们在分析了历届获奖通讯作品之后得出的一个基本观点。就目前来看，在媒介融合潮流中，通讯写作更要把握时代脉搏、找准时代定位的新方向。例如，在如今图片冲击力很大的多媒体阅读环境中，虽然通讯写作不能一味地追求"眼球效应"，但是"图文并茂"的新格局促使通讯将叙事理解的范畴扩大化，叙事不仅仅是指文字叙事，还应该包含图片叙事，我们需要高度重视通讯中的图片，将它与文字的重要程度一并考虑。首先，我们需要重视图片的"第一眼效应"，图片对读者的吸引力必然比文字要大，这是由人的生理决定的，很多读者都是在图片或照片的吸引下，才会进行文字部分的阅读。其次，要提高图片或照片的质量，这不单单是指清晰程度、色彩饱和度，而更应该关注图片的美学意义，这是一个涉及图片内容表现方式的问题，构图、角度、色彩等要素都会影响读者对通讯的第一眼判断，如果读者对图片产生了反感情绪，那么就适得其反，图片没有发挥出应有的作用。与新闻文字比起来，图片对读者形成审美体验是直观且感性的，图片的美学价值与信息价值是同等重要的。最后，当今"图文并重"的媒介生态，意味着要重视图片与文字关系的配合，发挥各自的优势，起到优势互补和"1+1＞2"的效果。那么，图片内容包含的信息和文字内容包含的信息，应该是一种怎样的关系呢？

　　正如文字的叙事表达具有间接性、信息提供的完整性、内容的限定性，图片的叙事表达具有直观性、信息提供的局限性、内容的可阐释性。因此，基于两者各自的特征，通讯的图片应在吸引眼球的同时具有美感体验，留有一定的信息悬念，将读者吸引到文字部分，剩下的内容就由文字叙事来完成。可以说，在这方面，目前获奖通讯作品中表现出众者尚有限，大多数作品没有提供图片，而那些配有图片的获奖通讯的图片形式刻板程式化、内容平淡无奇，图片对于文字来说犹如鸡肋。这也是当今许多获奖通讯虽然获得了国家级的最高新闻奖，却无法获得读者认可的原因之一。

　　二是获奖者参与写作思考，促进良性互动。就理论探讨层面来看，新闻研究者们积极运用新闻叙事学理论分析获奖通讯有助于通讯写作的理论创新，例如，在每年的中国新闻奖公布之后，都会有学者针对获得中国新闻奖的作品进行理论分析，如《问题性新闻的写作——兼评"中国新闻奖"部分获奖作品》（原载于《新闻写作》2010年第8期）、《人物通讯写作的"小三"和"大三"——从近三年中国新闻奖获奖作品谈起》（原载于《采写编》2010年第1期）、《"问题"是新闻精品的源泉——评第18届中国新闻奖通讯一等奖作品〈贫困县刮起奢侈风〉》（原载于《新闻与写作》2008年第11期）等，这些论文以理论探讨的方式对实践成果的理论转化起到了很好的推广作用，促进了中国新闻奖获奖通讯在学界的传播力和影响力的提高，但是，分析者毕竟不是写作者，这种分析固然有效但仍是雾里看花，因此，我们更应该鼓励中国新闻奖获奖作品的写作者就作品进行叙事层面的理论分析和总结，从目前现状来看，较多的理论文章是获奖者对采访阶段进行回顾的论文。例如，《"大手笔"来自对宏观的把握——采写〈上海打出"中华牌"〉的体会》（原载于《写作》1994年第3期）的记者张行端和李正华回顾了《上海打出"中华牌"》这篇获得第三届中国新闻奖通讯的采写心得，他们在文中谈到了"感觉到位方能高屋建瓴"，如何在"多角度中把握宏观"，以及如何打破宏观题材千字文的既有藩篱。可以说，这些论文对读者了解获奖通讯最初新闻线索的获取、记者采访过程的心得体会等信息起到了很好的作用，但这类文章都疏忽了写作者对自己在写作叙事层面的思考，这确是通讯写作理论发展中的一个遗憾。毕竟，写作者与作品之间"零距离"的关系非常有助于写作者对获奖的作品进行反思。由此可见，如果在理论界能够有引导地鼓励获奖者发表理论性文章，那么这些思考性文章与学界对作品的评析则可以共同形成对获得中国新闻奖作品的良性争鸣，最终对获奖作品社会传播和影响力的扩大起到更积极的推动作用。

综上所述，只有在实践和理论两个层面相互作用的力量下，用实践创新引导理论探讨、以理论思考引导实践开拓，才有可能在两者的互动中找到一个可行的、合理的交集，促进我国通讯写作的发展。

参考文献

一 著作类

陈望道：《修辞学发凡》，复旦大学出版社，2008。

陈晓明：《解构的踪迹：历史、话语与主体》，中国社会科学出版社，1994。

董小英：《叙述学》，中国社会科学出版社，2001。

董衡巽：《海明威研究》，中国社会科学出版社，1980。

杜丽燕主编《中外人文精神研究》，中国大百科全书出版社，2008。

费伟伟：《人民日报记者说：典型人物采访与写作》，人民日报出版社，2016。

费伟伟：《人民日报记者说：好稿怎样讲故事》，人民日报出版社，2021。

方毅华：《新闻叙事导论》，中国广播电视出版社，2014。

高名凯、石安石：《语言学概论》，中华书局，1996。

龚千炎：《汉语的时相、时制、时态》，商务印书馆，2000。

何兆熊：《新编语用学》，外语教育出版社，2000。

鲁迅：《南腔北调集》，人民文学出版社，2000。

罗钢：《叙事学导论》，云南人民出版社，1994。

刘明华、徐泓、张征：《新闻写作教程》，中国人民大学出版社，2003。

刘保全：《中国新闻奖精品赏析》，新华出版社，2013。

茅盾、老舍：《关于艺术的技巧》，中国青年出版社，1950。

裘锡圭：《文字学概要》，商务印书馆，1998。

沈阳编著《语言学常识十五讲》，北京大学出版社，2005。

沈椿萱：《视读语言学》，安徽文艺出版社，2009。

吴琼：《西方美学史》，上海人民出版社，2000。

巫鸿：《美术史十议》，生活·读书·新知三联书店，2008。

王国维：《人间词话》，中华书局，2009。

许慎撰《说文解字》，中华书局，1963。

徐通锵：《历史语言学》，商务印书馆，1991。

徐培亮：《新闻叙事的故事化技巧》，南京师范大学出版社，2014。

杨春茂：《文艺理论新编》，北京大学出版社，2007。

袁晖、李熙宗主编《汉语语体概论》，商务印书馆，2005。

杨义：《杨义文存·第一卷·中国叙事学》，人民出版社，1997。

杨义：《中国叙事学》，人民出版社，2004。

杨琴：《新闻叙事与文化记忆——史态类新闻研究》（修订版），西南交通
　　大学出版社，2020。

叶蛮声、徐通锵：《语言学纲要》，北京大学出版社，1997。

周雷：《深度写作——新闻叙事修辞学例话》，福建人民出版社，2009。

张耀辉：《实用写作》，北京大学出版社，2004。

朱晓农：《方法：语言学的灵魂》，北京大学出版社，2008。

赵元任：《赵元任语言学论文集》，商务印书馆，2002。

朱建华、郑良中：《好新闻的样子——中国新闻奖作品赏析》，人民日报出
　　版社，2021。

朱建华：《好新闻的魅力：中国新闻奖通讯作品赏析》，人民日报出版社，
　　2024。

中国新闻奖评选委员会办公室：《中国新闻奖作品选（2021 年度·第 32
　　届）》，新华出版社，2023。

王秋荣编《巴尔扎克论文学》，程代熙、郑克鲁等译，中国社会科学出版
　　社，1986。

〔苏联〕车尔尼雪夫斯基：《艺术与现实的审美关系》，周扬译，人民文学
　　出版社，1979。

〔德〕弗里德里希·温格瑞尔：《认知语言学导论》，复旦大学出版社，
　　2009。

〔瑞士〕费尔迪南·德·索绪尔：《普通语言学教程》，商务印书馆，1980。

〔法〕罗丹：《罗丹艺术论》，傅雷译，中国社会科学出版社，2001。

〔法〕洛德·西蒙：《冰山理论：对话与潜对话》，工人出版社，1987。

〔德〕马克思：《1844 年经济学哲学手稿》，人民出版社，1979。

〔荷兰〕米克·巴尔：《叙述学：叙述理论导论》，谭君强译，中国社会科
　　学出版社，2003。

〔英〕迈克·费瑟斯通：《消费文化与后现代主义》，译林出版社，2000。

〔加〕马歇尔·麦克卢汉：《论人的延伸》，四川人民出版社，1992。

〔法〕热拉尔·热奈特：《叙事话语：新叙事话语》，王文融译，中国社会
　　科学出版社，1990。

〔美〕史蒂芬·平克：《语言本能》，洪兰译，汕头大学出版社，2004。

〔苏联〕斯米尔尼茨基：《语言存在的客观性》，胡明扬译，载《语言学论
　　文选译》（第五辑），中华书局，1958。

〔苏联〕托多罗夫：《叙事作为话语》，转引自《美学文艺学方法论》，文
　　化艺术出版社，1985。

〔美〕万德勒：《哲学中的语言学》，华夏出版社，2002。

〔意〕伊塔洛·卡尔维诺：《为什么读经典》，黄灿然、李桂蜜译，译林出
　　版社，2006。

〔意〕伊洛塔·卡尔维诺：《新千年文学备忘录》，黄灿然译，译林出版
　　社，2009。

A. G. Baumgarten, *Aesthetic*（Berlin：Goitret Press，1956）.

Jon Franklin, *Writing for story*：*Craft secrets of dramatic nonfiction by a two-time*
　　Pulitzer Prize winner（New York：Penguin Press，1994）.

二　论文类

白雪：《文学性——新闻审美价值的追求》，《新闻传播》1994 年第 4 期。

陈龙：《艰难玉成 勇攀高峰——从龙广电农业类报道屡获中国新闻奖一等
　　奖谈起》，《全媒体探索》2023 年第 12 期。

陈婉莹：《“表演”是风格问题，不是专业原则问题》，《南方周末》2013
　　年 3 月 11 日。

邓利平：《映日荷花别样红——谈新闻审美在实践中的作用》，《当代传播》

1992 年第 2 期。

高红波、衡鑫：《多模态话语视角下融合新闻作品叙事分析——以第三十三届中国新闻奖融合报道作品为例》，《声屏世界》2024 年第 10 期。

罗同松、马文科：《〈今日"两地书"〉报道回顾》，《新闻实践》1987 年第 4 期。

李新文：《中国新闻奖通讯作品研究》，硕士学位论文，广西师范学院，2007。

刘保全：《生动展现一幕"荒诞剧"的好通讯——评一篇第十四届中国新闻奖二等奖作品》，《新闻战线》2009 年第 5 期。

李晓娟、韩信：《中国新闻奖国际传播奖的十年变迁之路——兼论中国媒体国际话语权创新思路》，《新闻传播》2020 年第 15 期。

刘果：《新型主流媒体的叙事嬗变与话语创新》，《武汉大学学报》（哲学社会科学版）2020 年第 4 期。

刘桂林：《时间与现代自传的叙事策略》，《扬州大学学报》2001 年第 5 期。

廖先辉：《新时代典型报道的特点与优化路径——基于第 33 届中国新闻奖获奖作品的分析》，《传媒论坛》2023 年第 24 期。

柳盈莹、陈岩：《融媒体背景下深度报道的嬗变轨迹与价值回归——以近十年中国新闻奖相关获奖作品为例》，《传媒》2024 年第 17 期。

卢爱华：《丹纳的"时代精神"与中国的"文以载道"——读丹纳的〈艺术哲学〉的感想》，《艺术百家》2005 年第 1 期。

鲁迅：《小品文的危机》，《现代》（第 3 卷）1933 年第 6 期。

强月新、魏莱：《描述形象化 叙述情感化 分析理性化——2007 年度湖北新闻奖获奖通讯简析》，《新闻前哨》2008 年第 5 期。

秦殿杰：《怎样选好新闻稿件的主题》，《新闻爱好者》2002 年第 5 期。

阮观荣：《新闻奖的前奏曲：现场短新闻奖——创建中国新闻奖系列史料之一》，《青年记者》2008 年第 7 期。

唐绪军：《守护职业尊严 呵护新闻理想——第 33 届中国新闻奖审核委员会工作报告》，《中国记者》2023 年第 12 期。

吴明：《事实，永远的生命——评〈金牌不是名牌〉》，《中国记者》1991 年第 10 期。

解华平：《〈背影〉与中国白描散文传统》，《曲靖师专学报》1999 年第 2 期。

许琳：《"图文并茂"不等于"图文并重"》，《新闻战线》2003 年第 1 期。

杨芳芳：《读图时代与新闻审美的价值走向》，《湖北大学学报》2005 年第 2 期。

杨静雅：《十年积淀写就一篇通讯》，《中国地市报人》2024 年第 1 期。

杨义：《中国叙事学的文化阐释》，《广东技术师范学院学报》2003 年第 3 期。

于凡、韩信：《从"大象经济"中"解剖麻雀"——从三件中国新闻奖获奖作品说起》，《全媒体探索》2023 年第 11 期。

叶祖兴：《下大力气抓好"本报消息"》，《新闻与写作》1992 年第 1 期。

张晶：《作为美学新路向的审美文化研究》，《现代传播》2006 年第 5 期。

朱建华、史强：《好新闻要有显著性——以第 33 届中国新闻奖作品为例》，《城市党报研究》2024 年第 1 期。

《首届中国新闻奖 范长江新闻奖在京揭晓》，《新闻通讯》1991 年第 12 期。

《首届"中国新闻奖"复评委员发出呼吁多发短消息 减少长通讯》，《新闻通讯》1991 年第 11 期。

《因为热爱，因为使命，因为伟大的时代——第 33 届中国新闻奖获奖作品创作谈（上）》，《全媒体探索》2023 年第 11 期。

《中国新闻奖作品有哪些特质——第 33 届中国新闻奖获得者讲述作品背后的故事》，《中国地市报人》2024 年第 1 期。

附录 1 本专著涉及的"全国好新闻奖" 通讯作品一览（1979—1988 年）

本专著涉及的"全国好新闻奖"（1979—1988 年）作品一览（该奖前五届分为"受奖"与"受表扬"两个奖项；第六届开始设定奖项等级，以下按时间排序）

受奖：《激动人心的名古屋之战——亚洲男篮锦标赛中国队夺魁记》，原载于《体育报》1980 年 1 月 11 日，作者为艾立国。

受奖：《中南海的春天》，原载于新华社 1981 年 4 月 16 日，作者为冯健、曾建徽。

受奖：《长沙市火柴脱销原因何在？》，原载于《湖南日报》1982 年 5 月 20 日，作者为熊先志。

受奖：《"飞天"凌空——跳水姑娘吕伟夺魁记》，原载于《光明日报》1982 年 11 月 25 日，作者为樊云芳。

受奖：《生命的支柱——张海迪之歌》，原载于《中国青年报》1983 年 3 月 1 日，作者为郭梅尼。

二等奖：《哥哥今日走西口 妹妹欢喜不再留》，原载于《陕西日报》1985 年 2 月 4 日，作者为王忠杰。

一等奖：《一个工程师出走的反思》，原载于《光明日报》1986 年 6 月 17 日，作者为丁炳昌、樊云芳、张祖璜。

特等奖：《今日"两地书"》，原载于《人民日报》1986 年 11 月 5 日，作者为马文科。

特等奖：《红色的警告》《黑色的咏叹》《绿色的悲哀》，原载于《中国青年报》1987 年 5 月 14 日，作者为雷收麦、李伟中、叶研、实习生贾永。

一等奖：《"开天辟地第一回"——记西地村为姑奶子们庆功》，原载于《承德群众报》1987 年 9 月 23 日，作者为杜祖亮、张文祥。

特别奖：《相思正是吐黄时》，原载于《人民日报》（海外版）1987 年 11 月 12 日，作者为连锦添。

二等奖：《吴青和她的选民》，原载于《中国妇女报》1988 年 4 月 28 日，作者为陈西林。

附录2　本专著涉及的历届获"中国新闻奖"通讯作品一览（1991—2023 年）[*]

第一届（1991 年）

荣誉奖：《人民呼唤焦裕禄》，原载于《新华社》1990 年 7 月 8 日，作者为穆青、冯健、周原。

一等奖：《不私亲属的铁木尔主席》，原载于《人民日报》1990 年 1 月 6 日，作者为刘民安。

二等奖：《钢铁"国家队"》，原载于《长江日报》1990 年 2 月 28 日，作者为熊伟、杨泓、吴保真。

第二届（1992 年）

二等奖：《红场易旗纪实》，原载于《人民日报》1991 年 12 月 21 日，作者为周象光。

第三届（1993 年）

一等奖：《战士义勇非凡 人民恩重如山——某红军团班长徐洪刚勇斗歹徒负伤之后》，原载于《解放军报》1993 年 12 月 31 日，作者为梁万魁。

二等奖：《守水记》，原载于《人民日报》1993 年 6 月 10 日。

第五届（1995 年）

一等奖：《菜价追踪》，原载于《新华社》1994 年 4 月 12 日，作者为苏会志、王进业。

第六届（1996 年）

特别奖：《领导干部的楷模——孔繁森》，原载于《新华社》1995 年 4 月 6 日，作者为何平、朱幼棣、陈雁、陈维伟。

二等奖：《爱的最高境界》，原载于《武汉晚报》1995 年 12 月 6 日，作者为林霓涛、裴大中。

第七届（1997 年）

特别奖：《北京有个李素丽——21 路公共汽车 1333 号跟车记》，原载于《工人日报》1996 年 10 月 4 日，作者为郭萍、吴晓向。

第八届（1998 年）

一等奖：《140 万双袜子的命运》，原载于《长江日报》1997 年 7 月 30 日，作者为余兰生。

第九届（1999 年）

二等奖：《老阿妈和她的国旗》，原载于《西藏日报》1998 年 9 月 20 日，作者为达次。

三等奖：《怎能不垂泪》，原载于《中华新闻报》1998 年 8 月 27 日，作者为虞清萍、张哲浩。

三等奖：《追寻一个英雄，追出一群英雄》，原载于《羊城晚报》1998 年 12 月 29 日，作者为程小琪、杜友林。

第十一届（2001 年）

一等奖：《治病？骗钱？——发生在传染病院的怪事》，原载于《黑龙江日报》2000 年 7 月 13 日，作者为戚泥莲、张长虹。

三等奖：《王氏兄弟的曲线人生》，原载于《武汉晚报》2000 年 5 月 28 日，作者为王安平、胡长青。

第十二届（2002 年）

一等奖：《教育局长的好榜样——追记湖南桂东县教育局局长胡昭程》，原载于《光明日报》2001 年 2 月 5 日，作者为唐湘岳。

二等奖：《找个好钳工比找研究生还难!》，原载于《大众日报》2001 年 10 月 11 日，作者为王爽、刘明霞。

第十三届（2003 年）

二等奖：《生命有限 笑声永恒——记曲艺艺术家夏雨田》，原载于《光明日报》2002 年 9 月 4 日，作者为唐湘岳、夏斐。

二等奖：《情切切 意绵绵——亲人眼中的郑培民》，原载于《湖南日报》2002 年 10 月 12 日，作者为刘保全。

第十四届（2004 年）

一等奖：《目击杨利伟飞天归来》，原载于《解放军报》2003 年 10 月 17 日，作者为孙阳、唐振宇、范炬炜。

二等奖：《这是在宣扬一种什么文化?》，原载于《科技日报》2003 年 8 月 9 日，作者为张显峰、张文天。

三等奖：《前沿目击为美国水兵对战争的思考》，原载于《新华社》2003 年 4 月 7 日，作者为胡晓明。

第十五届（2005 年）

一等奖：《百姓心中的丰碑——追记公安局长的楷模任长霞》，原载于《人民日报》2004 年 6 月 3 日，作者为戴鹏、徐运平。

第十六届（2006 年）

一等奖：《索玛花儿为什么这样红——记优秀共产党员、木里县马班邮路乡邮员王顺友》，原载于《新华社》2005 年 6 月 2 日，作者为张严平、田刚。

第十七届（2007 年）

一等奖：《英雄赞歌——记独臂英雄丁晓兵》，原载于《人民日报》2006 年 1 月 3 日，作者为朱玉、张东波、冯春梅。

三等奖：《行程 2 万里 访问近万人为一次跨越时空的特殊寻找》，原载于《武汉晚报》2006 年 3 月 29 日，作者为邵澜、戴红兵、李红鹰、汤华明、秦杰、彭学明。

三等奖：《一纸"托孤协议"诠释执法新境界——记执法为民的武汉民警刘继平》，原载于《长江日报》2006 年 12 月 7 日，作者为王志新、黄师师、潘峰、刘胜斌。

第十八届（2008 年）

一等奖：《贫困县刮起奢侈风——河南濮阳干部建豪宅机关盖大楼》，原载于《新华社》2007 年 2 月 27 日，作者为李钧德。

三等奖：《同是造纸厂 盛衰两重天》，原载于《经济日报》2007 年 8 月 7 日，作者为任意。

第十九届（2009 年）

二等奖：《那一夜我们没有采访》，原载于《中国新闻社》2008 年 5 月 19 日，作者为李安江、郭晋嘉、杜远、彭伟祥。

第二十届（2010 年）

三等奖：《上医之境》，原载于《武汉晚报》2009 年 12 月 23 日，作者为集体。

第二十一届（2011 年）

一等奖：《从"芭比"到"苹果"为数据迷雾下的"中国制造"》，原载于《新华社》2010 年，作者为黄歆、王攀、顾烨。

二等奖：《为了一千一百七十六名旅客的安全》，原载于《陕西日报》2010年8月21日，作者为李艳、巨跃先、李海静。

二等奖：《南京十家局领导向社会公开述职，观众、网友现场提问》，原载于《新华日报》2010年11月25日，作者为颜芳。

第二十三届（2013年）

特别奖：《"三西"扶贫记》，原载于《新华社》2012年6月20日，作者为集体。

二等奖：《三问焦三牛——一个清华毕业生的人生选择》，原载于《人民日报》2012年2月13日，作者为姜洁。

二等奖：《林子大了 鸟儿多了 身心畅了》，原载于《解放日报》2012年5月2日，作者为彭德倩。

二等奖：《一天陪洗八次澡 迎来送往该改了——来自基层的中国民生见闻》，原载于《新华社》2012年12月19日，作者为集体。

三等奖：《"台商2.0版本"该怎样更新?》，原载于《福建日报》2012年2月14日，作者为陈梦婕。

三等奖：《改革让农村学校绝处逢生——山西省晋中市城乡义务教育均衡发展采访纪行（上）》，原载于《中国教育报》2012年3月5日，作者为李曜明、张婷、禹跃昆。

三等奖：《76秒，他用生命诠释责任》，原载于《中国交通报》2012年6月5日，作者为贾刚为、刘洋、康信茂。

三等奖：《被砸瓷器当中有珍贵文物?》，原载于《广州日报》2012年8月19日，作者为金叶、江粤军。

三等奖：《"磐安最美老师"陈斌强：背着妈妈去教书》，原载于《金华日报》2012年9月7日，作者为许健楠、卢樟海、金欣月。

第二十六届（2016年）

二等奖：《青海新能源有"锂"走遍天下》，原载于《青海日报社》2015年6月15日，作者为张海虎。

第二十七届（2017 年）

三等奖：《全球最大小商品城何以三十年兴盛不衰》，原载于《金华日报》2016 年 5 月 16 日，作者为何百林。

第二十八届（2018 年）

一等奖：《"见字如面"23 年》，原载于《工人日报》2017 年 3 月 18 日，作者为康劲。

一等奖：《"我在中国社区矫正的日子"——三名境外社区服刑人员在义务接受社区矫正的故事》，原载于《金华日报》2017 年 6 月 5 日，作者为何百林。

二等奖：《一根糯玉米演绎的"供给侧改革"》，原载于《安徽日报》2017 年 8 月 15 日，作者为史力。

三等奖：《基层党组织的"主心骨" 群众脱贫致富的"领头雁"》，原载于《拉萨晚报》2017 年 3 月 21 日，作者为赵慧。

三等奖：《金银花"为媒"，九间棚精神"远嫁"》，原载于《大众日报》2017 年 10 月 13 日，作者为刘江波、兰传斌、王洪涛。

第二十九届（2019 年）

二等奖：《真理的力量》，原载于《新华社》2018 年 5 月 7 日，作者为余孝忠、潘林青、萧海川。

二等奖：《"秦岭小慢车"书香伴成长——宝鸡至广元 6063 次列车随行侧记》，原载于《陕西日报》2018 年 5 月 28 日，记者为苏怡。

二等奖：《基础口译"抢跑"年龄越来越小，二年级考出证书已不稀罕，专家呼吁对考证年龄设限 8 岁孩子死记硬背考"基口"，合适吗?》，原载于《解放日报》2018 年 12 月 24 日，作者为龚洁芸。

三等奖：《田里多了"棚二代"乡村振兴有力量》，原载于《大众日报》2018 年 2 月 19 日，作者为王兆锋、杨秀萍、郑兆雷。

三等奖：《中国，我怎能不爱你——华中科大思政课〈深度中国〉走红引出的话题》，原载于《湖北日报》2018 年 4 月 15 日，作者为陈会君。

三等奖：《"咱家的麦子能做面包了"》，原载于《河南日报》2018年6月6日，作者为李英华、陈慧。

三等奖：《大桥飞跨 中国飞越——写在港珠澳大桥通车之际》，原载于《南方日报》2018年10月24日，作者为集体（袁佩如、吴哲、梁涵、刘倩）。

三等奖：《一件"精准扶贫"大实事——江苏八部门在全国率先出台政策救助"事实孤儿"追踪》，原载于《江苏法制报》2018年12月7日，作者为马健、宋世明。

三等奖：《"时光切片"见证一个家庭40年巨变》，原载于《定西日报》2018年12月30日，作者为杨晓军。

第三十届（2020年）

一等奖：《屹立在喀喇昆仑之巅》，原载于《解放军报》2019年2月5日，作者为夏洪青、蔡鹏程、李蕾、许必成。

一等奖：《英雄无言——95岁老党员张富清的本色人生》，原载于《新华社》2019年4月8日，作者为唐卫彬、杨依军、谭元斌。

一等奖：《二百八十一个签名挽留第一书记》，原载于《陕西日报》2019年6月3日，作者为王海涛、刘印。

一等奖：《奋进大湾区 乘风破浪时》，原载于《南方日报》2019年7月5日，作者为吴哲、郑佳欣、黄应来。

一等奖：《我是188万分之一》，原载于《贵州新闻联播》2019年12月24日，作者为齐金蓉、刘敬源、刘玮、吴唐。

特别奖：《人间正道是沧桑——献给中华人民共和国70周年华诞》，原载于《新华社》2019年9月29日，作者为集体。

三等奖：《"夜经济"点燃中国发展新引擎 群众有期待 企业有动力 政府有作为》，原载于《新华社》2019年7月23日，作者为王明浩、李鲲。

第三十一届（2021年）

一等奖：《护送"钻石公主"号上的同胞回家》，原载于《福建日报》2020年2月21日至2020年3月4日，作者为曾武华、许上福、卢金福、黄汇杰、杨李超、张维东。

二等奖：《长江禁渔，为何还有禁而不止的现象》，原载于《人民日报》2020 年 6 月 29 日，作者为金正波、田豆豆、田先进、范昊天。

三等奖：《攻坚"石墨烯"》，原载于《太原日报》2020 年 5 月 18 日，作者为阎轶洁。

第三十二届（2022 年）

一等奖：《英雄屹立喀喇昆仑——走近新时代卫国戍边的英雄官兵》，原载于《解放军新闻传播中心》2021 年 2 月 19 日，作者为王天益。

一等奖：《"祝融"轧下中国印——全方位图文解读中国首辆火星车》，原载于《中国航天报》2021 年 5 月 26 日，作者为赵聪。

二等奖：《四名领诵员是如何被选上的？看看他们都是谁？》，原载于北京日报客户端 2021 年 7 月 1 日，作者为集体。

二等奖：《近九成科学仪器依赖进口，"国货"如何突围》，原载于《科技日报》2021 年 7 月 6 日，作者为张盖伦。

二等奖：《生死五号线》，原载于《中国青年报》2021 年 7 月 22 日，作者为集体。

二等奖：《西海固为蓄足动能再出发》，原载于《光明日报》2021 年 10 月 21 日，作者为集体。

二等奖：《把卡住脖子的手指一根根掰开——圣农集团攻克白羽肉鸡种源核心技术的故事》，原载于《福建日报》2021 年 12 月 4 日，作者为张辉、陈志鸿。

三等奖：《钢渣厂原址"沉渣又泛起"》，原载于《青岛日报》2021 年 1 月 8 日，作者为张华、于滈、崔武。

三等奖：《百花潭公园里，为何餐馆林立?》，原载于《四川日报》2021 年 3 月 31 日，作者为郭静雯。

三等奖：《鳡重现 刀鲚增长 江豚频出 十年禁渔让九江再现江湖美景》，原载于《九江日报社》2021 年 6 月 8 日，作者为程静。

三等奖：《The people who build Xinjiang》，原载于《北京周报》2021 年 6 月 17 日，作者为李芳芳。

三等奖：《盐巴女人》，原载于《中国妇女报》2021 年 11 月 5 日，作者为张明芳、肖睿。

三等奖：《12 本护照上的"20 年"》，原载于《湖北日报》2021 年 12 月 13 日，作者为肖丽琼、黄琼。

三等奖：《"世纪工程"背后的牵挂》，原载于《西藏日报》2021 年 12 月 15 日，作者为张黎黎、赵书彬。

三等奖：《603 枚红手印——全国脱贫攻坚先进个人李洪文和叶家坡村的故事》，原载于《济南日报》2021 年 12 月 26 日，作者为李小梦。

第三十三届（2023 年）

一等奖：《从"第一"到"第一"7 本火车驾驶证见证"中国速度"》，原载于《新重庆客户端头条》2022 年 7 月 1 日，作者为连肖、佘振芳、李文科。

一等奖：《"小田变大田"引出"农田四变"》，原载于《农民日报》2022 年 9 月 13 日，作者为李竟涵、孟德才。

二等奖：《孤勇者》，原载于《中国青年报》2022 年 5 月 27 日，作者为堵力、李超。

后　记

知行关系是中国传统哲学思想中的重要论题，知行之辩，在儒家文化中，更重行。孔子曰："行有余力则以为文。"许倬云称："由孔子之下，所讨论知识者均重力行，则身体力行。"知行相成是常识，但若一定要分开，知先行后。诚如朱熹言，"万事皆在穷理之后""义理不明，如何履践？如人行路，不见便如何行？"

论先后，知为先；论轻重，行为重。

新闻作品为实践，是为"行"之重，更是知行合一的产物。"中国新闻奖"以其前身1979年"全国好新闻奖"为起点，至今已有40余年。每年一届的评奖，让其"行"具有了延绵不断的可见性，然而，与之相应的"知"则如粒粒明珠，散见于新闻传播学、文化叙事学、马克思主义哲学等诸多学术领域之中。笔者若能以某条线索将其串联、钩织成网，可谓一种以"知"呼应"行"的尝试。

2012年，我在武汉大学文学院做博士后期间，受导师赵世举教授的指点，以新闻叙事学为方法论，开始对中国新闻奖获奖通讯进行全新研究。通过叙事学理论这盏明灯，曾经熟悉的新闻通讯从字、词、句到语体、语境和语态，被重新排列组合在一张新的学术版图中。与此同时，逐渐清晰的是，中国新闻奖的评奖机制作为一种驱动力，我国新闻行业在通讯的选题、视角、结构以及美学表达上，成为顺应时代、扎根本土的话语再现；在媒体行业经历的技术转型中，通讯叙事技法的迭代与我国新型主流媒体的构建相辅相成；当媒介的生态语境转向数据化、智能化、平台化，在国家主流媒体以公共性逻辑统合互联网平台的市场逻辑中，中国新闻奖获奖通讯的叙事实践又佐证了"流变与创新"是其永恒命题。

流变与创新，这一发现亦是我在学术历程中习得的一个生命命题，与感恩交融。

感谢我的博士导师罗以澄教授、博士后导师赵世举教授。这部专著源于我博士阶段跟随罗以澄教授对新闻实务的系统思考，在此基础上，我又有幸得到赵世举教授的点拨，将新闻学与叙事学融会贯通。

书稿完成后，赵世举教授和张昆教授在百忙之中为我写序，实属荣幸。赵世举教授与我多次电话沟通字句的达意，赵老师严谨的治学精神始终令我充满敬重。张昆教授站在新闻传播学教育的思想高地，以深邃的学术洞察力为拙著在新闻传播学科中构建了新高度，让我深刻领悟到作为青年学者对学科交叉融合的时代使命。

深深感谢这三位导师对我的无私托举。

同时，感谢一直关心我学术成长的廖声武教授、杨翠芳教授对我的厚爱，博士后出站答辩主席强月新教授的叮咛犹在耳边。

感谢我至亲的家人，我的爸爸妈妈、公公婆婆，我的先生。2013 年 7 月，专著初稿与我的女儿同时诞生。在那个酷热的暑期，尚处于"坐月子"的我，除了躺着照顾新生婴儿，其余时间就是将电脑高置在客厅的飘窗上，站着，面对初稿进行修改。可想象的是，如果没有当时家人给予我在育儿、身体与心灵上的多重帮助和照顾，这个书稿必然无疾而终。

时间飞逝，10 年后的 2023 年初，我所工作的湖北大学新闻传播学院推出"荆楚新闻与传播研究"系列专著计划。院长聂远征教授鼓励我拾起这个被搁置了 10 年的博士后出站报告。在聂远征教授与学院的全力支持下，修改初稿与出版计划，同步进入了"快车道"。

感谢社会科学文献出版社的周琼主编，为这部专著保驾护航，特别是在提交初稿后，初稿、审稿、校对、修订等数十个步骤，周主编全程推进、事无巨细，我心存无限感激。

感谢编辑朱月老师，虽素未谋面，但通过往返于北京—武汉三审三校的打印稿中，朱月老师对书稿注入的心力与心血，我感同身受。特别感谢朱月老师对拙著中核心概念的把关、大量通讯原文的校对，以及为提升拙著学术水准，对遣词造句的细致完善。每一笔黑色、蓝色与红色的批改批注，都令我惭愧与默默感激。社会科学文献出版社编辑老师们专业、严谨且高度负责的工作作风令人钦佩。

感谢湖北大学新闻传播学院办公室宋立文主任、陈世玲老师给予了我最大的信任和帮助，让复杂的审批手续变得有条不紊。

感谢《长江日报》资深记者朱建华老师赠予的新作《好新闻的样子》（三部曲），在修改书稿的这一年中，它们拓展了我的眼界和思维。

感谢我的研究生，协助我收集资料、整理文档，不仅帮助我分担了大量的收集资料工作，提高了工作效率，而且让我通过年轻一代的视角，对中国新闻奖获奖通讯有了新的解读。谢谢郝鑫、卢梦雨、马佳雯同学做的资料收集工作；王金瑞、胡英杰同学做的文档规整工作，特别是对脚注、尾注逐一核对校验。

正因为有了你们，我才能全力以赴投入书稿的第二次写作。从 2023 年夏至 2024 年秋，历时 1 年，从 10 多万字到 30 多万字，不断增厚的页码，远不是在做字数上的加法。通过增补的近 10 年获奖通讯作品，我真正对中国新闻获奖通讯与时代同频共振的生命力有了感悟。

特别感谢我的先生韩晗博士，朝夕相处间，你总是以学术"内卷王"的角色影响我、激励我，让我对著书立说心存信仰。感恩陪伴，云南腾冲的雨和稻田，你我在民宿里对着电脑的数个日日夜夜，成就了这部专著的最后一个字。

最后，感谢陪伴这部专著一路走来，在每一个阶段，给予我力量的你们。

知者行之始，行者知之成。知行本为一体，愿以拙著为人生学术的新起点，在流变中创新。

张　萱

乙巳早春于汉口汉水之滨

图书在版编目（CIP）数据

流变与创新：中国新闻奖通讯作品叙事研究／张萱
著 . --北京：社会科学文献出版社，2025.3.
（荆楚新闻与传播研究丛书）. --ISBN 978-7-5228-4758-
0

Ⅰ. I207.5

中国国家版本馆 CIP 数据核字第 2024AS9326 号

荆楚新闻与传播研究丛书
流变与创新：中国新闻奖通讯作品叙事研究

著　　者／张　萱

出 版 人／冀祥德
组稿编辑／周　琼
责任编辑／朱　月
责任印制／岳　阳

出　　版／社会科学文献出版社（010）59367126
　　　　　地址：北京市北三环中路甲 29 号院华龙大厦　邮编：100029
　　　　　网址：www. ssap. com. cn
发　　行／社会科学文献出版社（010）59367028
印　　装／三河市东方印刷有限公司

规　　格／开　本：787mm×1092mm　1/16
　　　　　印　张：18　字　数：283 千字
版　　次／2025 年 3 月第 1 版　2025 年 3 月第 1 次印刷
书　　号／ISBN 978-7-5228-4758-0
定　　价／85.00 元

读者服务电话：4008918866